Weitere Titel des Autors:

Ein Elefant für Karl den Großen
Die Seidendiebe
Die Eispiraten

Dirk Husemann

DIE BÜCHER-
JÄGER

Historischer Roman

BASTEI
LÜBBE
TASCHENBUCH

BASTEI LÜBBE TASCHENBUCH
Band 17693

Dieser Titel ist auch als E-Book erschienen

Originalausgabe

Copyright © 2018 by Bastei Lübbe AG, Köln
Textredaktion: Dr. Ulrike Brandt-Schwarze, Bonn
Kartenillustration: © Markus Weber, Guter Punkt München
Titelillustration: © shutterstock/AKaiser; © Earring, Persian (c.525-330 BC) (gold
with inlays of turquoise, carnelian, and lapis lazuli), Achaemenid, (550-330 BC)/
Museum of Fine Arts, Boston, Massachusetts, USA/Edward J. & Mary S. Holmes
Fund/Bridgeman Images; © Lorant Matyas/shutterstock;
© Textures and backgrounds/shutterstock
Umschlaggestaltung: Kirstin Osenau
Satz: two-up, Düsseldorf
Gesetzt aus der Caslon
Druck und Verarbeitung: C.H. Beck, Nördlingen
Printed in Germany
ISBN 978-3-404-17693-9

1   3   5   4   2

Sie finden uns im Internet unter www.luebbe.de
Bitte beachten Sie auch: www.lesejury.de

Inhalt

TEIL I

BERG

Kapitel 1

DER PAPST RANNTE. Er riss sich seine weiße Kappe vom Kopf und schleuderte sie an den Rand des Turnierplatzes. Hastig löste er den Verschluss seiner roten Mozzetta und wischte den Umhang von den Schultern. Der kostbare Stoff fiel in den Schnee, der vom Mist der Turnierpferde gesprenkelt war.

Zwei Knappen, die Rüstungen polierten, verschlug es die Sprache. Als Papst Johannes auf sie zugeeilt kam, beugten sie die Knie und senkten die Häupter. Hastig schlug er das Kreuzzeichen über ihren Scheiteln und ließ sich den Weg zu den Pferden weisen.

Der Turnierplatz lag nur einen Steinwurf von Konstanz entfernt. Doch ebenso gut hätte er am anderen Ende der Welt sein können – oder in der Hölle. Die Anhänger des deutschen Königs hatten Papst Johannes an diesem ungemütlichen Märztag des Jahres 1417 aus der Stadt hierher gelockt. Wie ein Esel war er ihnen in die Falle gegangen! Ein unterhaltsamer Nachmittag war ihm versprochen worden, mit zersplitternden Schilden, Prügeleien und erhitzten Damen. Nun bekam er die Quittung für seine mangelnde Vorsicht. Sie wollten ihn ermorden! Erwartet hatte er das schon lange: Wenn sie ihm nicht mit Argumenten beikommen konnten, dann eben mit scharfem Stahl.

Vor wenigen Augenblicken hatte ihn sein Freund, Herzog Friedrich von Österreich, gewarnt. Es war nur ein Flüstern gewesen, ein einziges Wort, im Vorübergehen in das päpstliche Ohr geraunt. »Flieh!«

Jetzt hetzte der Heilige Vater zwischen den Zelten der Turnierteilnehmer hindurch. Das letzte Mal, als er sich so würdelos fortbewegt hatte, war er noch ein Pirat auf dem Tyrrhenischen Meer gewesen. Ein Menschenalter lag das zurück. Statt des Säbels trug er jetzt den Hirtenstab, und sein Schiff war die Kirche – wie er dieses Sinnbild verabscheute!

Die Soutane war viel zu eng für seine weiten Schritte. Kurz hielt er inne, beugte sich hinab, packte den Saum und zog sich das Gewand über den Kopf. Darunter trug er ein weißes Hemd, aus dem seine bloßen Waden herausragten. Sie waren sogar für einen Siebenundvierzigjährigen noch kraftvoll. Bis nach Rom könnte er damit laufen, wenn man ihn nur ließe.

Drei Hofdamen, die vorüberflanierten, glotzten ihn an. Sie hatten sich mit bunten Stoffen und feinen Pelzen für das Turnier herausgeputzt. Wäre alles wie üblich verlaufen, so hätte er eine oder zwei von ihnen in seine Unterkunft eingeladen. Jetzt aber war er nicht länger einer der mächtigsten Männer der Welt, sondern einer der schnellsten.

Mit flatterndem Hemdsaum wieselte der Papst an den Damen vorüber. Ihr Tuscheln verfolgte ihn. Waren ihm die Mörder schon auf den Fersen? Er schaute zum Turnierplatz hinüber. Dort standen zwei Ritter in gesteppten Wämsern, die sich über den Rist ihrer Pferde hinweg unterhielten – die schielten doch zu ihm her! Zwei hagere Knechte rollten ein Fass mit dünnem Haferbier herbei und wollten seinen Weg kreuzen. Eine breithaxige Trine schleppte einen Korb mit Heringen und warf ihm einen finsteren Blick zu. Jeder abgelebte Knecht mochte derjenige sein, der einen Dolch für den Papst im Ärmel trug.

Endlich lag der Stall vor ihm. Eigentlich war es nur ein Wetterschutz aus schwerem Leinenstoff, ein Zelt für Streitrösser. Die Ränder der Stoffbahnen waren mit Steinen beschwert. Nur zwei Pferde standen darin. Ein Stallknecht rieb eines der Tiere ab. Der Papst legte dem wollhaarigen Mann seine verschwitzte Hand auf die Schulter.

»Kennst du mich?«, fragte er auf Deutsch.

Der Bursche musterte ihn aus kleinen Augen, schüttelte dann den Kopf. Gut! Die meisten Leute erkannten einen mächtigen Mann nur an seiner Gewandung. Und die lag jetzt in Schnee und Schmutz.

»Gib mir deine Kleider«, befahl Papst Johannes und ließ einen Gulden zwischen seinem linken Daumen und Zeigefinger erscheinen. Das Gold spiegelte sich in den Augen des Knechts. »Und diese beiden Pferde.« Er ließ eine weitere Münze erscheinen. Eine schmutzige Hand griff danach. Doch mit einem Mal hielt der Stallknecht inne und starrte auf Johannes' Hand. Dann fiel er auf die Knie.

»Heiliger Vater, segnet mich!«, bat er grunzend.

»Dass dich Gottes Leichnam schände!«, fluchte Papst Johannes und starrte auf den Ring an seinem Finger. Darauf war ein Fisch graviert. »Sei still und steh auf, kotiger Bube!«, zischte er und versuchte, den Ring vom Finger zu ziehen. Aber der Schmuck ließ sich nicht abstreifen.

Doch der Stallknecht dachte nicht daran, sich zu erheben. Warum auch! Er hatte eine Privataudienz beim Papst. Zwei Handbewegungen seiner Heiligkeit – und schon wären ihm alle Sünden vergeben. Für diese Geste zahlten andere ein Vermögen.

»Segnet mich! Segnet mich! Bitte, Heiliger Vater!« Die Stimme des Stallknechts war viel zu laut. Rasch schlug der Papst das Kreuzzeichen über dem gesenkten Kopf. Doch der Bursche bemerkte es nicht. Erneut schrie er nach Erlösung.

Die Ritter unterbrachen ihr Gespräch und schauten zu den Ställen hinüber, vermutlich in Sorge um die Pferde. Die Diener mit dem Fass und die Heringsmatrone hielten an und linsten zwischen Zeltbahnen, Leinen und Wimpeln hindurch, wohl um dem Geschrei auf den Grund zu gehen.

Der Papst hatte genug. Mit einem Tritt stieß er den Stallknecht ins Stroh und schwang sich auf eines der Pferde. Es war ein Tier für Waffenträger, hart im Gang, aber schnell. Genau das, was er brauchte. Das Holz des Sattels scheuerte an seinem bloßen Schritt.

Die beiden Knechte kamen jetzt auf das Zelt zu. Sie hatten das Bierfass stehen lassen. Einer hielt etwas hinter seinem Rücken verborgen.

Es war Zeit zu verschwinden. Johannes ließ die Münzen wieder in den Beutel gleiten, den er um den Hals trug. Dann steckte er einen Finger in den Mund und zog mit den Zähnen den Ring des Fischers ab. Fetzen seiner Haut lösten sich. Den Schmerz und das Schmuckstück spie er vor dem Stallknecht ins Stroh. »Genug im Trüben gefischt«, rief er. Dann ließ er das Pferd antraben und die Meuchelmörder mitsamt seiner Karriere hinter sich.

Poggio!, dachte Papst Johannes. Wo steckst du? Wenn die Nachricht von seiner Flucht in Konstanz die Runde machte, wären seine Diener, seine Vizekanzler und Schreiber vogelfrei. Die Deutschen würden sie mit den Zungen an die Bäume nageln. Irgendwie musste es ihm gelingen, seinem Sekretär Poggio eine Warnung zukommen zu lassen.

In vollem Galopp trieb er das Streitross auf den Bodensee zu.

Kapitel 2

OSWALD VON WOLKENSTEIN SANG. Zwar verstand Poggio nicht alle Worte. Doch die Weise klang nach Schwermut und jener Form der Melancholie, wie sie die Langeweile eines adeligen Lebens in einer zugigen Burg hervorbringt.

Die beiden Männer ritten hintereinander durch einen verschneiten Wald. Schon lange hatte Poggio keine derart unberührte Landschaft mehr gesehen. In seiner Heimat Italien waren Dörfer zu Städten herangewachsen. Darin hungerten Kalkbrenner, Köhler und Baumeister nach Holz und wollten nicht warten, bis es nachgewachsen war. Wo kein Fürst die Hand über seinen Forst hielt, herrschte Kahlschlag. Poggio erinnerte sich an ein Sprichwort aus der Toskana. Darin spielte ein Eichhörnchen eine Rolle, das von Dorf zu Dorf springen konnte, ohne den Boden zu berühren. Jetzt würde sich das arme Tier seine winzigen Füße wund laufen.

Poggio liebte den Wald. Es war still darin, und das lud zum Nachdenken ein. Bevor Oswald von Wolkenstein zu singen angehoben hatte, war das Klopfen der Pferdehufe der einzige sie begleitende Laut gewesen, nur gelegentlich unterbrochen vom Zischen des Schnees, der von einem Ast glitt und vom Wind zu Staub zerblasen wurde. Sogar die Krähen, deren Rufe sie von Konstanz her begleitet hatten, waren verstummt, seit sie zwischen die Bäume geraten waren. Poggio war es erschienen, als habe die lärmende Welt mit ihren Konzilen und Beschlüssen, ihren Königen und Päpsten zu bestehen aufgehört. Doch jetzt war es mit dieser geradezu heiligen Stille vorbei.

Wolkensteins Stimme zerriss das Schweigen wie ein Lüstling das Gewand einer Jungfrau. Wenn die angestimmte Weise doch nur die Schönheit der Natur gepriesen hätte! Wenn die Laute die stillen Baumstämme umschmeichelt und den Wald bedeckt hätten wie rieselnder Schnee! Doch die deutschen Worte schlugen wie Äxte in das winterliche Paradies.

Poggio warf seinem Reisegefährten einen missmutigen Blick zu. Obwohl dieser schon das vierzigste Jahr erreicht hatte, trug er sein lockiges Haar lang wie ein Jüngling. Es hing unter einer Mütze aus Biberpelz herab. Poggio hatte Oswald noch nie ohne diese Kopfbedeckung gesehen. Nicht einmal in einer Taverne hatte der Tiroler sich barhäuptig gezeigt. Vermutlich hütete er einen kahlen Scheitel als Geheimnis seines Hauptes. Poggio verbesserte sich: Was er ein Haupt nannte, war ein massiger Schädel. Aus dem ragte eine gedrungene Nase hervor. Auf Oswalds üppiger Unterlippe leuchtete hell eine Narbe.

Wolkensteins gesundes Auge war hinauf zu den Kronen der Bäume gerichtet. Das andere war geschlossen. Immer. Viele glaubten, dass Oswald es in einer Schlacht gegen die Sarazenen verloren habe. Und der Tiroler wurde nicht müde, die Geschichte eines Zweikampfes zum Besten zu geben, in dem er jeden arabischen Hieb mit zwei abendländischen Streichen vergolten und den Feind mit blutüberströmtem Gesicht schließlich niedergestreckt habe.

Doch Poggio wusste es besser. Als Kind hatte er Männer gesehen, die einäugig, einbeinig oder einarmig aus dem Krieg heimgekehrt waren. In der Apotheke seines Vaters hatten sie um Kräuter gebettelt, die ihnen die Schmerzen nehmen sollten – und die Träume. Darin waren sie noch immer vollständigen Leibes, um dann umso zerstörter daraus aufzuschrecken. Oswald von Wolkenstein aber trug keine Spur eines Kampfes am rechten Auge. Das Lid war geschlossen wie bei einem Schläfer. Poggio war sicher: Das Organ war nicht ausgeschlagen, sondern zugewachsen. Keine ruhmreiche Schlacht, sondern eine Laune der Natur hatte dem Tiroler den halben Blick auf die Welt genommen.

Poggio hatte Verständnis für seinen Reisegefährten. In einer Welt wie dieser war es allemal einfacher, als verstümmelter Haudegen zu gelten, als ein von Natur aus Missgestalteter zu sein. Doch mit Poggios Wohlwollen war es nun vorbei.

Zug um Zug sog Oswald die kalte, klare Luft ein und sonderte die nächste Strophe seines traurigen Liedes ab. Der Wald hallte davon wider. Am Ostufer des Bodensees hatte der Forst begonnen und würde nicht enden, bis sie vor den Toren des Bergklosters Sankt Fluvius standen – so jedenfalls hatte Wolkenstein behauptet. Gern brüstete sich der Tiroler mit seiner Weltkenntnis. Die Prahlerei war eine Charaktereigenschaft, die Poggio sich nun zunutze machen wollte.

»Lieber Oswald«, sagte er auf Latein, »woher weißt du von dem Skriptorium und seinen Schätzen, wenn doch das Kloster so gut verborgen auf einem Berg liegt?«

Es funktionierte. Oswald brach mitten im Vers ab. »Zweifelst du etwa an meinen Worten?«

Poggio umfasste die ledernen Zügel fester. »Es ist eine Frage der Logik. Das Kloster liegt am Rande der Welt. Dennoch kennst du sein Inneres gut. Dahinter scheint sich eine Geschichte zu verbergen. Und Geschichten liebe ich über alles.«

»Euch Italienern ist die Neugier in die Wiege gelegt«, lästerte Oswald. »Du wirst schon sehen, welche Schätze im Skriptorium auf uns warten.«

Auf uns? Poggio hatte bereits befürchtet, dass Wolkenstein ihn nicht ohne eigenes Interesse den weiten Weg zum Kloster hinauf begleitete. Schließlich war es Oswalds Einfall gewesen, dass sie das langweilige Konstanz und sein träge dahinfließendes Konzil für einige Tage verlassen sollten, Oswalds Einfall, dass der berühmte Bücherjäger Gianfrancesco Poggio Bracciolini seine Zeit besser nutzen sollte, als sich mit Bittschriften an den Papst herumzuschlagen. Stattdessen, so hatte der Tiroler über einem Krug Wein geflüstert, könne er seinen italienischen Freund zu einem Bergstift führen, in dem angeblich die absonderlichsten Texte aus der Zeit der Römer in einem Zauberschlaf vor sich hin dämmerten. Augenblicklich war Poggio bereit gewesen, diese Träumer wach zu küssen.

Aristoteles, Cicero, Propertius – die Schriften der größten Geister der Menschheit waren seit Jahrhunderten verloren. Aber nicht gänzlich. In den Klöstern der Christenheit waren Fragmente der alten Texte zu finden. Zwischen Bibeln und Gesangbüchern hatten einzelne Pergamente, bisweilen auch ganze Bücher, die Jahrhunderte überdauert, und wenn nicht gerade ein eifriger Mönch die Rhetorik des Cicero abschabte, um auf der ledernen Seite Platz für das Lukasevangelium zu schaffen, so waren diese Schätze noch zu heben.

Glückliche Stunden in schimmeligen Bibliotheken hatten Poggio das *Trostbuch* des Boethius, die *Prognosen* des Hippokrates und das *Decretum* des Gratian beschert. Ungelesen hatten diese Meilensteine menschlichen Denkens in den staubigen Stuben vor sich hin gedämmert. Eifrig hatte Poggio sie kopiert, editiert, kommentiert und sodann zu seinem Freund Niccolò Niccoli nach Florenz geschickt, der sie in Umlauf brachte. Das Strahlen und Leuchten der wiedergefundenen Schriften war so stark, dass sich eine Gruppe um sie geschart hatte, die sich selbst »Humanisten« nannte. Seither vermehrten diese Menschen den Ruhm der antiken Autoren und ein wenig auch den ihres Entdeckers, des Bücherjägers Gianfrancesco Poggio Bracciolini.

Jetzt aber zeigte sich, dass Wolkenstein offenbar seine eigenen Pläne mit den Büchern hatte. Poggio beschloss, die Ansprüche an die Texte ein für alle Mal klarzustellen. »Sollten wir alte Schriften finden, so müssen diese so schnell wie möglich nach Florenz«, sagte er.

»Was zahlen sie denn in Florenz für so einen Folianten?«, fragte Oswald.

»Überhaupt nichts zahlt man dort für Folianten«, knurrte Poggio, »weil wir nämlich kein einziges Buch aus dem Kloster mitnehmen werden.«

Das also war der Grund, warum Oswald ihn hier hinaufführte. Nicht um die Langeweile von Konstanz hinter sich zu lassen, sondern um sich zu bereichern. Oswald schien die Schriften, die Poggio erkennen mochte, selbst verkaufen zu wollen – oder schlimmer noch: die Originale. An den deutschen König Sigismund vermutlich, unter dessen Schutz der Tiroler stand.

»Soso«, sagte Wolkenstein jetzt. »Und wieso führe ich dich dann zu dem Kloster, obwohl ich meine Zeit sinnvoller verbringen könnte? Wieso mühen wir uns den Berg hinauf, wenn du überhaupt nichts von dort mitnehmen willst?«

»Weil ich die alten Schriften kopieren werde.« Er klopfte gegen den Beutel, der schwer an seinem Gürtel hing. »Dafür trage ich mein Werkzeug bei mir.«

»Kopieren?«, echote Wolkenstein. »Wieso kopieren?«

Poggio durchlief es eiskalt. »Was außer kopieren sollten wir mit den Pergamenten anfangen, die wir dort finden werden?«

Jetzt lachte Oswald von Wolkenstein. Der Laut schlug in den Schneewald ein wie das Geschoss einer Blide. Poggios Pferd schnaubte.

»Wir werden mitnehmen, was auch immer wir finden«, sagte Oswald. »Neulich hat der deutsche König ein Exemplar irgendeines griechischen Dichters gekauft und hundert Gulden dafür bezahlt. Hundert Gulden! Meine Mägde daheim bekommen zwei Gulden im Jahr zum Lohn. Mit einem solchen Buch könnte ich meinen Hausstand aus der Schieflage heben.«

»Ich wusste gar nicht, dass der deutsche König lesen kann«, spottete Poggio.

Oswald fauchte zurück: »Versuch nicht, mir weiszumachen, du würdest die Texte erst mühsam abschreiben, um die Originale dann an Ort und Stelle weiter vermodern zu lassen.«

Es gab keinen Zweifel. Dieser Fürstenknecht wollte Bücher stehlen! Und er, Poggio, sollte ihm dabei helfen, die wertvollsten Exemplare auszusuchen. Mit einem Mal war ihm die Lust auf ein seit Jahrhunderten unberührtes Skriptorium vergangen. Er zog an den Zügeln, und sein Schimmel blieb stehen.

Die Luft knisterte vor Kälte. Oswald ritt noch ein paar Schritte weiter. Dann hielt auch er an und wandte sich im Sattel um. Sein gesundes Auge blitzte. Ein Hauch von Argwohn lag in der Luft.

»Was ficht dich an, Italiener?«, fragte er. »Glaubtest du etwa, du könntest die Bücher für dich allein beanspruchen?« Er breitete die Arme aus und setzte eine Unschuldsmiene auf. »Gib zu: Der Handel ist gerecht. Ich kenne den Ort, du kannst die richtigen Texte erkennen. Wir brauchen einander, wenn wir erfolgreich sein wollen.«

»Du willst die Bücher stehlen. Daran will ich keinen Anteil haben«, sagte Poggio.

»Oh, gut!« Wolkenstein grinste. »Dann behalte ich sie eben alle für mich.« Er streckte Poggio die Hand entgegen. »Komm schon, Bracciolini! Wir stehlen nichts. Wir bezahlen dafür. Die

Mönche werden uns danken, wenn wir die Vorratskammer ihres abgerissenen Stifts auffüllen helfen. Was bedeutet denen schon ein uralter Text auf dreimal abgeschabtem Pergament, wenn sie sich dafür einmal richtig die Bäuche füllen können?«

Die Stille zwischen den beiden Männern war so tief wie eine Gebirgsklamm. Äußerlich war Poggio ruhig wie ein Gletscher. Doch in seinem Gedärm brodelte es wie in einem Vulkan.

»Wir kehren um nach Konstanz«, brach es schließlich aus ihm heraus. Lieber wollte er auf die alten Texte verzichten, als sie ihren Hütern zu entreißen.

Wolkenstein erstarrte. »Wie du willst! Aber ich reite weiter. Und ich finde diese Texte auch ohne dich.« Damit riss er am Zügel. Sein Rappe warf den Kopf herum und trabte an. Noch einmal wandte Oswald sich um und deutete unbestimmt mit dem Finger. »Zurück nach Konstanz geht es dort entlang. Reite einfach bergab. Das scheint ohnehin deine liebste Richtung zu sein.«

Poggio blieb zurück und sah, wie das schwankende Hinterteil von Oswalds Pferd zwischen den dicht stehenden Föhren verschwand. Er verharrte unter den Zweigen und spürte Schneeflocken auf seiner Nase landen. Dort schmolzen sie und hingen als zitternde Tropfen an der Spitze, bevor sie hinunterfielen.

Wolkenstein hatte recht: Es ging bergab für Poggio. Zwar hatte er es als Sohn eines einfachen Mannes von den Feldern bei Arezzo bis in die Nähe des Heiligen Stuhls in Rom geschafft. Doch dieser Stuhl stand nur noch auf drei Beinen. Kippte er, so würde er Poggio unter sich begraben.

Der Papst drohte abgesetzt zu werden. Nein, dachte Poggio. Es musste heißen: Die Päpste drohten abgesetzt zu werden. Im Jahre des Herrn 1417 hatte Gott drei Stellvertreter auf Erden. Die Welt war aufgespalten.

Dabei war Gott zu dienen das Einzige, das alle verband, ob sie Italiener, Deutsche, Engländer, Franzosen, Korsen, Schotten oder Ungarn waren. Die Kirche war überall. Sie half den Menschen, das Leben zu ertragen. Und der Papst wachte über seine Herde. Doch mit der Kirchenspaltung hatte sich der eine Hirte in drei Wölfe verwandelt.

Seit Beginn des Schismas feierte die Geistlichkeit auf den Altären die heilige Korruption. Die Simonie, der Verkauf von Kirchenämtern, war verbreiteter als die Inquisition. Dabei ging es nicht nur um Geld. Kardinalshüte wechselten ihre Träger beim Spiel oder als Gegenleistung für die Liebe einer Frau. Geistliche Würden waren gleichbedeutend mit einem Leben im Luxus geworden. Kardinäle suhlten sich in seidenbespannten Lotterbetten, bereisten ihre Pfründe und saugten sie aus. Eines der einträglichsten Geschäfte der Kirchenmänner war die Absolution. Der Sündenerlass für eine ganze Stadt mitsamt der Neuweihung des Friedhofs kostete die Bürger das Vermögen von sechzig Florentiner Gulden. Auf diese Weise konnte der Besuch eines Bischofs einen ganzen Landstrich ruinieren.

Da kein Gesetz sie in die Schranken wies, führten sich die Kirchenfürsten auf wie Freibeuter. Nur bei besonders derben Vergehen mussten die hohen Geistlichen mit Ahndung rechnen. Erst kürzlich war der Bischof von Toul wegen Unzucht seines Amtes enthoben worden. Seine liebste Konkubine war seine Tochter, die er mit einer Nonne hatte.

Poggio hatte selbst erlebt, dass viele Geistliche nicht einmal Latein beherrschten. So manchem hatte er vor der Ordination noch schnell die notwendigsten Formeln beigebracht, damit er bei der Zeremonie an der richtigen Stelle nicken und nachbeten konnte.

Wichtiger als Latein und Liturgie war für einen Kirchenmann dieser Tage der Umgang mit Giften. Natürlich musste man sie nicht nur mischen und in den richtigen Dosen verabreichen können, sondern auch stets das richtige Gegenmittel zur Hand haben. Wen wunderte es da noch, dass Bischöfe so verrufen waren, dass niemand glaubte, sie würden in den Himmel kommen – am wenigsten die Geistlichen selbst? Als der Prior von Clairvaux zum Bischof ernannt werden sollte, hatte er sich angeblich zu Boden geworfen und gefleht, stattdessen Wandermönch werden zu dürfen.

An der Universität von Paris verkündeten spindeldürre Theologen, nicht die Kirchenspaltung sei das große Übel des Abendlandes, sondern das Papsttum selbst. Es wuchere wie eine Schlingpflanze und drohe das Christentum zu ersticken. In diesen Worten lag Wahrheit. Der Papst war die Pest, sein Amt grassierte wie eine Seuche: Hatten anfangs noch zwei Päpste darum gestritten, wer der rechtmäßige Stellvertreter Gottes auf Erden sei, war beim Konzil von Pisa noch ein dritter hinzugekommen. Seither war die Christenheit dreigeteilt. Und wo die Trinität des Vaters, des Sohnes und des Heiligen Geistes den Menschen den Himmel versprach, da war das irdische Trio der Päpste dazu angetan, die Tore der Hölle aufzustoßen.

Niemand wollte weichen. Weder Gregor XII. noch Benedikt XIII. oder Johannes XXIII. ließen von ihrem Anspruch auf die Tiara, die Krone des Papstes, ab. Zwar behauptete jeder, sofort zurücktreten zu wollen, sobald seine Gegenspieler abgedankt hätten. Aber unglücklicherweise bestand jeder der drei darauf, dass die anderen beiden den ersten Schritt zu gehen hatten. So belauerten sich die päpstlichen Parteien, aber niemand rührte sich. Die Lage war aussichtslos. Auch das Konzil in Konstanz schien nicht das erwünschte Resultat zu bringen. Denn von den drei Päpsten war nur einer in der Stadt am Bodensee erschienen: Johannes XXIII. Als Teil seines Gefolges war auch sein Sekretär Poggio über die Alpen gereist.

Poggio blies sich in die Hände und schaute den Weg hinab, den er gekommen war. Zwischen den Bäumen hindurch sah er tief unter sich den See glitzern. Sollte er zurückkehren nach Konstanz, um seinem Herrn dabei zu helfen, die Kirche und das gesamte Abendland zu retten? Oder sollte er einen unverfrorenen Minnesänger davon abhalten, seine groben Hände nach wertvollen Pergamenten auszustrecken? Was für Schätze mochten in dem alten Kloster verborgen sein? Poggio dachte an die Verse des Lukrez, die er auswendig kannte.

»Frühling kommt«, rezitierte er laut, »und Venus, und ihnen voraus sind der Venus geflügelter Bote und Mutter Flora, auf den Fersen folgt ihnen Zephyr, und sie bereiten der Göttin den Weg, mit den Blumen verbreiten sie herrliche Farben und Wohlgerüche.«

Poggio atmete tief ein. Lag es an diesen wunderbaren Worten, oder roch er jetzt tatsächlich die Vorboten des Frühlings, die unter dem Schnee darauf warteten, die Welt in ihre Farben zu tauchen? Ach, Lukrez! Wohin sind deine Zeilen verschwunden? Erneut wandte Poggio den Blick, diesmal bergan. Dort oben gab es ein Kloster voller kostbarer Bücher. Er wischte sich mit dem Lederhandschuh über das Gesicht, ließ sein Pferd antraben und folgte den frischen Spuren von Oswalds Pferd im dichten Schnee.

Kapitel 3

RASCH HOLTE POGGIO zu Oswald auf. Der Tiroler saß regungslos auf seinem erstarrten Pferd. Als Poggio näher kam, grunzte er, ohne sich umzudrehen. »Vor uns liegt der Grund dafür, dass die Bibliothek dieses Klosters seit Jahrhunderten unangetastet geblieben ist.«

Poggio beugte sich vor. Von einem Grund konnte keine Rede sein, denn der war nicht zu sehen. Rechts und links waren die Baumstämme zurückgewichen. Vor den Hufen der Reittiere brach das Gelände jäh ab. Eine garstige Kluft gähnte den Männern entgegen. Ihren Boden sprenkelten Bäume, von hier oben sahen sie winzig aus und grün wie die Körner ungereiften Hühnerfutters. Die gegenüberliegende Seite war nicht weiter als fünfzehn Fuß entfernt. Ein Pferd hätte darüber hinwegspringen können. Doch war das unmöglich, denn dort drüben wuchsen die Bäume Stamm an Stamm. Dennoch gab es einen Weg hinüber: eine kleine Holzbrücke, die sich über die Schlucht spannte und sich starrsinnig an die schwarzen Felsen klammerte. Sie schien eilig aus zwei nebeneinanderliegenden Brettern und armdicken Seilen zusammengebastelt worden zu sein. Eis überzog die gewagte Konstruktion.

So tief wie der Abgrund war auch die Verlassenheit, die auf dem Ort lastete. Poggio wollte etwas sagen, doch die Kälte lähmte seine Zunge. Erst im zweiten Versuch gelang es ihm, Worte hervorzubringen. »Wenn du schon einmal bei dem Kloster gewesen bist, Wolkenstein, wieso weißt du dann nichts von dieser Schlucht?«

Oswald öffnete den Mund, aber seine Worte erstarben in einem Winkel der Zeit. Gut, dachte Poggio, immerhin wird er jetzt nicht wieder anfangen zu singen. Er knetete Blut in seine Beine und schwang sich vom Pferd. Das Leder seines Sattels knarrte. Sofort bedeckten Schneeflocken die Sitzfläche. »Wenn wir hier Wurzeln schlagen, wird uns der Schnee unter sich begraben, und man wird uns erst im Frühjahr finden«, rief er Oswald zu.

»Du willst doch nicht etwa dort hinüber?«, fragte der Tiroler und molk die Zügel.

Eine Krähe flog unter der Brücke hindurch und verspottete die beiden Männer mit einem lang gezogenen Schrei.

Poggio näherte sich dem Rand der Kluft, kniete nieder und tastete mit der Hand über die Bretter. In Eis gegossen wirkten sie fest und sicher. Doch unter dem glänzenden Überzug mochte das Holz morsch sein und tückisch.

»Jedenfalls nicht mit den Pferden«, gab Poggio zurück. Insgeheim hoffte er, Wolkenstein werde seiner Furcht nachgeben und umkehren. Dann würde Poggio das Skriptorium für sich allein haben und es nach alten Texten durchsuchen können, ohne auf seinen diebischen Begleiter aufpassen zu müssen.

»Ich sage: Wir kehren um!« Das sollte wohl wie ein Befehl klingen. Doch der tiefe, selbstsichere Bass war aus Oswalds Stimme verschwunden. Seine bartlosen Wangen bebten.

Schnee senkte sich auf Poggios Lider wie feiner Staub. Er blinzelte zu seinem Begleiter hinauf. Die Worte flogen wie von selbst aus seinem Mund. »Zurück nach Konstanz geht es dort entlang. Reite einfach bergab.«

Oswalds Gesicht sah aus wie entzündet. »Damit du überall herumerzählen kannst, ich sei ein Feigling? So seid ihr Florentiner. So krumm von Sitten wie von Gestalt.« Zu Poggios Erstaunen schwang sich der Tiroler nun ebenfalls vom Pferd und führte beide Tiere in den Wald.

»Lass sie frei laufen, sonst erfrieren sie«, rief Poggio ihm hinterher. Dass der Rappe und der Schimmel noch da sein würden, wenn sie zurückkehrten, glaubte er allerdings kaum. Doch zunächst einmal, dachte er und wandte sich wieder der Brücke zu, muss uns der Hinweg gelingen.

Poggio betrat als Erster den elenden Steg. Er war von hagerer Gestalt, ein leichter Mann. Nur der Beutel an seinem Gürtel wog schwer. Darin klapperte sein kostbarster Besitz. Eher würde er in den Tod stürzen, als sich davon zu trennen.

Er setzte seinen Fuß auf die zuvorderst liegende Holzbohle. Auf dem vereisten Brett verkrustete eine Schicht Schnee. Weder Mensch noch Tier hatten seit geraumer Zeit Spuren darauf hinterlassen.

Mit beiden Händen griff Poggio nach den Seilen. Ein Windstoß fuhr heulend durch die Kluft und fegte ihm das Barett vom Kopf. Der rote Samt trudelte in die Tiefe. Sanft wiegte sich die Brücke im Wind. Poggio spürte ein Ziehen in den Waden und den Drang hinabzuschauen. Doch er zwang sich, seinen Blick und seine Aufmerksamkeit auf einen Punkt am anderen Ende des Übergangs zu richten. Da sah er auf der anderen Seite Florentina da Pistoia zwischen den Bäumen hervortreten. Sie war noch immer ein Kind, trug dieselben Kleider aus hellblauem Taft wie an jenem Morgen in dem kleinen toskanischen Dorf. Auch ihre hochmütige Miene war noch dieselbe. Sie öffnete den Mund und war im Begriff, sich mit der Zunge über die rot geschminkten Lippen zu fahren.

»Tu das nicht!«, rief Poggio. Ehe er es sich versah, war er auf die Brücke hinausgetreten. Er lief über die sich senkenden Bohlen. Die letzte Strecke rutschte er vorwärts, ließ mit einer Hand das Seil fahren und streckte die Finger nach Florentina aus. Doch die Erscheinung zog sich in den Schutz der Bäume zurück. Bevor Poggio festen Boden erreichte, war sie verschwunden. Er glitt aus und krabbelte auf allen vieren zu der Stelle, an der Florentina soeben noch gestanden hatte. Sie war fort!

»Bist du von Sinnen, Italiener?« Oswalds Stimme wehte zu ihm herüber. Noch einmal schaute Poggio sich zwischen den Bäumen um. Er musste sichergehen, dass es nur ein Trugbild gewesen war, eine Luftspiegelung seines Geistes, ein Traum. Noch einmal glaubte er, hinter einer vom Frost gespaltenen Föhre etwas Blaues aufscheinen zu sehen. Doch als er auf den Ort zusprang, lag der Schnee dort unberührt. Wenn er einem Spuk aufgesessen war, so hatte dieser ihm immerhin auf die andere Seite der Schlucht geholfen.

Kurz überlegte Poggio, ob er Oswald von der Überquerung abraten sollte. Wolkenstein war ein schwerer Mann, darin geübt, Humpen zu heben, auf einem Schemel hockend Fleisch zu kauen und den Weibern ins Mieder zu singen. Auf vereisten Brettern über einen Abgrund zu balancieren, während der Wind an seinen Kleidern riss, gehörte gewiss nicht zu seinen Talenten.

Poggio legte die Hände an die Wangen und rief: »Es ist zu gefährlich, Oswald! Bleib zurück!«

Doch wenn er geglaubt hatte, den Tiroler damit zurückhalten zu können, so hatte er sich getäuscht. Wolkenstein stellte sich auf das Brett und schob sich langsam vorwärts. Dabei wagte er es nicht, seine Füße zu heben. Die hochgebogenen Spitzen seiner nassen Lederschuhe pflügten über die Brücke und schoben Schnee vor sich her. Flocken rieselten in die Tiefe.

»Nicht den Schnee!«, schrie Poggio. »Er gibt dir Halt.«

Doch Oswald hatte das Eis bereits freigelegt. Zum Dank

schnappte es nun nach seinen Füßen. Wolkenstein schlupfte über das Brett. Zu spät entschloss er sich, die Brücke doch nicht überqueren zu wollen, und taumelte rückwärts. Dabei verlor er endgültig das Gleichgewicht. Im Sturz ließ er sich auf die Seile fallen. Es gab ein krachendes Geräusch, aber die Konstruktion hielt. Jedenfalls für den Moment.

Poggio sprang so nah wie möglich an die Brücke heran. Zu Wolkenstein hinauszugehen, wagte er nicht. Die Bretter trugen einen einzelnen Mann, sogar einen wie Oswald. Zwei aber mochten die im Frost hart gewordenen Seile zum Reißen bringen. Poggio streckte Wolkenstein eine Hand entgegen, aber der war zu weit entfernt. Drei Armlängen voraus klammerte sich der Tiroler an die Seile und starrte in den Abgrund.

Erneut fegte der Wind durch die Schlucht und ließ die Brücke schaukeln.

»Kehr um!«, rief Poggio und begleitete seine Worte mit entsprechenden Gesten, die, so hoffte er, Wolkenstein den Weg zurück in Sicherheit weisen würden. Doch der Tiroler kniete auf den Bohlen und hielt sich an den Seilen fest wie ein Seemann auf einem sinkenden Schiff.

Poggio schnaubte. Noch einmal rief er dem Regungslosen zu, er möge die Brücke verlassen. Diesmal schaute Oswald zu ihm herüber. Allerdings bewegte er dabei nur das Auge, der Kopf saß unbeweglich auf dem Hals. Oswalds Lippen formten ein einziges lautloses Wort.

Poggio schickte ein aufmunterndes Nicken zu ihm hinüber. Dann ließ er seinen Beutel in den Schnee gleiten und trat mit leisem Schritt auf die Bohlen hinaus. Fest packte er die Seile. Unter seinen Händen klimperten Eiszacken. Diesmal trieb ihn nicht die Vision eines Mädchens zu unerschrockener Eile, diesmal kroch er auf einen furchtsamen Junker zu. In den Schenken von Konstanz war Oswald dafür berüchtigt, mit seinen Abenteuern als Kreuzritter zu prahlen. Jetzt fragte sich Poggio, wie dieses Häuflein Mann gegen einen Heerbann Sarazenen bestanden haben sollte. Die Wahrheit, dachte er, wohnt auf einer morschen Brücke über dem Abgrund unserer Lügen.

Unter seinen Füßen knarrten Holz und Seilwerk. Der Schnee auf den Bohlen war nun, da Poggio zum zweiten Mal hinüberging, festgetreten und bot weniger Halt. Mit jedem Schritt bog sich die Brücke weiter durch. Als er in der Mitte angekommen war, hatte sich der Übergang so tief abgesenkt, dass er aufblicken musste, um den gegenüberliegenden Rand zu erkennen. Er bekam den Gürtel des Tirolers zu fassen und zog ihn zu sich heran. Nun hockten sie beide in der Mitte des Übergangs.

Poggio legte Oswald eine beruhigende Hand auf den Rücken. Durch seine Handschuhe spürte er, wie der andere zitterte. Sonst rührte Wolkenstein sich nicht. Unverwandt starrte er zwischen den Seilen hindurch in die Tiefe.

»Oswald!« Poggio zögerte, den Minnesänger anzustoßen. »Wir müssen weiter.«

Wolkenstein schüttelte fast unmerklich den Kopf. »Unsere Zeit ist abgelaufen. Erkennst du es nicht?«

Immerhin hatte er sich bewegt.

»Vorwärts!« Poggio rief das Wort auf Deutsch. Er hatte es von den Kutschern gelernt, die den Papst nach Konstanz gebracht hatten. Doch was für das Gespann eines Kirchenfürsten gut war, verpuffte wirkungslos an den Beinen eines Minnesängers. Oswald rührte sich nicht.

Vielleicht musste er nur erkennen, wie einfach der Weg zu passieren war, dann würde er sein Mütchen sammeln und es selbst versuchen. »Schau nur herüber!«, rief Poggio und versuchte, ermunternd zu klingen. Als er Wolkensteins Aufmerksamkeit gewiss war, wagte er zwei leichtsinnige Schritte in Richtung Sicherheit. Es sollte eine Demonstration von Leichtigkeit sein, ein Tänzeln über dem Rachen des Todes. Doch mittlerweile waren auch Poggios Korksohlen vom Schnee verklebt. Er glitt aus. Zwar griff er flugs nach den Seilen und hielt sich fest. Oswald aber hatte das Manöver verfolgt und war nun erst recht wie versteinert. Zerknirscht dachte Poggio an das Gleichnis von den Fischen, die übermütig an Land gesprungen waren und zu ersticken drohten – wenn ihnen nicht rechtzeitig die Flut zu Hilfe kam.

Wenn er mit Taten nicht weiterkam, so sollten Worte seine Flut sein.

»Oswald, wenn du dort hängen bleibst, wirst du erfrieren«, sagte Poggio. »Es sind nur fünf Schritte. Fünf Schritte braucht man, um vom Konstanzer Münster zur Schenke zu gehen. Das gelingt dir sonst spielend.«

Aber in Oswalds gefrorene Gedanken schien sich das Bild einer warmen Taverne nicht hineinschmelzen zu wollen. Der Junker hockte da wie erstarrt. Poggio zog sich die Seile entlang in Sicherheit. Mit einigem Schlindern erreichte er festen Boden. Von dort richtete er wieder das Wort an Wolkenstein.

»Ich werde in der Stadt nichts davon erzählen. Aber wenn du hier oben erfrierst«, er vermied es bewusst, vom Abstürzen zu reden, »muss ich natürlich davon berichten. Willst du etwa der Narr in einem Spottlied sein, das noch deine Kindeskinder singen werden?«

Oswald bewegte die Lippen.

»Was sagst du?«, rief Poggio hinüber.

»Ich habe keine Kinder.« Wolkenstein sprach die Worte gerade so laut, dass Poggio sie verstehen konnte.

»Dann willst du hier sterben, ohne Erben zu hinterlassen? Ich habe dich für einfältig gehalten, Oswald. Aber dass du so dumm bist, hätte ich nicht gedacht.«

»Ich bin nicht dumm!« Oswald sprach stockend. Aber seine Stimme war lauter geworden.

»Warum singst du dann Lieder, die von nichts anderem zeugen als von der Einfalt ihres Dichters?« Poggio musste nicht lange über die Worte nachdenken. Den gesamten Tag lang hatten sie in ihm gegoren. Jetzt sprang der Korken wie von selbst heraus.

»In Konstanz äffen dich die Kinder nach. Die Hübschlerinnen stolzieren herum und geben den einäugigen Sänger mit der krummen Stimme zum Besten.« Poggio rief sich die Weise ins Gedächtnis, mit der Oswald ihn den gesamten Weg über gequält hatte. Dann warf er sich in die Brust, stellte einen Fuß affektiert nach vorn, schwang den rechten Arm und sang so schief, wie es ihm möglich war, Oswalds deutsche Verse:

»O Welt, o Welt, ein Freud der kranken Mauer,

Wie schwer du bist! Dein Lohn, der wird mir sauer.«

»Sei still!« Der Tiroler zitterte jetzt sichtbar. Nicht mehr nur vor Kälte, hoffte Poggio.

»Blablablabla«, plärrte er die einfache Melodie weiter.

»So geht es nicht!«, rief Wolkenstein. »Der Text lautet …«

»Das soll ein Text sein?«, gab Poggio zurück. »Deine Worte sind so stumpf wie du selbst.« Erneut hob er an zu singen, diesmal erfand er etwas zu der furchtbaren Weise hinzu:

»O Welt, o Welt, O swald, O swald

Stampf und tob und knirsche,

Doch ich sing' und tanze.«

»Du Schweineknecht!«, brüllte Oswald jetzt von der Brücke herüber. »Ich schlage dir den Schädel mürbe!«

»Richtig müsste es heißen: ›Ich werde dir den Schädel mürbe

schlagen.‹ Nicht einmal mit deinem Latein ist es weit her. Von deiner Dichtkunst will ich nicht mehr reden. Deine Zunge ist ein unbeholfener Klump, Oswald von Wolkenstein.«

Der Tiroler kam auf die Beine. Seine Rechte fuhr an die Hüfte, wo sein Dolch am Gürtel hing. Er zückte die Waffe. Die Bewegung brachte die Brücke wieder zum Schwingen. Doch Wolkenstein schien das nicht länger zu bemerken.

»Ich will mein Messer im lauen Blut deines Herzens färben, Florentiner.« Oswald walzte auf Poggio zu. Schon war der Tiroler über die Brücke gelaufen. Er prallte gegen Poggio. Die beiden Männer gingen zu Boden. Alles an Wolkenstein war hart. Poggio umschlang seinen Gegner mit beiden Armen. Wolkensteins Messerarm wurde ihm an den Leib gepresst. So rollten sie ein Stück auf den Abgrund zu. Dann erschlaffte der Tiroler. Oswalds Atem wehte heiß in Poggios Ohr. Die Schultern des schweren Mannes zuckten. Weinte Oswald etwa?

Poggio schob sich unter der massigen Gestalt hervor. Drei Fuß entfernt ging es steil in die Tiefe. Kurz erlaubte er sich, zu Atem zu kommen. Dann fasste er Oswald unter dem Arm und zog ihn vorsichtig von der Kante weg. Diesmal ließ es der Junker zu. Tatsächlich sah Poggio die Spuren heißer Tränen, die sich in das vom Frost erbleichte Gesicht hineingeschmolzen hatten. Er fühlte zwar kein Mitleid mit dem Mann, aber die Erleichterung, die ihn überkam, war so tief wie der Abgrund, dem sie beide soeben entronnen waren.

Mit zitternder Hand pflückte Poggio sein Bündel aus dem Schnee. »Wir ruhen noch einen Augenblick aus«, sagte er. »Dann finden wir dieses Kloster und schlagen uns auf Kosten der Mönche die Bäuche voll.«

Kapitel 4

DIE BEIDEN MÄNNER stiegen höher. Zwar hatte das Schnee-treiben aufgehört, doch war der schmale Weg bis zu den Waden verschneit. Mehr und mehr ließ der Marsch bergan Poggio die Stirn heiß und die Beine müde werden. Oswald erging es nicht besser. Geschunden an Leib und Seele musste der schwere Tiroler immer wieder ausruhen, um auf seine Knie gestützt zu Atem zu kommen. Als der Wald endete, fanden sie sich zwischen Steingewürfel aus Basalt wieder. Der späte Himmel riss auf, und Lichtschwingen bestrichen das Gebirge. Ein feuchter Mond hing schon über den Graten und Zacken. Da sahen sie das Kloster.

Ein grauer Block mit spitzen Bögen und Giebeln duckte sich unter eine Felswand. Im schwindenden Licht waren Berg und Bauwerk kaum voneinander zu unterscheiden. Poggio kniff die Augen zusammen. Obwohl die Fassade Elemente des gotischen Stils aufwies, fehlte ihr jene Leichtigkeit, die solchen Bauwerken sonst zu eigen war. Poggio hatte schon die Kathedralen in St. Denis, Reims und zuletzt in Konstanz bewundert. Sie hatten ihren Besucher heiter dazu eingeladen, sie zu betreten und zu bestaunen. Hier jedoch herrschten Ernst und Abweisung. Die Dächer waren tief über die Mauern gezogen wie Kapuzen über die Gesichter von Finsterlingen. Wo Schnee gegen die grauen Wände geweht war, hatte er nasse, schwarze Flecken hinterlassen, die Poggio an die schrundige Haut eines Siechen gemahnten. Verschwindet!, war mit unsichtbarer Farbe auf die Mauern geschrieben. Poggio nahm sich vor, dieser Aufforderung so schnell wie möglich nachzukommen. Doch zuerst würden sie durch die winzige Pforte eintreten, sich wärmen, essen, ruhen und das Skriptorium in Augenschein nehmen.

»Du hast wohl geglaubt, ich wüsste nicht, wohin wir gehen.« Ein Hauch von Selbstbewusstsein war in Oswalds Stimme zurückgekehrt.

Poggio schwieg. Seit dem Zwischenfall auf der Brücke hatte er bis auf knappe Rufe kein Wort mit Wolkenstein gewechselt. Er war müde. Seine Beine waren gefühllos geworden, und weil er sein Barett verloren hatte, schützte nur noch die Kapuze seines Umhangs dürftig seinen Kopf. Immerhin wusste er durch Oswalds Worte, dass seine Ohren noch funktionierten und nicht unterwegs erfroren waren.

»Vorwärts!«, drängte Oswald. »Dort liegt Sankt Fluvius. Nur noch ein kleines Stück.«

»Es dringt kein Licht aus den Fenstern«, sagte Poggio.

Wolkenstein wedelte unbestimmt mit der Hand. »Benediktiner! Die können auch im Dunkeln sehen.«

Poggio hoffte, dass sein Begleiter recht hatte. Wenn das Kloster hingegen aufgegeben war, würden sie eine kalte Nacht vor sich haben. Angewidert schob Poggio die Vorstellung aus seinen Gedanken, sich in dem kalten Gemäuer an den Leib Oswalds schmiegen zu müssen, um nicht zu erfrieren.

Kaum hatten sie sich wieder in Bewegung gesetzt, vernahm Poggio von fern ein Geräusch. Was er da hörte, erkannte er nicht gleich. Doch der Laut war an diesem Ort fehl am Platz. Oswald ging unbeirrt weiter. Poggio fasste ihn bei der Schulter. »Hast du das gehört?«

Der Tiroler warf ihm einen ratlosen Blick zu. »Was denn?« Dabei trat er von einem Fuß auf den anderen, sodass laut der Schnee knirschte.

»Schschsch!« zischte Poggio. Oswald blieb stehen. Die Männer lauschten.

Da war es wieder. Töne ritten auf dem Wind. Ein Fetzen Musik wehte herüber.

»Ein Vogel ist das nicht«, sagte Oswald. »Dann ist wohl doch jemand zu Hause.«

Der Laut kehrte zurück. Es gab keinen Zweifel. Eine Frau mit dunkler Stimme sang eine klagende Melodie.

»Sagtest du nicht, das Kloster werde von Mönchen geführt?«, wollte Poggio wissen.

Oswald griente. »Vielleicht habe ich mich geirrt. Was hast du gegen ein warmes Lager im Nonnenstift?«

Poggio wollte einwenden, dass sie in cin von Frauen geführtes Kloster erst gar nicht eingelassen würden. Bestenfalls würde man sie im Schweinepferch vor dem Tor nächtigen lassen und ihnen ein paar Essensreste über die Mauer werfen. Doch Oswald marschierte bereits weiter.

Als sie die Pforte erreichten, hatte die Nacht sie vollends umfangen. Der bronzene Türklopfer war angefroren und zwang die Männer, sich mit Schlägen gegen das Holz und lautem Rufen bemerkbar zu machen. Lange Zeit geschah nichts. Auch der Gesang hatte aufgehört. Schließlich klackte und quietschte etwas, und die Tür wurde mit einem schrammenden Geräusch aufgezogen.

»Pax vobiscum«, beeilte sich Oswald zu sagen. Er schlang die Arme schützend um seinen Leib.

Die Gestalt in der Tür blieb stumm. Sie trug eine Öllampe in der Hand. Das Licht schien auf einen Mann von kräftiger Gestalt. Er trug die dunkle Kutte der Benediktiner. Im dämmrigen Schein wirkte sein Gesicht so dunkel wie die Stümpfe seiner Zähne, die er beim Sprechen entblößte. Seine Tonsur war längere Zeit nicht rasiert worden, und seine Haare hingen ihm über die Augenbrauen.

»Was wollt ihr hier?« Die Stimme knirschte wie Geröll unter den Sohlen.

»Wir sind Wanderer, die sich im Gebirge verirrt haben«, hob Oswald an, »und suchen Unterschlupf, bis sich das Wetter gebessert hat. Habt ihr zwei Lager frei und vielleicht etwas zu essen? Wir bezahlen natürlich.«

Der Pater schaute über Oswald hinweg und blickte in den Himmel. »Es schneit nicht mehr. Der Mond scheint hell. Ihr werdet den Weg hinab leicht finden.«

»Aber wir sind erschöpft. Überdies müssten wir bei Nacht über den gefährlichen Steg gehen«, entgegnete Oswald.

Der Mönch starrte Oswald einen Moment lang an, als sei dieser aus einem Zauberwald vor die Klosterpforte getreten. Die Brauen des Geistlichen hoben sich, wodurch seine Haare auf seine Nase herabsanken. »Ihr seid über das kleine Höllenloch gekommen?«

»Wie sonst sollten wir hierhergelangt sein?«, fragte Oswald. »Fliegen können wir ja nicht.«

»Das kleine Höllenloch hat seit Jahren niemand mehr passiert«, sagte der Geistliche. »Ich hätte nicht gedacht, dass der Steg überhaupt noch vorhanden ist.« Er räusperte sich. »Der Pfad zum Kloster verläuft dort im Westen und windet sich ruhig und sicher zum See hinab. Wir Mönche halten ihn frei, damit unsere Ochsengespanne ihn befahren können.« Er schüttelte den Kopf. »Das kleine Höllenloch«, sagte er zu sich selbst.

Liebend gern hätte Poggio Oswald einfach zurückgelassen und wäre den Berg hinabgestürmt. Doch trug er selbst Schuld an ihrem Irrgang. Warum hatte er sich einem einäugigen Tiroler anvertraut?

Oswald ließ sich von der Abweisung des Mönches nicht beirren. »Wir sind keine einfachen Wanderer. Ich bin Oswald von Wolkenstein, der letzte Minnesänger. Wenn ihr uns Unterschlupf gewährt, werden wir für euch Mönche …«

»… Bücher illuminieren«, ergänzte Poggio, bevor Oswald mit dem Angebot, seine Lieder zum Besten zu geben, alles verdarb. Von seinen Besuchen in den Klöstern von Sankt Gallen, Reichenau und Cluny wusste Poggio, dass es unter den Mönchen zwar fleißige Kopisten gab, die tagein, tagaus Pergamente abschrieben. Buchmaler aber, welche die Texte mit Heiligenbildern, goldenen Initialen und Ornamenten zum Leben erweckten, waren selten. Jetzt hoffte er, dass in diesem entlegenen Felsenstift Illuminatoren so begehrt waren wie Dirnen im Kreuzfahrerlager.

Der Blick des hochgewachsenen Mönchs fiel auf Poggio herab. »So etwas können sich nur reiche Klöster leisten. Wir haben kein Geld«, sagte er.

Poggio setzte nach: »Meine Bezahlung ist ein Blick in eure Bibliothek. Ich suche alte Schriften. Finde ich welche, würde ich sie gern abschreiben.«

»Aber das dauert Monate«, wandte der Benediktiner ein.

»Nicht in diesem Fall. Die Texte der Antike sind nur in Fragmenten erhalten. Wisst ihr vielleicht davon? Gibt es alte Schriften in eurem Skriptorium? Abgeschabte Seiten? Brüchige Papyri?«

»Davon weiß ich nichts. Aber einen Illuminator hatten wir schon seit Jahren nicht mehr hier.«

»Ein Blick in eure Bücher würde mir als Preis für meine Arbeit genügen – selbst dann, wenn darin nicht das zu finden sein sollte, was ich suche«, sagte Poggio.

»Und für Essen und ein Nachtlager bezahlen wir«, beeilte sich Oswald zu sagen.

Der Mönch gab die Tür frei. »Ich bin Abt Emilius. Tretet ein in Demut! Pax vobiscum.«

*

»Der gehört ans Kreuz geschlagen!«, brüllte jemand auf Italienisch. Poggio fuhr von seinem Lager auf. Unter seinen Händen knisterte trockenes Stroh. Das Ziegenfell, das ihm Abt Emilius gegeben hatte, glitt zu Boden. Woher war der Ruf gekommen?

Nachdem der Abt die beiden Männer in das Kloster eingelassen hatte, waren sie ihm eilig durch ein Gewirr von menschenleeren Korridoren gefolgt. Sämtliche Brüder schienen bereits zu schlafen. Wer also hatte da gerufen? Noch dazu in Poggios Muttersprache? Auf dem Gang vor der ärmlichen Zelle war nichts zu hören. Da erst erkannte Poggio, dass ihn ein Traum genarrt hatte, ein Nachtgesicht, wie es ihn manchmal heimsuchte. Kurz überlegte Poggio, ob er aufstehen und bis zum Morgen in den leeren Gängen umherwandern sollte. Doch der Weg den Berg hinauf hatte seine Kräfte aufgezehrt. Zudem war es verlockend, sich unter dem warmen Ziegenhaar in den Schlaf zurücksinken zu lassen. Vielleicht würde er jetzt von etwas anderem träumen. Vom sauren Ratzemann vielleicht, dem Wein, der nur in den kältesten Wintern gedieh. Von frischem Hering und von Lerchenzungen. Und vom scharfen Geschmack auf der Haut Florentina da Pistoias.

Kaum aber hatte er die Augen geschlossen, hing das Gesicht Tolomeos über ihm. Und die Hände, die immer wieder auf Poggios Kopf niedersausten. Tolomeo war ein Landpächter, wie er im Buche stand – welches er aber niemals hätte lesen können. Er war so ungebildet wie aufbrausend, ein mottenfarbiger Alter, der Lust gewann, wenn er am Abend seine Knechte durchprügelte.

37

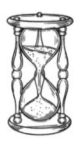

Stundenglas

P OGGIO WAR ZWÖLF JAHRE ALT und arbeitete auf den Feldern bei Arezzo. Sein Vater unterhielt eine Apotheke in der Stadt. Doch das Geschäft ging schlecht, und so hatten Poggios Eltern ihren ältesten Sohn aufs Land schicken müssen. Dort sollte er sich selbst den Unterhalt verdienen. Dass ihn das um ein Haar das Leben gekostet hätte, haben sie niemals erfahren.

Tolomeo erwischte Poggio regelmäßig. Am Abend, wenn die fünf Knechte des Hofes erschöpft von der harten Feldarbeit auf ihre Strohlager sanken, stand plötzlich Tolomeo in der Tür des Schuppens. Er schrie, bis den Jungen die Trommelfelle schmerzten, schimpfte sie Taugenichtse und Faulenzer. Sie allein seien schuld daran, dass er am Monatsende die Pacht nicht zahlen könne, behauptete er. Nachdem er einen Wasserfall toskanischer Flüche erbrochen hatte, packte er einen der Knechte bei den Ohren und schleifte ihn hinaus auf den Dreschplatz. Dort stand schon der Prügelstuhl bereit, ein schartiger Schemel, über den sich die Knaben zu beugen hatten, wenn Tolomeo ihnen den Hintern versohlen wollte, und auf den sie sich setzen mussten, wenn die Schläge ihr Gesicht treffen sollten. »Man kann einen schläfrigen, faulen Knaben mit einer Prügelsuppe laben«, schrie Tolomeo immer wieder, während seine Hand auf Poggios Gesicht oder Gesäß den Silben den Rhythmus schlug. Schon nach zwei Monaten auf Tolomeos Gehöft hatte Poggio mehr Schläge eingesteckt als bei seinen Eltern in seinem ganzen Leben. Er war in der Hölle gestrandet, und wenn er morgens auf die Felder ging, sah er auch so aus.

Seine zerrissenen Kleider und die Prügelflecken in seinem Gesicht erregten das Mitleid seiner Mitmenschen. Humpelte er, von Schmerzen geplagt, hinter Tolomeos Karren her, um die Feldfrüchte zu Markte zu bringen, starrten ihn die Mädchen des Dorfes sorgenvoll an. Eines Tages kam eine junge Frau nah heran und reichte ihm einen Krug Wasser. Damit schien ein Damm zu brechen. In der nächsten Woche schob eine zarte Hand Poggio ein Küchlein aus Mandeln zu. Eine andere strich ihm über das struppige schwarze Haar. Aufmunternde Worte erfrischten seine Ohren. Tolomeo auf seinem Karren bemerkte von alldem nichts.

Bald begriff der Knabe: Es war nicht Mitleid allein, dem er die Gunst der Mädchen verdankte. Unter dem Schmutz hatte er begonnen, zu einem jungen Mann heranzuwachsen. Seine Schultern strafften sich, seine Wangenknochen traten hart aus dem zuvor runden Gesicht hervor, und an seinen Händen und Armen schlängelten sich Adern dicht unter der Haut.

Es gelang Poggio, die flüchtigen Bekanntschaften mit den Dorfschönheiten zu vertiefen. Kaum war Tolomeo mit den Einnahmen des Tages im Wirtshaus verschwunden, traf der junge Knecht Lucia beim Brunnen, Constanza bei den Ställen und Emilia hinter der Sägemühle. Ihre schwieligen Hände drückten hart gegen seinen Leib, und der Geruch ihres Schweißes duftete noch am Abend aus seinen Lumpen hervor und half, die Prozedur auf dem Prügelstuhl zu erdulden.

Poggio gefiel das Leben als Prügelknabe, Bauersknecht und Herzensschmelzer. Zumal den alten Tolomeo nach und nach die

Kraft verließ. Allmählich fielen die Stürme der Gewalt zu lauen Lüftchen zusammen. Bald waren die Schläge nur noch matte Versuche, Herr von fünf immer kräftiger werdenden Knechten zu sein. Tolomeo schrumpfte, und Poggios Angst vor ihm wurde zum Zwerg.

Aber die Mädchen! Jeden Monat schienen sie schöner zu werden, und das Begehren des Knaben wuchs mit seinem Körper. Poggio wurde ein Tagedieb. Nur stahl er niemandem die Zeit, sondern die Küsse junger Frauen unter der Bronzesonne der Toskana.

Es gab eine, die bewunderte er nur aus der Ferne. Florentina da Pistoia, die Tochter des Herzogs von Arezzo. Selbst mit seinen jungen Jahren wusste Poggio: Die heißen Hände der einfachen Mädchen waren Eisklumpen gegen das, was ein Kuss von Florentina für einen jungen Landarbeiter bedeutet hätte – den Scheiterhaufen.

Das Elend unerfüllter Liebe hielt Poggio umklammert. An Markttagen ritt der Herzog persönlich ins Dorf, saß zu Gericht und strich die Zölle ein. Seine Tochter begleitete ihn. Zunächst glaubte Poggio, das Mädchen wolle den anderen im Dorf zeigen, wer die Herrin sei. Denn niemals mischte Florentina sich unter das Volk, sondern sie blieb in der Nähe ihres Vaters. Doch was Poggio für Überheblichkeit gehalten hatte, erkannte er bald als Verzweiflung. Florentina war ein einsames Geschöpf. Sie hatte keine Geschwister und lebte mit ihren Eltern und der Dienerschaft in einem alten Gemäuer. Einst ein Schloss, war es jetzt nichts weiter als eine zugige Ruine, mehr vom Efeu zusammengehalten als vom Mörtel. Eines Tages würde die Schönheit der Herzogstochter dasselbe Schicksal erleiden.

Was für eine Schande! Florentina war das Abbild einer Göttin, und seit Poggio sie zum ersten Mal gesehen hatte, betete er sie an. Doch niemals, das wusste er, würde er den Olymp erklimmen, auf dessen Gipfel Florentina da Pistoia vor Einsamkeit verging. Da nutzte es wenig, dass er bisweilen nur fünf Schritte von ihr entfernt vorüberstrich.

Dann kam jener Tag, an dem Florentina da Pistoia an ihrer Unterlippe nagte.

Poggio nahm die Bewegung aus den Augenwinkeln wahr. Gerade versuchte er, der kichernden Maria den Knoten ihres Kopftuchs mit den Zähnen zu lösen. Halbherzig hielt Maria seine Handgelenke fest, sodass ihm nur der Mund blieb, um ihre Haare von dem Kopfschutz zu befreien. Doch Poggio sollte niemals ans Ziel gelangen.

Von ihrem Versteck unter dem Torbogen des Kirchhofs aus konnte Poggio den Marktplatz überblicken. Während seine Zähne am harten Stoff des Kopftuchs nagten und seine Zunge Bekanntschaft mit dem Salz auf Marias Haut schloss, waren seine Augen über ihre Schulter hinweg auf die Gestalt Florentinas geheftet. Deren Kleid aus hellblauer Seide schimmerte wie die Dämmerung eines Schirokkotages. Ihre Finger spielten mit ihrer Halskette. Sie schaute zu Boden. Hin und wieder verschwand ihre Unterlippe zwischen ihren Zähnen, um kurz darauf rot und glänzend aus dem Mund wieder hervorzukommen. Einen süßen Augenblick lang glaubte Poggio, Florentina wolle ihm ein Zeichen geben, damit er das Kopftuch Marias gegen ihren herzoglichen Mund eintauschen möge. Dann begriff er.

Die Tochter des Fürsten putzte sich heraus. Sie biss sich das Blut in die Lippen, damit diese rot und voll erblühten. Schon prangten sie auf ihrem blassen Antlitz wie ein königliches Siegel auf einem Bogen feinsten Kalbsleders. Mit einem Mal wusste Poggio, wie er aus den schattigen Verstecken der Dorfmädchen in den Schein von Florentinas Sonne treten konnte.

In den folgenden Tagen verwendete er jede freie Minute darauf, seinem Einfall Form zu geben. Dennoch dauerte es vier lange Wochen, bis es so weit war. Schließlich, an einem heißen Junitag des Jahres 1393, folgte Poggio Tolomeo wie immer zum Marktflecken. Er lief beschwingt wie nie zuvor. So schnell trugen ihn seine Füße vorwärts, dass er Beatrice, die altersschwache Eselin, überholte und der Bauer ihm zurief, endlich würden seine Schläge Wirkung zeigen. Aber es waren nicht die Hände Tolomeos, die Poggio Beine machten, sondern die Lippen Florentina da Pistoias.

Zugegeben: Er hatte Angst, dass seine Göttin der Einsamkeit ausgerechnet diesmal nicht im Dorf erscheinen werde. Doch als er und Tolomeo bei der Wassermühle um die Ecke bogen und der Marktplatz vor ihnen lag, glitzerte ihm die Seide ihres Kleides entgegen, und er stellte sich vor, dass sie in ihren Gedanken seinen Namen rief. Auch wenn sie den überhaupt nicht kannte.

An diesem Tag war Poggio ein König. Mit einer unsichtbaren Krone geschmückt hielt er Einzug im Dorf. An der zwinkernden Gracia, der winkenden Estrella und der lächelnden Maria schritt er hoheitsvoll vorüber. Als er sich dem dicht umlagerten Gerichtsstand näherte, rieb er seine schmutzigen Hände an seinen Lumpen sauber, richtete die Tunika, so gut es eben ging, und drängte sich durch die Menge. Tolomeo rief wütend hinter ihm her. Doch Poggio beachtete ihn nicht. Wenn sein Vorhaben gelang, würde ihn Florentina lieben und der Herzog ihn auf seine Burg holen. Dann würde es vorbei sein mit der rückenbrechenden Feldarbeit, den Hungernächten und dem Gebelfer des Pächters.

Auf der anderen Seite der Menge zwängte er sich hervor, verfolgt von den Flüchen der Wartenden. Eine zornige Hand stieß ihm in den Rücken. Er taumelte vorwärts und fiel in den Staub.

Dieser Teil seines Vorhabens war misslungen. Aber nun hatte er das, was er wollte: die Aufmerksamkeit Florentinas. Zum ersten Mal sah sie ihn an. Verwundert, belustigt, verängstigt. Poggio bildete sich ein, Begehren in ihren Augen schimmern zu sehen.

Ermutigt stand er auf. Er fand sich auf dem einzigen Teil des Marktplatzes wieder, der gepflastert worden war. Der Herzog thronte vor der Wand eines großen Gebäudes auf dem Richterstuhl, flankiert von zwei Bütteln, und schüttelte eine beringte Hand über dem Kopf eines vor ihm knienden Mannes. Florentina war weit genug von dem Geschehen entfernt. Zwei Schritte ging er auf sie zu, langsam, so wie man sich einem scheuen Tier nähern würde. Dann holte er die Muschel hervor. Sie war so klein wie Florentinas Mund und ebenso zart. Die Muschelhälften waren noch miteinander verbunden. Dadurch ließ sich die Schale aufklappen wie ein Schatzkästchen. Und was für eine Kostbarkeit darin auf die Tochter des Herzogs wartete!

Poggio zupfte ein Stück Leinen aus seinem Gürtel hervor und breitete es im Staub aus. Der braune, von Motten zerfressene Stoff verwandelte sich in seiner Fantasie in ein Stück königsblauen Samt. Darauf platzierte er die Muschel. »Für Euch, Florentina!«, wollte er sagen. Doch aus seiner Kehle kam nur ein Krächzen. Dann zog er sich zurück und beobachtete, was geschah.

Die Neugier des Mädchens war geweckt. Sie warf verstohlene Blicke zu ihrem Vater und seinen beiden Schergen hinüber. Doch dort hatte niemand etwas bemerkt. Geschwind pflückte Florentina Poggios Geschenk vom Boden. Dann kehrte sie dem Treiben auf dem Marktplatz den Rücken zu, wohl um den Inhalt ungestört zu begutachten.

Die nun folgenden Lidschläge erschienen Poggio länger als die gesamte Zeit auf dem Prügelstuhl des Tolomeo. Würde Florentina erkennen, was er ihr gegeben hatte? Die Muschel war bis zum Rand mit Lippenrot gefüllt. Poggios Vater stellte es in seiner Apotheke in Arezzo her und hatte seinen Sohn das Rezept gelehrt. »Florentiner Lack« nannte er die Masse. Sie sah überhaupt nicht rot aus, sondern wie eine braune trockene Kruste. Doch auf den Lippen einer Frau erstrahlte sie in prachtvollem Karmesin.

Als Florentina sich wieder umdrehte, war sie verwandelt. Ihre Lippen strahlten roter als die Rosen der Daphnis, und als sie Poggio zulächelte, versank der Anbruch des Morgens vor Scham hinter dem Horizont. Zwar hatte sie den Florentiner Lack mit ungelenker Hand aufgetragen, sodass einige Flecken ihre Mundwinkel strichelten. Doch verfehlte das Geschenk seine Wirkung keineswegs. Weder bei Poggio noch bei der Herausgeputzten selbst.

Florentina nickte Poggio zu. Gewiss hätte sie ihm im nächsten Moment die Hand entgegengestreckt, damit er ihr einen Handkuss geben konnte – von dieser Sitte der vornehmen Leute hatte Poggio bereits gehört. Doch bevor sie ihre feingliedrigen Finger in seine Richtung ausstrecken konnte, fuhr Florentinas Zunge aus Florentinas Mund und leckte über Florentinas Lippen.

Da ging Poggios Sonne unter. Das liebliche Mädchengesicht verzog sich zu einer Grimasse. Ihre Miene, soeben noch die einer schönen Frau, zerfiel zu der kläglichen Fratze eines enttäuschten Kindes. Lautstark spie sie in den Sand, spie noch einmal. Dann erbrach sie sich auf ihr Seidenkleid.

Schon sprang der Herzog herbei und hielt seine Tochter in den Armen. Sie wand sich in seinem Griff und greinte, spie noch einmal. Zwei seiner Leibwächter nutzten die Gelegenheit, um sich mit gezückten Eisen vor Vater und Tochter aufzubauen.

Auf eine Frage da Pistoias hin schüttelte Florentina den Kopf. Dann hob sie ihre rechte Hand und streckte sie gegen Poggio aus. Auf den zum Kuss bereiten Handrücken hatte er gehofft, stattdessen bekam er einen anklagenden Zeigefinger.

Bevor Poggio wieder in der Menge verschwinden konnte, packten ihn die Büttel. Schon stand er vor der schweren Gestalt da Pistoias. Dessen feindseliger Blick bohrte sich in Poggios Augen. Mit einer Stimme aus Brust und Kehle fragte der Herzog, was für ein Gift Poggio seiner Tochter verabreicht habe.

»Kein Gift, Herr!«, stotterte Poggio. »Florentiner Lack. Ein Geschenk.«

Etwas traf ihn in die Kniekehlen, und er ging zu Boden. Eine Stimme forderte ihn auf, die Augen gesenkt zu halten, wenn er mit dem Fürsten rede. Doch der Herzog schien anderer Ansicht zu sein. Seine wulstigen Fäuste packten Poggios Tunika und rissen ihn wieder auf die Füße – und noch etwas höher.

»Was fällt dem Knecht ein, meiner Tochter Geschenke zu machen?« Speichel sprühte von da Pistoias Lippen auf Poggios Gesicht, und er kniff die Augen zusammen. Die fürstlichen Fäuste quetschten seine Haut.

»Florentiner Lack ist Lippenrot«, presste Poggio hervor. »Das ist Schminke.«

»Hält er meine Tochter für eine Hure?«

Florentina war in der Zwischenzeit zum Brunnen gegangen und versuchte, ihren Mund sauber zu waschen. Das misslang jedoch so gründlich, dass ihr Gesicht nun mit blassrosa Streifen überzogen war. Ihr Mund hingegen war wund gerieben und glänzte in einer Farbe, die an eine schwärende Wunde erinnerte. Das Kunstwerk war dahin. Oh unglücksschwangere Sterne! Die Lust auf einen Kuss war Poggio ohnehin vergangen.

Er wusste nicht, ob der Herzog auf die Hurenfrage eine Antwort erwartete, beschloss aber, den Mund zu halten. Stattdessen paddelten seine Füße durch die Luft. Da Pistoia hielt ihn gnadenlos fest.

»Woraus besteht dieser Lack? Wenn du mich anlügst und meine Tochter stirbt, werde ich dir eigenhändig die Haut abziehen und dich damit auspeitschen.«

Keinen Wimpernschlag lang zweifelte Poggio an seinen Worten. »Das ist nur Johannesblut. Ungiftig. Aber entsetzlich im Geschmack. Deshalb ...« Ihm blieb die Luft weg.

»Was soll das sein, Johannesblut?«, brüllte der Herzog. Um ihn herum hatten sich Schaulustige versammelt. Aus ihren Reihen drangen Raunen und Gelächter herüber.

Poggio beschloss, bei der Wahrheit zu bleiben. Die bittere Medizin ist stets die beste, hatte ihn sein Vater gelehrt. Niemals aber hatte er behauptet, dass die Wahrheit auch für jeden verständlich sein muss.

»Johannesblut wird aus Koschenille gemacht«, brachte Poggio hervor. Mühsam widerstand er dem Drang, seine Hände auf die Pranken des Herzogs zu legen.

»Kosche... was? Sprich Italienisch!« Statt loszulassen, schüttelte ihn der Fürst wie einen Birnbaum im Oktober. Der adelige Speichel füllte Poggios Augen, und die Welt um ihn herum verschwamm.

»Schildläuse«, quetschte er hervor. »Man sammelt Schildläuse und zermahlt sie.«

Das Schütteln hörte auf. Die Fäuste öffneten sich. Poggio stürzte. Vom Brunnen her erklang ein kleiner Schrei. Florentina schien das Geheimnis des Florentiner Lacks ebenfalls vernommen zu haben. Poggio hörte Wasser klatschen. Entweder versuchte sie gerade mit aller Kraft, ihr Gesicht zu reinigen, oder sich vor Scham und Ekel zu ertränken.

Poggio kam ein Gedanke. »In Arezzo bezahlen sie säckeweise Florins dafür«, pries er das Lippenrot. Zwar wusste er nicht, ob das stimmte. Aber die Aufmerksamkeit des Herzogs hatte er sofort gekauft.

»Wie viel?«, fragte dieser und las die Muschelschale vom Boden auf, um ihren Inhalt zu erforschen.

Vielleicht hätte der Fürst Poggio an dieser Stelle davonkommen lassen. Doch der junge Toskaner gab hinzu: »Außerdem ist Florentiner Lack ein passendes Geschenk für ein Mädchen namens Florentina.«

Später wusste Poggio nicht mehr zu sagen, wo ihn die Füße des Herzogs zuerst trafen, ob in der Leibesmitte oder am Kopf. Er hörte den Fürsten noch brüllen, dass niemand seine Tochter mit einer Laus vergleichen dürfe. Dann schleppten ihn die Männer des Herzogs davon, einem unangenehmen Schicksal entgegen. Florentina da Pistoia sollte er niemals wiedersehen.

Kapitel 5

IM BROT WAR SAND VERBACKEN. Dazu gab es Pferdebohnen. Von dem Fraß schaufelte Poggio so viel wie möglich in seine Holzschüssel, rührte mit einem schmierigen Löffel darin herum und schlang den Brei hinunter. Er hatte schon mit schlechteren Mahlzeiten auskommen müssen.

Gegenüber an der langen Tafel saß Oswald von Wolkenstein und stierte stumm in seine Schüssel. Seine Hand hing schlaff am Löffelstiel.

Um die beiden Männer herum herrschte Schweigen. Ein gutes Dutzend Mönche hatte sich mit ihnen nach dem Beten der Prim im Refektorium versammelt. Öllampen flackerten auf der langen Tafel. Die Sonne war noch nicht aufgegangen. Statt Licht fiel Schnee durch die Fenster in der Ostwand herein, von einem kalten Wind durch den Raum gewirbelt. Alle hatten die Kapuzen über die Köpfe gezogen. Das Klappern der Löffel und das Schmatzen aus hungrigen Mündern erfüllte den Raum.

Oswalds Hand klatschte auf die dunkle Tischplatte. »Diesen Mist kann niemand essen. Schafft Braten herbei! Wir zahlen dafür.«

Das Klappern verstummte. Am Kopf der Tafel, dem Abtstisch, erhob sich Emilius. Als Einziger hatte er die Kapuze zurückgeschlagen. »Heißt unsere Gäste willkommen!«, eröffnete er den anderen Mönchen. »Sie kamen in der Nacht und bieten sich als Buchmaler an. Zwei oder drei Tage werden sie bei uns bleiben, mit uns beten, arbeiten – und essen.«

Die Kapuzen drehten sich in Poggios und Oswalds Richtung.

Unter dem groben Stoff waren die Gesichter kaum erkennbar. Niemand nickte oder sprach ein Wort. Poggio verwunderte das nicht. Auf seiner Jagd nach Büchern hatte er genug Klöster besucht, um zu wissen, dass sie Hospitälern glichen. An solche Orte sandten Kaufleute ihre Kinder, wenn diese gelähmt oder verstümmelt waren. Müßige und Antriebslose, Schwachsinnige oder Dumme – sie alle landeten hinter Klostermauern. Wer nicht arbeiten wollte oder heiraten konnte, endete entweder als Bettler oder als Mönch – darüber entschieden der Reichtum und das Wohlwollen der Verwandten. Denn für einen Platz im Stift zahlte man mit Gold, für einen in der Gasse nur mit Würde.

Bevor Oswald seine Forderung wiederholen konnte, fuhr Emilius fort: »Heute früh wird uns Bruder Zotto vorlesen. Esst, schweigt und lauscht.«

»Was ist nun mit dem Braten?«, fragte Oswald noch einmal. Doch er erntete nur einen strafenden Blick von Abt Emilius, der die Angelegenheit mit den Worten beiseitefegte: »Bei uns Mönchen ist in der Kirche jeden Tag Sonntag und im Refektorium jeden Tag Freitag.« Als Oswald ihm einen fragenden Blick zuwarf, rollte Emilius mit den Augen und erklärte: »Freitag ist Fastentag.«

Der Abt nahm wieder Platz. An seiner statt erhob sich der neben Poggio sitzende Mönch, ging zu einer Nische in der Wand und zog ein Buch hervor. Zu gern hätte Poggio seine eigenen Hände auf die metallenen Schlösser des schweren Folianten gelegt und über das Leder gestrichen. Doch das war dem Klosterbruder vorbehalten. Der öffnete die Verschlüsse und schlug das Buch knarrend auf. Mit einer Hand wischte sich der Mann die Kapuze vom Kopf. Darunter kam ein kahler Schädel zum Vorschein, dem nur über den Ohren noch Haarbüschel wuchsen.

Um eine Tonsur musste sich der Mann jedenfalls nicht mehr scheren. Sein Mund war schlaff und in den Winkeln feucht.

Was der Mönch nun mit knarzender Stimme vortrug, war die Geschichte des heiligen Bonifatius. Natürlich, dachte Poggio, was sonst sollte man sich nördlich der Alpen erzählen, als die Legende vom Apostel der Deutschen? Und welche Episode hörte man hier wohl lieber als jene, in der Bonifatius die Donar-Eiche fällt, den heiligen Baum der Germanen?

Während der Lesung schien sich die Stille zu verdichten. Kein Flüstern war mehr zu hören. Fehlte einem der Brüder etwas beim Essen oder Trinken, so verständigten sich die Mönche nur mit Gesten und reichten Schüsseln und Krüge stumm weiter. Einzig die Stimme des Lesenden erfüllte den Raum.

Die Legende war scheußlicher als der Brei in Poggios Mund. Bonifatius bekehrte die heidnischen Germanen, indem er ihnen die Machtlosigkeit ihrer Götter vor Augen hielt. Dazu führte der Missionar die Heiden zu einer Eiche, in welcher der alte Gott Donar wohnen sollte, griff kurzerhand zur Axt und hieb die Eiche entzwei. Wer immer sich diese Geschichte ausgedacht hatte, er musste mit der Axt vertrauter gewesen sein als mit dem Federkiel. Poggio fühlte sich an die Lieder Oswald von Wolkensteins erinnert.

Die Mönche schienen anderer Meinung zu sein. In jenem Moment, in dem Bonifatius die Axt hob, ließ einer den Löffel fallen und hielt sich die Hände vor das Gesicht. Ein anderer blickte zur Holzdecke des Speisesaals auf, als sähe er dort, wie der Heilige auf den Baum eindrosch. Doch bei aller Verzückung für das gewiss schon tausendfach Gehörte gab immer noch niemand ein Geräusch von sich.

Als der Bruder bis zum Ende gelesen hatte und das Buch zuklappte, sickerte endlich das Morgenlicht in den Raum. Der

Moment der Lesung war geschickt gewählt, bemerkte Poggio anerkennend. Der heilige Mann erscheint in finsterer Nacht. Kaum aber hat er sein Werk vollbracht, wird es Tag, und die Welt erstrahlt in neuem Licht. Man musste kein Mönch sein, um sich von derartigen Scharlatanerien beeindrucken zu lassen.

Poggio hielt das verzückte Schweigen nicht länger aus. Auch der einfachste Mensch musste doch Fragen an eine Geschichte wie diese haben. Mit einer Hand schob er die leere Schüssel in die Tischmitte, mit der anderen wischte er sich über den Mund, dann fragte er laut: »Wenn Bonifatius ein Mönch war, wo hat er gelernt, Bäume zu fällen?«

Die Kapuzen wandten sich erst Poggio zu, dann Emilius. Unter der ungepflegten Tonsur des Abtes funkelten feindselige Augen. »Das Gebot, während der Lesung zu schweigen, gilt auch für Gäste«, brummte Emilius.

»Ich ehre eure Gebote und habe mir die Geschichte angehört, ohne ein Wort zu sagen«, fuhr Poggio fort. »Aber nun ist die Lesung vorbei, und ich habe Fragen. Ihr etwa nicht?«

»Wir zweifeln nicht an Gottes Wort«, sagte Emilius und zog jede Silbe in die Länge.

»Das tue ich auch nicht«, entgegnete Poggio. »Aber die Geschichte des Bonifatius steht nicht in der Bibel und ist damit auch nicht Gottes Wort. Irre ich mich?«

Emilius schwieg. Offenbar war er es nicht gewohnt, infrage gestellt zu werden.

»Wie also kann ein Mönch, einer wie ihr es seid, eine gewaltige Eiche mit bloßer Hand fällen?«, setzte Poggio nach. »Er muss doch Hilfe gehabt haben, oder nicht? Vielleicht hat Bonifatius die Germanen dazu überredet, ihm zu helfen. Das wäre doch auch ein großer Erfolg. Aber so wie die Legende geht, wirkt der heilige Mann unglaubwürdig. Es wäre besser, man kehrte zur Wahrheit zurück.«

»Nicht nach Wahrheit suchst du, sondern danach, deine Neugier zu befriedigen«, rief Emilius laut über die Köpfe der Mönche hinweg. »Neugier aber ist das Werk des Teufels.« Er erhob sich und stemmte beide Hände auf die Tischplatte. »Bonifatius hat es mit Gottes Hilfe getan. Es war Gott, der in seine Axt gefahren ist. Mit einem einzigen Schlag hat er die Eiche gefällt.« Emilius' Augen waren nun aufgerissen.

»Und was geschah hinterher mit dem Eichenholz?«, wollte Poggio wissen. »Haben die Germanen es verbrannt? Oder einfach liegen gelassen? Beides mag ich nicht glauben. Das Holz einer Eiche ist wertvoll. Selbst wenn Bonifatius den Heiden Gottes Macht auf eindrucksvolle Weise gezeigt hat – sie haben diesen Baum doch jahrhundertelang angebetet. Was also taten sie mit dem Holz?«

Einer der Mönche klatschte mit der flachen Hand auf den Tisch. Löffel, Schalen und Schüsseln klapperten. »Das will ich auch wissen«, rief er mit lauter Stimme.

»Erkennst du es jetzt?«, rief Emilius. »Neugier ist ansteckender als die Pest.« Der Abt wandte sich an seine Mönche und breitete die Arme aus, als wolle er alle gleichzeitig umarmen. »Hört nicht auf die Stimme der Versuchung. Debatten, Streitgespräche – damit sollen sich die Gelehrten in den Universitäten herumschlagen. Bei uns wohnt das Wort Gottes.«

»Aber was ist denn nun mit dem Holz geschehen?«, fragte ein anderer Mönch.

Emilius stieß zwei Finger in eine Schüssel und holte etwas Grünes daraus hervor. »Diese Blätter trocknen wir im Sommer, um im Winter unsere Speisen damit zu würzen.«

»Sauerklee«, sagte einer der Mönche. »Aber keine Eiche.«

»Habe ich euch beigebracht, dass dieses Kraut das Herz gesund und rein hält?«, fragte Emilius.

Einige Mönche nickten, andere brummten zustimmend.

»Dann seht her: Gott hat diesen Blättern die Form eines Herzens gegeben. Er spricht in der Natur zu uns, damit wir seine Zeichen erkennen. Warum sollten wir mehr wissen, als Gott uns zu sagen bereit ist?«

Jetzt nickten alle Mönche. Die Kapuzen wogten auf und ab.

Oswald schaltete sich ein: »Vielleicht erhitzten die Germanen mit dem Eichenholz einen Kessel, um darin Wild zu sieden.« Er warf zwei Münzen auf den Tisch und hielt seine Schüssel in die Höhe. »Wenn ihr dann in eurer Vorratskammer nach einem Schleckbissen für mich sehen würdet?«

Ob Emilius nun das Klimpern des Geldes willkommen hieß oder die Gelegenheit, das unangenehme Gespräch zu unterbrechen – er ging zur Tür und rief hindurch: »Agnes! Bring die gemästeten Fettammern, die Osto in Konstanz verkaufen sollte, und einen Krug vom Bier.«

Aber Poggio war nicht bereit, die Einfalt siegen zu lassen. Erst recht nicht, wenn es durch Oswald von Wolkenstein geschah. Waren denn alle Menschen zu furchtsam, um die Natur enträtseln zu wollen? Musste man alles immer nur erdulden?

Jetzt war es Zeit für den eleganten Vergleich der römischen Venus mit der christlichen Maria. Das würde diesen starrsinnigen Mönchen die Augen öffnen. Poggio nahm einen Schluck Wasser aus seinem tönernen Becher. Da betrat eine Frau den Speisesaal.

Sie trug zwei Spieße mit gerösteten Vögeln in der einen und einen Krug in der anderen Hand. Poggio verhakte sich mit den Augen in ihre Gestalt. Sie hatte die dunklen Augen der Italienerinnen. Ihre Haut war von der Farbe frischer Pfifferlinge, ihre

Nase nicht größer als der Knöchel von Poggios kleinem Finger. Ihr Haar war dunkel und nachlässig unter einer Leinenhaube verborgen. Sie bewegte sich mit einem sanften, fast trägen Gang. Das Sonderbarste an ihr aber war ihr Gewand. Es fiel von ihren Schultern herab wie eine Verlängerung ihres Haars. Einst musste das Kleid kostbar gewesen sein, doch zeigten sich nun Flicken und fadenscheinige Stellen auf dem hellblauen Brokat.

Poggio fiel der Schemen an der Brücke ein und der Gesang, den er in der Nacht vor der Klostermauer gehört hatte. Erst jetzt bemerkte er, dass er von einer beängstigenden Einsamkeit erfüllt war. Ein sonderbares Verschweben ergriff von ihm Besitz.

Der Abt deutete auf Oswald. Die Augen der Frau blickten gelangweilt und feindselig. Sie schmetterte Wolkenstein den Krug auf den Tisch und warf die Fettammern achtlos hinterher. So unvermittelt, wie sie erschienen war, verschwand sie wieder.

Mit dem Ernst verhungernder Tiere starrten die anderen Mönche auf Oswalds Mahl.

Wolkenstein nahm einen langen Zug direkt aus dem Krug. »Ah! Besser!«, seufzte er. »Ihr Mönche lasst euch hier von schönen Frauen bedienen. Kein schlechtes Leben, wie ich zugeben muss.«

Emilius räusperte sich: »Agnes gehört nicht zum Konvent. Ihr Vater war Herzog unter König Wenzel. Doch als Sigismund König wurde, fiel die Familie in Ungnade. Wir haben Agnes bei uns aufgenommen, um ihr ein Leben als Bettlerin zu ersparen.«

Und im Gegenzug hat der Herzog dem Kloster seine Ländereien vermacht, bevor der König danach greifen konnte, ergänzte Poggio in Gedanken. Er schauderte. Schon ein Leben im Frauenkloster musste eine Adelige in den Trübsinn treiben. Wie elend aber musste es sein, auf einem Berg als Frau unter Männern zu leben – unter Männern wie diesen? Während die Mönche das Mahl mit einem Gebet beschlossen, starrte Poggio noch lange zu der Tür hinüber, hinter der Agnes verschwunden war.

Im Skriptorium roch es nach Moder und Verwesung. Poggio kannte den Geruch und begrüßte ihn wie die Umarmung eines alten Freundes nach schweißtreibendem Ritt.

»Widerlich!«, stöhnte Oswald. »Wie in einer Gruft.«

»Ein guter Vergleich«, flüsterte Poggio. »Es ist ja auch alles voller vertrockneter Häute.«

Der Tag stahl sich durch die Fenster. Sie waren nicht nur einfache Öffnungen im Mauerwerk, sondern aufwendig mit Glas verschlossen. Tageslicht durchflutete das Skriptorium und half den Schreibern bei der Arbeit. Dennoch konnten Kälte, Wind und Feuchtigkeit den kostbaren Texten nicht zusetzen. Kerzen hingegen gab es in dem großen Raum nicht. Poggio kannte und begrüßte diese Vorsicht. Schon ein einziges Talglicht und ein vergesslicher Mönch konnten eine Bibliothek in Flammen aufgehen lassen und die Arbeit von Generationen von Schreibern vernichten. Das Gedächtnis der Menschheit war so flüchtig wie das Flackern einer Kerze.

Drei der sieben Pulte waren besetzt. Daran hockten Mönche und kratzten mit Steinen auf Buchseiten herum. Scheinbar war es ihre Aufgabe, alte Texte zu löschen und das kostbare Trägermaterial für neue Schriften vorzubereiten. Was für eine garstige Beschäftigung! Poggio musste an sich halten, um den Mönchen nicht den Bimsstein aus den Händen zu schlagen. Was sie da ausradierten, mochte genau das sein, was er suchte: die Verse eines römischen Dichters, die Formeln eines griechischen Mathematikers, die Chroniken eines fränkischen Historikers. Kostbarkeiten der Weltgeschichte, ausgelöscht von ahnungsloser Hand. Und wofür? Um die hunderttausendste Bibel zu kopieren, die dann aber doch nicht verbreitet wurde, sondern ihr Dasein in eben jenem Skriptorium fristete, in dem sie ein Mönch unter Mühsal abgeschrieben hatte.

Am Pult eines der Mönche hing ein Buch an einem Strick. Das musste der Katalog, das Verzeichnis der hier lagernden Texte, und der Mann selbst der Bibliothekar sein. Auch er rieb mit der Ruhe einer Schildkröte auf einem Folianten herum. Als er die beiden Männer bemerkte, wandte er gemächlich den Kopf und nickte ihnen stumm zu.

Poggio ließ seinen Blick über die Wände wandern. Unter dem Gewicht einiger hundert Bücher bogen sich Regale bis an die Grenze der Bedenklichkeit. Mochte das Kloster auch verwahrlost sein, seine Bibliothek war gut ausgestattet. Die meisten Klöster, die Poggio bisher besucht hatte, besaßen höchstens dreißig Bände. Gerüchten zufolge sollten in der gesamten Universität von Paris nicht mehr als sechzig Bücher zu finden sein.

Oswald krachte auf einen Schemel. »Wo fangen wir an zu suchen?«, fragte er.

Poggio legte einen Finger an die Lippen. Er hatte schon befürchtet, dass Oswald das gebotene Schweigen im Skriptorium schwerfallen würde. Oswald runzelte die Stirn.

»Kein Mönch wird mir den Mund verbieten«, sagte der Tiroler laut.

Die Bewegungen des Bibliothekars kamen vollends zum Erliegen.

Poggio machte eine beschwichtigende Geste in Richtung des Mönchs. Dann beugte er sich zu Wolkensteins linkem Ohr hinunter. »Der Bruder dort leitet das Skriptorium. Nur er kann uns zeigen, was wir suchen. Wenn wir nicht schweigen, wird er uns nicht helfen.«

Wolkenstein warf einen prüfenden Blick zu dem Mönch hinüber. »Aber wenn wir nicht sprechen dürfen – wie stellen wir ihm dann Fragen?«

Poggio klopfte Oswald auf die Schulter und legte seinen Zeigefinger vor den Mund des Minnesängers. Dann trat er an den Schreiber heran.

Der Mönch erhob sich und verneigte sich stumm. Von seinen rundlichen Wangen hing ein ungestutzter Bart herab. Poggio musste nicht lange überlegen. Er vollführte die Geste des Schürzenbindens und führte beide Hände vom Bauchnabel zur Seite. »Helfen« bedeutete das in der Zeichensprache der Skriptorien. Und Poggio beherrschte dieses Alphabet wie seine Muttersprache.

Die Antwort des Bibliothekars kam prompt, als sich der Mann mit dem Zeigefinger in die Wange stach: »Heute?« sollte das heißen.

Poggio deutete mit einem Finger zu Boden: »Jetzt!« Dann holte er sein Bündel hervor, zupfte den Verschluss auf und bot dem Mönch einen Blick auf seine Werkzeuge. Neugierig beugte sich der Bibliothekar darüber. Wie es schien, war er mit der Kunst der Buchmalerei vertraut genug, um die Bedeutung der Geräte zu erkennen. Nun glänzten seine Augen, und er schlug sich mit der flachen Hand gegen den Bauch: »Gut.«

Poggio streckte beide Hände mit den Handflächen nach oben aus und zeigte die Geste des Umblätterns: »Buch« hieß das. Dann kratzte sich Poggio hinter dem Ohr wie ein Hund – das Zeichen für heidnische Bücher.

Die Miene des Bibliothekars verfinsterte sich. Energisch schüttelte er den Kopf. Dann führte er Poggio und Oswald zu einem der freien Pulte. Darauf lagen lose Seiten Pergament. Unverkennbar waren die Bögen mit den klobigen gotischen Schriftzeichen versehen, die allerorten verwendet wurden. Damit das

Pergament beim Schreiben nicht verrutschte, war es unter zwei Schnüre gesteckt, die vom oberen Rand das Pultes zum unteren verliefen. Die Enden der Leinen waren mit Steinen beschwert. Poggio erkannte den Text sofort. Er blickte den Bibliothekar an und formte die Hände über seinem Kopf zu einer Krone: »Die Psalmen König Davids?«

Der Bibliothekar nickte. Dann klopfte er beide Fäuste mehrfach gegeneinander – das bedeutete »An die Arbeit« – und ging wieder zu seinem Platz. Poggio hatte schon vielen Bibliothekaren ihre Schätze entlockt. Meist lief es nach demselben Muster ab. Zunächst weigerten sich die Herren der Skriptorien, ihre Archive zu öffnen. Wenn sie aber erst sahen, wie Poggio mit Bildern und Buchstaben ihre Pergamente zum Leben erweckte, waren sie bereit, ihm alles zu zeigen, was er wollte. Nicht anders würde es auch hier sein. Illuminatoren waren selten, gute Illuminatoren kaum zu finden, und solche, die ihre Kunst gegen nichts weiter als einen Blick in ein heidnisches Buch anboten, waren wohl vollends unbekannt.

Doch er hatte Oswald vergessen. Der Tiroler beugte sich mit verdrehtem Hals über die Pergamente. Sein Mund stand offen. Seine Zunge hielt er zunächst im Zaum, wenn auch mit sichtlicher Mühe. »Aber das ist nur die Bibel«, brach es schließlich aus Oswald hervor. »Wir suchen doch die Schriften der Römer.«

Der Bibliothekar ließ die flache Hand auf sein Schreibpult klatschen.

Poggio wusste sich nicht anders zu helfen, als Oswald bei den Schultern zu fassen und zu den Buchregalen zu schieben. Dort zeigte er auf die Reihen brüchiger Buchrücken und nickte Wolkenstein so aufmunternd wie möglich zu. Der Junker musste nicht lange überlegen. Mit beiden Händen zog er das dickste und höchste der Bücher hervor und wuchtete die Beute auf den

Schemel, auf dem er soeben noch gesessen hatte. Dann schlug er das Buch auf. Der Foliant quittierte die unwirsche Behandlung mit einem reißenden Laut. Oswald versenkte sich in den Text, auf der Suche nach Kostbarkeiten.

In der Hoffnung, den Minnesänger eine Weile beschäftigt zu haben, kehrte Poggio zu den Psalmen der Könige zurück. Vielleicht fand Oswald ja tatsächlich etwas Interessantes. Hauptsache, er schwieg und ließ die Zeit für sie beide arbeiten.

Endlich war der Moment gekommen. Sorgsam holte Poggio das Werkzeug aus seinem Beutel hervor. Es widerstrebte ihm, die Gegenstände als schlichte Gerätschaften zu bezeichnen, auch wenn Uneingeweihte sie durchaus dafür halten mochten. Für Poggio waren sie Schätze, einzigartige Kostbarkeiten, die das Meer der Zeit an seinen Strand gespült hatte: eine Ahle aus dem Eisen von König Artus' Schwert, ein Stylus aus dem Holz der nordischen Welteneesche, Bimsstein aus Ägypten, ein Federmesser, das einmal die Kehle eines Königs durchschnitten haben sollte, Sand aus der Sahara, eine Muschelschale und das Kostbarste: das Horn eines Einhorns, in dem Poggio Tinte anzurühren pflegte.

Er breitete alles auf der Ablage am oberen Rand des Pults aus. Dann legte er, trotz der Kälte, seinen Umhang beiseite, knetete seine Finger, bis das Blut kräftig in ihnen zirkulierte, und begann mit der wohl schönsten Beschäftigung auf der Welt.

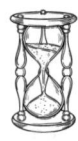

Stundenglas

DIE LUFT IM KERKER knisterte vor Kälte. Zum Glück hockte Poggio nicht allein in dem winzigen Loch. Unter der Burg des Herzogs waren drei weitere arme Seelen mit ihm eingesperrt: Pietro Paolo, ein Bauer, der seine Abgaben nicht hatte zahlen können; Benedetto, ein Franziskanermönch, der dem Herzog mit dem ewigen Fegefeuer gedroht hatte, wenn er nicht endlich etwas gegen die Kirchenspaltung unternehme; und Baldassare, ein junger verarmter Adeliger aus Neapel, der sich in den Fallstricken eines politischen Ränkespiels verfangen hatte und hier unten Schulter an Schulter mit den Gemeinen schmachten musste.

Zunächst hatte es Baldassare gar nicht gefallen, mit einem Landarbeiter, einem Bauern und einem Geistlichen eingepfercht zu sein. Einen ganzen Tag lang hatte er die bleichen Hände ins Gitter des Kerkerfensters geklammert. Doch als die Kälte sein ohnehin blaues Blut zum Gefrieren brachte, hatte er sich doch zu den anderen gesetzt, um Körperwärme zu teilen. Seit einer Woche kauerten sie nun schon so zusammen, vier verirrte Schafe im Sturm. Besseres Wetter war nicht in Sicht.

So atmete Poggio den Kerkerbrodem und wartete darauf, dass sich irgendjemand für sein Schicksal erwärmen möge. Sogar Tolomeo und seinen Prügelstuhl hätte Poggio willkommen geheißen. Doch die Aussichten blieben trübe. Alles, was er erfahren konnte, war, dass man ihn wegen versuchten Giftmordes an der Herzogstochter anklagen würde. Für einen einfachen Landarbeiter bedeutete das gewiss den Tod. Zu klären war einzig die Frage, ob es ein qualvolles Ende auf dem Scheiterhaufen oder ein schneller Ruck am Galgen sein würde. Deshalb vertrödelte Poggio seine letzten Tage zwischen den stinkenden, aber warmen Leibern der anderen Gefangenen und schmierte mit dem Ruß der Talglichter Schmähworte für den Herzog und Lobpreisungen für die Schönheit seiner Tochter auf die Wände.

Wie lange mochten die vier Elendsgenossen zusammengehockt haben, als sich eines Tages die Luke über den Köpfen öffnete und ein unfreundliches Gesicht erschien? Es war voller Runzeln und straff umrahmt von rotem Tuch.

»Coluccio!«, rief Baldassare und sprang auf. »Holst du mich endlich hier heraus!«

Der Runzelige im roten Gewand schüttelte greisenhaft den Kopf. Unsicheren Schrittes stieg er die engen steilen Stufen in das Gefängnis herab. »Du musst vorsichtiger sein, Baldassare«, flüsterte der mit Coluccio Angesprochene und musterte die anderen mit Habichtsaugen. »Beim nächsten Mal kommst du nicht mehr so leicht davon.« Er deutete auf die anderen Gefangenen. »Sind das deine Mitverschworenen?«

Baldassare schüttelte den Kopf. »Das ist nur Pöbel. Aber er hält warm.« Der junge Adelige legte die Arme um die Schultern von Pietro Paolo und Benedetto. »Wenn es ihnen helfen sollte, mit mir hier herauszukommen, dann erkläre ich sie zu meinen Mitwissern.« Er lachte mit Behagen.

In Poggio stieg die Angst auf, in dieser Gruft vergessen zu werden. Er drängte sich an seine Mitgefangenen und versuchte, finster zu blicken wie ein echter Verschwörer.

Coluccio verzog keine Miene. »Wir können nicht einfach jeden Dahergelaufenen mitnehmen. Es mag sich herausstellen, dass wir Mörder, Diebe und Ehebrecher befreit haben.«

»Dann sind sie bei mir in guter Gesellschaft«, gab Baldassare zurück.

Der Alte lächelte schmerzlich. Die Falten in seinem Gesicht verschoben sich dabei so mühsam, dass Poggio sicher war, er bewegte die entsprechenden Muskeln nur zu seltenen Gelegenheiten, etwa wenn er in einen Kerker hinabstieg. »Diese Wände«, fragte Coluccio. »Wer hat sie beschrieben?« Er tastete über den Ruß. Die Schmähungen blieben an seinen Fingern kleben. »Schmutzige Worte«, raunte er.

Poggios Hoffnung, an Baldassares Seite dem Elend zu entkommen, fiel in sich zusammen. Gerade wollte er lauthals leugnen, der Verfasser jener Beschimpfungen zu sein. Doch Baldassare kam ihm zuvor. »Der Junge hat das geschrieben«, sagte er. »Was dem alles einfällt, wenn er an den Herzog denkt!«

Coluccio schob sich an Poggio vorbei, die Augen auf die Wände gerichtet. Mit der Hand verfolgte er die Zeilen, wie sie kreuz und quer über Bruchsteine und Mörtel liefen. An einer Stelle hatte Poggio um die Köpfe von Pietro Paolo und Benedetto herumgeschrieben. Um diese kurvigen Passagen zu entziffern, stieg Coluccio über die Gefangenen hinweg und verdrehte den Hals wie eine Eidechse. Dabei formten seine Lippen lautlose Worte.

Poggio sah sein Schicksal besiegelt. Der Mann mit der roten Kapuze konnte nur ein Freund des Herzogs sein – wie sonst könnte er einfach in den Kerker spazieren und die Gefangenen befreien – und jeder, dem der Herzog wohlgesinnt war, musste die Schmierereien verachten und ihrem Verfasser den Strick an den Hals wünschen.

»Leichenwäscher«, las Coluccio nun laut vor. Er zog jede Silbe in die Länge. »Siebenmonatskind«, fuhr er fort. »Kuhkopf, Hefetrinker, Schotenfresser.« Er wandte sich zu Poggio um. »Stimmt es, was Baldassare sagt? Stammen diese Zeilen von dir?«

Poggio fühlte sich hilflos unter den finsteren Blicken. »Nein, Herr! Sie waren schon an der Wand, als ich hier herunterkam. Ich habe sie nur ausgebessert.«

Eine Hand legte sich auf seine Schulter. Coluccio beugte sich zu ihm hinunter. Sein Atem roch auf merkwürdige Weise vertraut. »Du schreibst gut und lügst schlecht. Du kannst kein Bauernjunge sein.«

»Ich komme aus Arezzo, Herr«, krähte Poggio, gewiss, dass ihm nun die Gurgel umgedreht werden würde.

»Du bist auch kein Straßenjunge aus der Stadt. Was hat dich in dieses Dorf verschlagen?«

»Mein Vater ist Apotheker«, erklärte Poggio, »aber es gab nicht genug zu essen für meine Geschwister und mich.« Mit einem Mal brannte in ihm die Angst, seine Eltern niemals wiederzusehen. Bislang hatte er die Tage bei Tolomeo nur als Episode empfunden. Selbst die Zeit im Kerker war ihm erschienen wie ein Spiel. Doch als er nun an die Arbeitsräume seines Vaters dachte, an die Gerüche, die sich dort zu einem betäubenden Miasma zusammenballten, lief es ihm heiß und nass die Wangen herab.

Coluccios Miene blieb hart. »Apotheker«, murmelte er. Dann hauchte er den Knaben an. »Wonach riecht mein Atem?«

Da fiel es Poggio wieder ein. »Muskat«, sagte er. Sein Vater hatte ein Gemisch aus Muskat und Hasengalle an die Reichen verkauft, die damit ihren Atem parfümierten.

Coluccio atmete wieder ein. »Und wo hast du schreiben gelernt?«

»In der Apotheke«, antwortete Poggio. »Dort musste ich meinem Vater die Listen führen und die Krüge beschriften. Die lateinischen Worte konnten ihm niemals exakt genug aussehen.«

»Deine Dichtkunst steht einem Schweineknecht zu Gesicht. Aber deine Handschrift ist ein Juwel. Ich würde es gern schleifen.«

»Schleifen?«, krächzte Poggio. In seiner Fantasie rückten Folterknechte mit scharfen Eisen seinen Fingern zu Leibe. Er klemmte die Hände unter die Achseln.

»Sei ohne Sorge! Solange ich Kanzler von Florenz bin, hat noch keiner meiner Schreiber seine Hände verloren.«

»Aber den Kopf!« Weiter hinten in der Kerkergruft hörte Poggio Baldassare lachen.

Kapitel 6

Das TAGESLICHT WARF lange Schatten ins Skriptorium. Es roch nach feuchter Tinte. Poggio ließ den Kopf auf das Pergament sinken. Fast berührte seine Wange das alte Leder. Dann blies er durch den hohlen Knochen eines Sperlings über eine golden bemalte Fläche. Der Luftzug ließ die Farbe auffächern. Dem Engel, an dessen Rücken zuvor nur zwei Kleckse zu sehen gewesen waren, wuchsen nun Schwingen. Ihre Federn waren majestätisch und so fein, dass keine menschliche Hand sie hätte malen können.

Diesen Trick hatte Poggio in Florenz gelernt, wo ihn Coluccio zu seinem Sekretär hatte ausbilden lassen. Damals hatte die Kunst der Buchmalerei ebenso zu seinen Aufgaben gezählt wie die der Fälschung. Er hatte geübt, mit wenigen Strichen einen Schuldbrief in ein Dankschreiben zu verwandeln. Frischem Pergament gab er mit Urin und Alraune das Aussehen einer uralten Haut. Und er lernte, seine Handschrift an jede andere anzupassen. Gerade das war nicht weiter schwierig. Denn wer schreiben konnte, nutzte die Buchstaben der gotischen Schrift oder die der Bastarda. Beide hatten einen erheblichen Vorteil: Sie sahen immer gleich aus, wer sie auch schreiben mochte.

Poggio hingegen schrieb anders als alle anderen. Seine Buchstaben hatten Unter- und Oberlängen und schwangen vor Begeisterung wie die Glocken von Santa Maria Novella. Er hatte gelernt, den Stylus mal sanfter, mal kräftiger aufzudrücken und damit dünnere oder stärkere Striche entstehen zu lassen. Bald beherrschte er diese Kunst so perfekt, dass seine Schriftstücke sogar in Rom für Aufsehen sorgten. Der Papst, so hieß es, habe seine Schreiber allesamt im Zorn entlassen, weil der florentinische Kanzler Coluccio ihm etwas voraushatte.

Jetzt knetete Poggio seine schmerzende Rechte. Nach stundenlanger Arbeit erinnerte ihn diese Hand gern daran, dass sie einmal von der Klinge eines Dolches durchbohrt worden war und nun der Ruhe bedurfte. Seit jenem Ereignis in den dunkelsten Winkeln von Florenz trug er auch den Sperlingsknochen bei sich.

Behutsam legte Poggio das zarte Röhrchen in eine Schatulle. Dann zupfte er vorsichtig das Tuch vom Pergament. Stets legte er ein Stück Leinen unter seine Schreibhand, damit sein Schweiß die Tierhaut nicht verunreinigte. Zudem haftete die Farbe nur schlecht auf einer mit salzigem Schweiß getränkten Stelle. Und wenn Poggio sich etwas für seine Arbeit wünschte, dann, dass sie noch in vielen hundert Jahren Leser mit Freude erfüllen möge. So wie es die Texte des Lukrez bei ihm vermochten.

Der Engel war perfekt gelungen. Und das, obwohl der Bogen, den der Bibliothekar ihm zugewiesen hatte, von elender Qualität war. Daheim in Italien schrieb Poggio nur auf der besten Sorte Leder, auf Vellum, der Haut eines tot geborenen Kalbs, dem noch keine Haare gewachsen waren. Dieses Pergament hier aber schien von einem hochjährigen Rotwild zu stammen. Die Oberfläche war mit Poren gesprenkelt und überdies ungeschickt enthaart. Solche Fälle weckten den Ehrgeiz in Poggio. Auf einem weichen, weißen Stück Vellum konnte schließlich jeder schreiben. Ein borstiges Stück Hirschhaut mit Bildern zu versehen erforderte hingegen einen Fachmann.

Die Flügel des Engels trockneten bereits. Der Glanz der feuchten Farbe verblasste. Zwar sah das Bild noch immer aus, als könne sich das Himmelswesen jeden Augenblick von seinem hellbraunen Untergrund erheben und durch das Skriptorium fliegen – eine heilige Hummel mit einem Schwert in der Hand –, aber der schönste Moment im Dasein des Engels war bereits vorüber. Es erfüllte Poggio jedes Mal mit Stolz, dass er der Einzige war, der das Leuchten der frischen Farbe auf dem Pergament sehen durfte. Doch mit dem Glanz verschwand auch das erhebende Gefühl und machte einer sanften Traurigkeit Platz. Die Zeit, lehrte ihn seine Kunst, kann dir mit einem einzigen Luftzug deinen Glanz nehmen.

Er sah auf. Für einen Moment verfolgte er noch den Flug des Engels durch die staubige Luft. Dann löste sich das Traumwesen unter dem Gewölbe auf. Als Poggios Blick auf die anderen Pulte fiel, sah er die Mönche und den Bibliothekar noch immer dort hocken, als hätte es die vergangenen Stunden nicht gegeben. Oswald hatte es sich auf einem Schemel so bequem wie möglich gemacht, den breiten Rücken gegen die Wand mit den Folianten gelehnt, und schlief tief und fest. Beide Augen waren geschlossen und sein sonst zyklopenhaftes Äußeres hatte sich in das friedliche Gesicht eines Träumers verwandelt.

Ein Stück von Oswald entfernt stand die Frau im hellblauen Gewand und betrachtete mit schief gelegtem Kopf die Reihen der Bücher. Poggio erschrak. Wann war sie hereingekommen? Anscheinend verstand sie sich gut auf das Gebot der Stille. Mit kleinen Schritten bewegte sie sich die Regale entlang. Sie schien etwas zu suchen. Agnes, so hatte Abt Emilius sie genannt. Poggio, der sich unbemerkt wähnte, musterte ihre Gestalt. Sie war hochgewachsen und hielt sich gerade wie eine Dame, doch ihr Rücken bog sich an den Schultern nach vorn wie der einer Bäuerin. Etwas Unsichtbares schien darauf zu lasten. Dort, wo ihre Haube endete, war der Ansatz des Halses zu sehen. Er war hell

und kräftig, und gerade als Poggio die feinen Haare darauf aus-
machte, die ihm wie Arabesken schwarzer Tinte auf hellstem
Vellum erschienen, wandte sich Agnes um.

Rasch ließ er den Blick durch den Raum fliegen und ihn an
einem Spinnennetz landen. Die Spinne darin war schon lange
tot. Ihr vertrockneter Kadaver klebte in einem Winkel, ihr Netz
blähte sich in einem Luftzug. Als Poggio wieder hinübersah,
hielt Agnes den Katalog des Bibliothekars in den Armen. Sie
blätterte einfach darin herum! Neben ihr rieb der Herr des
Skriptoriums über seine Pergamente – ohne aufzusehen. Nie
zuvor hatte Poggio erlebt, dass ein Bibliothekar einen anderen
Menschen in seinen Katalog schauen ließ. Schon gar nicht eine
Frau in einem Männerkloster. Entweder besaß sie außergewöhnliche Rechte oder eine außergewöhnliche Unverfrorenheit.

So gefangen war Poggio von ihrem feingliederigen Zeigefinger, der suchend über die Katalogseiten fuhr, dass er nicht rechtzeitig wegsah, als Agnes den Kopf hob. Ihre Blicke trafen sich.
Für einen Moment war Poggio sicher, Florentina da Pistoia in
erwachsener Gestalt vor sich zu haben. Doch als er das Lächeln
auf den Lippen der Unbekannten sah, verflog der Gedanke. Florentinas Lächeln war das eines selbstverliebten Kindes gewesen.
Dieses hier aber war zum einen Teil in die Farbe der Freund-
lichkeit, zum anderen in die des Spotts getaucht.

Diesmal widerstand er dem Drang, das Gesicht abzuwenden,
und lächelte stattdessen zurück.

In diesem Moment riss der Bibliothekar Agnes den Katalog
aus den Händen.

Poggio schrak zusammen. Es war ihm, als verspüre er selbst
den zornigen Ruck. Um ein Haar wäre die Muschelschale, in
der er den kostbaren Goldlack angerührt hatte, von seinem Pult
gerollt. Doch er hielt sie im letzten Moment fest.

Nun beobachtete er, wie der Bibliothekar Agnes Befehle erteilte. Scheinbar beherrschte auch sie die Zeichensprache der Schreibstuben. Der Mönch kratzte sich mit beiden Händen über die Brust und offenbarte damit seinen Zorn. Die Frau tippte sich mit dem Finger gegen die Stirn und nickte. Sie hatte verstanden. »Schlecht«, zeigte der Bibliothekar an, indem er sich an der Nase zupfte. Sie wiederholte ihre Geste und wich zwei Schritte zurück.

Dem beleibten Bruder schien das zu genügen. Mit einer für seine Körpermaße erstaunlichen Leichtigkeit ließ er sich wieder auf die Bank sinken und setzte seine Arbeit fort.

Was wäre, wenn diese Frau, sei sie Dienstbotin oder die Gespielin des Abts, sich in den Regalen auskennen würde? Poggio spürte seine Haut prickeln. Womöglich käme er mit dieser Agnes schneller ans Ziel als mit dem Bibliothekar. Denn selbst wenn er hundert Bibelseiten illuminierte, war das keine Garantie dafür, dass der Bibliothekar ihm das zeigte, was er begehrte. Agnes mochte der passendere Schlüssel zu jenen Büchern sein, die er suchte. Es gab nur eine Möglichkeit, das herauszufinden.

Gerade wollte Agnes sich wieder abwenden, da klopfte Poggio mit der Spitze seines Stylus gegen das Horn – leise genug, um nicht die Aufmerksamkeit der Mönche zu erregen, aber laut genug, damit alle es hören konnten.

Sie blickte zu ihm herüber.

Poggio kratzte sich hinter dem rechten Ohr. Kannte sie das Zeichen für heidnische Bücher?

Weder blinzelte die Befragte, noch gab sie durch ein Nicken oder Kopfschütteln ihrem Begreifen oder Nichtbegreifen Ausdruck. Langsam öffnete sie den Mund. Wollte sie ihm etwas sagen? Doch kein Wort kam über ihre Lippen. Stattdessen steckte sie sich zwei Finger in den Mund.

Poggio vergaß, die Muschel festzuhalten. Sie rutschte vom Pult hinab und klapperte zu Boden. Gleichgültig! Um den kostbaren Goldlack würde er sich später kümmern.

Die Geste, die Agnes benutzt hatte, sprach von einem heidnischen, sogar einem ketzerischen Buch, einem Werk, das die Kirche als beleidigend oder gar gefährlich ansah.

Poggio vermochte nicht, die Augen von dem Gesicht mit den breiten Wangenknochen zu nehmen, dem Mund, in dem noch immer die Spitzen des linken Zeige- und Mittelfingers verschwunden waren. Eigentlich sollte das Handzeichen andeuten, dass man erbrechen will – weil die gesuchten Texte so widerwärtig waren. Doch Agnes führte die Bewegung auf eine Art aus, die Poggio das Gegenteil von Ekel spüren ließ.

Wieder sah er Florentinas rote Lippen im Gesicht der Unbekannten erblühen. Er blinzelte. Doch die Vision wollte nicht vergehen. Erst als Agnes die Finger langsam aus dem Mund zog, brach der Bann. Ihre Finger glänzten feucht wie der Engel, den Poggio vor hunderttausend Jahren auf ein Stück Pergament gemalt hatte. Agnes wandte sich um, schritt noch einmal die Reihen der Bücher ab. Wie beiläufig streckte sie eine Hand aus und strich über einen der Folianten. Das Buch unterschied sich in nichts von den anderen Exemplaren, und Poggio musste seine Aufmerksamkeit von Agnes' Rücken auf den des Folianten zwingen, um sich einzuprägen, wo das Buch stand.

Als er sicher sein konnte, die Stelle wiederzufinden, wollte sein Blick zu dem hellblauen Gewand zurückkehren. Doch Agnes war fort. Poggio hörte ihre Schritte durch den Korridor tappen. Ihm blieben der Aufruhr in seiner Erinnerung, seine Neugier auf das ihm gewiesene Buch und der schlafende Oswald von Wolkenstein.

Kapitel 7

DIE AHLE KRATZTE im Schloss der schweren Tür. Der Laut hallte durch die Korridore des schlafenden Klosters. Poggio erstarrte.

»Mach weiter!« Oswald schien flüstern zu wollen, doch seine Stimme war so volltönend, als stände er auf einer Bühne.

Poggio verbiss sich eine Zurechtweisung. Noch einmal drehte er die Ahle im Schloss. Der Metallstift war dünn genug, den Fingern die Lage von Bolzen und Federn zu verraten, und stark genug, nicht zu zerbrechen. Es war nicht das erste Mal, dass Poggio nachts in ein Skriptorium eindrang, wohl aber das erste Mal, dass er einen Komplizen mitnehmen musste.

Oswald von Wolkenstein hatte schon vor der Tür auf ihn gewartet. Dabei hatte es Poggio vermieden, den Tiroler in sein Vorhaben einzuweihen. Er hatte ihn schlafend in seiner Zelle gewähnt. Doch Wolkenstein schien gerissener zu sein, als seine polternden Worte vermuten ließen.

Die unliebsame Gesellschaft war nicht das Einzige, was Poggio Sorgen bereitete. Er hatte überdies damit gerechnet, dass die Mönche auch des Nachts geistliche Lieder sangen. Im Konstanzer Kloster war ihm dieser Brauch zum ersten Mal aufgefallen. Die Mönche beteten und sangen unablässig, um Gott um Beistand gegen den harten und ungewöhnlich langen Winter zu bitten. Aber die Mönche dieses Klosters waren anscheinend nicht gut bei Stimme. Poggio blieb nichts anderes übrig, als das alte Türschloss in völliger Stille aufzubrechen, während Oswald von Wolkenstein ihm lautstark Ratschläge erteilte.

Wenn sich das Schloss nicht bald ergab, würden ihm auf den kalten Steinplatten entweder die Füße abfrieren, oder die Mönche würden sie hier erwischen. Was schlimmer wäre, wusste Poggio nicht.

Da hörte er das Klacken des ersten Stifts im Schloss. Das Geräusch war der Auftakt eines kurzen Liedes. In rascher Folge schnappten die übrigen Stifte ein. Erleichtert lehnte Poggio die Stirn gegen das Holz.

Fast wäre er in das Skriptorium gestürzt, als Oswald die Tür aufstieß. Der Raum dahinter roch noch genauso wie zuvor, doch war er nun in das blaue Licht des Mondes getaucht, das durch die hohen Fenster fiel.

Viel zu dunkel, um darin einen Text abschreiben zu können. Poggio holte eine Öllampe aus seinem Beutel hervor und zündete sie an. Dann stülpte er einen Eisenkegel über das Licht. Das vordere Ende der Tülle war abgeschnitten, sodass der Schein des Flämmchens nur auf einen Punkt fiel, statt sich verräterisch im gesamten Raum auszubreiten. Der Schirm rastete mit einem leisen Klicken auf der Lampe ein.

Oswald machte sich bereits an den Büchern zu schaffen. Doch er schien weder zu wissen, wo, noch, wonach er suchen sollte. Poggio schob den Einäugigen beiseite. Zunächst zog er eine Chronik des Benediktinerordens hervor, gefolgt von einem Folianten über die Lage und Ausstattung einzelner Klöster. Eine Liste der Kaiser und Päpste erschien ebenso wie eine Aufzählung süditalienischer Bischöfe. Schließlich fand Poggio das Buch wieder, das Agnes ihm gewiesen hatte. Mit beiden Händen wollte er den schweren Folianten aus dem Regal ziehen. Doch das Buch war mit einer Kette daran befestigt. Die Glieder klingelten wie Schlittenglocken. Poggio erstickte das Geräusch in seiner Hand.

Er tastete die Kette entlang. Das eine Ende war in der Wand vermauert, das andere durch ein Loch im mächtigen Rücken des Folianten gezogen. Man konnte das Buch aufschlagen, aber nicht mitnehmen.

»Wir müssen es zerschneiden«, raunte Oswald über Poggios Schulter.

Poggio fuhr herum. »Niemand zerstört ein Buch, solange ich ihn noch kastrieren und ausweiden kann.«

Oswald legte eine besitzergreifende Hand auf den Folianten. »Aber wie sollen wir es sonst hier herausholen? Für diese Kette brauchen wir einen Schmied.«

»Wir sind keine Diebe«, flüsterte Poggio. »Ich werde die wichtigen Passagen abschreiben. Hilf mir, ein Pult unter das Buch zu schieben!«

»Was für ein Unsinn! Das dauert doch Tage«, widersprach Oswald.

»Oder Nächte«, setzte Poggio hinzu. »Zunächst einmal lass uns nachsehen, was darin geschrieben steht.«

Das schien Oswald zu überzeugen. Gemeinsam schleppten die Männer eines der Pulte herbei und errichteten eine Schreibstätte dicht bei dem Regal. Poggio legte Stylus, Horn, Muschel, Tinte und Federmesser darauf. Dann schlug er den knarrenden Einband auf, beugte sich mit der Lampe darüber und begann zu lesen.

Sogar im Dämmerschein erkannte Poggio augenblicklich, dass er keine Bibel vor sich hatte. Auf jeder Seite gab es nur eine Textspalte statt der üblichen zwei. Überdies war der Text nachlässig auf die Seiten gestreut. Kein Geistlicher würde es wagen, die Heilige Schrift in schiefen Linien zu Pergament zu bringen. Mit strengen Augen musterte Poggio die Seiten. Dann las er flüsternd: »Es heißt Geduld das Kräutlein gut, wächst nicht in allen Gärten.« Eine Zeile darunter stand geschrieben: *Langsam wird das Kleine groß, doch jählings wird das Große klein.* Wenn Enttäuschung einen Geschmack hatte, so lag er in diesem Moment auf Poggios Zunge.

»Sind das etwa die Weisheiten, die wir suchen?«, fragte Oswald, der ebenfalls neugierige Blicke auf die Seiten warf.

»Das ist eine Sammlung volkstümlicher Redensarten, betitelt *Versus de proverbiis vulgaribus.* Sie ist zweihundert Jahre alt.« Poggio strich behutsam über den Rand des Pergaments.

»Und das soll wertvoll sein?«, wollte Oswald wissen.

Poggio verzichtete auf eine Erklärung. Er schob Wolkenstein aus seinen Gedanken und dessen Genörgel aus seinen Ohren. Verstaubte Redensarten – war er dafür den Berg heraufgekommen? Hatte er sich von Oswald und Abt Emilius drangsalieren lassen, um nichts weiter zu finden als Weisheiten für die gute Stube?

Poggio schüttelte den Kopf. Alberne Sprichwörter konnten unmöglich der Grund dafür sein, dass das Buch an der Kette lag. In Poggio errang die Neugier den Sieg über die Enttäuschung. Er musste etwas übersehen haben. Noch einmal suchte er das Pergament ab. Am Rand der Seite, dort, wo sein Daumen gerade verharrte, stand etwas geschrieben. Poggio beleuchtete die Stelle. In dünnen, hingekritzelten Buchstaben stand dort: *Das Pergament ist schlecht enthaart. Wie soll ich darauf schreiben?* Die Klage eines gepeinigten Mönchs. Poggio schlug die Seite um. Weitere Redensarten folgten. Auch weitere Beschwerden: *Jetzt habe ich fünf Seiten abgeschrieben, gebt mir, um Christi willen, etwas zu trinken.* Und: *Gott hilf mir und lass es bald dunkel werden.* Schließlich: *Meine Tinte ist mit Hasenpisse vermischt.* An einer Stelle war gar eine Zeichnung angebracht, die dem Bibliothekar ähnelte. Er trieb Unzucht mit einem ungelenk gemalten Esel. Oswald schien das Bild zu gefallen, denn er tippte mehrfach mit einem Finger darauf und hielt sich die Hand vor den Mund.

Als Poggio die nächste Seite aufschlug, fiel ihm erneut eine Notiz am Rand auf. Doch diesmal war es keine Klage, sondern der Ausdruck nackter Angst: *Wie soll ich dieses Pergament abschaben, wenn Dämonen darin wohnen?* Weiter unten las Poggio: *Lieber ertrage ich den Latrinendienst, als verflucht zu werden.*

»Diese Agnes hat uns auf die richtige Fährte geführt«, flüsterte er, entflammt für die Entdeckung.

»Was ist es?«, drängte Oswald. »Was hast du gefunden?«

»Einen Fluch«, raunte Poggio, während er weitere Seiten umblätterte. »Ein gutes Zeichen.« Er blätterte zurück zur ersten Seite. Kein Wunder, dass er beim Aufschlagen des Folianten dort eine Inschrift übersehen hatte. Sie war in das Leder des Einbands geätzt. Das Gewicht des Buches hatte auf die Gravur gedrückt und sie verzerrt. Lesen ließen sich die Worte nicht mehr.

Poggio senkte die Lider und tastete mit den Fingerspitzen nach den Zeichen. In der Dunkelheit hinter seinen Lidern formten sich Buchstaben. Mit leiser Stimme rief er die uralten Worte ins Leben zurück.

»Wer dieses Buch stiehlt, in dessen Hand soll es zur Schlange werden, die ihn zerreißt. Er soll von Lähmung geschlagen sein, und all seine Glieder sollen verfaulen. Im Schmerz soll er schmachten und um Gnade schreien, und kein Aufheben soll seiner Leiden sein, bis er in die Auflösung versinkt. Bücherwürmer sollen an seinen Eingeweiden nagen, bis die Flammen der Hölle ihn vollends verschlingen«, las er vor.

»Ausgezeichnet!« Poggio sah zu Oswald auf. Als er den Ausdruck des Entsetzens auf der Miene des Tirolers sah, erlaubte er sich ein Schmunzeln. »Mit derlei Flüchen versuchen Bibliothekare, das Christentum vor gefährlichem Gedankengut zu bewahren.« Oswald antwortete mit Schulterzucken. Poggio fuhr fort: »Wer das Buch stiehlt, wird verflucht. Also fasst es niemand freiwillig an. Das ist die beste Garantie dafür, dass die Schriften bleiben, wo sie sind, und nicht in Umlauf geraten.«

»Wenn die Texte gefährlich sind«, fragte Oswald, und jetzt hatte auch er die Stimme gesenkt, »warum verbrennen sie solche Bücher nicht einfach?«

»Das Pergament ist zu wertvoll. Die Mönche schaben die alten Texte ab und beschreiben sie neu. Zum Beispiel mit diesen Weisheiten.«

Er blätterte bis zu den letzten Seiten des Folianten. Mäusekot war zwischen den Seiten getrocknet und zerfiel unter den plötzlichen Bewegungen zu Staub. Poggio beugte sich mit der Lampe so nah wie möglich zu den Seiten hinab. Den Lichtschein ließ er so auf das Leder fallen, dass jede Unebenheit Schatten warf. Er schnupperte. Unter dem Geruch der alten Haut lag das Aroma von Bimsstein und etwas vertraut Säuerliches.

»Die Bögen wurden tatsächlich mehrfach benutzt«, sagte er. »Hier stand einmal etwas anderes. Aber es ist entfernt worden, abgerieben mit Bimsstein. Dann hat man die Sprichwörter darüber geschrieben.«

»Wenn der alte Text nicht mehr zu lesen ist«, wollte Wolkenstein wissen, »warum legen die Mönche das Buch dann an die Kette? Doch nicht wegen einer Sammlung von Bauernweisheiten. Zeig her!«

Oswald griff nach dem Folianten und wollte ihn in seine Richtung drehen. Da packte Poggio das Handgelenk des Tirolers. »Warte!«, zischte er. »Hier ist etwas.« Er tippte mit dem Finger auf eine Zeile.

Oswald kniff die Augen zusammen. »Ich sehe nichts.«

Poggios Finger, mit dem er über dem Text verharrte, zitterte kaum merklich. Er ballte die Hand zur Faust, damit Wolkenstein nichts bemerkte. Auf dem Pergament war ein Schatten zu sehen.

Poggio griff nach seinem Federmesser und führte die Klinge behutsam über die Tinte. Das Geräusch des hauchdünnen Eisens auf der Tierhaut schien durch das Skriptorium zu hallen wie der Laut einer Tür, die sich ächzend in ihren Angeln dreht. Braune Bröckchen fielen von der Seite herunter.

»Nicht!«, entsetzte sich Oswald. »Du zerstörst ja alles.« Dann verstummte er und starrte auf den Folianten.

Unter Poggios Messer, dort, wo zuvor die erste Silbe des Wortes *Ungewiss* gestanden hatte, war nun der Buchstabe M zu sehen. Zwar leuchtete er nicht so deutlich und klar wie die Lettern der Bauernsprüche, aber er war lesbar. Aus einem Schatten waren Form und Sinn hervorgetreten.

»Wie hast du das gemacht?«, fragte Oswald und deutete auf das Federmesser zwischen Poggios Fingern.

Während die Klinge weiter zu Werke ging, flüsterte Poggio: »Es ist nicht leicht, Pergament zu säubern. Wenn das Leder grob ist, kann man tagelang mit Bimsstein darüberreiben, es bleibt immer etwas zurück.« Er erinnerte sich an ein besonders hartnäckiges Stück Leder, das er einst gereinigt hatte, nur eine einzige Stelle hatte nicht verblassen wollen. Dort hatten die Worte gestanden: *Es ist alles sinnlos.* Auch wenn er sich noch so abgemüht hatte, waren sie am nächsten Tag wieder erschienen. Bis er schließlich eingesehen hatte, dass es falsch war, einem Buch seinen Willen aufzuzwingen. Alten Texten begegnete man am besten mit Respekt, denn sie verfügten über eine Macht, die kein Mensch auf der Welt besaß: Beständigkeit.

»Aber wo kommt dann plötzlich dieses M her?« Oswalds Stimme schreckte Poggio aus seinen Gedanken.

»Wenn sich der Text nicht vollends abschaben lässt«, erklärte Poggio, »überdeckt man ihn mit einem Gemisch aus Milch, Käse und Kalk.« Er las eines der Bröckchen auf und hielt es Oswald unter die Nase. »Effektiv und ewig. Jedenfalls solange niemand mit einem Messer daran herumkratzt.«

Nun wich Oswald erst recht nicht mehr von dem Pult, und Poggio musste den heißen Atem des Tirolers auf seinen Händen erdulden, während er weitere Buchstaben von ihrer Patina aus Käse befreite. Einmal schraken beide zusammen, als vor den Fenstern ein großer Vogel schrie. Je weiter die Lampe herunterbrannte, umso mehr Buchstaben kamen zum Vorschein, verbanden sich zu Worten, formten Sätze. Als vier Zeilen freigelegt waren, versiegte der warme Hauch aus Oswalds Mund. Auch Poggio selbst stockte der Atem. Der Moment entschädigte ihn dafür, mit dem Minnesänger eine vereiste Brücke überwunden zu haben:

Magdeburg im Jahr 568 nach der Fleischwerdung des Herrn. Wem anders als dem großen Kaiser Otto hätte es gelingen können, das Tor der Zeit aufzubrechen. In ihre Schatzkammer war noch keiner vor ihm eingedrungen. Er aber kam, nicht von Gier besessen wie ein Dieb, sondern … Weiter war die Schrift noch nicht lesbar.

»Ein Schatz«, stieß Oswald hervor. »Da steht etwas von einem Schatz.«

»Das ist kein Text der Römer«, stellte Poggio fest. »Das Latein ist verwässert. Der Schreiber hat den Lokativ durch den Akkusativ ersetzt.«

»Ja, ja! Aber der Schatz!« Oswald streckte eine Hand aus, um nach den Buchstaben zu greifen. Doch Poggio schob seine Finger sacht beiseite.

»Warte! Da steht ja noch mehr«, sagte er und setzte seine Arbeit fort. Nach einer Weile waren drei weitere Zeilen freigelegt:

… nahm viel weniger, als er tragen konnte. Vierhundert Jahr nur lieh er aus. Die fügte er der Welt hinzu. Die Chronik ist nun reicher.

Danach verschwand der Text unter der fetten Tinte einer Bauernweisheit.

»Weiter geht es nicht«, sagte Poggio und schaute verwundert auf das Pergament.

»Was für ein Unsinn!«, grunzte Oswald. »Dafür verbringen wir eine kalte Nacht in dieser Büchergrotte? Und ich dachte, es geht um einen Schatz.« Er wandte sich ab und streckte sich. »Zeit fürs Lager. Wenn ich doch nur wieder in Konstanz wäre!«

Poggio beachtete ihn nicht. Das Palimpsest hatte sein Geheimnis freigegeben. Er, Poggio, hatte seine Kunst geschickt angewendet. Aber was er gefunden hatte, war von den eleganten Zeilen eines Epikur, Hippokrates oder Galen so weit entfernt wie der Mond von der Sonne. Dennoch strahlten auch diese spärlichen Worte im Licht der Vergangenheit. Sie schienen alt zu sein. Wenn das Datum stimmte, waren sie im Jahr 568 niedergeschrieben worden. Mehr als neunhundert Jahre war das nun her. Er wollte das Buch wieder zuklappen. Doch etwas an dem kurzen Text ließ ihn zögern.

Oswald ließ ein blödes Lachen hören. »Kratz du noch weiter auf diesem Unsinn herum. Ich gehe jetzt. Und das Licht nehme ich mit.« Des Tirolers Hand griff nach der Lampe. Als der Lichtschimmer von dem Pergament verschwand, wusste Poggio mit einem Mal, was an dem Text so sonderbar war.

»Wann herrschte Otto der Große?«, fragte er die Rücken der Bücher.

»Woher soll ich das wissen?«, antwortete Wolkenstein.

»Schnell! Sehen wir im Katalog nach. Es muss einen Stammbaum der deutschen Könige in dieser Bibliothek geben.«

Widerwillig ließ sich Oswald zum Pult des Bibliothekars ziehen. Bald darauf lag eine Chronik aufgeschlagen vor den beiden Männern. Eine ungeschickte Hand hatte einen Baum mit vielen Verästelungen auf das Leder gemalt. Darauf waren Wappenschilder mit den Namen der Herrscher, ihrer Frauen und Kinder gezeichnet. Poggio strich mit dem rechten Zeigefinger den Baum entlang und wanderte dabei von der Krone abwärts. Rasch hatte er die Luxemburger hinter sich gelassen. Da waren die Habsburger und Staufer. Ein Welfe mischte sich dazwischen. An dem Supplinburger und den Saliern fuhr der Finger entlang. Dann endlich fand er die Ottonen.

»Otto I., genannt der Große. Römischer Kaiser 962 bis 973«, las Poggio vor. Er sah zu Oswald auf. »Aber die Schrift dort drüben spricht vom Jahr 568.«

»Und wenn schon!«, sagte Oswald. »Dann hat sich halt jemand verschrieben. Ich verstehe nicht, warum wir noch immer unsere Zeit damit vertändeln. Gib zu: In diesem Kloster liegen keine wertvollen Bücher.«

»Du warst es doch, der das Gegenteil behauptet und uns hierhergeführt hat«, hielt Poggio dagegen. Auf Oswalds Reaktion achtete er nicht. Zu sehr war seine Aufmerksamkeit von der merkwürdigen Datierung in Anspruch genommen.

Noch einmal las er den Text. »Hier steht, Otto habe vierhundert Jahre aus der Schatzkammer der Zeit entliehen. Wenn wir 568 dazuzählen, erhalten wir 968. Das ist die Zeit, in der Otto Kaiser war.« Mit ernster Miene stützte er eine Wange in eine Hand. Bartstoppeln rieben in seiner Handfläche. »Das kann kein Schreibfehler sein.«

»Was dann?« Noch immer klang Oswalds Stimme ungeduldig.

Poggio wandelte zu der Reihe Fenster hinüber. Das Mondlicht ergoss sich über ihn. Die helle Scheibe war zu sehen, doch wirkte sie durch das stumpfe Glas, als schwebe sie unter Wasser. Mit geistesabwesendem Blick starrte Poggio in die Vergangenheit zurück. Er stellte sich vor, wie sich ein Schreiber am Hof Kaiser Ottos über das noch leere Pergament beugte. Vielleicht war der Mann ein Mönch gewesen, vielleicht einer von Ottos Vertrauten, vielleicht sogar Otto selbst. Den letzten Gedanken verwarf Poggio wieder. Wenn Herrscher überhaupt schreiben konnten, dann höchstens ihre Namen. Solche niedrigen Arbeiten überließen sie ihren Knechten. Also musste es ein Gelehrter gewesen sein. Und solche Leute konnten auch rechnen. Keinesfalls würde er seinen Text mit einem falschen Datum beginnen. Es sei denn, er wollte einen Zeitraum wegen des dramatischen Effekts kleiner oder größer machen. Poggio hatte schon oft gelesen, dass Könige in biblischem Alter auf dem Schlachtfeld ihr Leben gelassen hatten, obwohl bekannt war, dass sie in jungen Jahren im Siechbett an Wurmbefall gestorben waren. Niemals aber würde jemand bei derartigen Übertreibungen eine so große Spanne wie vierhundert Jahre dazurechnen. Hinter dem falschen Datum musste eine andere Absicht stecken. Nur welche? Poggio schaute zum Mond, dem einzigen Auge der Nacht, hinauf. Ein Gedanke formte sich am Rand seines Bewusstseins.

Die Tür knarrte. Erst nahm Poggio den Laut wie aus weiter Ferne wahr. Dann hörte er Oswald sagen: »Wir konnten nicht schlafen, und die Tür stand offen.«

Poggio fuhr herum. Im Eingang stand die Frau im hellblauen Gewand. Zu dieser Stunde trug sie einen Überwurf aus grobem Leinen. Sie hielt ein Talglicht in der Hand. Der Schein der Lampe zuckte über ihre Gestalt und umschmeichelte die Konturen ihres Gesichts. Doch der Zauber währte nicht lange. Wir sind Diebe, durchfuhr es Poggio, und haben uns erwischen lassen.

»Habt ihr gefunden, was ihr sucht?«, fragte Agnes. Ihre Stimme klang dunkel. Poggio war nun sicher: Sie war es, die er hatte singen hören, als er sich mit Oswald dem Kloster genähert hatte.

Die Kerze mit der Hand beschirmend kam Agnes näher. Ihr langer Schatten folgte. Als Oswald etwas sagen wollte, hob sie die rechte Hand. »Ich weiß, warum ihr gekommen seid.« Sie blickte Poggio aus strengen Augen an. »Schließlich habe ich euch selbst den Weg zum Versteck der Beute gewiesen.«

»Und wenn schon!«, platzte es aus Oswald heraus. »Willst du uns etwa daran hindern, hier Bücher zu lesen?«

»Ich glaube nicht, dass ihr nur um des Lesens willen hergekommen seid. Ich könnte jetzt zu Abt Emilius gehen und ihm verraten, wen ich im Mondlicht habe durch die Bibliothek schleichen sehen.«

»Pah!«, rief Oswald, und der Laut flog bis in den Korridor hinaus. »Mit den Mönchen nehme ich es auf. Sie sind nur dürre Gestalten. Ich bin ein Kreuzritter.«

Poggio sagte: »Was sie uns androht, Wolkenstein, ist nicht Gewalt.«

Agnes nickte. »So ist es. Ihr werdet einfach des Klosters verwiesen. Keine wertvollen Bücher wird es mehr für euch geben.«

»Ich gebe ohnehin nichts darauf, hier noch mehr Zeit zu vergeuden. Drohe mir nur, Weib! Das haben schon andere versucht, und es ist ihnen schlecht bekommen.« Eilig schritt Oswald in Richtung Tür.

»Warte!«, rief Poggio. Wolkenstein blieb stehen. Mit ruhigen Schritten trat Poggio an Agnes heran. Obwohl er ihr so nahe kam, dass sie das Licht zur Seite nehmen musste, damit der heiße Talg nicht auf ihr Gewand tropfte, wich sie keinen Schritt zurück.

»Du willst etwas«, sagte Poggio. Er nahm ihren Geruch wahr, eine Mischung aus Aprikosen, alten Kleidern und dem Stroh, auf dem sie schlief. »Du hast mir das Buch gezeigt, weil du wolltest, dass ich es lese. Und jetzt kommst du mitten in der Nacht hierher, weil du wusstest, dass ich hier sein würde. Du hast mir eine Falle gestellt.«

»Lobtest du nicht jüngst die Neugier?«, fragte sie. »Jetzt lernst du ihre Schattenseite kennen.«

Also hatte Agnes auch die Gespräche beim Essen belauscht. Sie wurde Poggio immer unheimlicher. »Du steigst uns nach und drohst uns. Warum hast du uns nicht sofort verraten?«

Sie warf ihm einen schwarzen Blick zu. Dann sagte sie: »Weil ihr mir nichts nützt, wenn ihr hinausgeworfen werdet. Jedenfalls nicht, solange ihr mich nicht mit euch nehmt.« In ihren umschatteten Augen lag nun ein Flehen. »Bitte helft mir, von hier zu entkommen.«

Kapitel 8

Du bist eine gefangene?«, brach es aus Poggio heraus. »Fügen die Mönche dir Leid zu?«, fragte Oswald.

Agnes schüttelte den Kopf und sank auf einen Schemel. »So ist es nicht. Abt Emilius und die Brüder«, ein Ausdruck von Trauer überzog ihr Gesicht, »sie haben mich hier aufgenommen, als alle Welt mich vergessen wollte.«

»Dann bist du keine Magd der Mönche?«, wollte Wolkenstein wissen.

Erneut schüttelte Agnes den Kopf.

Poggio lehnte sich gegen die Rücken der Folianten und verschränkte die Arme. »Wer bist du dann?«

»Ich bin die Witwe des Jobst von Mähren«, sagte Agnes. »Mein Gemahl wurde hinterrücks ermordet. Ich selbst konnte dem Tod nur entgehen, indem ich in die Abgeschiedenheit dieses Klosters floh.« Sie rang die Hände.

»Jobst von Mähren ist ermordet worden?«, fragte Oswald ungläubig.

»In Rom hieß es, er sei einer schweren Krankheit erlegen«, sagte Poggio.

»Wenn ein Dolch unter dem linken Schulterblatt eine Krankheit ist, so stimmt dieser Bericht«, erwiderte Agnes. Mit einer Hand schob sie ihre Haube vom Kopf. Ihr dunkles Haar war zurückgebunden. Sie hob die Lampe bis zum Haaransatz, über ihre linke Schläfe. Eine Narbe von der Länge einer Männerhand zog sich über die Stelle. Das Mal glänzte an den Rändern rot, und Poggio hatte den Eindruck, dass darin etwas loderte.

»Diese Narbe stammt von derselben Krankheit«, fuhr Agnes fort. »Wenn ihr den Namen meines Mannes kennt, dann wisst ihr auch, dass er zum König der Deutschen gewählt worden ist.«

»Sechs Jahre ist das her«, erinnerte sich Poggio. Die Nachricht hatte im Palast des Papstes für Aufregung gesorgt, weil der neue König als landgierig galt. Rom hatte Fehden um seine Besitzungen in Norditalien gefürchtet.

»So lange schon!«, seufzte Agnes und ließ das Licht wieder sinken. »Jobst war gut zu mir. Wir hatten keine Kinder, dennoch verstieß er mich nicht. Doch in der Nacht vor seiner Krönung schickten sie ihm einen Meuchelmörder. Er drang auch in mein Gemach ein, doch konnte ich entkommen. Aber mein Gemahl ...« Ihr Kehlkopf tanzte auf und ab. »Er lag in seinem Blut, und seine Augen waren so stumpf und leblos.« Sie hob den Kopf und schaute zur Decke hinauf. »Drei unserer Ritter kamen und brachten mich fort. Sie sagten, der Mörder würde nicht ruhen, solange noch jemand von Jobsts Familie am Leben sei. So kam ich hierher. Dieses Kloster verdankt Jobst viel. Er hat es gestiftet, er hat ihm Ländereien geschenkt und immer, wenn er in Konstanz war, ist er hierhergekommen und hat der Bibliothek Geschenke gemacht: kostbare Bücher.«

»Du lebst seit sechs Jahren als einzige Frau unter Männern?«, fragte Oswald.

»Unter Mönchen«, verbesserte Poggio. »Wer sucht schon eine Frau in einem Männerkloster? Ein gutes Versteck. Deine Ritter waren klug.«

»Aber jetzt ist genug Zeit vergangen«, fuhr Agnes fort. »Mein Mann ist tot, und sein Mörder hat mich gewiss längst vergessen. Warum sollte er auch noch immer hinter mir herjagen? Ich bin nur eine Witwe ohne Erbe, ohne Auskommen. Wer auch immer hinter dem Tod meines Gemahls steckt, er wird mittlerweile Wichtigeres im Sinn haben, als mir nachzustellen.«

»Weißt du denn, in wessen Auftrag der Unhold handelte?« Poggio kannte die Antwort bereits.

»Sigismund von Luxemburg steckte dahinter. Wer sonst?« Sie lachte auf. »Er hatte die Wahl zum König knapp verloren. Nur mein Mann stand zwischen ihm und dem Thron. Jeder wusste das. Aber niemand hat ihn je zur Rechenschaft gezogen.«

Der deutsche König Sigismund sollte ein Mörder sein? Poggio schob die Unterlippe unter die Oberlippe, wie immer, wenn er vor einer schwierigen Aufgabe stand.

»Warum willst du ausgerechnet jetzt von hier fort?« Oswald schritt zwischen den Pulten auf und ab.

»Weil ich als Frau ohne Mittel auf Hilfe angewiesen bin. Und weil Abt Emilius mich niemals gehen lassen würde, wenn er nicht genau wüsste, dass ich von Männern hohen Standes beschützt werde.« Sie musterte die Stickerei auf Poggios Wams. »Ihr seid doch Männer von Adel, oder nicht?«

»Gewiss«, sagte Poggio und dachte an jene Nacht, in der er, der Sohn eines Apothekers aus Arezzo, seinen Adelsbrief gefälscht und ein Siegel bei einem unheimlichen Hehler in Florenz gekauft hatte. »Aber wir können uns nicht um dich kümmern. Ich bin im Dienst des Papstes unterwegs und Wolkenstein dort …« Er brach ab. Wie sollte er Agnes beibringen, dass Oswald das Konzil im Auftrag König Sigismunds beobachtete, jenes Mannes, der dieser armen Frau nach dem Leben zu trachten schien.

»… hat viel zu viel Arbeit, um sich um eine Frau zu kümmern«, führte Oswald den Satz zu Ende. Er beugte sich zu Agnes herab und legte ihr eine Hand auf die Schulter. »Ein Ritter wird kommen und die Jungfrau befreien. Ich aber bin nur ein Minnesänger. Und der da ist der Nuntius eines Häretikers. Keine gute Gesellschaft für die Witwe eines Königs.«

»Soeben hast du dich noch als Kreuzritter bezeichnet. Und jetzt willst du von ritterlichen Pflichten nichts mehr wissen.« Angewidert zupfte Agnes Oswalds Hand von ihrer Schulter. Ihre Blicke klebten weiter auf dem Tiroler. »Wenn du wirklich ein Ritter bist, nimm mich mit auf deine Burg.«

Poggio fühlte die Eifersucht wie einen Gewitterregen. Bevor Oswald auf das Angebot eingehen konnte, fasste Poggio Agnes' Arm. »Wenn du mir verrätst, was in dem Buch steht, werde ich dich mit mir nehmen. Das gelobe ich.«

Sie schaute stumm zu ihm auf. Dann erhob sie sich und trat an den Folianten heran. Das Buch lag noch immer aufgeschlagen auf dem Pult und hütete seine Geheimnisse. Agnes' Hand strich über den schartigen Rand des Einbandes. »Es gehörte zu den Geschenken, die Jobst dem Kloster brachte. Er hatte mehrere solcher Bände. Sie waren ihm teuer. Stets hielt er sie unter Verschluss.« Sie fuhr herum und zeigte die Flächen ihrer Hände. »Er hat mir nie gesagt, was darin enthalten ist. Nur einmal, es war kurz vor seiner Wahl zum König, vertraute er mir an, die Bücher seien eine mächtige Waffe im Kampf gegen seine Rivalen. Den Grund habe ich aber niemals erfahren. Einmal schaute ich heimlich hinein, fand aber nur Sprichwörter.« Sie lachte freudlos. »Die wollte Jobst seinen Feinden gewiss nicht entgegenschleudern.«

»Es gibt mehrere solcher Bücher?« Poggio zog die Augenbrauen hoch. »Wie viele waren es? Wo sind sie jetzt?«

Agnes ließ die Hände gegen ihr Nachtgewand fallen. »Erzählt hat er von zweien. Aber es könnten auch fünf oder ein Dutzend sein. Woher soll ich das wissen?«, sagte sie laut. »Jobst hat viele Klöster gestiftet. Vielleicht hat er jedem eines seiner Bücher vermacht.«

Trotz der Kälte spürte Poggio Schweiß zwischen den Bartstoppeln auf seiner Oberlippe. Vielleicht war dieser Jobst der Bibliomantie verfallen, dem Aberglauben, aus alten Texten die Zukunft lesen zu können. Aber die fehlerhafte Datierung in den verborgenen Absätzen schien nicht in die Zukunft, sondern in die Vergangenheit zu deuten. Koste es, was es wolle: Poggio musste mehr erfahren.

»Wenn du mir sagst, in welchen Klöstern die Bände liegen, von denen du weißt, befreie ich dich von hier und bringe dich in Rom oder Florenz unter. Am Hof des Papstes wird dir niemand nachstellen, und du könntest ein Leben im Wohlstand führen.«

»Du lässt dich zum Narrenesel machen, Florentiner. Sie erzählt Lügenmärchen«, bemerkte Oswald. Doch weder Poggio noch Agnes achteten auf ihn.

»Was sagst du, Agnes von Mähren?«, sagte Poggio, und seine Lippen zitterten. Vielleicht war Agnes wirklich die erwachsene Florentina da Pistoia, und das Schicksal führte ihre Hand in die seine. Vielleicht war in den Folianten des ermordeten Markgrafen ein literarischer Schatz verborgen, der die Wiederentdeckung des Lukrez in den Schatten stellen mochte. Ganz Florenz würde staunen!

»Ich sage Ja«, antwortete Agnes, und die Ränder unter ihren Augen schienen zu verblassen.

Bevor die Nacht zu Ende ging, wollte Poggio sich noch einmal dem Folianten zuwenden. Agnes und Oswald verschwanden in ihre Kammern. Zuvor hatte Poggio beiden das Versprechen abgenommen, keinen Lärm zu verursachen. Dann war er allein – so allein, wie man mit den zu Pergament gebrachten Gedanken von tausend Menschenjahren sein kann.

Er füllte die Lampe nach und suchte das Pergament erneut

nach Spuren ab – Spuren von Abrieb, Spuren von künstlicher Patina, Spuren von durchscheinenden Buchstaben. Jobst von Mähren schien gewusst zu haben, was für ein Text unter den gotischen Buchstaben des Folianten schlummerte. Vielleicht hatte der Markgraf sogar selbst dafür gesorgt, dass die ursprüngliche Schrift nicht von jedem gelesen werden konnte. Mit einem Bücherjäger aber schien er nicht gerechnet zu haben.

Mit langsamen Bewegungen schabte Poggio den Schenkel des Buchstabens R an einer grau schimmernden Stelle frei. Sollte sich nichts darunter befinden, so würde ein P stehen bleiben und bei oberflächlicher Betrachtung als Schreibfehler angesehen werden. Doch erneut stieß Poggio auf die Ruine eines älteren Textes. Nach einer Weile hatte er das Wort »gab« freigelegt. Er schaute zum Fenster. Der Mond war ein gutes Stück weitergezogen. Die Nacht neigte sich ihrem Ende entgegen. Er würde die Zeit nutzen müssen.

Als das Licht seiner Lampe verblasste, dachte Poggio zunächst, das Öl sei aufgebraucht. Dann erst bemerkte er, dass sich Tageslicht durchs Fenster stahl. Mit Daumen und Zeigefinger massierte er die Nasenwurzel und drückte den Rücken nach hinten durch. Dann las er die Zeilen, die unter den Buchstaben geschlummert hatten.

Poggio schüttelte den Kopf. Jobst von Mähren musste vom Wahnsinn befallen gewesen sein, wenn er diesem Gefasel eine Spur von Bedeutung beigemessen hatte. Noch einmal beugte sich Poggio über das Pergament.

Die Fetzen an Text, die er von Sprichwörtern befreit hatte, ergaben zwar einen Sinn. Aber keinen, dem Poggio Glauben schenken mochte. In karolingischen Minuskeln, einer seit Jahrhunderten nicht mehr gebräuchlichen Schrift, stand dort, dass Kaiser Otto der Große die Geschichtsschreibung neu erfunden habe. Das war aber nur ein beschönigender Ausdruck für einen Betrug gewaltigen Ausmaßes.

Wenn Poggio die Worte richtig verstand, hatte König Otto ein Problem. Er lebte in einer ruhmlosen Zeit. Die untergegangene römische Zivilisation war für viele Reiche Europas ein leuchtendes Vorbild gewesen. Später waren die Hunnen gekommen und von den fränkischen Königen ruhmreich in die Flucht geschlagen worden. Nun saß Otto auf dem Thron und konnte seine Herkunft weder auf die Römer noch auf die Franken zurückführen. Seine außenpolitischen Gegner lachten über ihn, allen voran Byzanz. Dort regierte ein Kaiser, der das Recht seiner Herrschaft direkt von den römischen Imperatoren ableitete. Um sich aus der endlosen Reihe machtloser Könige hervorzuheben, gab es nur ein Mittel: Otto musste selbst Kaiser werden. Es war an der Zeit, das Kaisertum vom Bosporus an den Rhein zu holen, Zeit, das Abendland in dem Glanz erstrahlen zu lassen, den es verdiente, Zeit, den Osten in die Schranken zu weisen.

Aber wie?

Der Text sprach davon, König Otto habe einen Engel gesehen und eine Eingebung gehabt. Poggio aber ahnte, dass dieser Engel die vielköpfige Gestalt höfischer Berater gehabt haben musste. Denn Ottos Einfall war alles andere als himmlisch: Kurzerhand erfand der König vierhundert Jahre zur Zeitrechnung hinzu. Aus dem Jahr 568 wurde 968. Das war möglich, da kaum jemand lesen und schreiben konnte und Jahreszahlen nur in den Skriptorien der Klöster notiert wurden. Im alltäglichen Leben außerhalb von Klostermauern beschränkte man sich hingegen darauf, den Jahreslauf nach der Thronbesteigung lokaler Fürsten und Könige zu benennen.

Über das Buch gebeugt, schürzte Poggio anerkennend die Lippen. Zwar glaubte er kein Wort von dem, was er las. Aber die

Geschichte war einfallsreich erdacht. Otto sollte die Zeitrechnung mit einem Federstrich verändert haben. Was er gewann, lag auf der Hand: das Kaisertum.

Carolus Magnus, Karl der Große, hatte die Kaiserwürde als erster abendländischer Herrscher errungen. Am Weihnachtstag des Jahres 800 hatte Papst Leo III. Karl in Rom gekrönt. Glaubte man aber nun den Zeilen in dem Folianten, so war dieses Ereignis der Fantasie des machtgierigen Otto entsprungen. Er behauptete, von Karl abzustammen, den er selbst erfunden hatte, und konnte sich fortan »Kaiser« nennen.

Was Otto Zweiflern an Argumenten oder gar Belegen entgegenhielt, war nicht niedergeschrieben. Poggio konnte sich jedoch vorstellen, dass es für ihn ein Leichtes gewesen sein musste, Urkunden, Siegel, vielleicht sogar das ganze Leben Karls des Großen zu erfinden und mit Fälschungen unter das Volk zu bringen. Gegen eine solche Scharlatanerie waren alle Kniffe, die Poggio in Florenz erlernt hatte, nur Augenwischerei. Er rechnete zurück: Wollte man diesen Zeilen glauben, so schrieb man derzeit nicht das Jahr des Herrn 1417, sondern 1017. Ein Glucksen füllte seine Kehle. Er hielt sich die Hand vor den Mund, um das Lachen darin einzusperren. Nur die Feder eines verrückten Dichters brachte so etwas hervor. Vielleicht hatte Markgraf Jobst heimlich Geschichten erfunden und war, kaum dass er die Königswürde erlangt hatte, darum besorgt gewesen, dass seine politischen Gegner davon erfuhren und ihn für irrsinnig erklärten. So muss es gewesen sein, dachte Poggio. Jobst hat die Bücher in seinen Klöstern gut versteckt. Aber warum hat er sie nicht stattdessen sofort vernichtet?

Poggio hielt den Kopf schief und beäugte das Pergament von allen Seiten. Das Buch war alt – keine Fälschung. Die Ränder seines Deckels waren nicht breiter als seine Seiten. So wurden

Bücher seit Jahrhunderten nicht mehr hergestellt. Vielmehr war es jetzt üblich, die Ränder des Deckels über den Buchblock hinausragen zu lassen, um das Pergament zu schützen.

Erneut blätterte Poggio durch die Seiten. Nirgendwo offenbarte sich ein geheimes Zeichen. Kein Kommentar blitzte an den Rändern des Textes auf, der diesen als Schelmerei entlarvte. Wahrheit oder Wahnsinn – Poggio würde dieses Kloster nicht verlassen, bevor er nicht den gesamten Text freigelegt und abgeschrieben hatte.

Noch einmal warf er einen Blick über die Schulter auf das sich allmählich erhellende Fenster. Viel Zeit würde ihm nicht bleiben, bis die Mönche im Skriptorium wieder ihre Arbeit aufnahmen. Mit Daumen und Zeigefinger strich er die Krümel der abgekratzten Tinte von der Klinge seines Federmessers. Dann machte er sich wieder an die Arbeit.

Kapitel 9

Niemals wird unsere Magd mit zwei Fremden dieses Kloster verlassen. Wenn ihr Dirnen wollt, kauft sie euch unten in Konstanz.« Emilius' Stimme dröhnte durch das Refektorium. Die Mönche hielten die Köpfe gesenkt und studierten schweigend den erkaltenden Brei in ihren Schüsseln. In Poggio nagte die Verzweiflung. Er hatte versprochen, Agnes zu helfen, das Kloster zu verlassen. Aber er hatte gedacht, der Abt sei froh darüber, eine Esserin weniger im Haus zu haben. Stattdessen weigerte sich Emilius, Agnes freizugeben.

»Sie ist keine Magd! Das wissen alle hier.« Poggio erhob sich und stemmte die Hände auf die Tischplatte. Seine Finger waren schwarz von Tinte und rissig von der nächtlichen Arbeit mit dem Federmesser. Seine Augen brannten, und der Schlaf zupfte an seinen Lidern wie ein unzufriedenes Kind.

»Agnes hat selbst darum gebeten, uns begleiten zu dürfen. Hol sie her und frag sie! Stimmt es nicht, Oswald?«

Wolkenstein lehnte an der Wand und nickte müde – auch sein Geist war im Begriff, Opfer einer schlaflosen Nacht zu werden. Von dieser Seite hatte Poggio nur wenig Unterstützung zu erwarten.

»Hier gilt der Wille des Herrn«, zischte Emilius jetzt. »Und den verkünde ich.«

In diesem Augenblick erschien Agnes in der Tür. Sie schien dem Gespräch im Verborgenen gelauscht zu haben. Ihre Finger hielten die Ränder ihrer Ärmel umklammert. Ihre Wangen glühten in der Kälte des Refektoriums.

Einen Augenblick lang war der Raum von umherfliegenden Blicken erfüllt. Dann stellte sich Agnes neben den Abt. »Emilius«, sagte sie, »als die Ritter meines Mannes mich herbrachten, schwebte ich in Gefahr. Du hast mich aufgenommen. Dafür danke ich dir. Doch seither sind sechs Jahre ins Land gezogen. Lass mich meine Zeit besser verwenden. Erlaube mir, diesen kalten Berg zu verlassen. Was ist schlimmer für eine Frau: in Sicherheit zu verwelken oder in ihrer Blüte gepflückt zu werden?«

»Mein Schwur ist frisch wie am ersten Tag«, brummte Emilius. »Er lautet: Kein Fremder wird jemals Hand an dich legen. Das kann ich aber nur garantieren, solange du bei uns im Kloster bist. Und so wird es bleiben.«

»Hier bin ich nichts weiter als eine Gefangene.« Sie hielt die Arme steif neben ihrem Oberkörper und beugte sich zu Emilius vor. »Und du bist mein Kerkermeister.«

»Dass du so von deinen Rettern denkst, ist betrüblich«, sagte der Abt. »Aber es ändert nichts an meinem Entschluss.«

Mit einer einzigen Bewegung fegte Agnes drei der Näpfe vom Tisch. Der Brei verteilte sich über dem kalten Steinfußboden wie ihr Gestalt gewordener Zorn. »Wie willst du denn verhindern, dass ich von hier verschwinde? Willst du mich einsperren?«

Emilius nickte. »Ein guter Einfall. Du bleibst in deiner Zelle, bis diese Männer von hier abgezogen sind. Bis du wieder jene Agnes von Mähren bist, die ich kenne.«

»Du kennst mich nicht«, schrie Agnes. »Noch nicht!« Sie eilte aus dem Raum.

Emilius bückte sich, um die Holzschüsseln aufzusammeln. Er stapelte sie ineinander und stellte sie sorgfältig auf dem Tisch ab. Dann wandte er sich noch einmal Poggio und Oswald zu.

»Unter diesen Umständen muss ich euch bitten, das Kloster jetzt zu verlassen.«

Poggio verzog das Gesicht. Eine weitere Nacht im Skriptorium musste er noch herausschlagen. Das Buch barg noch so viele unentdeckte Zeilen. Wie, fragte sich Poggio ununterbrochen, war es Otto dem Großen gelungen, die Byzantiner von seiner plötzlichen Kaiserwürde zu überzeugen? Er hoffte, dass Jobst von Mähren auch dazu etwas eingefallen war. Längst bewunderte er das erzählerische Geschick des Markgrafen. Er musste mehr von dessen Dichtung lesen. Heute Nacht. »Wir gehen gleich morgen früh«, presste er schließlich zwischen den Zähnen hervor.

Doch Emilius schüttelte den Kopf. »Heute noch. Bruder Osto wird euch mit dem Ochsenkarren den Berg hinabfahren.« Mit ausgebreiteten Armen wandte er sich an die Mönche. »Und nun schweigt! Wir beten und danken Gott für diese Mahlzeit.«

Der Tag war alt und krank. Die totenblasse Sonne stolperte über die Berge, und vor der Klosterpforte stand Poggio und zog den Umhang aus grauem Pelzwerk fest um seine Schultern. Dennoch schlüpften lang anhaltende Windstöße über geheime Wege unter seine Kleider. Scharf sog er die Luft durch die Zähne und ließ den Frost in seinen Gaumen stechen. Vor ihm ertrugen zwei Ochsen ihr Joch und die Kälte mit hängenden Köpfen. Nur ein gelegentlich zuckendes Ohr zeigte an, dass die Tiere noch nicht zu Eis erstarrt waren.

Einer der Mönche, er musste Bruder Osto sein, prüfte die Radnaben, zog und rüttelte am Geschirr der Ochsen. Er war ein blasser, dürrer Mann mit großen Augen. Verschmitzt schaute er immer wieder zu Poggio hinüber.

»Was ist denn nun aus dem Holz geworden?«, wollte der Mönch wissen.

Poggio zuckte zusammen. Seit dem Streit im Refektorium klebten seine Gedanken an dem Folianten, der nun zurückbleiben musste, ohne dass er ihn vollständig hatte untersuchen können.

»Holz?«, fragte er geistesabwesend.

»Das Holz der Donar-Eiche. Du hast doch selbst gesagt, es sei wertvoll gewesen. Seither denke ich darüber nach.« Bruder Osto nickte zur Bekräftigung seiner Worte.

Vielleicht, dachte Poggio, ist die Neugier nicht für jedermann geeignet. Er beschloss, diesen Gedanken zu verfolgen, sobald ihm der eisige Wind nicht länger um die Ohren pfiff und den Geist erfror.

»Nun, was würdest du denn mit drei Klaftern Eichenholz anstellen?«, entgegnete er. Im Geiste fragte er die Berge: Wo bleibt nur Oswald von Wolkenstein?

Osto zog die Nase hoch. »Verkaufen würde ich es. An einen der reichen Herren. Die haben immer Eichenholz in ihren Kaminen. Das hat Abt Emilius erzählt. Weil es mit schöner Flamme brennt.«

Auch aus Poggios Nase lief zähflüssig die Kälte hinab. Er wischte mit dem Lederhandschuh über seine Oberlippe und atmete tief ein. In seine gelähmten Schleimhäute biss Rauch. Witternd wandte er den Kopf.

»Das ist jedenfalls keine Eiche«, sagte Osto, der den Geruch anscheinend ebenfalls wahrgenommen hatte. »Wir armen Benediktiner müssen mit dem vorliebnehmen, was uns der Berg gibt. Mir ist das gleichgültig.« Er winkte ab. »Hauptsache warm!«

Poggio fuhr herum. Vor ihm erhob sich die Fassade des Klosters, grau wie der Berg und ebenso finster. So wie um die Gipfel herum Wolken schwebten, waberten um das Dach des Hauptgebäudes Rauchschwaden. Poggio verfolgte den Qualm bis zu einer Stelle unter der Dachtraufe.

»Rauchen eure Kamine immer so?«, fragte er viel zu leise für Ostos Ohren. Er erwartete auch keine Antwort, denn er kannte sie bereits.

In diesem Moment war ein Knall zu hören und das Geräusch von berstendem Glas. Poggio kannte nur einen Ort im Kloster, wo Glas die Fensteröffnungen verschloss.

»Das Skriptorium brennt!«, rief er und rannte zur Pforte.

Poggio drängte sich durch den Korridor. Die Mönche liefen aufgeregt umher. Scheinbar wussten sie nicht, ob sie das Feuer bekämpfen oder davor fliehen sollten. Einer der Brüder packte Poggio bei den Schultern und schrie etwas in einem deutschen Dialekt. Poggio schob den Mann beiseite. Bald darauf hatte er den kleinen Gang vor dem Skriptorium erreicht. Die obere Hälfte des Korridors war mit Rauch gefüllt. Eine Gestalt kam ihm entgegen. Sie ging gebückt unter dem Qualm hindurch, den Rest der Luft atmend, die am Boden noch vorhanden war. Es war Pater Emilius.

Als sich der Klostervorsteher aufrichtete, starrte er Poggio ins Gesicht. Ruß hatte Emilius' Züge geschwärzt. Seine Augen loderten weiß daraus hervor. »Das Skriptorium ist verloren.«

Poggio fasste Emilius bei den Armen. »Wo sind Agnes und Oswald?«, fragte er.

Der Pater wies hinter sich. »Jedenfalls nicht dort drin. Wir müssen uns in Sicherheit bringen. Hilf mir, die Brüder vor der Pforte zu versammeln.«

Über der Schulter des Abtes sah Poggio Flammen lodern. »Zuerst versuchen wir, die Flammen zu löschen. Oder sie werden dein gesamtes Kloster verzehren.« Und mit ihm sämtliche Bücher und ihre Geheimnisse, dachte er.

»Aber das Skriptorium brennt lichterloh. Dort hinein geht es nicht mehr.« Die Angst verlieh Emilius' Zunge Flügel.

»Die älteren unter deinen Brüdern«, Poggio hustete, »schick sie vor die Klosterpforte in Sicherheit. Sechs jüngere Mönche sende ins Skriptorium. Ich werde dort auf sie warten.«

Damit wollte Poggio Emilius auf den Korridor hinausschieben. Doch der Abt wischte seine Hände beiseite. »Nein! Ich bin für meine Brüder verantwortlich. Ich werde niemanden dort hineinschicken.« Er deutete in Richtung der Bibliothek. Ein berstender Laut war zu hören.

Poggio packte Emilius' Schultern. Es fiel ihm schwer, den Abt nicht einfach stehen zu lassen und ins Skriptorium zu rennen. Doch ohne Hilfe war er dort verloren. »Emilius!«, sagte er eindringlich. »Du bist verantwortlich für deine Brüder, aber auch für die Schätze, die dort drinnen lagern. Die Heilige Schrift, das Wort Gottes, hundertfach verbrannt. Schon jetzt höre ich den Teufel lachen. Willst du dem Höllenfürsten nicht die Stirn bieten?«

Der Abt sah Poggio aus aufgerissenen Augen an. »Du hast recht«, keuchte er. »Ich habe schon einen Fehler begangen, als ich dich und deinen Begleiter ins Kloster einließ. Satan aber soll hier nicht zu Gast sein.« Damit kehrte er seinem Gegenüber den Rücken und rannte davon.

Ob Emilius seinen Worten Folge leistete, sah Poggio nicht mehr. Er duckte sich und lief in Richtung des Feuers.

Er wusste nicht, was ihn stärker zurückstieß, die Hitze oder das Gefühl, ersticken zu müssen. Zwar hielt er den Kopf so dicht über dem Boden wie möglich. Doch die gekrümmte Haltung erschwerte das Atmen, das ohnehin kaum möglich war. Die Tür zum Skriptorium stand weit offen. Funken flogen durch die Luft. Die Fenster waren geborsten, und Luft drang in den Saal. Das erleichterte zwar das Atmen – Poggio richtete sich auf –, doch der Wind feuerte den Brand an. Auf dreien der Pulte tanzten heiße Kobolde. Wo Poggio am Tag zuvor gearbeitet hatte, lagen noch immer die Seiten der Bibel. Das Leder war geschwärzt und kräuselte sich in der Hitze. Der Engel mit den zarten Goldflügeln hatte sich in einen rabenschwarzen Dämon mit rußigen Lederschwingen verwandelt.

Flammen züngelten an Tischen, Schemeln und Regalen empor. Sie blätterten durch die Bücher und fanden besonderen Geschmack an den Einbänden aus Holz. Das Pergament hingegen war dem Feuer nur schwer verdaulich. Poggio blickte zur Decke hinauf. Dort hatten sich dunkle Wolken aus Qualm gesammelt. Aber die Balken, die das Gewölbe einfassten, waren noch unversehrt. Rettung schien möglich. Wo blieben die Mönche?

Vom Korridor her erklangen Rufe. Hilfe nahte! Doch bevor die Mönche hereinkamen, wollte Poggio das Buch des Jobst von Mähren in Sicherheit wissen. Rasch war er bei dem Regal, wo er den geheimnisvollen Folianten wusste.

Das Buch war fort. Zwischen den Buchrücken klaffte eine Lücke, hässlich wie im Gebiss eines Greises. Die Kette, mit der das Buch gesichert gewesen war, hing schlaff herab. Poggio nahm sie auf, ließ sie jedoch sofort wieder fallen und wedelte mit der Hand. Das Eisen war heiß. Aber er hatte schon genug gesehen. Jemand hatte den Rücken des Buches zersägt, um es zu befreien. Nun ahnte Poggio, wo Oswald abgeblieben war.

Rufe erfüllten das Skriptorium. »Beiseite!«, polterte eine tiefe Stimme. Poggio folgte der Aufforderung. Ein Schwall Wasser flog an ihm vorbei und klatschte gegen die Bücher. Das Feuer fauchte und zischte.

»Nicht die Bücher!« Poggio streckte die Hand aus, vermochte aber auch den nächsten Schwall nicht aufzuhalten. Eine Handvoll Mönche rannte durch das Skriptorium. Die Zuber in ihren Händen waren lächerlich klein. Zu klein, um mit dem darin schwappenden Wasser den Brand zu löschen. Aber groß genug, um die Tinte auf den Pergamenten für alle Zeiten auszulöschen. Wasser war einem Buch ein noch schlimmerer Feind als Feuer.

Der Bibliothekar stürzte herein. Unschlüssig hielt er einen Eimer in der Hand. Als er sah, was mit seinen Büchern geschah, ließ er die Arme sinken. Nicht nur der beizende Rauch ließ Tränen über seine rundlichen Wangen laufen.

Poggio riss dem Bibliothekar den Eimer aus der Hand. »Hierher!«, rief er und rannte zu den Pulten. Erst goss er das Wasser über einem der Schemel aus. Dann riss er sich den Umhang von den Schultern, packte, geschützt durch den Pelz, den Sitz bei den Beinen und schleuderte ihn aus dem Fenster. Eine Fahne aus Qualm blieb in der Luft hängen, als der Schemel in der Tiefe verschwand.

Zwei der Brüder folgten seinem Beispiel. Gemeinsam stemmten sie eines der Pulte durch die Öffnung. Ein weiterer Schemel flog durch die Luft. Auch einige brennende Bücher zog Poggio aus den Regalen, ließ sie zu Boden fallen und trat die Flammen aus. Bald verschwand der ängstliche Ton aus den Rufen der Mönche. Das Prasseln des Feuers wurde leiser, bis es schließlich so still war, dass nur noch das Schluchzen des Bibliothekars den Raum erfüllte.

Kapitel 10

VOR DEM HAUPTGEBÄUDE des Klosters türmte sich ein Haufen verkohlten Holzes und verspottete die weißen majestätischen Berge ringsum. Schneetreiben hatte eingesetzt und deckte die geschwärzten Trümmer geduldig zu. Poggio trat vom Fenster des Refektoriums zurück und starrte erschöpft in seinen leeren Becher. Der stark gewürzte Wein hatte kaum geholfen, die wunde Kehle zu erfrischen, wohl aber zitterten Poggios Hände nicht länger.

»Ich weiß nicht, ob ich dir danken oder dich verfluchen soll«, sagte Emilius, der mit krummem Rücken am Abtstisch hockte. In seinen langmähnigen Haarkranz hatten Flammenwichtel Löcher gefressen. Er stank nach verbranntem Haar und gegorenem Schweiß. »Ohne dich«, fuhr der Abt fort, »hätten wir den Brand nicht gelöscht.« Mit einem Knall hieb er den Becher auf die Tischplatte. »Aber ohne dich wäre er auch gar nicht erst entstanden!«

Von irgendwoher war Poltern zu hören. In den Korridoren waren die Brüder damit beschäftigt, die Spuren des Feuers zu beseitigen. Wie durch ein Wunder war es gelungen, das Skriptorium und die meisten Bücher darin zu retten. Auf die übrigen Teile des Klosters hatten die Flammen nicht übergreifen können.

Poggio fühlte sich schläfrig. Er hustete. Der Qualm würde noch tagelang seinen Rachen reizen. »Du glaubst also wirklich, dass Oswald von Wolkenstein das Feuer gelegt hat?«

»Wenn er es nicht absichtlich getan hat, dann aus Tölpelhaftigkeit. Das Ergebnis bleibt dasselbe.« Der Abt legte eine Hand auf seine Tonsur. »Überdies habe ich gesehen, dass ein gewisses Buch gestohlen wurde. Nein! Widersprich nicht! Die Kette hing ja noch von der Wand. Es kann unmöglich verbrannt sein. Da du es nicht hast und meine Brüder es ebenso wenig haben, bleibt nur einer: Oswald von Wolkenstein, dein Gefährte.«

Noch einmal sah Poggio im Geiste die Kette von dem Regal baumeln. »Aber warum? Er wusste ja nicht einmal, ob es sich bei dem Folianten um einen wertvollen Text oder nur um Geschwafel handelte. Um ehrlich zu sein: Ich weiß es selbst nicht.«

Bruder Osto erschien in der Tür. »Wir haben Agnes nirgendwo gefunden«, sagte er zu Emilius. »Weder in ihrer Zelle noch in der Kirche. Nicht im Cellarium und nicht bei den Schweinen und Schafen.«

»Schau noch unter dem Dach nach, in jeder einzelnen Zelle und in dem kleinen Anbau an den Kapitelsaal«, sagte Abt Emilius mit schwacher Stimme. Osto verschwand.

»Er wird sie nicht finden.« Emilius seufzte. »Agnes von Mähren ist wohl mit deinem Freund auf und davon.«

Poggio verzichtete darauf, dem Abt zu erklären, dass Wolkenstein alles andere als sein Freund war. »Das ist möglich«, sagte er stattdessen. »Sie wollte fort von hier.« Poggio zögerte. »Aber wie sollte sie Oswald dazu gebracht haben? Als sie uns darum bat, sie mitzunehmen, war er es, der sie zurückwies.«

Die beiden Männer sahen sich an – und verstanden.

»Der Foliant. Er war Oswalds Preis«, sagte Poggio langsam, während sich die Gedanken allmählich in seinem Kopf verfertigten. »Agnes wusste, dass das Buch von Bedeutung ist. Ihr Gatte muss ihr verraten haben, wovon die verborgene Schrift spricht. Und sie hat es Oswald weitererzählt unter der Bedingung, dass er mit ihr flieht.«

»Dann haben sie die Bibliothek angezündet, um den Diebstahl zu verschleiern und in der Aufregung davonlaufen zu können?« Emilius legte den leeren Becher auf die Seite und rollte ihn über die Tischplatte. Ein Rest Wein rann daraus hervor.

Poggio strich sich mit einer Hand das Haar zurück. »Ich fürchte, du musst dich nach einer anderen Magd umsehen, Klostervorsteher.«

Emilius lachte auf. »Du verstehst ebenso wenig wie dein Freund, worum es hier geht. Wenn Agnes das Buch richtig zu nutzen weiß, wird die Welt aus den Fugen geraten. Es wird Kriege geben, schlimmer als zur Zeit der Staufer. Doch die Feinde werden weder Sarazenen sein noch Mongolen. Unsere Fürsten werden sich gegenseitig zerfleischen.«

»Ich habe immer an die Macht der Bücher geglaubt.« Poggio wischte sich den Zweifel von den Lippen. »Aber soll deine apokalyptische Vision eintreten, weil eine heruntergekommene Adelige und ein selbstverliebter Minnesänger die niedergeschriebenen Fantasien eines wahnsinnigen Dichters aus einem vergessenen Bergkloster stehlen?«

Nun erhob sich Emilius und trat zu Poggio an das glaslose Fenster. Er legte beide Hände auf den Sims. Schneeflocken fielen auf seine Haut, nur um sich augenblicklich darauf aufzulösen. »Die Worte in jenem Folianten sind alt. Uralt. Der Markgraf von Mähren hat sie bei seinen Studien entdeckt.«

»Und zu euch gebracht«, fiel Poggio ein. »Agnes hat davon erzählt.«

Emilius nickte. »Jobst wusste, was in dem Buch steht. Ich weiß es. Anscheinend wusste Agnes es auch. Sonst aber niemand. Ich selbst empfahl Jobst, den Text zu übertünchen. Mit Sprichwörtern, die jeder kennt. Langeweile ist die beste Waffe, wenn man die Neugier töten will.«

Deshalb also hatte der Abt beim gemeinsamen Mahl die Neugier verteufelt, dachte Poggio. Er hatte befürchtet, seine Mönche könnten in der Bibliothek herumschnüffeln und auf die Schrift unter der Schrift stoßen.

Er gestand Emilius, dass er Fragmente des ursprünglichen Textes gefunden habe. »Aber ich habe nicht alles verstanden. Warum sind diese irrsinnigen Zeilen so wichtig? Das sind bloße Erfindungen.«

Emilius starrte ihn aus großen Augen an. An seinen Händen traten die Knöchel hervor, als er sich an den Granit klammerte. »Erfindungen?«, gab er zurück. »Wie willst du das feststellen? Würdest du auch sagen, dass wir beide, du und ich, hier in dieser Kammer nur das Werk eines wahnsinnigen Schreibers sind? Gut, das erscheint unwahrscheinlich. Aber wie können wir uns dessen sicher sein? Solange wir uns auch bei dem Text in dem Folianten nicht sicher sein können, dass er reine Dichtung ist, gehe ich vom Schlimmsten aus.«

Die philosophischen Gedanken des Abtes erstaunten Poggio. Er hatte Emilius für einen Geistlichen gehalten, dem selbst die verknöcherten Lehren der Scholastiker zu wagemutig erschienen. »Sage mir alles, was du weißt«, bat Poggio.

»Das werde ich nur unter einer Bedingung«, erwiderte der Abt. Dann richtete er sich vor Poggio auf, als wolle er die Eucharistie feiern. »Du musst das Buch zurückbringen!«

Poggio gelang ein schiefes Lächeln. »Wie soll ich das anstellen? Und warum? Ich …« Er stockte. Wenn er verriet, er sei der Sekretär des römischen Papstes, den manche für einen Ketzer hielten, mochte ihn der Abt mit Stockschlägen den Berg hinunterprügeln. »Ich nehme wichtige Aufgaben beim Konzil in Konstanz wahr und muss schleunigst dorthin zurückkehren.«

In Poggios Erinnerung tauchte der verborgene Text auf. *Er*

kam nicht von Gier besessen wie ein Dieb, hatten die Worte gelautet. Jetzt schien es Poggio, als ob dies nur für ihn dort gestanden hätte. Es war Gier gewesen, die ihn in das Skriptorium hatte einbrechen lassen, und obwohl er das Buch nicht hatte stehlen wollen, so blieb er doch ein Dieb der Worte und des Wissens. Und jetzt trug er die Schuld daran, dass ein Hort des Wissens beinahe zerstört worden wäre. »Ich weiß doch gar nicht, wo ich Agnes und Oswald suchen soll.«

Zum ersten Mal sah Poggio Emilius lächeln. »Komm«, sagte der Abt. »Wir werden ein Stück Weg zusammen gehen, den Grat hinauf. Dort sollst du alles erfahren.«

Die Schritte der beiden Männer knirschten im Schnee. Emilius führte Poggio den Berg hinter dem Kloster hinauf. Der Abt schien trotz des wadenhoch liegenden Schnees den Pfad genau zu erkennen. Poggio hingegen vermochte Weg und Wildnis nicht zu trennen. Dem anderen blind vertrauend stapfte er hinter Emilius her. Ihr Ziel sei eine einsame Kapelle zu Ehren des heiligen Bernhard, erklärte der Abt. Unterwegs dorthin wolle er Poggio das Geheimnis anvertrauen.

»Was in diesem Buch geschrieben steht, ist, dass sich vierhundert Jahre unserer Geschichte niemals ereignet haben«, sagte Emilius. Die Worte flogen ihm mit Atemwolken aus dem Mund.

Poggio nickte.

Emilius schüttelte den Kopf. »Und nun ist das Buch in den falschen Händen und der Text freigelegt, sodass jedermann ihn lesen kann. Ich sagte es dir bereits: Die Neugier ist das schwärzeste Übel dieser Welt.«

Poggio schwieg. Zwar bereute er nicht, die alten Worte befreit zu haben. Aber Emilius war der rechtmäßige Besitzer des

Folianten, und Poggio hatte – unbeabsichtigt – dazu beigetragen, dass er ihm gestohlen worden war.

»Warum war das Buch überhaupt hier?«, wollte Poggio wissen.

»Jobst von Mähren brachte es«, berichtete Emilius. »Damals war er gerade zum König gewählt worden. Da kam er auf einem Pferd hier herauf. Ohne Begleitung. Ein König, der allein reist. Ich wusste sofort, dass etwas nicht stimmte.«

Poggio schlang die Arme um seine Schultern. Seinen Umhang hatte das Feuer gefressen. Zwar war sein Wams wattiert, doch der Wind biss ihn und schleuderte ihm Schneeflocken ins Gesicht.

»Jobst hat seinen Klöstern immer geholfen. Es genügte ihm nicht, sie zu stiften. Er sorgte sich um sie, ließ sich Berichte schicken über die Wirtschaft, wollte wissen, wie viele Klafter Holz im Jahr aus den Wäldern geschlagen wurden, wie hoch die Abgaben der Bauern auf den Feldern waren, ob Mönche krank wurden oder starben. Die Klöster waren für ihn wie die Kinder, die er nie hatte.« Husten schüttelte Emilius. Dann fuhr der Abt fort: »An jenem Abend, als er plötzlich vor der Pforte stand, wusste ich, dass er nicht gekommen war, um etwas über unser Leben zu erfahren oder darüber, ob Gott uns gewogen war. Er lehnte das Willkommen der Brüder ab, verweigerte den Gottesdienst. Das Essen, das ich zubereiten ließ, schlang er hinunter wie einer, der auf der Flucht ist. Dann befahl er mich ins Skriptorium, scheuchte alle anderen hinaus und verriegelte die Tür von innen.«

Der Schnee fiel dichter. Poggio kniff die Augen zusammen und hielt Ausschau nach ihrem Ziel. Doch nirgendwo war eine Kapelle zu erkennen.

Emilius schien die Unbill des Wetters nichts auszumachen. Die Schultern seines Umhangs waren bereits weiß, und auf seiner Kapuze hatte sich eine Kappe aus Schnee gebildet. Hundert Fragen prickelten auf Poggios Zunge. Er schluckte sie hinunter. Emilius war noch nicht am Ende seines Berichts angekommen.

»Jobst hatte das Buch mitgebracht. Er drückte es mir gegen die Brust und presste meine Arme dagegen. ›So sollst du es bewahren‹, sagte er, ›als wäre es dein Fleisch und Blut‹. Es enthielt den Bericht eines Geistlichen aus dem Gefolge Kaiser Ottos des Ersten, vielleicht war er ein Bischof oder Diakon. Jedenfalls konnte der Mann schreiben. Und er berichtete von dem Vorhaben des Kaisers, die Zeit zu verändern.«

»Was ist das nur für eine Dumpfheit!« Poggio konnte nicht länger an sich halten. »Niemand ist mächtiger als die Zeit, kein Kaiser und kein Papst. Vielleicht nicht einmal Gott. Diese Männer müssen Narren gewesen sein.«

»Vielleicht kommt es nur darauf an, das richtige Werkzeug zu finden«, erwiderte Emilius. »Wenn man der alten Schrift glaubt, war Kaiser Otto das irgendwie gelungen. Er soll dafür gesorgt haben, dass seine Chronisten vierhundert Jahre zu seiner Herrschaft dazuerfanden. Und schon lebte er nicht mehr im sechsten, sondern im zehnten Jahrhundert nach der Fleischwerdung des Herrn.«

»Ein Possenreißer und Geschichtenerfinder!« Poggio musste rufen, denn der Wind heulte lauter, als sie um einen Felsen bogen.

»Jobst war anderer Meinung. Er glaubte fest daran, der Plan sei geglückt.« Emilius blieb stehen und hielt Poggios Arm fest. Sein Gesicht schob sich heran. Aus dem Mund des Abtes quoll der Geruch von Rauch und saurem Wein. »Ich weiß nicht, was die Wahrheit ist. Ich habe meine Aufgabe erfüllt und dieses

Buch hier oben in den Bergen versteckt gehalten. Bis heute. Jetzt aber ist es fort und muss zurückgebracht werden. Denn wenn die Welt davon erfährt, wird ein Unglück geschehen.«

Poggio wand sich im Griff des Abtes. Doch Emilius packte umso kräftiger zu.

»Aber was soll denn geschehen?«, fragte Poggio.

Emilius schnaubte. »Verstehst du denn nicht? Otto erfand nicht nur die Anzahl von vierhundert Jahren hinzu. Er füllte sie auch mit historischen Ereignisse und Personen. Alles, was wir über diese Zeit wissen, ist vielleicht nichts weiter als ein Hirngespinst.«

Poggio erinnerte sich genau an die Zeilen, die er in dem Buch gefunden hatte. »Karl der Große«, sagte er.

»Hat vielleicht nie gelebt«, antwortete der Abt.

»Dann ist das Heilige Römische Reich ...«

»... eine Fälschung.« Emilius nickte. »Ebenso wie der Kirchenstaat. Das gesamte Gebiet, das heute der Kirche gehört, ein Gutteil Italiens«, er machte eine wegwerfende Handbewegung, »ist Niemandsland.«

»Dann ist der Papst ein armer Schlucker.« In Poggios Kopf wirbelten die Gedanken durcheinander wie die Schneeflocken um ihn herum. »Der deutsche König verlöre seine Legitimation. Der Frankreichs ebenso. Und der Spaniens. Die Grenzen unserer Länder müssten neu gezogen werden.« Er wischte sich mit der Hand über das Haar. »Aber das ist doch bloß eine Geschichte. Niemand könnte beweisen, dass diese Worte der Wahrheit entsprechen.«

»Unwichtig!« Emilius wischte Poggios Einwand mit einer raschen Bewegung seiner Hand beiseite. »Worauf es ankommt, ist, was Menschen glauben. Die Feinde des deutschen Königs werden sich den Text zunutze machen. Verstehst du? Es ist gleichgültig, dass sich die Gelehrten an den Universitäten von Prag und Paris darüber ereifern werden, ob der Text die Wahrheit erzählt. In dieser Debatte werden nur die Waffen sprechen.« Poggio biss sich auf die Lippen. Der Abt hatte recht.

»Schau her!«, rief Emilius und zog Poggio zu sich heran.

Sie hatten einen Abgrund erreicht. Zu ihren Füßen fiel der Fels steil in die Tiefe. Ringsum bildeten die schroffen Grate und Felswände einen Kessel. Der Schreck fuhr Poggio in die Glieder, und er wich zurück. Wollte Emilius ihn in die Tiefe stoßen, zur Strafe dafür, dass er das geheime Buch aufgestöbert hatte?

»Sei ohne Furcht!«, sagte Emilius und hielt wieder Poggios Arm fest. »Dies ist sie: die Kapelle des heiligen Bernhard. Die Berge selbst sind der Ort, an dem wir ihn anbeten. Wie könnten wir den Geist eines so großen Mannes in einem winzigen Raum verehren?« Der Abt hob das Gesicht, als wolle er es von der Sonne wärmen lassen, und schloss für einen Moment die Augen. Dann wandte er sich Poggio wieder zu. »Sieh hinunter!«, rief der Klostervorsteher.

Poggio folgte dem Befehl, trat einen Schritt nach vorn und beugte sich vor – so langsam, wie es ihm möglich war. Zunächst sah er nur Schneetreiben, das sich in der Tiefe zu einem undurchdringlichen Weiß verdichtete. Dann gewöhnten sich die Augen an die wehenden Flocken, und allmählich schälte sich heraus, was dahinter lag: die Hänge der Berge, von grünschwarzen Wäldern überzogen, die Felswände voller Narben von ihrem aussichtslosen Kampf gegen die Zeit. Der Aufforderung Emilius' folgend ließ Poggio den Blick tiefer hinabgleiten. Der Boden des Felsenkessels war gefüllt mit einem Nebel, wie ihn Poggio nie zuvor erblickt hatte. Graue Ballen schoben sich übereinander wie die Wellen eines trägen Meeres. Vereinzelte Fasern rissen sich aus dem Mahlstrom los und stiegen in die

Luft, wuchsen zu Tentakeln, hoch wie Burgen, um dann zu zerfasern und sich in nichts aufzulösen, als hätte es sie nie gegeben. Unterdessen wogten die Schwaden der Hexenküche unablässig vor und zurück wie ein Tier, das in Gefangenschaft erwacht und sich nun voller Wut gegen die Wände seines Kerkers wirft.

Grausen packte Poggio. »Was ist das?«, fragte er, unfähig den Blick von dem Geschehen zu lösen.

»Für den einen sind es Wolken«, sagte Abt Emilius. »Durch eine Laune der Natur zwischen die Felsen getrieben, wo sie sich beim ersten Sonnenstrahl auflösen werden. Für den anderen«, er stützte sich auf seine Knie und sah ebenfalls hinab, »sieht so die Zukunft unserer Welt aus, wenn das Buch in die falschen Hände gerät.«

Er wandte Poggio das Gesicht zu. »Wirst du all deine Kraft einsetzen, um den Folianten zurückzubringen?«

Poggio, noch immer benommen vom Anblick der Elemente, legte den Kopf schief. Er spürte, wie das Entsetzen seine Nasenlöcher verstopfte. Wenn das Buch wirklich so mächtig war, mochte er es vielleicht für seine Zwecke verwenden, bevor er es zu Emilius zurückbrachte. Im Geiste sah er sich als Kanzler von Florenz im roten Ornat zu Gericht sitzen. Er sah sich Päpste einsetzen und vom Heiligen Stuhl entfernen, den elenden Krieg zwischen England und Frankreich beenden, das Konzil in Konstanz entscheiden. Das vergnügliche Gewicht einer Krone lag auf seinem Haupt. Auf seiner Rechten ruhte die warme Hand von Agnes, seiner Königin. Ein Kribbeln lief durch seine Fingerspitzen.

Dann erschien ein Satz des Lukrez in seinen Gedanken und wischte alle Gier fort: »Der Erkenntnis Fackel entzündet sich stets am Licht der errungenen Wahrheit.« Poggio legte die Stirn in tausend Falten. Nicht Bereicherung war das Ziel des Menschen, sondern das Streben nach Tugenden. Eine davon war die Wahrhaftigkeit.

»Ich werde das Buch wiederbeschaffen«, sagte er.

»Gelobst du es im Namen Gottes?«, fragte der Abt.

Poggio nickte, ohne zu zögern. »Im Namen Gottes!«, bestätigte er. Dann beugte er sich noch einmal hinab, um zu sehen, ob sein Schwur gehört worden war. Zu seinen Füßen brodelte der Dampf mit unverminderter Macht und drohte, die Berge ringsumher zu verschlingen.

TEIL II

GRAB

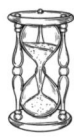

Stundenglas

FLORENZ ERTRANK IN ROTEM REGEN. Vor den Fenstern fiel er prasselnd in scharlachroten Fäden vom Himmel. Auf den Plätzen sammelten sich Pfützen aus Karmesin. Die Stadt lag da wie ausgestorben. Wenn der Blutregen kam, verließ niemand das Haus. Es hieß, ein einziger Tropfen auf der Haut würde die Seele für alle Zeiten in der Hölle schmoren lassen. Dann hülfe kein noch so heißes Fegefeuer, um den Verderbten zu läutern und ihn doch noch ins Reich Gottes eingehen zu lassen. Wer wollte schon solch ein Schicksal für die Ewigkeit? Die Florentiner blieben daheim im Trockenen und verriegelten Fenster und Türen.

In seinem Arbeitszimmer in Coluccios Palast streckte Poggio die verkrampften Arme und massierte die Handgelenke. Er glaubte nicht, dass es Blut war, das da vom Himmel fiel. Dahinter musste ein durchaus irdisches Wetterphänomen stecken.

Meist kam der rote Regen im März. Gleich beim ersten Mal nach seiner Ankunft in der Stadt war Poggio hinausgerannt, hatte einen Finger in eine Pfütze getunkt und ihn sich in den Mund geschoben. Nichts anderes als Wasser hatte er geschmeckt. Aber immer, wenn die Sonne die Feuchtigkeit auf Straßen und Plätzen trocknete, blieb Sand zurück. Poggio vermutete, dass es dieser Sand war, der dem Blutregen die Farbe verlieh. Wieso aber Sand vom Himmel fiel, dafür reichte Poggios Wissen nicht aus. Allerdings hatte er herausgefunden, dass die Körnchen aus den Wolken bestens dafür geeignet waren, feuchte Tinte zu löschen, sobald sie getrocknet waren. Deshalb hatte er ein Dutzend Säckchen des Sandes gesammelt.

Mit den Fingerspitzen griff er in ein Kästchen, nahm eine Prise Sand daraus hervor und streute sie über einen Bogen Pergament, der auf dem Tisch ausgebreitet war. Die Tinte trocknete im Nu. Der Duft nach dem darin verrührten Gallapfel hing in der Luft.

Poggio sog den Geruch ein. Seit seiner Befreiung aus dem Kerker waren acht Jahre vergangen, acht Jahre, in denen er hier im Palast des Florentiner Kanzlers Coluccio Salutati zu Hause gewesen war. Sein Mentor hatte ihn alle Kniffe der Schreibkunst gelehrt. Poggio hatte nicht nur gelernt, elegant mit der Feder zu schreiben. Er wusste auch genau, welche Federn einer Gans zu welchem Zweck geeignet waren und an welcher Stelle des Vogels diese saßen. Zum Glück musste er den Tieren nicht hinterherjagen, um ihnen die ersten fünf Flugfedern auszurupfen, mit denen er so gern schrieb. Stattdessen sammelte Poggio nur solche auf, die von selbst ausgefallen waren. Deren Schaft war bereits verhornt und damit hart – das perfekte Werkzeug für eine schöne Schrift.

Als Gegenleistung für Unterkunft und Unterricht hatte Kanzler Coluccio von Poggio verlangt, dass er ihm über so manche politische Hürde hinweghalf: indem er meisterhafte Traktate verfasste, mit denen Coluccio seine Gegner zum Schweigen brachte; indem er Urkunden fälschte, bis selbst ihre Verfasser nicht mehr wussten, was sie nun wirklich geschrieben hatten und was nicht; indem er Liebesbriefe in Umlauf brachte, die Senatoren in Verlegenheit brachten und Ehen in den Abgrund stürzten. Die Feder, das hatte Poggio gelernt, war tatsächlich mächtiger als das Schwert.

Nun aber lag der alte Kanzler im Sterben. Bald würde der Platz des Herrschers von Florenz frei werden. Die Kaufmanns- und Adelsfamilien frohlockten. Was kein Albizzi, Strozzi, Peruzzi, Capponi, Pitti und Buondelmonti in vierzig Jahren hatte vollbringen können, würde nun der Tod mit mächtiger Hand erledigen: Coluccio Salutati aus Florenz zu entfernen. Poggio und den anderen Schützlingen des Kanzlers blieb nur, die Beine, und was sie sonst noch tragen konnten, in die Hand zu nehmen und das Weite zu suchen.

Die Tür wurde leise aufgezogen, und Niccolò schlüpfte herein. Wie immer trug er seine grüne, kurzschößige Jacke, die über der Brust gepolstert war. Darin wirkte der feingliederige Florentiner wie ein Königssohn auf der Suche nach einer Braut. Auf leisen Sohlen huschte Niccolò zu Poggio hinüber. Seit Coluccio auf dem Sterbebett lag, wagte niemand im Palast, laut zu sprechen oder geräuschvoll zu gehen. Zwar war das Gebäude viel zu weitläufig, als dass der Dahinscheidende etwas hätte hören können. Doch schien Coluccios Geist in allen Räumen zu schweben und mit strenger Miene auf seine Untergebenen hinabzublicken.

»Ist es fertig?«, raunte Niccolò.

Poggio deutete auf das frische Pergament. Es war ein Wappenbrief. Ausgestellt auf den Namen Tomaso Galeotto di Poggio Bracciolini – Poggios Urahn, Begründer der Adelsdynastie Bracciolini, den Poggio vor einer Woche selbst erfunden hatte.

»Wie findest du es?«, fragte Poggio, leise, aber mit Stolz in der Stimme.

Niccolò beugte sich über das Pergament. Er war in den vergangenen Jahren gemeinsam mit Poggio in der Schreibkunst ausgebildet worden. Nur Niccolò übertraf Poggio noch an Geschick, wenn es darum ging, ein Schriftstück zu fälschen. Nur Niccolò beherrschte alle Schriftarten von der karolingischen über die gotische Minuskel bis zur Textura so perfekt, dass niemand zu sagen vermochte, in welchem Jahrhundert seine Texte entstanden waren. Und nur Niccolò war in der Lage, einen von Poggio gefälschten Adelsbrief von einem echten zu unterscheiden.

Das Gesicht mit den breiten Wangenknochen und der markanten Nase wandte sich Poggio zu. Niccolò lächelte. »Du hast ein Meisterwerk geschaffen, Herzog Poggio«, sagte Niccolò. »Jeder wird dir glauben, dass du ein Fürst bist. Aber«, setzte er hinzu, »warum lässt du den Namen Poggio nicht weg? Ein Spitzname will mir für ein Adelsgeschlecht unpassend erscheinen.«

Poggio zuckte zusammen. Niccolò hatte recht. Er selbst hatte im nächtelangen Selbstgespräch versucht, sich davon zu überzeugen, diesen Teil seines Namens abzulegen. »Mein Vater rief mich so, meine Mutter, meine Schwestern.« Die Gesichter seiner Angehörigen tauchten vor ihm auf. Regelmäßig schickte er Geld aus Florenz nach Arezzo. Doch das würde sich mit dem Tod Coluccios ändern.

»Aber jetzt solltest du die Vergangenheit hinter dir lassen«, sagte Niccolò und griff nach dem Bimsstein.

Poggio packte Niccolòs Handgelenk. »Nein, warte! Ich mag es so, wie es ist.«

»Was soll das überhaupt bedeuten: Poggio?«, fragte Niccolò abfällig.

»Das ist eine Anhöhe«, murmelte Poggio. »Ich …« Er zögerte und strich sich das Haar zurück. Die Erinnerung war ihm zugleich kostbar und peinlich. »Ich kam auf der Landstraße zur Welt. Mein Vater – du weißt ja, er ist Apotheker – war unterwegs von Arezzo nach Impiano, wo er auf dem Markt seine

Salben und Tränke verkaufen wollte. Meine Mutter war mit ihrem ersten Kind schwanger. Unterwegs setzten die Wehen ein. Mein Vater wollte meine Mutter in ein Gasthaus bringen, wo sie eine Hebamme hätten herbeiholen können. Doch meine Mutter verwahrte sich dagegen. Sie zeigte auf einen Hügel in der Nähe und verlangte, dort ihr Kind zur Welt bringen zu können. Mein Vater muss sie für verrückt gehalten haben. Du hast ja auch schon gehört, dass Wehen und Geburtsschmerz einer Frau den Verstand rauben können. Jedenfalls: Als mein Vater den Karren weiterfahren lassen wollte, muss meine Mutter ihn mit den schlimmsten Flüchen überschüttet haben, die du dir vorstellen kannst. Doch erst, als sie damit drohte, vom Wagen zu steigen und notfalls auf allen vieren zu dieser Hügelkuppe hinaufzukriechen, gab mein Vater nach und führte die Ochsen bergan. Dort oben auf dem Hügel bin ich dann geboren worden. Und als mein Vater meine Mutter schließlich fragte, warum es ausgerechnet dieser Ort habe sein müssen, schimpfte sie ihn einen Dummkopf und sagte, er solle sich umsehen. Tatsächlich war die Stelle von außergewöhnlicher Schönheit. Ringsum erstreckten sich die sanften Hügel der Toskana, und das Licht des jungen Tages modellierte die Landschaft in goldenen Tönen. Da soll mein Vater gelacht haben. ›Du legst dem Kind die Welt zu Füßen‹, sagte er. ›Dann wollen wir es nach dem Ort nennen, auf dem es zu uns gekommen ist.‹«

»Und seitdem heißt du Poggio«, sagte Niccolò. Sanft legte er den Bimsstein beiseite. »Du hast richtig entschieden. Einen solchen Namen legt man nicht ab wie ein nasses Hemd. Nicht einmal für eine Zukunft als Herzog derer von Bracciolini.«

Bald darauf standen die beiden jungen Männer unter den Bögen von Coluccios Palast und starrten auf die menschenleere Piazza della Signoria hinaus. Der Regen fiel noch immer. Er würde ihre kostbaren Kleider verunstalten. Aber das war im Augenblick Poggios geringste Sorge.

»Ich will nicht, dass du mich zu Ugolinos Kaschemme begleitest« sagte er zu Niccolò. »Es ist schon für mich gefährlich, dort aufzutauchen. Aber dich kennen sie ja nicht einmal. Warte hier auf mich!«

»Ich werde mitkommen und vor dem Haus warten«, erwiderte Niccolò. »Wenn einer von ihnen ein Messer zieht, brauchst du bloß zu rufen.«

»Damit sie uns beiden die Bäuche aufschlitzen?« Poggio spie in eine Pfütze. Der weiße Speichel trudelte träge und Blasen werfend auf dem roten Rinnsal herum.

»Jetzt hör mir zu!« Niccolòs Hand packte Poggios Rockaufschlag. »Du wolltest unbedingt ein Siegel mit deinem Wappen. Ich habe dich gewarnt, dass es in Santo Spirito gefährlich ist. Aber du warst trotzdem dort und hast das Siegel in Auftrag gegeben. Gut! Nun aber wirst du mit einem Sack voller Florins dort erscheinen. Ebenso gut könntest du eine deiner Schwestern splitternackt in ein Söldnerlager schicken. Sie werden dein Gold nehmen, dich in Streifen schneiden und deine Überreste den Schweinen zum Fraß vorwerfen.«

»Rede nicht so über meine Schwestern!«, rief Poggio und stieß Niccolò zurück. »Ugolino weiß, wen er vor sich hat. Wenn mir etwas geschieht, wird er den Zorn Coluccios auf sich ziehen.«

Poggio erstarrte. Coluccios Zorn würde niemanden mehr treffen. Niccolò hatte recht. Es war gefährlich, allein zu Ugolino zu gehen. »Wenn mir etwas geschieht«, verbesserte sich Poggio, »so habe ich mir das selbst zuzuschreiben. Wenn du aber zu Schaden kommst, werde ich mir das niemals verzeihen können. Bleib hier, ich bitte dich.«

»Du wirst mich an eine dieser Säulen fesseln müssen«, sagte Niccolò. Dann zerrte er Poggio in den Regen hinaus und rief: »Mir nach! Wir werden diesem Diebesgesindel schon zeigen, dass sie sich mit den Falschen anlegen wollen.«

Santo Spirito war die Schattenseite der Stadt. Drängten sich im Zentrum von Florenz Türme und wehrhafte Steinbauten aneinander, so waren es hier Hütten aus Holz, auf die die Zeit ihre Farbe gemalt hatte. Alles war schwarz, die Wände, die Türen, die Gesichter der geduckt vorbeieilenden Menschen, die Blicke, die sie einem zuwarfen, und wohl auch ihre Herzen. Schwarz von Fliegen waren die Leichen, die jeden Morgen in den Gassen lagen. Selbst die Sonne, so hieß es, weigere sich, auf Santo Spirito zu scheinen. Die auskragenden oberen Stockwerke und Balkone nahmen den Straßen so viel Tageslicht, dass in dem verrufenen Viertel tatsächlich ein steter Dämmer herrschte.

Ugolino, der Herr dieses Stadtteils, residierte im Wirtshaus »Zum Sperling«. An der schiefen Fassade des Gebäudes hing ein Dutzend Vogelkäfige. Darin hockten Spatzen. Näherte sich jemand der Taverne, begannen die Spatzen zu rufen. Das gesamte Haus, so hatte Poggio herausgefunden, war mit den Käfigen gespickt. Es ging das Gerücht, dass die Vögel Ugolinos ehemalige Widersacher seien und dass der König von Santo Spirito sie mithilfe einer Hexe in Spatzen verwandelt habe. Nun mussten sie ihm in ihren kleinen Kerkern als Wachleute dienen, während Ugolino im Bauch seines Hauses reich, fett und mächtig wurde.

Als die beiden jungen Männer sich näherten, zwitscherten die Spatzen erregt. Das Schnirpen und Quirlen war so laut, dass Poggio sich zu Niccolòs Ohr beugen musste, um sich verständlich zu machen. »Hier wartest du!« Er presste dem Freund eine Hand gegen die Brust und schob ihn in den Schatten eines der Häuser. Aus Niccolòs Kleidern rann das rote Regenwasser. »Unter keinen Umständen folgst du mir dort hinein«, befahl Poggio eindringlich. »Sollte ich nicht zurückkehren, hol Hilfe!« Er wusste selbst, dass das zu lange dauern würde – und Niccolò wusste das auch. »Aber es wird nichts weiter geschehen«, redete Poggio beruhigend auf den anderen ein. »Es ist nur ein einfacher Handel, nichts weiter.«

»Nimm wenigstens das hier mit«, sagte Niccolò und drückte Poggio den kalten Griff eines Dolchs in die Hand. Poggio zog die Hand zurück, aber Niccolò hielt sie fest und bog Poggios Finger um die Waffe. »Damit wirst du niemandem etwas zuleide tun können. Aber es wird dir ein wenig von der Angst nehmen. Denn Angst«, Niccolò wischte sich den Regen von der Wange, »können diese Kerle riechen wie das Duftwasser einer Dirne.«

Die Spatzen pfiffen wie wild, als Poggio unter ihnen hindurch in den dunklen Eingang des Wirtshauses trat. Der Schankraum war leer und lag im trüben Licht. Es roch nach Gewürzen, die scheinbar mit der Holzkohle im Kamin verbrannt wurden. Und noch ein Geruch lag in der Luft, etwas schwach Süßliches, das Poggio nicht genauer zu benennen vermochte. Vermutlich, dachte er, liegen verendete Mäuse zu Dutzenden in den Wänden.

Eine ausgezehrte Gestalt erschien hinter dem Schanktisch. Poggio kannte sie schon vom letzten Mal. Seither grübelte er, ob es sich um einen Mann oder eine Frau handelte.

»Der feine Herr kehrt zurück«, sagte die Erscheinung, die jahrzehntelang die mit Holzkohle gesättigte Luft geatmet haben musste, mit knarrender Stimme.

Poggio nickte der Gestalt zu. »Ich komme wegen des Siegels. Ist Ugolino da?«

»Wer?«, kläffte das Wesen hinter dem Schanktisch und zog die zottigen Augenbrauen tief ins Gesicht. »Sieht er denn nicht, dass wir geschlossen haben? Niemand ist hier, nur er selbst. Und wenn er nicht trinken oder speisen will, so gehe er zurück dahin, woher er kam.«

Poggio warf einen Blick auf den Vorhang, der in den hinteren Teil des Hauses führte. Dorthin war die Gestalt beim letzten Mal verschwunden, um dem König der Mörder und Diebe Poggios Gesuch zu unterbreiten. »Was soll das?«, fragte er ungehalten. »Ich bin hier, um ein Geschäft abzuschließen.«

Die Augenbrauen des Wirt-Dings hoben sich wieder und schoben die Haut der niedrigen Stirn bis zum Haaransatz hinauf. »Dann hat er gewiss einen Beutel Florins mitgebracht!«, rief es und wieselte um den Schanktisch herum auf Poggio zu.

Poggio hielt den Geldbeutel in seinem Mantel mit beiden Händen fest. Zu spät fiel ihm auf, dass er damit verriet, wo das Gold zu finden war. Er wich zurück und tastete nach dem Dolch. »Zurück mit dir! Oder ich schlitze dich auf«, rief er. Nun näherte sich die Gestalt zwar langsamer, behielt aber ihren Kurs bei.

»Ugolino!«, rief Poggio und warf hoffnungsvolle Blicke auf den Vorhang. »Ich will mein Siegel abholen.« Doch die Falten des Stoffes bewegten sich nicht.

»Der feine Herr hat einen Wunsch!«, krähte die Gestalt. Mit einer Hand griff sie in die Tasche und holte ein schmutziges Stück Stoff hervor, das sie Poggio auf der ledrigen Handfläche entgegenstreckte. Etwas war in dem Stoff eingewickelt.

»Was ist das?«, fragte Poggio.

»Vielleicht ist es das, was er sucht!«, murmelte die Gestalt. »Vielleicht ist es aber auch eine giftige Kröte. Fass er es nur an!« Die Mundwinkel des Wesens zuckten.

»Ich verhandele nur mit Ugolino persönlich«, keuchte Poggio und starrte auf das Tuch. Hatte es sich gerade bewegt, oder hatte nur die Hand darunter gezuckt?

Der Arm näherte sich. »So nehme er doch! Wenn er es wagt, werde ich Ugolino holen.«

Poggio wich einen weiteren Schritt zurück. Dabei stieß er gegen einen Vogelkäfig. Dessen Bewohner schimpfte ihn lautstark aus. Es gab kein Zurück. Kurz entschlossen packte Poggio das Tuch und was darunter war und hielt es am ausgestreckten Arm in die Höhe. Der schäbige Stoff segelte zu Boden. In Poggios Hand lag ein Stück Messing.

»Was ist das?«, fragte er, ohne sein Gegenüber aus den Augen zu lassen.

»Schau er es nur an! Es ist das Verdienstzeichen des Bischofs Kuno von Falkenstein. Er hat es vom Papst persönlich erhalten. Und jetzt gehört es dir.«

»Warum? Ich habe ein Siegel bestellt. Wo ist Ugolino?« Er bemerkte, wie seine Geduld mit dem Regenwasser von ihm abtropfte.

»Das da ist besser als jedes Siegel. Kuno soll sich darüber sehr gefreut haben. Zwanzig Florins, und es gehört dir.«

»Das muss ja eine schöne Auszeichnung gewesen sein, wenn sie wenige Monate nach dem Tod ihres Trägers unter Dieben verhökert wird. Sie offenbart nur die Schande ihres ursprünglichen Besitzers. Damit will ich nichts zu schaffen haben.« Poggio warf das Stück gegen den Vorhang, hinter dem er Ugolino vermutete. Der Stoff bewegte sich leicht.

»Komm endlich heraus, Ugolino«, rief er wieder. »Ich bin hier, um die Ware abzuholen. Oder bist du ein Betrüger?«

Der Kopf seines Gegenübers ruckte, und die langen zottigen Haare flogen über das gefurchte Gesicht. »Niemand schimpft den großen Ugolino einen Betrüger«, kam es knurrend aus dem dürren Hals hervor. »Das ist schlecht fürs Geschäft.«

Da erhellten sich Poggios Gedanken. »Du bist es selbst, nicht wahr? Du selbst bist Ugolino«, sagte Poggio. Schon bei seinem ersten Besuch hatte er nur diese hutzelige Gestalt gesehen. Sie hatte ihm versprochen, seinen Wunsch an den König von Santo Spirito weiterzugeben. Aber zu Gesicht bekommen hatte Poggio den legendären Herrscher der Diebe nicht.

»Ich?« Mit einem dürren Zeigefinger tippte sich der Alte gegen die Brust und riss die Augen auf.

Poggio zog den Beutel mit dem Gold hervor und knetete den Stoff. Die Münzen knirschten. »Das gehört dir, wenn du mir jetzt das Siegel bringst«, sagte er. »Wenn nicht, werde ich meine Leute rufen, die draußen vor der Tür auf mich warten.«

Der Alte riss erschrocken die Augen auf. Das Lächeln auf seinem Gesicht aber löschte er nicht. »Oh, deine Leute! Sie werden mir doch wohl nicht die Kehle durchschneiden?« Er streckte die Arme gerade nach vorn und zeigte seine leeren Handflächen. »Nur wegen eines Siegels? Wir wollen sie uns doch einmal genauer anschauen.« Er wandte den Kopf in Richtung Eingang. »Bringt ihn her!«

Vier Männer platzten in den Raum. Ihre Hände umklammerten die Arme und das Genick Niccolòs. Obwohl sie kräftige Kerle waren, hatten sie Mühe, den jungen Mann festzuhalten. Einer von ihnen, ein Mann mit fransigem Strohhut, schroffer Haut und Kieselzähnen, sagte: »Er hatte einen Dolch, Ugolino. Draußen liegt Gino im Dreck. Wird nicht mehr aufstehen.«

Poggio schloss die Faust fest um den Beutel. »Einverstanden!«, sagte er, so laut er konnte. »Ich kaufe das Verdienstzeichen des alten Kuno. Immer noch besser als gar nichts.«

»Gar nichts ist in diesem Fall besser, und zwar für mich«,

stieß Ugolino hervor und hatte mit einem Mal ein Messer in der Hand. Die Klinge war alt und rostig. Oder war das gar kein Rost, der das Metall fleckte?

»Nimm das Geld«, stotterte Poggio. »Ich verzichte sogar auf die Ware. Wenn du meinen Freund und mich gehen lässt.«

»Hofschranzen sind im Preis nicht enthalten«, sagte Ugolino, während er seinen Männern Zeichen gab zurückzubleiben. »Und Bedingungen hast du nun genug gestellt.«

Von Entsetzen geschüttelt, warf Poggio den Geldbeutel nach seinem Gegner. Doch Ugolino wich mit einer raschen Bewegung aus, und das Geschoss flog an seinem linken Ohr vorbei. Nun war die Reihe an ihm. Mit ausgestreckter Klinge sprang er auf Poggio zu. Der Stich, den er von oben nach unten führte, verfehlte sein Opfer knapp. Poggio drehte sich und prallte mit dem Kopf gegen einen der Vogelkäfige. Die dürren Stäbe des Kastens zerbrachen, und ein Spatz entkam daraus. Seine Flügel peitschten Poggios Gesicht, und einen Moment lang konnte er nichts mehr sehen.

Schon vor Jahren hatte Baldassare, Coluccios rechte Hand und Mitverschwörer in politischen Angelegenheiten, den Versuch aufgegeben, Poggio die Grundlagen des bewaffneten Kampfes beizubringen. So talentiert Poggio mit Tinte und Pergament war, so ungeschickt war er, wenn es zu Gewalttätigkeiten kam. So groß sein Glück in Liebesdingen war, so saß ihm im Kampf Mann gegen Mann das Pech auf den Schultern. Schläge konnte er aushalten, das hatte er auf dem Hof des Tolomeo gelernt. Aber eine Klinge verwandelte sich in seiner Hand augenblicklich in eine Schreibfeder, und er führte ein scharfes Eisen wie einen Gänsekiel.

Eines aber hatte er sich gemerkt. Gegen einen Messerstecher setzte man sich am besten zur Wehr, indem man so schnell wie möglich um sich trat und schlug. Ein Stich in die Gliedmaßen war immer noch besser als einer in den Bauch, die Brust oder den Hals.

Sein Fuß traf etwas Weiches. Ein wütendes Krächzen ertönte. Ugolino taumelte rückwärts und stieß gegen seine Spießgesellen. Für einen Moment hatte sich Poggio Zeit verschafft. Schon kam die Bande wieder auf ihn zu. Der Vorhang an der anderen Seite des Raums lockte. Dahinter mochte eine Tür ins Freie liegen – oder ein Raum ohne Ausweg. Um keinen Preis wollte Poggio Niccolò zurücklassen. Wie aber sollte er mit vier Gegnern gleichzeitig fertigwerden?

»Nimm den Dolch!«, hörte er Niccolò rufen. Darauf folgte das Geräusch von Schlägen. Niccolò schrie.

Poggio zückte die Waffe. In seiner Hand fühlte sie sich an wie eine heiße Kartoffel. Wie sollte er diesen Stahl in einen anderen Menschen stoßen, selbst wenn es eine widerwärtige Erscheinung wie Ugolino war?

Die Vögel schimpften jetzt ohrenbetäubend laut. Mit einem Satz sprang Poggio zu einem der Käfige und rammte den Griff des Dolches gegen die Stäbe. Knisternd brachen die dürren Stangen und entließen ihren Gefangenen in den Schankraum. Ein weiterer Käfig folgte. Als Poggio eine kleine Voliere mit vier Vögeln entdeckte, ließ er den Dolch fallen, riss den Käfig mit beiden Händen von der Decke und warf ihn Ugolino ins Gesicht. Beim Aufprall knackte das Holz und entließ einen Schwarm aus Schnäbeln und Federn in die Freiheit. Da diese jedoch an den Wänden des Wirtshauses endete, flatterten die Spatzen mit Furcht in den Schwingen umher. Ugolino und seine Männer zogen die Köpfe ein. Auch Niccolò hielt sich schützend beide Hände vor das blutende Gesicht.

Sein Vater hatte Poggio bei jeder Gelegenheit erzählt, Vögel seien keine Tiere, sondern Hilfsgeister, die zwischen Himmel und Erde vermitteln. Als die Spatzen jetzt seinen Bedrängern zusetzten, wusste Poggio, dass sein Vater recht gehabt hatte. Er stieß den um sich schlagenden Ugolino so heftig vor die Brust, dass dessen hervorstehendes Brustbein in seine Finger stach, und warf die klapperige Gestalt um. Dann war er bei Niccolò und zog den Freund mit sich fort. Ihre Flucht endete so abrupt, wie sie begonnen hatte. Jemand packte Poggios Gürtel und riss ihn nach hinten. Schützend hob er die Hand, nur um sie sofort wieder zurückzuziehen. Das Heft eines Messers ragte aus seiner Handfläche heraus. Instinktiv schüttelte Poggio das Handgelenk, wie er es getan hätte, wenn er eine Hornisse dort entdeckt hätte. Doch die Klinge blieb, wo sie war. Er spürte keinen Schmerz, nur Erschrecken.

»Lasst die beiden gehen, oder ich zünde das ganze Viertel an und röste euch auf der Glut wie Tauben.« Die Stimme kam von der Straße. Poggio, der mit der Rechten das linke Handgelenk umklammert hielt, wusste sofort, wer da sprach.

»Wollt ihr mich herausfordern?«, rief Baldassare. Breitbeinig stand er da, seine kostbaren Stiefel versanken in Pfützen. Seine mächtigen Augenbrauen waren die Antwort auf seine ebenso großen Lippen. In der Rechten hielt er ein Schwert, in der Linken einen Dolch. Die Spitzen der Waffen wiesen nach unten.

»Noch einer von der feinen Sorte«, kräht Ugolino in Poggios Rücken. »Du kannst zusehen, wie wir aus deinen Freunden Vogelfutter machen.«

Neben ihm schrie Niccolò auf. Etwas Warmes spritzte gegen Poggios Wange. Er wollte sich losreißen, doch die Hand in seinem Gürtel hielt ihn fest. Mit einem Ruck riss sich Poggio das Messer aus der Hand und schnitt damit seinen Gürtel entzwei. Er kam frei und taumelte auf die Straße. Im Fallen sah er Baldassares Stiefel neben seinem Gesicht. Dann hörte er Schreie und das Geräusch von Eisen, das gegen Eisen schlägt. Als er herumrollte und auf dem Rücken zu liegen kam, sah er den Neapolitaner durch den Türrahmen drängen. Schreie kamen aus dem Inneren, Flüche und Befehle. Ein Spatz flog aus dem Dunkel der Taverne in das Dämmerlicht von Santo Spirito. Auf den ausgetretenen Stufen lag Niccolò und hielt sich die Hände vor das Gesicht. Seine Kleider waren von einer Farbe, wie sie der rote Regen niemals hätte hervorbringen können.

Auf allen vieren schob sich Poggio durch den Schlamm auf Niccolò zu. Aus den Augenwinkeln sah er, dass die Straße von Schaulustigen verstopft war. Sie blieben in sicherer Entfernung und reckten die Hälse wie bei einer Hinrichtung. Hoffentlich, dachte er, sind das nicht alles Freunde von Ugolino.

Er erreichte Niccolò, packte den Gefährten unter den Achseln und zog ihn von der Taverne fort. Aus dem Innern kamen Schmerzensschreie. Noch immer flogen Vögel unter der Tür hervor. Kurz überlegte Poggio, ob er Baldassare beispringen sollte. Er vermochte zwar nicht zu kämpfen wie der Neapolitaner. Alleinlassen wollte er ihn aber auch nicht. Während er noch zögerte, kam Ugolino aus dem Wirtshaus gerannt. Er fluchte in kampanischem Dialekt und klemmte die rechte Hand unter die linke Schulter. Ohne sich umzusehen, humpelte der König der Diebe davon. Als er die Menge erreichte, teilte sie sich wie für einen Fürsten – und schloss sich wieder, kaum dass Ugolino hindurch war.

Baldassare würde seine Hilfe nicht brauchen.

Poggio kniete neben Niccolò nieder. Als er die Hände des Freundes von dessen Gesicht löste, fuhr er erschrocken zurück. Niccolòs rechte Gesichtshälfte war ein Blutquell. Dort hatten Schnitte das Fleisch aufgetrennt, und die Zähne schimmerten unter dem Rot hervor. Niccolò stöhnte und versuchte immer wieder, sich an die Wunde zu fassen. Poggio hielt seine Hände fest. Er versuchte, etwas Beruhigendes zu sagen. Aber das Entsetzen schnürte seine Kehle zu.

»Kommt, fort von hier!« Baldassare tauchte neben ihm auf. Sirrend verschwand sein Schwert in der Scheide. Poggio musste nicht nach dem Schicksal der Schurken in der Taverne fragen. Baldassare folgte einer einfachen Regel: Lebte er nach einem Kampf noch, so war sein Feind tot. Oder umgekehrt.

»Woher wusstest du, wohin wir gegangen sind?«, stammelte Poggio, während sie versuchten, Niccolò aufzurichten.

Baldassare deutete auf die Vögel, die sich auf dem Dach des Wirtshauses niedergelassen hatten. »Die Spatzen pfiffen es von den Dächern.« Seine mächtigen Brauen verfinsterten sich. »Ich habe schlechte Neuigkeiten«, sagte Baldassare. »Unser Freund und Meister Coluccio ist soeben gestorben.«

Kapitel 11

DIE ALTE WUNDE SCHMERZTE. Poggio rieb sich die rechte Hand und versuchte, das Blut in die Finger zu kneten. Obwohl es ihm manchmal gelang, die Erinnerung an jenen Morgen in Santo Spirito zu vergessen, so konnte er gewiss sein, dass die Narbe auf seiner Handfläche ihn beizeiten wieder daran erinnern würde.

Jetzt schaukelte er auf dem Bock von Ostos Ochsenwagen durch die Straßen von Konstanz. Die kleine Stadt hatte sich für das große Konzil herausgeputzt. Mistdirnen hielten die Straßen sauber. Goldgrübler leerten die Aborte täglich. Knechte liefen mit Kübeln durch die Straßen, um verendete Hunde, Vögel und Katzen, die einfach weggeworfen wurden, einzusammeln. Dies alles geschah nur, weil die feinste Gesellschaft Europas sich am Ufer des Bodensees ein Stelldichein gab: Könige und Kardinäle, Bischöfe und Grafen, allesamt mit ihrem Gefolge, waren angereist. Überdies hatte das Konstanzer Konzil Schwärme von Gauklern, Wahrsagern, Akrobaten und Schauspielern angelockt. Kesselflicker, Pilger und Vagabunden waren zugleich Publikum und Kulisse für die Debatten unter den Kirchenfürsten.

Der Wagen fuhr an einem Brunnen vorbei. In seiner Mitte stand die Sandsteinfigur eines Müllers mit einem Sack Mehl auf den krummen Schultern. Der Mund der Statue war weit aufgerissen, vermutlich sprudelte an wärmeren Tagen Wasser daraus hervor. Jetzt jedoch ragten zwei Eiszapfen aus dem Oberkiefer der Figur, wie die Fangzähne eines Nachtmahrs. Poggio wandte sich schaudernd ab.

Osto hielt vor einem Patrizierhaus, schaute die prachtvolle Fassade mit dem Stufengiebel hinauf und nickte anerkennend. »Nicht ganz so ruhig gelegen wie unser Kloster«, sagte der Mönch, »aber vermutlich ist das Essen besser.«

Poggio sprang vom Bock und folgte Ostos Blick. Hier hatten Papst Johannes und sein Gefolge Quartier bezogen. Aber wo sonst Diener und Lieferanten ununterbrochen ein und aus gingen, war jetzt alles ruhig. Dabei war es doch mitten am Tag. Vermutlich, dachte Poggio, gibt es Fortschritte bei den Gesprächen, und alle Welt ist zur Kirche geströmt, um die Neuigkeiten zu erfahren. Vielleicht, so überlegte er weiter, gibt es einen Beschluss, und wir können bald heim nach Rom. Wie satt er den Winter im Land der Deutschen hatte!

Das Angebot, noch einen Scheidebecher zu trinken, lehnte Osto ab. Also fischte Poggio einen Gulden aus seiner Börse und hielt ihn Osto hin. Auch diesmal schüttelte der Mönch den Kopf. »Was soll ich mit dem schönen Gold, dort, wohin ich zurückkehren werde? Lass mir die Pferde. Ich werde auf dem Berg nach ihnen suchen, und wenn ich sie finde, sollen sie es gut und warm bei uns haben.«

»Sie sollen dir gehören«, stimmte Poggio zu. »Sorge nur dafür, dass Emilius nicht Wolkensteins Methoden anwendet, um das Kloster zu heizen.«

Osto lachte. Dann ließ er die Ochsen antraben. Der Wagen rasselte davon. Noch einmal winkte der Mönch mit leinenumwickelter Hand, bis er um eine Biegung verschwunden war.

Wir sehen uns wieder, schickte Poggio ihm in Gedanken hinterher. Er hatte Emilius versprochen, den Folianten zurückzubringen. Doch dazu musste er das Buch erst einmal finden. Mit suchendem Blick tastete Poggio die Gesichter der Passanten ab. Seine Hoffnung, Agnes zwischen den Menschen zu entdecken, war schwach und erstarb vollends, als er bemerkte, dass seine Füße begannen, zu Eis zu erstarren. Es war an der Zeit, ins Warme zu schlüpfen.

Poggio trat unter die Kolonnade der päpstlichen Herberge. Der Eingang zum Stiegenhaus lag im Halblicht. Dennoch erkannte er augenblicklich, dass die Tür offen stand. Das war ungewöhnlich. Ein Gebäude, in dem der Papst residierte, war stets verschlossen und von der Garde des Kirchenfürsten bewacht. Doch niemand war zu sehen. Stattdessen eilte eine Gestalt heraus, in der Poggio einen der Lieferanten erkannte. Er gehörte zu einem Konstanzer Händler, der Papst Johannes mit Zucker versorgte – der Leibspeise des Heiligen Vaters. Der Lieferbursche erkannte Poggio und stürzte mit zornverzerrten Zügen auf ihn zu. Die deutschen Flüche verstand Poggio kaum. Um den Mann loszuwerden, ließ er den Gulden, den er Osto zugedacht hatte, in die ausgestreckte Linke des Lieferanten fallen. Doch der hörte noch immer nicht auf zu schimpfen. Immer wieder deutete er in das Haus. Dann schien er zu bemerken, dass Poggio seinen Tiraden nicht folgen konnte. Mit einer verächtlichen Handbewegung stapfte er davon.

Als Poggio die Eingangshalle betrat, hörte er derbe Stimmen aus dem oberen Geschoss. Ein schweres Poltern folgte. Lautlosen Schrittes näherte er sich der Stiege. Unter seinen Füßen knirschte etwas. Erst da bemerkte er, dass der prachtvoll mit weißen und schwarzen Kacheln ausgelegte Boden voller Unrat war. Scherben lagen umher, die abgebrochene Rückenlehne eines Stuhls, ein aufgerissener Sack Zucker und die welken Blätter von Rüben. Poggio hob zwei Spielwürfel vom Boden auf. Die Stücke waren aus blauem Walrosszahn geschnitzt, einer Seltenheit in der Natur. In die Augen waren Edelsteine eingesetzt – gewesen. Jemand hatte die Juwelen herausgebrochen.

Dies waren die liebsten Spielwürfel des Papstes. Seine Heiligkeit hatte sie von dem Florentiner Buonaccorso Pitti, dem Spielerkönig, dessen Einsätze stets so hoch waren, dass nur Herzöge und Prinzen mithalten konnten. Oder der Papst. Vor zwei Jahren hatte Pitti in Johannes XXIII. seinen Meister gefunden. In einer unvergessenen Nacht im Vatikan hatte der Heilige Vater den König der Spieler ruiniert, bis dieser sogar seine sagenumwobenen Würfel hatte hergeben müssen.

Jetzt lagen diese Kostbarkeiten im Dreck eines Konstanzer Patrizierhauses.

Poggio verstaute die Würfel in der Tasche und lugte die Treppen hinauf. Noch immer war Lärm aus dem oberen Stockwerk zu hören. Seine Füße befahlen ihm, das Weite zu suchen. Doch in seinem Kopf wirbelten zu viele Fragen durcheinander. Was, wenn der Papst dort oben in Bedrängnis war? Bei dem Gedanken schmeckte Poggio etwas Säuerliches auf der Zunge. Er war kein Streiter. Aber im Stich lassen wollte er seinen Herrn auch nicht. Er rieb über die Narbe auf seiner Handfläche.

Mit dem linken Fußballen trat er auf die unterste Stufe. Das leise Knarren, das ertönte, ging im Getöse unter. Den Kopf in den Nacken gelegt, arbeitete sich Poggio hinauf, darauf achtend, nur jede zweite Stufe zu nehmen und sich am Rand zu halten, wo das Holz noch nicht ausgetreten war. So gelangte er unbemerkt bis vor die Tür, hinter der die Gemächer des Papstes lagen.

Etwas flog an seinem Kopf vorbei, krachte auf die Treppe und polterte die Stufen hinab. Deutsche Stimmen fauchten in den Gemächern. Schwerer Stoff knisterte. Dann wurde etwas entzweigerissen. Als Poggio einen Blick in die Kammer wagte, sah er jemanden auf dem Boden liegen. Nur die Beine ragten unter einem Haufen Kleidungsstücke hervor. Doch das genügte, um Alberigo della Capra zu erkennen, den Hauptmann der päpstlichen Garde. Er war persönlich für die Sicherheit seiner Heiligkeit verantwortlich. An dem Blut, das neben den Beinen den Teppich nässte, war zu erkennen, dass della Capra in keinem guten Zustand war. Poggio ballte die Fäuste. Als er einen weiteren Blick riskierte, sah er, wie sich della Capras Beine bewegten. Alberigo lebte.

Poggio vergaß seine Vorsicht und sprang durch die Tür. Während er die beiden Fußgelenke packte, um den Verletzten unter dem Berg aus Stoff hervorzuziehen, sah er sich um. Das Gemach war geräumig. Der Eigentümer hatte eine Wand entfernen lassen, als er gehört hatte, dass der römische Papst in sein Haus einziehen werde. Trotzdem beherrschte das mächtige Bett des Heiligen Vaters den Raum. Darauf standen zwei Männer, zerrissen den Baldachin aus feiner Seide und wühlten zornig zwischen den Laken. Als sie Poggios Anwesenheit gewahr wurden, hielten sie in ihrem Treiben inne.

Der eine, ein Kerl mit langem Hals und großen Ohren, sprang polternd vom Bett herunter und rief Poggio an. Der zweite, ein kurz geschorener Hüne mit nur einem Ohr, ließ die Bettwäsche sinken und runzelte verständnislos die Stirn.

Poggio versuchte, Zeit zu gewinnen. Wenn er nur Alberigo in Sicherheit bringen konnte! Während er an den Füßen des Hauptmanns zog und rückwärts zur Tür wich, nickte er den beiden Deutschen zu und fragte sie, ob sie Latein sprächen. Denn er fürchtete, dass ihn sein Deutsch sofort als Italiener verraten würde. Latein hingegen war unverfänglich in diesen Tagen. Konstanz wimmelte von Besuchern aus Frankreich, England, Böhmen, Ungarn, Italien und Spanien, und es gab nur drei Möglichkeiten, sich miteinander zu verständigen: in der Sprache der Kirche, der Liebe oder der Gewalt.

»Ich nehme den hier mit«, rief er auf Latein, so laut er konnte und ließ die Worte vor Macht beben. So wie er es von Papst Johannes gelernt hatte. Es gelang ihm, Alberigo freizubekommen. Auch die Uniform des Hauptmanns war mit Blut befleckt. Den Schnitten in seiner Weste und seinem Hemd nach zu urteilen, handelte es sich um della Capras eigenes Blut. Seine Augen waren geschlossen, sein Gesicht war fahl und von der Farbe unreifer Oliven.

»Kümmert euch um den Schatz des Papstes«, rief Poggio weiter. Rückwärtsgehend hatte er die Tür erreicht. Der vordere der beiden Kerle kam langsam näher. Verstand er etwa kein Latein? Poggio ließ eines von della Capras Beinen los. Der gestiefelte Fuß polterte dumpf auf den Teppich. Mit herrischen Bewegungen zeigte Poggio auf die Truhe unter dem verglasten Fenster. Er selbst hatte diese Kiste einmal aus dem Schlamm gezogen, als der Wagen des Papstes auf dem Weg über die Alpen umgestürzt war. »Dadrin hält er sein Gold und Silber versteckt.«

Die Männer wandten die Köpfe und starrten die Truhe an wie einen Erzengel, der soeben auf die Erde herabgestiegen war.

»Aber wir haben keinen Schlüssel«, sagte der Hüne auf dem Bett nun. »Und keine Axt«, ergänzte der andere. Sie sprachen tatsächlich Latein. Gewöhnliche Diebe waren das nicht.

Mit flinker Hand zog Poggio einen Schlüsselring aus dem Beutel, der an seinem Gürtel hing, und warf ihn dem Kerl mit dem dürren Hals hin. Mochten die Burschen niemals erfahren, dass daran auch die Schlüssel zu den Türen der päpstlichen Gemächer im Vatikan hingen. »Damit schließt ihr die Truhe auf. Bringt das Gold auf den Wagen des Kommandanten. Er wartet vor dem Haus. Behaltet das Silber. Aber seid gewarnt: Meine Männer werden euch durchsuchen.« Woher nahm er den Mut, diese Worte ohne Beben in der Stimme hervorzubringen? Sollten ihn diese beiden anfallen, würde ihm kein Baldassare zur Seite stehen.

Der Hagere suchte am Boden nach den Schlüsseln. Poggio zog Alberigo zur Tür hinaus. Er musste entkommen, bevor die Männer bemerkten, dass keiner der Schlüssel passte. Vermutlich würden sie auch dann nicht aufgeben und die Truhe mit Gewalt aufbrechen. Spätestens zu diesem Zeitpunkt musste Poggio sich und den Hauptmann in Sicherheit gebracht haben. Denn statt mit Gold und Silber war die Truhe mit Ablassbriefen gefüllt.

Auf seinen Reisen ließ Papst Johannes in jeder größeren Stadt halten, um diese Briefe an die Stadtältesten zu verkaufen. Die bezahlten jede Summe, denn ein einziger Brief war für alle Einwohner einer Stadt gültig. Niemand musste mehr nach Rom pilgern, um die nach dem Tod zu erwartenden tausendjährigen Qualen im Fegefeuer zu mildern. Für den Papst war das ein einträgliches Geschäft, denn die Stadträte zahlten für einen Ablassbrief so viel, wie einhundert Menschen die Reise nach Rom gekostet hätte. Die Truhe war bis zum Rand gefüllt mit diesen Dokumenten. Von Poggio in schönster Schrift geschrieben, mussten sie vom Heiligen Vater nur noch unterzeichnet werden. Für die beiden Plünderer aber waren sie so wertvoll wie ein Sack schmutziger Wäsche.

An der Stiege angekommen, hörte Poggio das Klimpern der Schlüssel aus dem Gemach. Er schob die Arme unter Alberigos Knie und Schultern und wollte den Kommandanten anheben, um ihn die Treppe hinunterzutragen. Doch della Capra war ein Berg und Poggio nur ein Schreiber. Seine Bemühungen endeten damit, dass er den Hauptmann bis auf Kniehöhe anhob und ihn dann wieder sinken ließ. Der Verwundete stöhnte, rollte mit dem Kopf und schlug die Augen auf.

»Alberigo!« Poggio beugte sich über ihn. »Was ist hier geschehen? Kannst du aufstehen? Ich werde dich stützen. Dann kommen wir die Treppe hinunter.«

Eine blutverschmierte Faust klammerte sich an Poggios wattiertes Wams. Della Capra hustete, Blut lief ihm über die Lippen und tränkte seinen Kinnbart. »Weg von hier! Aus der Stadt. Dem Land.«

»Zuerst zum Bader. Der flickt dich zusammen.« Poggio versuchte, Alberigos Oberkörper aufzurichten. Doch der Hauptmann schob den helfenden Arm fort. »Papst Johannes ...«, hob er an.

Poggio erschrak. »Ist ihm etwas zugestoßen?« Das war undenkbar. Hatte Alberigo den Papst nicht vor Gefahr bewahren können, so stand der Heilige Vater doch unter dem Schutz Gottes.

»Geflohen«, stieß Alberigo hervor.

Poggio erstarrte. Der Papst geflohen? Mit einem Mal fühlte er sich allen Schutzes beraubt. Ohne Johannes war die italienische Gesandtschaft Freiwild für ihre Feinde in der Stadt. Und davon gab es eine Menge.

»Ist es ihm gelungen? Sich in Sicherheit zu bringen?«, wollte Poggio wissen.

Der Husten, der den Hauptmann schüttelte, schien Gelächter zu sein. »Auf und davon. Als es für ihn brenzlig wurde.« Mit aufgerissenen Augen stöhnte er: »Er hat uns im Stich gelassen.« Die Faust krallte sich noch fester in Poggios Kleider. »Die Deutschen sind über uns hergefallen. Sie haben jeden Italiener, der nicht rechtzeitig aus der Stadt entkam, erschlagen.«

»Wann soll das gewesen sein? Ich war doch nur zwei Tage fort«, sagte Poggio.

»Genug Zeit, um die Welt zu verändern.« Alberigo sank wieder zurück. Er presste Lippen und Lider zusammen.

Wie viel vermögen da erst vierhundert Jahre auszurichten?, fragte sich Poggio.

Aus dem Gemach des Papstes waren Rufe zu hören, gefolgt von einem Krachen. Scheinbar hatten die Plünderer das Spiel mit den Schlüsseln satt und griffen nun zu größerem Besteck.

»Wir reden später weiter«, drängte Poggio. »Jetzt wird es Zeit, von hier fortzukommen.«

Da erschien unter der Tür der einohrige Hüne. Sein Gesicht loderte in rotem Zorn. Nur die Narbe an der linken Seite seines Kopfes blieb weiß. Seine Hände krallten sich um ein Bündel Pergamente. Er brüllte und stapfte auf Poggio und Alberigo zu.

Poggio wich zwei Schritte zurück. Dann spürte er die erste Treppenstufe unter seinen Fersen. Der Plünderer setzte nach. Doch als er über Alberigo steigen wollte, um Poggio zu packen, war ein Knirschen zu hören. Der Deutsche erstarrte und schrie erneut. Sein Fuß war mit einem Dolch auf den Fußboden genagelt. Das Heft der Waffe ragte aus dem ledernen Schuh heraus, noch immer von Alberigos Hand umklammert. Das geschundene Gesicht des Hauptmanns wandte sich Poggio zu, die Lippen formten ein Wort.

Poggio sprang mit weiten Sätzen die Treppe hinab. Er taumelte auf die Straße. Die eisige Luft schlug ihm mit der flachen Hand ins Gesicht. Hatte er sich zuvor auf Ostos Wagen noch behaglich gefühlt, so erschien ihm die Stadt nun fremd und feindselig. Warum warfen ihm alle verstohlene Blicke zu? Der Jude dort mit dem konischen Hut. Der Franzose in den gelben Beinlingen. Warum eilte die Frau mit dem Schleier so schnell an ihm vorbei? Der Papst war dem Konzil entflohen! Ebenso gut hätte das Kirchenoberhaupt öffentlich verkünden können, mit dem Teufel im Bunde zu stehen. Jedermann in seinem Gefolge galt damit als Dämonenanbeter.

Poggio hatte schon erlebt, wie die Deutschen mit Häretikern umgingen. Einmal, auf dem Weg nach Konstanz, hatte er gesehen, wie sie einem Mann, der als Kindsmörder galt, den Bauch aufgeschnitten hatten. Das Gedärm des Unglücklichen wurde an einen Baum genagelt. Dann hatte man ihn dreimal um den Stamm herum getrieben, bis er zusammengebrochen war. Das hatten sie einem ihrer Landsleute angetan! Was mochte dem Einfallsreichtum solcher Menschenschinder erst für einen Florentiner entspringen, dem Sekretär eines verhassten Papstes? Poggio musste fort aus Konstanz. In diesem Augenblick.

Aber wie? Sein Pferd war im Gebirge zurückgeblieben. Zu Fuß auf der Landstraße wäre er ein rasch einzuholendes Ziel. Blieb nur der Bodensee, das gewaltige Gewässer, an dessen Ufer sich die Stadt Konstanz klammerte. Gewiss würde sich im Hafen ein Kahn auftreiben lassen. Dort lauerten die Fährmänner nur darauf, die hohen Herren aus England, Frankreich, Spanien und Böhmen über das Wasser zu setzen. Sogar geheime Konferenzen waren schon in den Booten abgehalten worden, weit draußen auf den Wellen, wo nur die Fische lauschen konnten.

Noch immer waren aus dem Haus des Papstes Rufe zu hören. Deutsche Flüche flogen daraus hervor. Schritte polterten. Poggio zog die Tür von außen zu. Als er nach dem Schlüssel in seinem Beutel tastete, fiel ihm ein, dass er den Schlüsselbund in das Gemach des Papstes geschleudert hatte. Eine unverschlossene Tür würde die beiden Schurken nicht aufhalten.

Auf der Straße herrschte das übliche Treiben eines trägen Nachmittags am Bodensee. Unrat wurde aus den Fenstern auf die Straße gekippt. Die Verbände eines Wundarztes froren im Schlamm der Straße fest. Die Menschen balancierten auf Bretterstegen und hüpften über Steine und Pfosten, die in Schrittlänge in den Boden gerammt waren. Poggio gesellte sich unter sie und huschte hinter den Karren eines Fuhrmanns, den dieser die Straße entlangzog.

Unter den Säulen des Patrizierhauses wurde die Tür aufgestoßen und mit einem Knall gegen die Wand geschleudert. Weder drehte Poggio sich um, noch versuchte er, die Worte zu verstehen, die ihm wie Dolche in den Rücken fuhren. Zwar wäre es besser gewesen abzuwarten, ob ihn die beiden Schurken hinter dem Karren entdeckten. Doch seine Beine hatten ihren eigenen Willen. Auf den Korksohlen seiner Krakauer Schuhe rannte er los und schlitterte hinein in die Schatten der vereisten Gassen von Konstanz.

Er kannte den Weg zum Bodensee. Seine rot behosten Beine trugen ihn vorbei an gähnenden Kesselflickern, feilschenden Messerschleifern und staunenden Pilgern. Er schlüpfte zwischen dicht beieinander stehenden Häusern hindurch, schlug Haken in dämmrigen Durchgängen und versteckten Gartenwegen. Hinter sich hörte er Lärm und Geschrei.

Poggio bog in einen Durchgang ab. Kurz lehnte er den Rücken an die Mauer, um zu Atem zu kommen. Er lauschte. Da, unter dem Klang der kalten Stadt, war vielstimmiges Rufen zu hören. Der Lärm einer Treibjagd. Dann war es also wahr! Papst Johannes hatte sein Gefolge dem Zorn der Deutschen preisgegeben.

Mit unsicherer Hand wischte sich Poggio den Schweiß von der Stirn und strich eine Strähne seines Haars zurück. Er räusperte sich den Geschmack der Angst aus der Kehle und schritt so herrschaftlich, wie es seine bebenden Beine zuließen, in Richtung Hafen. Doch das Glück ist die Poesie der Frauen. Und Poggio war nur ein Mann.

Der See war zugefroren. Eine Eiswüste erstreckte sich vor ihm. Sie reichte bis an den Horizont. Die tief stehende Sonne ließ das ernste Graublau aufblitzen, so als zwinkere ihm der See zu. Spielerisch trieb der Wind Schneefahnen über die weite Fläche.

Poggios Traum vom Fährmann platzte. Am Ufer lagen Kähne und Schuten verlassen da und träumten wärmeren Tagen entgegen. Jene Boote, die nicht aus dem Wasser geholt worden waren, hatte der Frost gepackt und zermalmte sie nun mit eisiger Faust.

Der Fluchtweg war versperrt.

Poggio wusste nicht, wann er sich jemals so hilflos gefühlt hatte. Nicht als durchgeprügelter Ackerknecht, nicht im Kerker von Arezzo und nicht auf dem Schlachtfeld von Rom. Er hatte die Pest überstanden, die Inquisition und die Liebe der Italienerinnen. Aber diesmal verschwor sich die Natur selbst gegen ihn.

Sollte das sein Schicksal sein? Von einer Horde Barbaren aufgespießt zu werden, nachdem er aus dem Staub der Toskana gekrochen und bis zum Heiligen Stuhl in Rom gekommen war? In einem Anflug von Zorn hob Poggio die Faust und schüttelte sie gegen den See. Dann schrie er seine Verzweiflung auf das zugefrorene Gewässer hinaus.

Die Antwort kam auf Deutsch zurück. Er fuhr herum. Unter den Bögen der Konzilshalle, die in der Nähe des Ufers in den grimmen Himmel aufragte, stand eine kräftige Gestalt. Sofort erkannte Poggio das graue Pelzwerk und den fußlangen byzantinischen Mantel Oswald von Wolkensteins. Der Junker winkte Poggio zu sich heran. Neben ihm war eine zweite Gestalt zu erkennen, halb verborgen im Schatten der Kolonnaden. Agnes.

Ausgerechnet diese beiden mussten die einzigen Menschen sein, die er in einer Stadt voller Feinde kannte! Er sah sich um und lauschte. Unter dem pfeifenden Wind waren noch immer die Stimmen einer entfernten Menschenmenge zu hören. Es schienen noch mehr Verfolger geworden zu sein. Poggio ergrimmte. Dann setzte er sich in Bewegung.

Es war tatsächlich Agnes, die sich neben Oswald an die Wand der Konzilshalle presste. Sie war in einen ebenso prachtvollen Mantel gehüllt, wie Wolkenstein ihn trug. Eine Kette aus Bernstein hing von ihrem Hals und ein mit Perlen und Goldfäden besetzter Umhang schützte ihre Schultern. Mit beiden Armen hielt sie etwas umklammert. Als Poggio sich näherte, heftete sie den Blick auf ihre Füße.

»Du hast deine Gespielin fein herausgeputzt«, stieß Poggio hervor. »Das Geld dafür hat dir wohl der Foliant aus dem Kloster eingebracht.«

Unversehens packte Oswald Poggio bei den Handgelenken. »Ich werde noch viel mehr Geld bekommen, wenn ich dich dem Büttel ausgeliefert habe.« Mit aufgerissenem Mund brüllte er: »Eilt herbei!«

Poggio versuchte, die Hände freizubekommen, aber Oswald war kräftig.

»Lass mich gehen. Ich habe dich vor dem Tod auf der Brücke bewahrt«, knurrte Poggio, während er an der Umklammerung riss.

»Ich habe dich nicht um deine Hilfe gebeten«, sagte Oswald. Das Gerangel schien ihm nichts auszumachen, seine Stimme war klar und melodisch. Gleich hebt er an zu singen, dachte Poggio, und seine Verzweiflung verdoppelte sich.

»Im Gegenteil«, fuhr Oswald fort. »Du hast mich beleidigt, dich über meine Kunst lustig gemacht. Dafür werde ich deinem Folterknecht einen Gulden für meine ausgefallenen Wünsche zahlen.« Wieder rief er laut: »Kommt hierher! Der Lakai des schändlichen Papstes ist bei mir!«

Poggios Handgelenke brannten. Er dachte daran, Oswald zu treten. Doch in seiner dicken Wintertracht würde der Tiroler den Stoß kaum bemerken.

In diesem Moment wischte etwas an Poggio vorbei und prallte in Oswalds Gesicht. Der Griff lockerte sich. Poggio kam frei. Er taumelte zurück. Wolkenstein hielt sich beide Hände vor die Nase und schrie. Nur das dumpfe Grunzen des Schmerzes kam zwischen den Fingern hervor. Noch einmal holte Agnes aus und schmetterte Wolkenstein den Folianten ins Gesicht, den sie zwischen den Armen gehalten hatte. Ein drittes Mal krachte der schwere Holzeinband auf den Kopf des Tirolers. Oswald sackte in die Knie und schützte den Kopf mit den Armen.

Agnes starrte Poggio aus wilden Augen an. Ihr Atem kam schwer aus ihrem Mund. Rauchzeichen stiegen in die Luft.

Sie ist es wirklich, dachte Poggio. Florentina. Und jetzt hat sie mich gerettet.

»Verschwinde!«, stieß Agnes hervor. Ihr Umhang war verrutscht und hing nur noch über ihre linke Schulter.

»Warum hilfst du mir?«, fragte Poggio. »Du und Oswald – ihr hattet doch dieselben Ziele.«

»Dafür ist jetzt keine Zeit.« Agnes sah sich um. »Oswald wollte dieses Buch König Sigismund schenken. Ich hingegen will den Tyrannen damit stürzen.«

»Komm mit mir!«, sagte Poggio. »Oswald wird seine Strafe schon bekommen.«

Wolkenstein stieß ein undeutliches Gemurmel aus. Er nahm eine Hand von seiner Nase und sagte: »Sie will …« Dann traf ihn ein weiterer Hieb mit dem Buch gegen das linke Ohr. Schwerfällig kippte er zur Seite.

»Was wollte er sagen?«, fragte Poggio.

Agnes griff seine Hand. Ihre Finger waren sanft und wie Balsam auf der von Oswalds Pranken brennenden Haut. Erst jetzt wurde Poggio bewusst, dass er seit Jahrzehnten auf diese Berührung gewartet hatte.

Agnes zog ihn fort in Richtung des Sees.

Kapitel 12

SIE HATTEN DAS UFER des Sees noch nicht erreicht, da quollen Poggios Verfolger aus einer der Gassen hervor, ein bunter Haufen rotgesichtiger Teutonen. Viel zu viele ausgestreckte Arme wiesen zu Agnes und ihm herüber. Doppelt so viele Beine setzten sich in Bewegung, und die Atemwolken vor den Mündern erschienen Poggio wie der Nebel der Dummheit, der aus den Köpfen aufstieg. Die Menge walzte auf sie zu.

Agnes ließ seine Hand los, um den Folianten besser halten zu können. Unter ihren Füßen knirschte der Kies des Ufers.

»Gib mir das Buch«, keuchte Poggio. »Dann kannst du schneller laufen.«

Aber Agnes schien ihn nicht zu hören. Sie ließ den Umhang von der Schulter gleiten. Der kostbare Stoff segelte in den Schmutz. Die Perlen blinzelten zum Abschied im schwachen Licht.

Zeitgleich erreichten sie die Stelle, an der das Eis das Ufer küsste. Wenn es zu dünn ist, dachte Poggio, ist der Tod im Eiswasser gewiss die gnädigere Variante, aus dem Leben zu scheiden. Ohne innezuhalten, liefen sie weiter.

Das Eis hielt. Zwei Menschen konnte die graue Fläche scheinbar mühelos tragen. Einzig der Ton ihrer Schritte änderte sich. Dem hellen Knirschen der Ufersteine folgten dumpfe Laute, wie Schläge auf einem Hohlraum. Unter seinen Füßen spürte Poggio den Boden schwingen, als liefe er über das straff gespannte Fell einer gigantischen Trommel.

In vollem Lauf wandte er sich um. Die Verfolger würden viel

mehr Gewicht auf den tückischen Untergrund bringen. Wo Agnes den Umhang hatte fallen lassen, waren einige der Deutschen stehen geblieben. Poggio sah noch, wie sie an dem Kleidungsstück zerrten wie Hunde an einem Knochen. Dann glitt er aus. Mit der rechten Schulter prallte er auf das Eis, das auch diese Belastung aushielt. Ein Stück weit schob er sich auf allen vieren vorwärts, rutschte auf seinen Korksohlen noch einmal aus. Dann war er wieder auf den Beinen.

Agnes war weitergerannt. Ihre Haube hatte sie verloren. Der weiße gestärkte Stoff rollte verloren hinter ihr über das Eis, ein Schwan mit gebrochenen Flügeln.

Poggio zwang seine Füße vorwärts. Hier auf dem unsicheren Grund bedeutete jeder Schritt Anstrengung. Wollte er nicht noch einmal den Halt verlieren, so musste er mit den Armen rudern und mit den Hüften jedes Ungleichgewicht ausbalancieren. Trotz des eisigen Winds spürte er Schweiß auf der Stirn. Er war Schreiber und Mühsal nur dann gewohnt, wenn er Pergamente in Buchrahmen spannte oder mit anderen Sekretären um Korrekturen in den Bullen des Papstes stritt. Über einen vereisten See um sein Leben zu rennen, gehörte nicht zu den Aufgaben im Vatikan. Aber dort lief man auch nicht jeden Tag der Frau seiner Träume hinterher.

Die eisige Luft biss in seine Augen und presste Tränen hervor. Auf seinen Wangen vermischten sie sich mit den Schweißperlen zu einem Elixier, über das Poggio gern einen Vers geschmiedet hätte. Zunächst aber galt es, mit dem Leben davonzukommen. Noch immer zeigte der See sein entsetzlich leeres Gesicht. Das gegenüberliegende Ufer schien keine Elle näher zu kommen. Dabei rannten sie doch schon einen halben Tag lang. Oder waren es bloß Augenblicke?

Erneut schaute Poggio sich um. Die Schar der Verfolger war

noch immer da. Und es sah nicht danach aus, als wolle der See sie verschlingen. Wohlwollend trug er sie auf seinem kalten Rücken. Weniger aber schienen sie geworden zu sein. Daran mochte der Köder von Agnes' Perlenumhang schuld sein oder die Kurzatmigkeit der zu gut oder zu schlecht ernährten Konstanzer Bürger und Bauern.

Ein heller Schrei flog über das Eis. Agnes war gestürzt. Poggio erreichte sie mit wenigen Schritten und half ihr auf. Noch immer hielt sie das Buch umklammert. Auf dem Einband waren die feuchten Spuren ihrer Hände zu sehen. Ihr Atem kam in Kaskaden, ihr Haar klebte auf ihrer Stirn, ihre Schultern bebten. Ihm selbst erging es nicht besser. Jeder Moment, den sie hier verloren, war ein Gewinn für die Verfolger.

»Wir werden das Ufer niemals erreichen«, presste sie hervor. »Keine Steinwurfweite mehr kann ich laufen.«

»Steine fliegen noch früh genug«, sagte er, packte ihren rechten Arm und zog sie hinter sich her. Doch statt die bisherige Richtung beizubehalten, steuerte er jetzt auf die Mitte des Sees zu.

Agnes stemmte sich gegen seinen Griff, wollte aber das Buch nicht loslassen. »Was hast du im Sinn? Das Ufer liegt dort hinten!«, rief sie.

Poggio lief weiter. Sie hatten schon zu viel Zeit verloren. »Aber da vorn …«, hob er an, dann verging ihm der Atem.

Sie liefen auf den See hinaus. Hier draußen war das dumpfe Trommeln der Schritte von einem Rascheln und Reißen begleitet. Das Eis veränderte sich, schien seine Festigkeit zu verlieren. Jeder Schritt federte. Poggios einziger Wunsch war es, so rasch wie möglich Land zu gewinnen. Doch das ließ er gerade links liegen. Hoffentlich, dachte er, ist an den Gerüchten in Konstanz etwas Wahres.

Nachdem die päpstliche Gesandtschaft vor mehr als zwei Jahren in der Stadt angekommen war, hatte sich der Heilige Vater mehrmals des Nachts von Poggio zum Hafen bringen lassen. Dort war er, vermummt in dicke Tücher, in ein Boot gestiegen und hatte sich auf den Bodensee hinausrudern lassen. Wohin er fuhr, hatte er nicht einmal seinem Sekretär verraten. Nur der Fährmann wusste, wo er seinen Gast absetzte und woher er ihn bei Morgengrauen zurückbrachte. Doch der bewahrte sein Geheimnis auch dann, als Poggio ihm eine Handvoll Silber anbot. Der Heilige Vater, so behauptete der Deutsche, habe ihm mit Exkommunikation gedroht, sollte er auch nur ein Wort über dessen nächtliche Ausflüge verlieren. Die Münze, die eine solche Drohung wettmachte, musste erst noch geprägt werden.

Zunächst hatte Poggio geglaubt, der Papst treffe sich heimlich mit anderen Kirchenfürsten, um eine Verschwörung vorzubereiten. Doch als Johannes an den Morgen nach seinen Ausflügen mit dunklen Rändern unter den Augen heimkehrte und den Rest des Tages so abwesend war, dass man ihn mit keinem Schiff erreichen konnte, da wusste Poggio, dass nicht die Politik Johannes nachts auf den Bodensee lockte, sondern das Spiel mit Amor und Caritas, mit Devotion und Minne: Weiber warteten auf dem Wasser.

Genährt wurde der Verdacht durch Gerüchte. In Konstanz flüsterte man von einem Haus mitten auf dem See, einem Konstrukt, das aus den Rümpfen von einem Dutzend Schiffen vertäut, verknotet und zusammengekettet sein sollte. Was sich im Licht des Wintermondes an diesem Ort abspielte, darüber zerriss sich die ganze Stadt das Maul. Die schönsten Frauen diesseits und jenseits der Alpen sollten dort versammelt sein, um den hohen Herren mitten auf dem See Freude zu schenken.

Manche tuschelten, dass nicht Frauen, sondern Wassernixen den Kirchenfürsten aufwarteten, überirdische Schönheiten, die mit ihren Fischleibern absonderliche Spielarten der Liebe beherrschten. Den Verwegensten unter den Gästen sollten sie auf dem Grund des Sees die mit Edelsteinen geschmückten Paläste ihres unterirdischen Reichs zeigen. Einige der Besucher, so gingen die Gerüchte, wollten danach nie wieder an die Oberfläche kommen. Zwar zweifelte Poggio an den Geschichten. Die Ausflüge des Kirchenvaters aber blieben Wirklichkeit.

Jetzt galt es, herauszufinden, ob sich tatsächlich Nixen und Bischöfe in der Mitte des Sees ein Stelldichein gaben.

Poggios Lederbeutel schlug gegen seine Hüfte. Er presste den Sack mit seinem Schreibwerkzeug an sich, ertastete im Laufen die Formen der Gegenstände. Zuversicht erfüllte ihn. Mit Blicken suchte er den Horizont ab. Irgendwo dort, wo sich Eis und Himmel vereinten, musste das liegen, was er suchte.

Da sah er etwas über dem Eis aufragen. Es hatte keine Form. Zunächst glaubte Poggio, es sei eine Wolke. Dann erkannte er, dass es Dampf war, der wie eine Glocke über dem gefrorenen Wasser hing.

Agnes schien es ebenfalls bemerkt zu haben. »Was ist das?«, rief sie, während sie näher herankamen. Ihre Worte rutschten über die Eisfläche und verloren sich in der Ferne.

Poggio antwortete nicht. Seine Kräfte waren aufgezehrt. Stumm rannte er weiter auf die undeutlichen Umrisse im See zu. Agnes hatte er losgelassen. Sollte sie noch immer davon überzeugt sein, ihr Heil auf der anderen Seeseite zu finden, würde er sie nicht aufhalten können. Aber Agnes lief weiter neben ihm her.

Über dem Eis erhob sich etwas, das aussah wie eines jener Fabelwesen, die in den unbewohnten Winkeln von Landkarten hausten. Dampf umnebelte das Gebilde, von dem Poggio noch immer nicht wusste, ob es ein Tier, ein Haus oder ein Schiff war. Wenn es sich um das handelte, was er vermutete, war es wohl alles zugleich.

Nach und nach schälten sich Umrisse heraus. Vor ihnen türmte sich nun ein Konstrukt, bei dem es sich nur um das Gerüst des Konstanzer Gemunkels handeln konnte. Durch das Nebelkleid hindurch erkannte Poggio die Formen mehrerer Schiffe. Sie lagen zusammengedrängt wie im Hafen nach Sturm. Zwischen den Decks waren Leinen zu sehen und Planken. Schemenhafte Gestalten wandelten darauf herum. Dumpfe Laute drangen durch den Nebel – Rufe und Lachen. Dann folgte ein Knirschen, und am höchsten Punkt des Gebildes stieg eine Wolke aus Qualm in den Himmel. Ein Fauchen ertönte.

Agnes' Beine versteiften sich. Schlitternd kam sie zum Stehen und stieß gegen ihn. Nur mit Mühe gelang es Poggio, das Gleichgewicht zu halten.

»Dorthin gehe ich nicht!«, keuchte Agnes.

Verzweiflung packte Poggio. Über ihre Schulter sah er, dass die Verfolger ihre Zögerlichkeit nicht teilten. Entschlossen riss er an dem Folianten. Diesmal gelang es ihm, Agnes das Buch aus den erschöpften Armen zu reißen, und er rannte los.

»Warte! Gib das zurück!«, rief sie und kam hinter ihm her.

Poggio eilte weiter. Er hoffte, dass die feuchten Schwaden die Tinte nicht vom Pergament lösen würden. Wenn es etwas gab, das einem Buch noch schneller den Garaus machen konnte als die Ignoranz des Lesers, dann war das Wasser.

Als er in den Nebel eintauchte, erkannte er, dass das Eis um die Schiffe herum getaut war. Ein kleiner Teich war in dem großen zugefrorenen See entstanden. Von der letzten Stelle festen Untergrunds bis zum Deck des ersten Schiffes führte eine

Planke. Sie war so lang, dass ihre Mitte durchhing. Poggios Mut erging es ebenso.

»Wir gehen einzeln hinauf«, sagte er zu Agnes und wandte sich ab, als sie nach dem Buch langte. Ihre Kontur schien sich in den Dampfschwaden aufzulösen. »Du zuerst!« Sanft schob er sie auf das Brett zu. Sie sträubte sich.

»Nein!«, knurrte sie. »Da oben sitzen wir in der Falle.«

Die Zeit rann Poggio durch die Finger. »Auf dem Eis werden sie uns einholen.« Noch einmal presste er seine Hand gegen ihren Rücken, doch sie trat zur Seite.

»Gib mir das Buch!«, rief sie. »Du kannst dich ja dadrin verbergen, ich laufe weiter. Sie sind schließlich nicht hinter *mir* her, oder?«

Poggio holte mit beiden Armen Schwung und warf den Folianten zu dem nächstgelegenen Schiff hinüber. Das Buch wirbelte mit flappenden Seiten durch die Luft, flog über das offene Wasser und landete polternd auf dem Deck. Agnes sprang mit wippenden Schritten über die Planke, dorthin, wo der Foliant verschwunden war. Poggio folgte ihr. In seinem Rücken stießen die Verfolger ein wütendes Heulen aus.

Kapitel 13

WÄRME UMFING SIE, als sie in den Bauch eines der Schiffe hinabstiegen. Hier war es dämmrig, und das Licht zerfaserte im Dunst dampfenden Wassers. Wären die Gerüche nicht gewesen, Poggio hätte sich in den Katakomben der päpstlichen Küche gewähnt. Doch hier roch es nicht nach Brezeln und fleischhaltigen Pasteten. Was Poggio in die Nase stieg, waren die Ausdünstungen menschlicher Körper, der schweißige Brodem des Leibes, unterlegt von einem scharfen Duft nach Lavendel, Rosmarin und Melisse.

»Was ist das für ein Ort?«, fragte Agnes, die hinter ihm die Stiege herabkam. Sie hatte das Buch aufgelesen und hielt es wieder fest umklammert. Mit aufgerissenen Augen versuchte sie, etwas in dem wirbelnden Schmauch zu erkennen.

Eine Gestalt tauchte vor ihnen aus dem Dampf auf. Als sie sich näherte, erkannte Poggio einen gebückt daherwatschelnden Mann. Er war nackt. Ohne die beiden Fremden zu beachten, schob er sich an ihnen vorbei, um über die Stufen nach oben zu verschwinden. Wenn er Agnes und Poggio überhaupt wahrgenommen hatte, so ließ er sich das mit keinem Wort, keiner Geste, nicht einmal mit dem Zucken eines Augenlids anmerken. Im Gedränge auf den Straßen Roms wäre die Begegnung nicht anders verlaufen.

Von dort, wo der Mann verschwunden war, erklangen nun Stimmen. Die Konstanzer Meute hatte die Schiffe erreicht.

»Egal, was das hier ist, wir müssen uns darin verbergen«, sagte Poggio bestimmt.

Sie drangen tiefer in die Schwaden ein. Zwei weitere Kleiderlose kamen ihnen entgegen. Ein Mann hockte auf dem beplankten Boden. Aus seinem Mund drang das Säuseln des zufriedenen Schläfers.

Nach einigen Dutzend Fuß verengte sich der Rumpf des Schiffes. Kaum wahrnehmbar in Dunst und Dämmer öffnete sich ein Durchgang dort, wo der Bug sein musste. Poggio strich über die Ränder der Luke, die ihm nur bis zum Bauchnabel reichte.

»Sie haben die Schiffe miteinander verbunden«, sagte er staunend und ging in die Knie, um die Konstruktion besser in Augenschein nehmen zu können.

»Sieh nach, ob es eine Tür gibt, die wir hinter uns verriegeln können.« Agnes schob ihn zur Seite und stieg als Erste durch den Schlupf.

Poggio suchte nach einer Vorrichtung. Aber da war nichts. Nur der Dampf würde ihnen helfen, sich zu verbergen. Er kletterte Agnes hinterher …

… und fand sich in einem großen Raum wieder. Wäre er nicht sicher gewesen, auf einem Schiff zu sein, er hätte sich in einer Taverne von Florenz gewähnt – oder nein!, dachte er, ein Hurenhaus war der passendere Vergleich.

Poggio und Agnes standen auf einer Galerie, einem schmalen Gang, begrenzt von einem grob zugehauenen Geländer. Der Steg verlief rings um das Innere eines ausladenden runden Raumes. Genau ließ sich das nicht feststellen, da die Galerie in den Schwaden verschwand. Gegen das Geländer lehnten nackte Männer und Frauen und redeten miteinander, als hätten sie sich gerade auf dem Markt getroffen. Einige hatten die Arme auf das Geländer gestützt und betrachteten ein Geschehen, das sich weiter unten abzuspielen schien. Poggio folgte ihren Blicken.

Erst nach einigen Lidschlägen konnte er den Grund des Raumes – oder war auch dies ein Schiffsrumpf? – ausmachen.

Dort herrschte reges Treiben. Noch mehr Männer und Frauen, ebenfalls allesamt unbekleidet, hockten auf Bänken oder standen beieinander, die Füße in einem großen Wasserbecken, das der Quell des Nebels zu sein schien. Einige standen bis zur Brust darin, und obwohl Poggio Paare sah, die sich neckten, so war doch keine Unzucht im Gange. Dies war kein Hurenhaus, sondern ein Bad.

Öffentliche Bäder kannte Poggio nur als Ruinen aus den glanzvollen Tagen Roms. In der Stadt am Tiber ragten noch immer die gewaltigen Kuppeln, von der Zeit zerbrochen, über die ausgetrockneten Becken. Zwar legten die heutigen Römer darin ihre Gemüsegärten an und brachen Steine aus den Gemäuern, um damit neue Häuser zu bauen. Doch immer, wenn Poggio durch die Straßen der alten Stadt strich, glaubte er, die längst verhallten Echos der Badegäste zu vernehmen. So, wie man im Schlaf ein Geräusch zu hören meint und nach dem Erwachen nicht zu sagen weiß, ob es nur im Traum erklungen war.

Die Rufe aus dem Becken unter ihm waren unüberhörbare Wirklichkeit. Mann und Weib schwatzten und lachten. Eine Gruppe bloßer Buben, noch ohne Haar am Leib, stand an einem Ende des Beckens und sang mit heller Stimme eine Poggio unbekannte Weise. Der Rhythmus des Liedes erinnerte an den Galopp von Pferden bei der Jagd. In einem anderen Winkel des Beckens trieben Holzplatten. Umstehende nutzten sie als Tische und stellten Becher darauf ab, die sie in rascher Folge zum Mund führten. Wenn dies ein Bad war, so wuschen sich die Besucher vor allem mit Ausgelassenheit.

»Wie kommen wir hinab?« Agnes' Stimme war direkt neben seinem Ohr.

»Am besten schnell«, sagte Poggio. Aber er sah nirgends eine Leiter oder Stufen. Dafür lag der Boden der Galerie voll mit Bottichen, Kübeln, Reisigruten, Wedeln und Bürsten.

Unter das fröhliche Lärmen mischten sich jetzt schwere Schritte. Die Konstanzer waren im Schiffsrumpf angekommen. Bis sie sich durch die enge Luke gezwängt hätten, würde es hoffentlich noch ein wenig dauern. Doch dann saßen Poggio und Agnes auf der Galerie fest.

Noch überlegte Poggio, ob es klüger wäre, dem Umlauf nach rechts oder links zu folgen. Da bemerkte er hastige Bewegungen zu seiner Rechten. Agnes hatte die Arme zurückgebogen und tastete mit den Fingern an ihre Seite. »Hilf mir!«, drängte sie.

Wobei?, wollte Poggio fragen. Aber da sah er, wie sie mit dem rechten Daumen und Zeigefinger eine Schlaufe an ihrem Kleid zu fassen bekam, die linke Hand zu Hilfe nahm und den Verschluss aufzog. Im nächsten Augenblick streifte sie ihr Gewand über die Schultern, rollte es bis zur Hüfte herunter und stieg dann, ein Knie nach dem anderen hebend, aus dem Stoff.

Ihr Untergewand, ein langes Hemd aus Hanf, bedeckte die Form ihres Leibes nur unzulänglich. Poggio wandte den Blick ab und gab vor, weiter nach einer Stiege zu suchen. Doch obwohl er nur kurz auf das mit Feuchtigkeit vollgesogene Stück Stoff geschaut hatte, hatte sich das Bild in seine Netzhaut gebrannt wie das Licht der Sonne, in die man einen Moment zu lange hineinblickt.

»Willst du hier herumstehen und deine Kleider anbehalten?«, hörte er Agnes fragen. »Als Einziger im Kostüm zwischen bloßen Hintern und baren Busen?«

Die Nerven in seinem Hals zerrten und zuckten. Doch es gelang ihm, sich nicht zu Agnes umzuwenden. Stattdessen schlug er die Augen nieder. Auf dem Boden fanden seine Blicke Agnes' bloße Füße und daneben ihr Unterhemd, nachlässig zu Boden geworfen – der nutzlos gewordene Kokon eines Falters.

»Wenn du es schon nicht wagst, mich anzusehen«, zischte sie ihm zu, »leg wenigstens deine Sachen ab. Ganz gleich, wie scharfsichtig unsere Verfolger auch sein mögen: Sie haben uns auf dem See nur von hinten gesehen. Aus der Ferne. Alles, was sie hier suchen werden, ist ein Kerl in roten Beinlingen und eine Frau im hellblauen Kleid.«

Poggio schaute an sich herab. Agnes hatte recht. Seine Beinkleider verwandelten ihn hier drin in einen Pfau in einem Koben voller Schweine.

Aus dem hinteren Teil des Badehauses erklang Geschrei. Die Köpfe der Badenden und die der Paare auf der Galerie fuhren hoch. Alle sahen Poggio an.

In Gedanken suchte er nach einem frivolen Vers des Lukrez, mit dem er seine Unsicherheit hätte überspielen können. Doch ausgerechnet jetzt wollte ihm keiner einfallen. Stumm legte er seinen Beutel ab, glitt aus seiner Jacke und riss die Spangen seines mit dem Wappen bestickten Hemdes auf. Im Geiste verfluchte er die Mode, die den Ärmelrock so eng schneidern ließ, dass man ihn nicht mehr einfach über den Kopf ziehen konnte. Schließlich hielt er die Hälfte seiner Kleider in Händen und ließ sie kurz entschlossen über die Brüstung an den Rand des Beckens segeln. Mit entblößtem Oberkörper spürte er, wie sich die Wärme des Raums auf seine Haut legte.

»Willst du, dass ich dir die Hose ausziehe wie einem Kind, oder schaffst du das selbst?«, zischte Agnes.

Poggio fuhr zu ihr herum, eine scharfe Antwort auf der Zunge. Darin sollte es um Frauen gehen, die sich erst von Männern retten ließen, um sie im nächsten Moment zu beschimpfen. Doch die Worte verkümmerten ihm im Mund. Die Art ihrer

Nacktheit war anders als die jener Frauen, die er schon auf diese Weise angeschaut hatte. Ihr steiler Hals, ihre kräftigen Schultern, ihre Brüste mit den braunen Beeren, ihre langen Flanken. Alles an Agnes wirkte frisch. Hatte die Zeit ihre Zeichen auch in ihre Mundwinkel eingegraben – über ihren Leib schien diese keine Gewalt zu haben. Die Haut glänzte in der nassen Luft. Entgegen seiner Absicht verirrte sich Poggios Blick zu Agnes' Bauch hinab und saugte sich an ihrem Nabel fest. Mit einem Mal wünschte er seinen Augen Arme und Hände.

Mir geht das Maul auf und zu wie der Wasserstelze der Arsch, dachte er. Sag etwas, befahl er sich. Mit einem Räuspern brachte er heraus: »Man muss nicht bis nach Ägypten reisen, um einer Pharaonin zu begegnen.« Noch während die Worte aus seinem Mund hervorsprudelten, war er mit dem Einfall zufrieden. Er lächelte.

»Aber vielleicht in die Hölle«, rief Agnes. »Werd endlich die Hosenbeine los!« Sie packte den Hosenbund an seiner Hüfte und zerrte daran. Ihre Fingernägel bohrten sich in seine Haut. Abrupt kehrte er ihr den Rücken zu und erledigte die Aufgabe selbst. Mit trockener Kehle schluckte er die Entrüstung darüber hinunter, dass sie sein einfallsreiches Kompliment, das selbst Petrarca gut zu Gesicht gestanden hätte, nicht zu würdigen wusste.

Die Hose fiel. Gerade noch sah er, wie Agnes mit einem Fuß alle zu Boden gefallenen Kleider von der Galerie stieß. Da erschien ein Gesicht mit aufgerissenem Mund, großen Augen und geblähten Nasenflügeln unter dem Eingang, gefolgt von einem Zwilling, einem Drilling.

Poggio legte einen Arm um Agnes. Unter der Haut ihrer Schultern schlängelten sich Muskeln. Wenn sie jemals eine weiche Adelige gewesen war, so hatte die Arbeit im Kloster ihren Körper verwandelt. Mit einer beschützenden Geste, die nur zum Teil gespielt war, zog er sie zu sich heran. Als sie sich an ihn schmiegte, versuchte er, den Aufschrei seiner Instinkte so gut wie möglich zu überhören.

Vier, nein, fünf grobe Kerle zwängten sich auf die Galerie. Sie schienen ebenso orientierungslos zu sein, wie es Poggio und Agnes vor wenigen Augenblicken noch selbst gewesen waren. Der Vordere, ein Bursche mit einem breiten Verrätergrinsen unter einem waldigen Bart, kam zwei Schritte auf Poggio und Agnes zu. Er fragte etwas auf Deutsch, schleuderte die Worte aus seinem Mund, indem er den Kopf bei jeder Silbe in den Nacken warf und das Kinn wie eine Lanzenspitze einsetzte. Poggio hütete sich, mit seinem italienischen Akzent zu antworten, hielt aber dem herausfordernden Blick stand. Wie viel angenehmer war es dort gewesen, wohin er zuvor hatte schauen dürfen!

Agnes entgegnete dem Mann etwas und deutete auf die Galerie hinaus. Scheinbar wollte sie ihm weismachen, die Gesuchten seien in diese Richtung verschwunden. Aber der Bursche schien ihr nicht zu glauben. Er runzelte die Stirn und bohrte seine Blicke in Agnes' Augen. Wenn er sie anfasst, dachte Poggio, werde ich die Maskerade der Hüllenlosen beenden.

Aber so weit ließ es Agnes nicht kommen. Sie atmete tief ein. Ihre Brüste hoben sich. Dann trat sie dem Kerl entgegen und schob dabei ihre Weiblichkeit wie einen Schild vor sich her. Der Bärtige wich einen Schritt zurück. Frauen, das hatte Poggio in Konstanz oft beobachtet, waren für deutsche Männer reizvoll, solange sie sich unterlegen zeigten. Ein Weib mit Mut und Beherztheit aber sorgte dafür, dass einem deutschen Galan die Absichten schrumpften. Das schien auch Agnes zu wissen. Mit dem Mut der Entblößten trieb sie den Mann vor sich her, bis dieser gegen seine Kumpane stieß, und deckte ihn mit Worten ein. Als sie wieder zu Poggio zurückkam, kehrte sie den Eindringlingen einfach den Rücken zu und gab vor, ungerührt das Treiben unter der Galerie zu beobachten.

Was für eine Frau! Poggio warf dem Burschen noch einen warnenden Blick zu. Dachte der etwa daran, die Hand nach Agnes auszustrecken, die ihm nun den Rücken zukehrte? Nein, er schien sich mit seinen Spießgesellen zu beraten und deutete in die Richtung, die sie ihm gewiesen hatte. Als sich die fünf Eindringlinge dorthin in Bewegung setzten, heuchelte Poggio Gleichgültigkeit, stützte die Unterarme auf das Geländer und sagte wie beiläufig zu Agnes: »Dein Mund ist gewiss nicht das Gefährlichste an dir, dennoch hat er gerade fünf Streithammel in die Flucht geschlagen.«

Sie blickte unverwandt in die Tiefe. War das ein Zucken ihres Mundwinkels? Ein Blinzeln um die Augen herum? Poggio fiel auf, dass er auf beherzte Frauen ganz anders reagierte als deutsche Männer.

Im Dunst erkannte er, dass sich die Badegäste wieder ihrem Treiben zugewandt hatten. Auf einer Seite der Galerie traten drei alte Frauen beiseite und gaben den Blick auf eine Stiege frei – die Treppe, die er die ganze Zeit über gesucht hatte. Der Vorhang hatte sich geöffnet. Nun mussten sie nur noch von der Bühne verschwinden.

Mit wenigen Schritten waren Poggio und Agnes bei den Stufen und stiegen hinab. Noch hatten sie den Rand des Beckens nicht erreicht, da waren von der Galerie her erneut Rufe zu hören. Die Verfolger kehrten zurück. Scheinbar hatten sie am anderen Ende der Galerie nichts anderes gefunden als die Bestätigung dafür, dass sie in die Irre geschickt worden waren.

»Wir tauchen unter«, raunte Poggio Agnes zu. Beide ließen sich in das Wasser gleiten. Es war warm und lud zu Schläfrigkeit ein. Nebenan wurde ein Mann rasiert. Zwei Männer spielten

Packdich auf einem Holzbrett. Die Figuren waren mit Holzstiften befestigt, um nicht von dem Wogen und Schaukeln ins Wasser gespült zu werden. Gerade vollendete einer der Spieler seinen Zug und klatschte begeistert in die Hände. Das Wasser zwischen seinen Fingern spritzte Poggio ins Gesicht.

Wie die meisten anderen hier unten standen auch Agnes und Poggio bis zur Brust im Wasser. Was noch von ihnen zu sehen war, hüllten Schwaden ein. Unter seinen Fußsohlen spürte Poggio Holzbohlen. Sie waren glitschig, und seine Ballen glitten darauf aus. Der Geruch, der aus dem Becken stieg, erinnerte Poggio an den eines nassen Hundes. Dann erkannte er, nur zwei Mannslängen entfernt, wie tatsächlich ein Hund von der Größe eines Schafs mit zwei jungen Männern herumtollte. Gern wäre er aus diesem Pfuhl verschwunden, aber ein besseres Versteck gab es nicht.

Schwere Schritte polterten auf der Stiege, untermalt von Gebelfer und Getöse, dann tauchten die fünf Männer am Beckenrand auf. Poggio ging in die Knie und sank bis zum Hals ins Wasser. Angestrengt versuchte er, durch die Nase zu atmen, damit kein Tropfen zwischen seine Lippen drang. Auch von Agnes war nur noch der Hals zu sehen. Er wandte dem Beckenrand den Rücken zu, tauchte kurz mit dem Kopf unter und wieder auf. Jetzt hing ihm sein langes Haar, das er sonst sorgfältig zurückgekämmt trug, in die Stirn – eine miserable Maskerade, aber sie musste genügen.

Durch die triefenden Strähnen hindurch entdeckte er seine und Agnes' Kleider am Rand des Beckens. Agnes hatte sie mit dem Fuß hinuntergestoßen. Nun bildeten sie dort unter der Galerie einen verräterischen Stapel: ein blauer Rock, umschlungen von roten Beinlingen.

Der Stoff musste verschwinden. Wenn ihre Verfolger ihn sahen, würden selbst diese stumpfen Pickel die richtigen Schlüsse ziehen.

Mit ausladenden Armbewegungen schob Poggio sich in Richtung des Knäuels vor. Dabei versuchte er möglichst unauffällig zu gleiten und sich dem sanften Schwappen anzupassen. Er schob sich um eine Gruppe von Männern und Frauen herum, die kichernd beieinanderstanden. Ihre Hände waren nicht zu sehen, aber hin und wieder zuckte einer von ihnen erschrocken zusammen. Poggio wurde unter Wasser von einem Fuß getreten, stieß gegen etwas Hartes und Rundes auf dem Grund des Beckens, vielleicht einen Krug, und kam dem Kleiderbündel schließlich nah genug, um es zu erreichen. Bis zur Hüfte stemmte er sich am Beckenrand aus dem Wasser und streckte den rechten Arm aus. Seine Finger berührten den Stoff. Jetzt musste er ihn nur noch zu sich heranziehen und versenken. Ein schneller Blick auf die Verfolger verriet ihm, dass sie in eine andere Richtung schauten. Einer war am Beckenrand in die Knie gegangen und sprach mit einem der Wassertreter.

»Poggio!«, rief ein vertrauter Bass auf Italienisch. »Wie bist du hierhergekommen?«

Poggio fuhr herum. Wasser flog aus seinem Haar. Jeder anderen Stimme hätte er besonnen widerstanden, wäre klaren Gedankens weiter auf sein Ziel, den Kleiderhaufen, zugestrebt. Aber diese Worte waren im breiten Dialekt der Neapolitaner gerufen worden. Und sie trafen ihn wie ein Schlag mit der Riemenpeitsche.

»Dunkel sei mein Licht und Nacht mein Tag!«, brach es, ebenfalls auf Italienisch, aus Poggio hervor. Seine Blicke jagten über die Gesichter der Badenden. Wo war sein Landsmann?

»Da ist der Hund des Ketzerpapstes!«, rief einer der Deutschen. »Komm raus, oder ich ersäufe dich gleich da, wo du bist.«

Es war nicht die Stimme in seinem Rücken, die Poggio erschreckte, sondern das Aufblitzen der Angst in Agnes' Augen. Er fuhr herum. Gerade noch sah er die fünf Kerle ins Wasser springen. Eine Fontäne verdeckte sie für einen Augenblick.

Poggio wandte sich von Agnes ab. Dass man ihn erkannt hatte, musste nicht bedeuten, dass auch seine Begleiterin in Gefahr schwebte. Mit kräftigen Zügen schwamm er in die entgegengesetzte Richtung. In seinem Kielwasser spürte er die Verfolger nahen. Eine entschlossene Hand packte seinen linken Fuß. Ohne hinzusehen, trat er mit dem rechten aus und kam frei. Er sah noch, wie ihn die anderen Badenden erschrocken anstarrten. Viele wichen an den Rand zurück. Zwei schwere Männer wuchteten sich aus dem Wasser. Nasse Vorhänge regneten von ihren faltigen Gesäßen. Dann landete etwas auf Poggios Rücken und drückte ihn unter die Oberfläche.

Die Luft wurde ihm aus dem Leib gepresst. Sie stieg in Blasen vor seinen Augen nach oben. Er staunte darüber, wie anmutig die Perlen davonschwebten. Dann hatte er den Boden des Beckens erreicht, spürte zornige Füße auf seinem Rücken und einen Griff in seinem Genick, der ihn nach unten presste. Seine Hände stemmten sich gegen den Boden, glitten aus im Schmier. Seine Kehle verlangte nach Luft. Ein Tritt gegen den Kopf hämmerte ihm das Kinn auf den Boden. Er riss den Mund auf und schluckte zwei Maß. Ein Husten schüttelte ihn, der ihm noch mehr Wasser in die Brust drückte. Jetzt konnte er den Mund nicht mehr schließen. Verzweifelt wollte er sich umdrehen, doch das Gewicht auf seinem Rücken war zu groß. Mehr und mehr Wasser füllte seinen Leib. Er spürte, wie er schwerer wurde. Ebenso gut hätte er Steine im Bauch haben können. Er bog eine Hand nach hinten und tastete nach einem der Füße, die ihn am Grund festhielten. Das Pochen seines Herzens vermischte sich mit dem Gurgeln des Wassers zu einem Lied, wie es Oswald von Wolkenstein nicht schauriger hätte erdichten können.

Finger packten das Gelenk seiner ausgestreckten Hand. Eine Zange schloss sich darum und zog. Das Gewicht auf seinem Rücken löste sich.

Im nächsten Moment stieß sein Kopf durch die Wasseroberfläche. Poggio versuchte zu atmen. Aber das ging nicht. In seiner Brust schwappte Wasser, Wasser, Wasser und ließ keine Luft herein. Er riss Mund und Augen weit auf, spürte, wie es heiß aus ihm herausfloss und musste an eine der Steinfiguren auf dem Stadtbrunnen von Konstanz denken. Dann war da eine Lücke in seiner Lunge, ein Spalt, in den Luft eindringen konnte. Der Fleck erweiterte sich, wuchs zu einer prallen Kugel. Poggio würgte und erbrach, was an Flüssigkeit in ihm war, mit bellendem Husten in das Badebecken.

Wasser war in seinem Mund und hinderte ihn am Sprechen. Wasser war in seinen Ohren, sodass er nicht hören konnte. Sehen konnte er durch die Tränenschleier seiner Augen ebenfalls nicht. Seiner Sinne beraubt, schlug er schlapp um sich, drehte sich noch einmal um die eigene Achse und sank, seiner Kräfte entleert, in sich zusammen.

Agnese. Es war die italienische Version ihres Namens, die Poggio zuerst einfiel, als er auf allen vieren am Beckenrand kniete. Nicht Agnes, das deutsche Wort mit dem Fauchen in der Mitte, sondern Agnese. Weich und elegant mit einem i nach dem Zungenschlag, einem Vokal, den man nicht schrieb und nicht sah, wohl aber hörte. Er deutete an, dass mehr hinter dem Wort verborgen lag, als das Auge sah.

Agnese. Er versuchte, das Wort auszusprechen. Beim dritten

Versuch gelang es. Zwar erklang nur ein Krächzen, dennoch war ihm, als habe er eine Zauberformel gefunden, denn mit einem Mal schien es ihm besser zu gehen. Agnese, krähte er noch einmal, um den Effekt zu verstärken.

Jemand klopfte ihm auf den Rücken. Der Schleier vor seinen Augen lichtete sich. Er sah eine Lache. Nackte Füße tapsten um ihn herum. Dann wieder die tiefe Stimme.

»Deine Freunde sind leider schon gegangen.«

Unsicher erhob er sich. Das restliche Wasser in seinem Bauch verlagerte sich und gluckste. Um ihn herum stand ein Dutzend nackter Gestalten, Männer mit den Armen über den meist massigen Bäuchen. Frauen, die statt ihrer Geschlechtsteile ihre Münder mit den Händen bedeckten. Der Schreck war stärker als die Scham.

Aus dieser Gruppe ragte jene kräftige Gestalt heraus, die Poggio seit seiner Rückkehr nach Konstanz ununterbrochen verflucht hatte: der Heilige Vater, Papst Johannes XXIII., wie er mit apostolischem Namen hieß. Sein alter Freund Baldassare Cossa.

Kapitel 14

S CHANDE IST DEIN GRÖSSTER RUHM!« Poggio brüllte, obwohl sein Hals wund war und schmerzte. Eine schwere Decke war über seine Schultern gelegt. Seine Kleider und sein Gürtel mit den Werkzeugen lagen auf einem Schemel. Baldassare hatte ihn in einen Schiffsteil geführt, der fast menschenleer war. Nur zwei junge Frauen hielten sich hier auf und brachten dem Papst Wein in einer gläsernen Karaffe und eine silberne Schale mit Zucker. Anscheinend hatte der Papst sich mitten auf dem Bodensee ein geheimes Refugium geschaffen.

Baldassare ließ einschenken und hielt Poggio einen Becher hin. Das Gefäß war aus ziseliertem Zinn. »Dein Zorn ist gerecht, Poggio! Ich hätte dir von meiner Zuflucht hier berichten sollen.« Er trank genüsslich. »Das wollte ich ja auch. Aber wer konnte ahnen, dass sie mich so rasch absetzen würden? Noch dazu an dem Tag, an dem du dich aus meinen Diensten fortgestohlen hast, um ein ehrbares Kloster in Brand zu stecken.«

»Das war Wolkenstein!« Poggio schluckte weitere Worte mit dem schweren Wein hinunter. Baldassare war ein Meister der Argumentation. Anstatt um Verzeihung zu bitten, weil er Poggio in Konstanz im Stich gelassen hatte, war es nun Poggio selbst, der im Begriff war, etwas richtigzustellen. Diesmal nicht, dachte Poggio grimmig, diesmal nicht! Laut sagte er: »Als ich in die Stadt zurückkehrte, hörte ich, der Papst sei geflohen. Geflohen! Und seine Leute seien entweder erschlagen oder aus der Stadt getrieben worden.«

Baldassare senkte den Blick. Die breiten dunklen Brauen rag-

166

ten wie Vordächer über die dunklen Augen des Süditalieners. Er spitzte die breiten Lippen. »Vertrieben, Poggio. Nur vertrieben. Die Deutschen brüsten sich gern damit, uns Italiener bezwungen zu haben. Aber ich habe meine Leute warnen lassen. Soviel ich weiß, sind alle entkommen. Dass ausgerechnet du nicht da warst, war … nun … es war Pech.«

»Pech!« Poggio spie das Wort mit einem Regen roten Weins auf Baldassares Füße. Sie steckten in Pantoffeln aus Brokat, auf denen glitzernde Stickereien blitzten. Um den großen und muskulösen Leib des Papstes war ein orientalisches Vogelfell geschlungen, ein Tuch, besetzt mit den bunten Federn exotischer Vögel. Baldassare liebte diese Tiere, besonders auf seinem Speiseplan. Er kann es nicht ausstehen, wenn um ihn herum etwas allzu große Freiheit genießt, fuhr es Poggio durch den Kopf.

»Was du Pech nennst, war Glück. Nichts anderes!«, sagte er. Baldassare schaute wieder hoch und breitete die Arme aus. Sein Umhang öffnete sich und gab den Blick auf seinen bloßen Leib frei, den von Narben gezeichneten Körper eines Kriegers. »Wenn du dein Glück gefunden hast«, sagte der Papst, »bin auch ich glücklich.« Er kniff die Augen zusammen. »Du hast eine Nonne aus dem Stift entführt, wie mir gesagt wurde.«

Der Neapolitaner schien bereits alles zu wissen – und zugleich nichts. »Agnese ist keine Nonne«, wandte Poggio ein. Ihm fiel auf, dass Baldassare ihn erneut auf ein anderes Thema bringen wollte. Diesmal ließ er es zu, denn die Gedanken an Agnes vertrieben die blitzgeladenen Wolken seines Zorns.

»Wo ist sie?«, fragte Poggio. Bestürzt sah er sich um. Es hätte ihn nur wenig gewundert, Agnes als Dienstmagd für Baldassares Gelüste in einem Winkel des Raums zu finden. Aber so etwas würde sie niemals mit sich machen lassen, dachte Poggio. Sie ist eine Königin, auch wenn man ihr das Reich gestohlen hat.

»Deine Gespielin? Bisher hast du sie noch nicht vorgestellt.«

»Sie war mit mir im Bad.«

»Dann scheint sie kein großes Interesse an deinem Wohlergehen zu haben. Als ich dich aus dem Wasser zog, sind die meisten Gäste einfach verschwunden.« Baldassare tunkte einen Finger in seinen Wein, dann in die Zuckerschale und ließ ihn in seinem Mund verschwinden.

Poggio schüttelte den Kopf. Erneut lenkte der Neapolitaner das Gespräch. Jetzt erwartete er wohl Dank für Poggios Rettung.

»Danke«, knurrte Poggio und starrte missmutig in seinen Becher.

»Oh, das war gar nichts.« Baldassare wedelte mit einer Hand. Poggio fiel auf, dass der Ring des Fischers fehlte. »Immerhin habe ich Übung darin, mein Leben für dich aufs Spiel zu setzen. Weißt du noch damals in Florenz, als wir Ugolinos Sperlinge haben fliegen lassen? Deinen deutschen Freunden ist es vorhin ähnlich ergangen.«

Daran zweifelte Poggio nicht. Baldassare mochte ein Mann der Kirche geworden sein, aber seine Seele war die eines Kämpfers. Poggio erinnerte sich mit Schrecken an die wenigen Male, als er mit dem Papst aneinandergeraten war. Immerhin hatten ihn die päpstlichen Mätressen im Vatikan angesichts seiner Blessuren mit Mitleid und Liebe überschüttet.

»Agnese muss noch im Bad sein«, sagte Poggio und erhob sich. »Lass uns nachsehen!«

Baldassares Augenbrauen ahmten Triumphbögen nach. »Es liegt dir wohl viel an dieser Dame.«

»Vielleicht«, gestand Poggio und setzte hinzu: »Gewiss aber liegt mir etwas an dem Folianten, den ich ihr anvertraut habe.« Dann nahm er einen weiteren Schluck Wein. Das Buch. Er erinnerte sich an den Moment, als er den schweren Folianten zum ersten Mal gesehen hatte. Als er das Klimpern der Ketten gehört hatte, die ihn vor Dieben schützen sollten. Darin steckte die verborgene Schrift, die von erfundenen Jahrhunderten erzählte. Abt Emilius stand am Abgrund über dem quellenden Nebel. Poggio erzählte Baldassare von seinen Erlebnissen auf dem Berg. War er wirklich nur zwei Tage dort gewesen – oder vierhundert Jahre?

Als er seinen Bericht beendet hatte, war seine Zunge schwer, die Weinkaraffe leicht geworden.

»Wo, sagst du, hast du dieses Buch versteckt?«, fragte Baldassare. Er hatte doppelt so viel Wein in sich hineinfließen lassen wie Poggio. Seine Sinne aber schienen geschärft zu sein.

»Agnese hatte es.« Erst jetzt fiel Poggio ein, dass sie das Buch mit in den Schiffsbauch getragen hatten. Was war dann damit geschehen? Agnes hatte sich vor seinen Augen ausgezogen. Bei ihrem Anblick hatte er alle Bücher dieser Welt vergessen.

»Sie hat die Kleider fallen gelassen«, murmelte er, »danach habe ich den Folianten nicht mehr gesehen.«

Die beiden Männer sahen sich an, Poggio bestürzt, Baldassare mit einem amüsierten Lächeln. »Sie hat dich betrogen«, sagte der Papst. »Noch bevor du sie zum ersten Mal geküsst hast. Ich glaube, das ist die richtige Frau für dich.«

Kapitel 15

Nur die greise kamen zu spät. Alle anderen Konstanzer waren, gekleidet in den Morgendunst, rechtzeitig bei der Kirche des Augustinerklosters versammelt. Am Abend zuvor hatte die Nachricht die Runde gemacht: König Sigismund würde die Stadt besuchen und in einer Prozession vom Schnetztor bis zur Augustinerkirche ziehen. Dort wollte sich der König auf jenen Stuhl setzen, der bislang Papst Johannes bei den heiligen Messen vorbehalten war. Manche munkelten, Sigismund habe den Heiligen Vater vertrieben. Aber nicht alle wollten das glauben. Ein König, der einen Papst in die Flucht schlägt – damit hätte sich Sigismund über den Stellvertreter Gottes erhoben. Sollte aber der königliche Hintern erst den päpstlichen Stuhl küssen, würden auch die letzten Skeptiker schweigen.

Um möglichst vielen Menschen seine Macht demonstrieren zu können, hatte Sigismund den Stuhl des Papstes aus der Kirche heraustragen lassen. Nun stand das Möbel vor dem Tor des Gotteshauses. Unablässig fegte ein Kirchendiener den Schnee von der Sitzfläche. Auf dem Platz war ein Feld mit menschlichem Getreide gewachsen. Mützen aus Filz wogten in der Winterluft und rieben an Lederkappen mit Wollbesatz. Vom Bodensee her war ein Schneetreiben über die Stadt gekommen, das die Straßen an jedem normalen Tag leer gefegt hätte. Heute aber war die Neugier stärker als der Frost.

Zwischen den Konstanzern zog Oswald von Wolkenstein seine mit Pelz verbrämte Mütze tief in die Stirn. Sein Gesicht schmerzte von den Schlägen, die die verteufelte Agnes ihm mit dem Buch versetzt hatte. Seine ohnehin große Nase war geschwollen, und ein Bluterguss von der Farbe gepanschten Falerners verunstaltete seine rechte Wange. Zwar betäubte die Kälte sein geschundenes Fleisch. Der wahre Schmerz aber saß dort, wohin kein Frost reichte. Er, Oswald vom Geschlechte derer von Wolkenstein, war von einer Frau verprügelt und bestohlen worden! Seine Dichterfreunde würden daraus Spottlieder drechseln, die man noch in Jahrhunderten sang. Es sei denn, Oswald zahlte es der Metze heim.

Deshalb musste er zum König. Unverzüglich war Sigismund zu warnen. Denn wer den Folianten hatte, der konnte damit den deutschen Thron zerschmettern. Oswalds Wut wuchs in die Wolken. Eigentlich hätte er dem Monarchen heute das Buch überreichen wollen. Zum Dank hätte man ihn, als Bewahrer des Reichs, mit einer Burg belehnt und seinen Bruder Michael, den verhassten Zwisthahn, mit dem Bann belegt. Jetzt aber stand Oswald mit leeren Händen da. Nichtsdestotrotz: Der König musste ihm helfen! Und wenn er stattdessen seinen getreuen Oswald in Ketten legen ließ, so würde es Sigismund nur recht geschehen, wenn er daraufhin die Krone verlor.

Unruhe erfasste die Menge und verkündete die Ankunft des Herrschers. Die Menge teilte sich. In der Lücke erschien Sigismund in einem grünen, mit Hermelinpelz besetzten Mantel. Er war ein kleiner, schmächtiger Mann. Sein gelber Bart hing spitz und durchscheinend an seinem fliehenden Kinn. Die Krone der deutschen Monarchen saß auf seinem Haupt. Immer wieder hob Sigismund eine Hand, um sich an den Schläfen zu kratzen, wo Pickelnester wucherten. Alle wussten: Diesen Makel musste Sigismund ertragen, seit er vor sechs Jahren die Krone aufs Haupt gesetzt bekommen hatte. Das Gold schien die Haut an dieser empfindlichen Stelle zu reizen – ein gefundenes Fressen für die Feinde des Königs. Sie verbreiteten das Gerücht, der Kopf des Luxemburgers fühle sich unter dem gewichtigen Kopfputz nicht wohl, und er solle es besser mit einer Schellenkappe, der Mütze der Narren, versuchen.

Um den Herrscher herum trugen vier Männer – es mussten Fürsten sein – einen Baldachin aus roter Seide, um das Monarchenhaupt vor dem Schnee zu schützen. Reich gekleidetes, aber unbeschirmtes Gefolge kam hinterdrein. Krieger in wattierter Panzerrüstung postierten sich vor der Menge. Der König hielt auf den Stuhl zu, auf dem er folgenschwer Platz zu nehmen gedachte.

Oswald zwängte sich nach vorn. Er erntete Stöße und Schimpfnamen, die ihn besonders wegen ihrer Einfallslosigkeit beleidigten. Gerade als er sich aus dem Menschengetreide herauslösen wollte, stand er vor dem breiten Rücken eines der königlichen Leibwächter. Hier war kein Durchkommen, selbst wenn er so schlank und flink gewesen wäre wie Poggio.

Oswald sah sich um. Unmittelbar vor ihm stand eine Reihe von Kindern. In schmutzige Lumpen gehüllt warteten sie darauf, dass die Fürsten ihnen Almosen vor die Füße warfen. Oswald hob ein Mädchen, sie mochte acht Jahre zählen, an den Schultern auf. Das Kind schrie. Bevor es ihn mit seinen Tritten treffen konnte, warf Oswald es nach vorn. Das Lumpenmädchen landete im Schnee. Kaum war es wieder auf die Füße gekommen, hatte es auch schon der Leibwächter gepackt, schüttelte es und brüllte es an.

Die Gelegenheit war gekommen. Oswald schob sich hinter dem abgelenkten Krieger vorbei. Fast wäre er im Schnee ausgeglitten, fing sich aber wieder und stolperte auf Sigismund zu. Mit wenigen Sätzen erreichte er den König.

»Alles, an was wir glauben, steht auf dem Spiel, mein König. Hört mich an!« Oswald legte jene Verzweiflung in seine Stimme, die er sonst nur empfand, wenn er sein Lied vom Zwiegespräch zwischen Liebenden sang.

Sigismund starrte ihn an. Der Bart des Königs bebte. Die Augen waren groß wie Schneebälle. Oswald spürte, wie sich die harten Hände der königlichen Aufpasser auf seine Schultern legten. Ein Arm in steifem Leder drückte ihm von hinten den Hals. »Der Papst …«, krächzte er noch. Dann schnürte ihm der Druck auf seinen Kehlkopf die Luft ab.

»Was ist mit dem Papst?«, fragte Sigismund. Auf eine Geste des Königs hin kam Oswald frei. »Herbei, Wolkensteiner! Greife er zu und helfe er, den Baldachin zu tragen!« Oswald kam dem Befehl nach und tauschte mit einem der Adeligen die Plätze. Jetzt ging er schräg hinter dem König, der seinen Weg fortsetzte, als sei nichts geschehen.

Mit einer Drehung seines Kopfes zischte Sigismund nach hinten: »Was ist so bedeutend, dass er mich in der Stunde meines Triumphes stören muss? Ich hoffe für ihn und seine Familie, dass es einen Grund für diese Posse gibt.«

Oswald wusste, dass Sigismund ihn verstoßen würde, wenn er ihm keinen Glauben schenkte. »Es ist wichtig. Ich war im Kloster Sankt Fluvius. Dort habe ich ein Buch gefunden. Darin steht geschrieben, vierhundert Jahre unserer Geschichte wären eine Erfindung«, sagte Oswald eilig. Er hatte sich die Worte genau zurechtgelegt: »Die Geschichte der Kirche muss neu geschrieben werden. Der Kirchenstaat ist eine Fälschung, der Papst ein armer Schlucker, ein Hochstapler noch dazu.« Zwar wusste Oswald nicht, ob das der Wahrheit entsprach. Aber er wusste, dass er den König für sich einnehmen konnte, wenn er ihm Mittel gegen die Kirchenfürsten in die Hand gab.

Sigismund warf ihm einen verstörten Blick zu. Aus Richtung

der Kirche kam ihnen jetzt Kardinal Jean de Brogny entgegen. Oswald erkannte den fetten Vizekanzler trotz der Kapuze, die dessen Haupt bedeckte. In einer Hand hielt der Geistliche das Evangelium, in der anderen einen goldenen Becher, vermutlich mit geweihtem Wasser. Schnee schwebte in das Gefäß. Kardinal und König tauschten lateinische Worte aus. Oswalds Hände molken die Tragestange des Baldachins.

Als de Brogny sich umwandte, um voranzugehen, sagte Sigismund: »Was für eine Schrift? Erkläre er sich! Rasch!«

»Ein alter Text aus einem Kloster. Ich habe ihn unter einer Übermalung gefunden. Darin heißt es auch, Carolus Magnus habe nie gelebt.«

»Firlefanz!« Der König schnippte mit den Fingern. Wie auf Kommando trat nun Robert Hallum, der Bischof von Salisbury, aus dem Schatten der Kirche hervor und begann mit dem Sermon, der Rede zur Begrüßung des Königs. Da der Engländer zunächst alle Titel Sigismunds aufzuzählen hatte, gewann Oswald Zeit. Er berichtete schnell in allen ihm bekannten Einzelheiten von dem Buch und davon, dass es noch mehr Exemplare geben solle. Die Schrift, so sagte er, sei von einem der größten Textforscher geprüft und für echt befunden worden. In Gedanken ärgerte er sich darüber, dem besserwisserischen Poggio solche Ehre angedeihen lassen zu müssen. Immerhin: Dessen Namen nannte er nicht.

»Textforscher!« Sigismund lachte. Der englische Bischof stockte verunsichert in seiner Ansprache, ließ dann aber die königlichen Titel weiterflattern. »Was soll das sein: ein Textforscher?«, fragte Sigismund, diesmal etwas zurückhaltender. Auffordernd nickte er dem Kardinal zu.

»Jemand, der die Schriften der Vergangenheit kennt wie kein Zweiter. Einer der klügsten Köpfe südlich …«

Sigismund unterbrach ihn. »Das ist alles Unsinn. Vierhundert Jahre unserer Geschichte können nicht einfach erfunden werden. Eine Fantasie für fallsüchtige Damen ist das, nichts weiter.« Er musterte Oswald. »Will der Wolkensteiner etwa, dass sein König vor Schreck in Ohnmacht fällt?« Er lachte erneut.

Die Luft außerhalb des Baldachins schien sich in Schnee aufzulösen. Ein Vorhang hatte sich zwischen Oswald und den König auf der einen und die Konstanzer Zuschauer auf der anderen Seite gelegt. Es schien, als habe sich die Welt um Sigismund herum auf wenige Ellen zusammengezogen.

Oswald änderte seine Strategie. »Zu Recht schenkt Ihr, gnädiger König, dieser Mär keinen Glauben. Aber wenn wir die Würzburger Gelehrten zurate zögen, würden sie gewiss die Echtheit des Dokuments bestätigen.« Oswald beglückwünschte sich zu diesem Einfall. Die Universität von Würzburg stand unter Sigismunds Schutz. Dort würde man genau das finden, was der König brauchte: eine Falltür für die Macht der Päpste.

Mit einer Hand griff sich Sigismund in den Bart und zwirbelte eine Spitze daraus hervor. Wieder lachte er. Der Laut war frei von Humor. »Der Wolkensteiner hat richtig gehandelt. Sein Auftreten in diesem heiligen Augenblick sei ihm verziehen. Nach der Zeremonie will ich das Buch in meinem Domizil im Konstanzer Hof sehen. Nun still!«

Der englische Hohepriester hatte geendet und stimmte das Tedeum an. Die Fürsten fielen ein. Aus der Menge erhob sich stockendes Gemurmel. Jetzt begann der gefährlichste Teil des Gesprächs. Am liebsten wäre Oswald einfach davongelaufen.

»Ich habe es nicht«, sagte er leise.

Sigismunds Kopf fuhr herum. Das Gotteslob erstarb in seinem herrschaftlichen Hals. »Wer hat es dann?« Mit seiner Rechten versuchte er, Oswald zu packen. Doch dann besann er sich. »Hat er es etwa in der Bibliothek dieses Kloster zurückgelassen?«

»Nein«, sagte Oswald. »Es ist mir gelungen, den Folianten an mich zu bringen. Zunächst.«

Der König warf ihm einen unheimlichen Blick zu. Das Tedeum war beendet, und Sigismund trennten nur noch wenige Schritte von dem Stuhl des Papstes. Seine Blicke flogen zwischen seinem Ziel und Oswald hin und her.

»Eine Frau hat es gestohlen. Sie war auch in dem Kloster.« Er wusste, dass ihm der König nicht mehr lange zuhören würde. »Sie sagte, sie heiße Agnes. Agnes von Mähren.« Jetzt war der Moment gekommen. Wenn Agnes die Wahrheit gesagt hatte, musste Sigismund sie fürchten. Und dann war Oswalds Stunde gekommen.

»Ich lasse die Gräber deiner Ahnen öffnen und hänge die faulen Särge an Ketten auf«, kläffte der König. »Agnes von Mähren ist tot.« Der letzte Satz knallte aus dem königlichen Mund in die Stille, die seit dem Abschluss des Gesangs über dem Platz geherrscht hatte.

Oswald senkte demütig den Kopf. »Mein König irrt sich nie. Gewiss hat diese Frau mich belogen, als sie behauptete, Agnes zu sein.« Als er wieder aufblickte, sah er ein Lodern in den Augen des Königs. Unablässig kneteten die herrschaftlichen Hände den Bart und drehten nun einen zweiten Strang daraus hervor. Sigismund stierte in das Schneetreiben. Würden die Flocken nicht stetig fallen, Oswald hätte geglaubt, dass die Zeit selbst den Atem anhielte.

»Weiß er, was das bedeutet?«, fragte der König schließlich. »Ja, natürlich weiß er das. Deshalb ist er hergekommen, nicht wahr, Wolkensteiner?« Sigismund fuhr sich mit der Zunge über die Zähne. Dann senkte er die Stimme. Nie zuvor hatte Oswald den König flüstern hören. »Dieses Buch könnte mir also dabei helfen, die Macht des Papstes weiter zu zerschmettern? Aber wir haben es nicht. Also muss es herbeigeschafft werden.«

Oswald nickte.

Sigismund kniff die Augen mit den langen Wimpern zusammen. »Was will der Wolkensteiner von mir?«

Oswald fiel auf die Knie. Die Pflastersteine vor der Kirche waren eisig kalt, und die Nässe ließ seine Wadenmuskeln erstarren. Er fröstelte bis ins Mark. »Herr«, sagte er, »ich bitte um die Erlaubnis, Konstanz verlassen und das Buch zurückholen zu dürfen. Keine größere Ehre gäbe es auf der Welt, als meinem König zu weiterer Macht zu verhelfen und ihn zugleich vor Bedrängnis zu bewahren. Bitte, gewährt mir diese Gunst.«

Ein Windstoß fegte über den Platz und trieb Schneeflocken unter den Baldachin. Sigismunds rechte Seite war mit einem Mal weiß kandiert. Der König schien es nicht zu bemerken. Langsam sagte er: »Eine brisante Aufgabe. Warum sollte ich den Wolkensteiner schicken, wenn ich einen ganzen Heerbann aussenden könnte?«

»Weil ich, Oswald von Wolkenstein und Euer Sklave, als Einziger das Buch und Agnes von Mähren erkennen würde. Wenn der Vorschlag erlaubt ist: Ein Heerbann gepanzerter Krieger an meiner Seite würde das Unternehmen rascher zum Erfolg führen.« Er räusperte sich.

»Und Geld will er wohl obendrein«, mutmaßte der König.

»Nein, Herr. Gern jedoch Eure Hilfe. Darf ich sprechen?«

»Er redet doch schon die ganze Zeit über!«, blaffte der König.

»Mein Bruder Michael hat das Familienerbe an sich gezogen. Unsere Burg Hauenstein im Tal von Brixen gehört rechtmäßig mir, aber er hat sich darin festgesetzt. Nicht einmal einen Anteil an den Einnahmen gesteht er mir zu.«

»Ich verstehe«, sagte Sigismund. »Seine Zukunft steht ebenso auf dem Spiel wie meine. Wir sind in dieser Angelegenheit sozusagen verbrüdert, nicht wahr?«

Oswalds Kopf ruckte hoch. Viel zu schnell nickte er. Da spürte er eine königliche Hand an seiner geschundenen Wange. Für die Zuschauer musste es so aussehen, als ehre Sigismund einen seiner Untertanen mit einer Liebkosung. Was tatsächlich geschah, bemerkte nur Oswald selbst.

Mit aller Kraft kniff der König Daumen und Zeigefinger zusammen. Dazwischen klemmten ein gehöriges Stück von Oswalds wundem Fleisch und einige Strähnen seines langen Haares. Schmerz schoss ihm in die Nase und trieb Tränen in seine Augen. Scharf sog er die Luft ein.

»Ein Sklave, der Forderungen stellt.« Die Worte des Königs waren jetzt leise. »Was, wenn ich seinem Gesuch nicht nachgebe? Verkauft er dann das Buch mitsamt der Lügenbraut an meine Gegenspieler? Vielleicht hat ihm mein versoffener Bruder Wenzel ja schon ein Angebot gemacht.«

Oswald wollte etwas erwidern, aber die königliche Hand begann nun, sich zu drehen wie eine Schraubzwinge. Nicht einmal den Kopf schütteln konnte er. Mit aller Konzentration gelang es ihm, die Hände in Demut zu falten und sie nicht dazu zu benutzen, den König fortzustoßen.

»Ich gestehe ihm zu, die Burg seiner Familie in Besitz zu nehmen ...«, sagte Sigismund nach einer unendlich scheinenden Zeit, »... wenn er mir das Buch und die Hetäre bringt. Und zwar beim nächsten Vollmond. Dann werde ich am Rheinfall auf Burg Laufen sein. Dort erscheint der Wolkensteiner zum Frühlingsfest. Andernfalls wird ihm der Titel entzogen. Sein Geschick liegt in seiner eigenen Hand. Ist es die Hand eines Junkers oder die eines Schwächlings?«

Die Finger lösten sich von Oswalds Wange. Er spürte es kaum. Sein Fleisch war taub. Sein Gesicht fühlte sich an, als sei es verwüstet. So wie es sein ganzes Leben sein mochte, wenn er Poggio und Agnes nicht rechtzeitig fände.

»Nun fort, Wolkensteiner! Ich will mich endlich niedersetzen und erfahren, wie sich der Arsch des Papstes fühlte.«

»Aber der Heerbann«, stammelte Oswald.

»Er wird dich finden, sei gewiss.«

In dieser Nacht träumte Oswald von Burg Hauenstein. Für gewöhnlich liebte er diesen oft wiederkehrenden Traum. Darin stolzierte er zwischen den Burgmauern umher, pflückte den drallen Mägden frisches Obst aus den Körben und kniff sie mit Lust in die Backen. Alsbald regneten Blumen aus den Fenstern des Söllers auf ihn herab, und wenn er ins Dorf am Fuß des Burghügels ritt, drängten sich die Bewohner an ihn, um seine Stiefel zu berühren. Junge Mütter hielten ihm Kinder entgegen, damit er sie segne. Jungfrauen flehten, von Oswald in den Mutterstand erhoben zu werden.

Aber diesmal verlief der Traum anders. Hauenstein war zu einer Ruine verkommen. Der farbige Putz an den Häusern war abgeblättert. Die Dächer waren eingestürzt. Statt Blumen wucherte Unkraut in den Mauerritzen. Einem Mahnfinger gleich erhob sich im Hintergrund der Bergfried, ein schwarzer Schatten vor grauem Gewitterhimmel. Dieser Trümmerhaufen sollte seine Heimat sein? Was war geschehen?

Ohne den Boden zu berühren, glitt Oswald zwischen Schildmauer, Wehrgang und Palas hindurch. Nirgends zeigten sich Spuren von Zerstörung. Die Steine waren zwar mit Moos überzogen, aber von keinem Feuer geschwärzt. Auseinandergefallen waren sie wohl, nicht aber von den Geschossen feindlicher Bliden in tausend Teile zerbrochen. Wenn hier ein Kampf getobt hatte, so war es der zwischen festem Gestein und der geduldigen Zeit. Dieses Gemäuer war schon seit Jahrhunderten von Menschen verlassen.

Oswald wollte hochschrecken. Diesen Traum galt es, so rasch wie möglich zu verlassen. Noch aber blieb er. Wenn Hauenstein längst verfallen war, wieso hielt er sich dann darin auf? Musste er nicht schon gestorben sein? Er hielt sich die Hände vor sein Traumgesicht. Die Augen wurden ihm groß, der Mut wurde klein. Seine Finger glichen denen einer Kröte. Zwar hatte er an jeder Hand noch fünf Gliedmaßen, doch waren sie von einer grauen Haut überzogen, die feucht glänzte. Schwimmhäute spannten sich zwischen den Fingern, die Oswald kaum als solche bezeichnen mochte. Die Spitzen waren abgeknickt. Das war keine Hand, es war eine Kralle.

Er holte Luft und wollte um Hilfe rufen. Schon beim Einatmen spürte er, wie sich seine Wangen übermäßig blähten. König Sigismunds Griff musste etwas daran verändert haben. Er atmete immer tiefer ein, die Hautsäcke an den Seiten seines Kopfes spannten sich. Dann entfuhr ihm ein kläglicher Laut.

»Quök!«, machte Oswald und fuhr von seinem Lager auf. Er starrte in die vollkommene Finsternis. Da nutzte es nichts, sich die Hand vor Augen zu halten, um ihre Form zu überprüfen. Er tastete auf seinem Lager herum, spürte die Decken, griff mit seinen Fingern danach. Alles schien normal zu sein. Dennoch hing noch immer das Bild der Ruine vor seinen Augen. Was hatte er da gesehen? Burg Hauenstein in fernen Tagen, vielleicht. Die Macht der Zeit, gewiss. Ihm fiel der Text aus dem Kloster ein. Was würde mit der Welt geschehen, wenn er die Zeit vierhundert Jahre zurückdrehte? Oswald erschauerte.

Er spürte eine warme Hand in seinem Schoß. Die Berührung

holte ihn endgültig in die Wirklichkeit zurück. Gesche, seine liebste Hübschlerin, teilte heute Nacht das Lager mit ihm. Als sie seine Unruhe bemerkte, setzte sie ihre Aufgabe fort. Bald war der Schwindel aus Oswalds Gedanken verschwunden und in seinen Leib gerutscht. Dort hieß er ihn willkommen.

Als er erneut erwachte, schien der Mond durch das Fenster. Jemand pochte an die Tür. Gesche war hochgeschreckt. Schlaftrunken warf sich Oswald seinen Pelzmantel über. Die Eichhörnchenhaare auf der Innenseite schmeichelten seiner Haut. Er öffnete.

In der Tür standen zwei Männer. Sie hatten die widerwärtigen Gesichter von Finsterlingen, wie Oswald sie in seinem Lied über die Päpste und Kaiser verhöhnte. Waren die Ziele seines Spotts etwa gekommen, um sich zu rächen? Der eine Besucher hatte einen langen, dünnen Hals – eine Freude für jeden Scharfrichter. Des anderen Haar war kurz geschoren, sodass man eine vernarbte Stelle dort sehen konnte, wo zuvor sein rechtes Ohr gewesen war. Oswald war zu verschlafen, um sich vor den beiden zu fürchten. Ihm fiel der Anfang eines Verses ein, in dem es um ein Streitgespräch zwischen einem Einohrigen und einem Einäugigen gehen könnte.

Der Langhals trug eine flackernde Kerze aus Unschlitt, schlecht riechendem Talg aus Rinderfett. Damit leuchtete er Oswald ins Gesicht.

»Oswald von Wolkenstein?« Es klang wie ein Befehl, nicht wie eine Frage. Dennoch nickte Oswald.

Das flackernde Licht verzerrte die Züge des Mannes zu einer Fratze. »Er ist es«, sagte er. Angesichts der Pranke, aus der das dürre Lichtlein herausragte, wunderte sich Oswald darüber, dass der Talg nicht längst zermalmt worden war.

»Was wollt ihr?«, fragte Oswald, baute sich breitbeinig auf

und atmete tief ein. Diesmal blähte sich seine Brust und nicht seine Wange.

»Du bist es, der etwas will«, erwiderte der Kerzenträger. »Eine Schar Krieger.«

»Euch hat der König geschickt?«

Der Einohrige lachte auf erschreckende Weise. »Der Himmel war es bestimmt nicht.«

»Halt den Mund, Lämmerschling«, fuhr sein Kumpan ihn an. »Mach dich nicht mit der Hofschranze gemein. Schlimm genug, dass wir mit so einem losziehen müssen. Um ein Buch zu finden.« Er beugte sich zu Oswald herüber. Der Atem, der Wolkenstein entgegenschlug, ließ ihn wünschen, er könne mehr von dem Unschlitt riechen. »Merk dir das: Wenn du irgendeinem erzählst, Lämmerschling und Helmbrecht seien hinter ein paar faulen Versen hergejagt, verknote ich deine Eier und stampfe sie mit Pferdehufen zu Kot. Jetzt mach dich fertig. Wir reiten.«

Damit drehte sich der Kerl um und schickte sich an zu gehen. Oswald spürte Empörung in sich aufsteigen. Was glaubten diese Schindersknechte, wen sie vor sich hatten?

»Ich bin ein Nobilis, ein Adeliger von Geburt. Und ihr kniet jetzt vor mir nieder und stellt euch vor.«

Tatsächlich hielten die beiden inne, sahen sich kurz an und kehrten zu Oswald zurück. Eine grobe Hand presste sich auf die Wolkenstein'sche Brust. Oswald wurde in das Zimmer geschoben. Als der Mann namens Lämmerschling Gesche sah, setzte er sich zu ihr aufs Bett und grapschte an ihr herum.

»Potztausend! Lass sie in Ruhe!«, rief Oswald. Enttäuscht sah er, wie die Hübschlerin dem Einohrigen zulächelte. Eifersucht kochte in Oswald. Zugleich schalt er sich einen Narren. Hatte er sich auf die Zuneigung einer Hure etwas eingebildet?

»Ein Adeliger bist du?«, fragte der andere jetzt. »Dann bist du wohl etwas Besseres als wir. Einer, der sich den Arsch mit Blumen abwischen lässt, was?« Vom Bett her war jetzt Poltern zu hören. Aus den Augenwinkeln sah Oswald, dass Lämmerschling seinen Waffengurt zu Boden hatte fallen lassen. Weitere Kleidungsstücke folgten.

»Hinaus mit euch! Oder ich werde dem König berichten«, schoss es aus Oswald hervor. Im Geiste setzte er hinzu: Ich werde ihnen schon zeigen, dass ich keine Kröte bin.

»Dann berichte folgendermaßen«, fuhr Lämmerschling vom Bett aus fort. »Wir, Helmbrecht und Lämmerschling, haben den Wolkensteiner gefunden, wie es uns aufgetragen war. Aber er weigerte sich, unsere Hilfe anzunehmen.«

»Nennst du das Hilfe? Mich hier zu überfallen mitten in der Nacht und meine Liebste zu entehren?«

»Die hat so wenig Ehre im Leib wie du«, sagte Helmbrecht und grinste zum Lager hinüber. Auf den zerwühlten Laken formten Gesche und Lämmerschling das Tier mit zwei Rücken.

Helmbrecht ließ nun ebenfalls den Waffengurt fallen. Dann schob er Oswald zur Tür hinaus. »Bestell beim Wirt drei Humpen. Wir reiten in einer Stunde. Nein«, verbesserte er sich, »in zweien.« Bevor er die Tür vor Oswald schloss, sagte er noch: »Während du für uns die Hure geschmiert hast, haben wir herausgefunden, wo die Bücherdiebe sind. So hat jeder jedem geholfen.«

Die Tür knallte zu. Oswald hörte, wie der Riegel von innen vorgelegt wurde. Vor den Lauten, die dann aus dem Zimmer drangen, floh er die Stiege hinab.

Es gab keine Streitmacht, keine mit Eisen, Schweiß und Ehre gepanzerten Ritter. Stattdessen hatte der König Lämmerschling und Helmbrecht geschickt. Oswald ritt zwischen seinen neuen

Begleitern durch die Straßen von Konstanz. Der Morgen tauchte die Stadt in zartes Licht. In Oswald aber zogen dunkle Wolken auf. So schnell wie möglich musste er diese beiden loswerden. Für die vor ihm liegende Aufgabe war Feinsinn gefragt, nicht Gewalt.

»Wo also wollt ihr das Buch wissen?«, fragte er. Bewusst vermied er es, Agnes' Namen zu nennen. Wenn diese Kerle wüssten, dass eine Fürstenwitwe im Spiel war, würden sie ihr möglicherweise ebenso zusetzen wie Gesche.

»Das Buch«, antwortete Lämmerschling, »ist zusammen mit Agnes von Mähren verschwunden. Zuletzt ist sie damit im Badehaus auf dem Bodensee gesehen worden.«

Natürlich wissen sie schon von Agnes!, wurde Oswald klar. Sigismund wird ihnen berichtet haben. Er zuckte zusammen, als sein Knie Lämmerschlings Schimmel streifte. »Wohin reiten wir dann?«, fragte er.

»Dorthin, wo wir Poggio Bracciolini und den flüchtigen Papst finden werden«, antwortete Helmbrecht von der anderen Seite.

»Die Italiener sind auch hinter Agnes und dem Buch her«, kam es nun wieder von rechts.

Oswald biss sich auf die Lippen. Sie kannten Poggios Namen. Und hatten herausgebracht, dass er mit dem Papst unterwegs war. Ein Umstand, von dem Oswald noch gar nichts wusste. Was, fragte er sich schaudernd, wissen diese beiden wohl über mich? »Poggio war mit mir im Kloster Sankt Fluvius«, sagte er langsam.

»Davon haben wir erfahren«, erklärte Helmbrecht. »Dieser Italiener soll sich mit Büchern auskennen. Wir haben gehört, er sei der Beste seines Fachs. Alles, was wir tun müssen, ist …«

Lämmerschling nickte: »… ihm zu folgen und ihnen das Buch abzunehmen, sobald sie es gefunden haben. Außerdem können wir die verleumderische Witwe und den Lügenpapst gleich mit vor den Thron unseres Königs schleifen. Reiche Ernte, Einauge.«

Oswald schluckte. König Sigismund hatte ihm zwei Helfer mit außergewöhnlichen Talenten an die Seite gestellt. Die Frage war, ob er selbst diese Talente überleben würde.

»Und wo sollen sich Poggio und der Papst jetzt aufhalten?«, fragte er. »Wohin reiten wir?«

»Abgesetzter Papst«, berichtigte Helmbrecht. Er drehte und reckte seinen langen Hals, bis die Wirbel darin knackten.

»Nach Beuron«, sagte Lämmerschling. »Das Kloster liegt nur einen Tagesritt von hier entfernt. Es heißt, du steckst gern Klöster in Brand. Und wir lieben Frauenstifte. Dieser Ort scheint wie für uns gemacht.«

Kapitel 16

Es war so kalt, dass die Fische im Eis erstarrt waren. Poggio kniete am Ufer des kleinen Flusses und schaute einem Schwarm Schleien in seiner Bewegungslosigkeit zu. Sie waren eingefroren in einem Moment der Zeit. Ob die Fische tot waren? War es möglich, dass sie sich bei Tauwetter wieder regten und weiterschwammen, ihrem ursprünglichen Ziel entgegen? Würden sie dann jenem Gedanken folgen, der zuletzt in ihren schuppigen Köpfen aufgeblitzt war, bevor der Frost sie gepackt hatte? Und wenn dem so war, überlegte Poggio, würden sie sich an die Zeit im Eis erinnern, oder würde es sein, als habe diese Spanne ihres Lebens niemals existiert? Viele Christen glaubten, dass der Mensch nicht altere, während er die heilige Messe besuchte. Vielleicht hatte der Frost eine ähnliche Wirkung. Demnach wäre der Winter die heilige Messe der Natur.

Poggio nahm sich vor, diesen Gedanken aufzuschreiben. Er beugte sich vor und legte behutsam eine Hand auf das Eis. Durch das dicke Rindsleder seiner neuen Handschuhe spürte er die glatte Fläche, nicht aber deren Kälte. Er zupfte die Finger frei und berührte das Eis noch einmal. Diesmal schoss ein Kältestrahl seinen Arm hinauf, und es war Poggio, als reiche er bis zu seinem Herzen. Aber es war nicht der Frost, den er spürte, sondern die Leblosigkeit eines zeitlosen Punktes in der Welt. Erschrocken zog er die Hand zurück.

Von links war ein Plätschern und Zischen zu hören. Baldassare erleichterte sich mit dampfendem Strahl auf den Fluss hinaus. Der Neapolitaner hatte seinen Mantel geöffnet, hielt das

Kleidungsstück mit den Ellenbogen zurück und umfasste mit beiden Händen sein Gemächt. Er stöhnte erleichtert und wiegte das Becken hin und her. Sein Urin folgte den Bewegungen wie eine Schlange ihrem Beschwörer.

Poggio erwartete, dass der warme Körpersaft ein Loch in das Eis des Flusses schmelzen würde. Doch im Kampf der Elemente gewann nicht das Feuer, sondern der Frost.

»Wie halten diese Deutschen solche Winter aus?«, fragte Baldassare unter seiner Mütze hervor, einer blauen Lederkappe, die mit einem roten Streifen entlang des Scheitels verziert war. Poggio war sicher, dass der Kopfputz absichtlich an einen Hahnenkamm gemahnte. Er zog sich seinen Handschuh wieder an und wünschte in Gedanken den Fischen Glück. Dann ging er zu den Pferden.

Baldassare hatte ihm einen Zelter besorgt, ein schmales Pferd mit weichem Gang. Der Papst selbst – denn als solchen bezeichnete Poggio ihn noch immer, ganz gleich, welcher König anderer Ansicht war –, der Papst ritt ein Streitross. Das habe ihm Herzog Friedrich von Österreich geschenkt, hatte Baldassare mit einem geheimnisvollen Lächeln erklärt. Auf einem Turnierplatz vor Konstanz sollte das gewesen sein.

Am frühen Morgen hatten die beiden Männer, frisch frisiert und mit Duftwässern besprenkelt, das Badehaus auf dem Bodensee mit einem Schlitten verlassen. Am Ufer waren sie auf die dort wartenden Pferde gestiegen, und jetzt folgten sie Agnes und dem Buch in der einzigen möglichen Richtung: nach Norden.

Poggio wusste von Agnes, dass ihr Gemahl, Jobst von Mähren, ein weiteres Buch in einem Kloster der Umgebung versteckt haben sollte. Wollte Agnes alle Teufel aus den geheimen Texten auf den deutschen König loslassen, so brauchte sie diesen zweiten Band. Also mussten Poggio und Baldassare Agnes zu jenem Kloster folgen. Wo es liegen könnte, wusste wiederum Baldassare. Als Papst hatte er sich mit allen Stiftungen rund um Konstanz vertraut gemacht, bevor er über die Alpen zum Konzil gekommen war. Das einzige Kloster in der Umgebung, das von Jobst von Mähren Zuwendungen erhalten hatte, war Beuron, ein Nonnenstift. »Männer lassen sie dort zwar nicht hinein«, sagte Baldassare. »Aber dem Papst werden sie wohl kaum die Tür weisen.« Er setzte darauf, dass die Kunde von seiner Flucht noch nicht bis in die entlegenen Winkel der Region vorgedrungen war.

Hoffentlich hat er recht!, dachte Poggio, als er sich wieder auf den Rücken des Zelters schwang. Nun war es Mittag und das Kloster Beuron noch eine halbe Tagesreise entfernt. Vor Sonnenuntergang mussten sie ihr Ziel erreichen. Wenn sie die Nacht im Freien verbrächten, würde es ihnen wie den Fischen ergehen. Vorüberkommende würden sie anstaunen und sich fragen, ob diese beiden hart gefrorenen Gesellen im Frühjahr auftauen und ihre Reise fortsetzen würden, als sei nichts geschehen.

Sie ritten über den Fluss. Am gegenüberliegenden Ufer tauchten sie in einen Wald ein, der aus Glas zu bestehen schien. Auf den Nadelbäumen war der Schnee zu Eis gefroren. Das Sonnenlicht gleißte und glitzerte darin, und Poggio war es, als ritten sie in eine jener Kathedralen hinein, die mit ihren gewaltigen Glasfenstern und Schwebebögen das Himmelreich abzubilden versuchten.

Zwischen den Stämmen war es hell genug, um die vier Menschen zu erkennen, die auf dem Weg voraus in derselben Richtung zu Fuß unterwegs waren. Ein Mann, eine Frau, ein Knabe und ein Greis stapften durch den Schnee. Auch sie schienen den Weg durch den Wald vorzuziehen. Unter den Ästen lag der Schnee nicht so hoch wie auf der ungeschützten Landstraße. Die Gefahr, von Wegelagerern überfallen zu werden, war im dunklen Forst zwar größer, doch bei einer Witterung wie dieser würde sich kein Unhold stundenlang auf die Lauer legen.

Als Poggio und Baldassare näher kamen, wandten sich die Wanderer um und eilten zwischen die Bäume. Sie waren ausgezehrt, unter ihren Augen lagen Schatten, ihre Wangen waren nach innen gewölbt. Die Oberlippe der Frau war spröde und eingerissen. Alle waren in schmutzige Schafsfelle gehüllt. Der Mann, Poggio vermutete, dass er der Vater der Familie war, stellte sich schützend vor die anderen. Mit beiden Händen hielt er einen Stab vor der Brust. Einen Pilgerstab, wie Poggio erkannte.

Poggio hob die Hand zum Gruß und rief: »Pax vobiscum!« Kein Dieb oder Räuber würde seine Opfer auf Latein grüßen, schon gar nicht mit diesen Worten. Das schien auch die Familie zu erkennen. Ihre angespannte Haltung lockerte sich ein wenig. Der Vater ließ den Stab sinken. Nun grüßte auch er.

»Friede sei mit euch«, erwiderte er. »Wir sind Pilger«, sagte er. »Wenn ihr Brot übrig habt, beten wir für euch.«

Poggio kramte in seiner Packtasche. Der Proviant, den Baldassare hatte zusammenstellen lassen, bestand aus in Wein gesottenen Spießvögeln, aus ionischen Schnepfen und afrikanischem Geflügel. Wie er all das auf den Bodensee hatte herausschaffen lassen, blieb sein Geheimnis. Außerdem baumelten zwei Sack Zucker an der Seite von Baldassares Streitross. Aber da! Poggio holte Backwerk hervor und hielt es dem Mann hin. »Leider kein Brot«, sagte er entschuldigend, »aber Honigkuchen.«

Der Mann schnappte danach. Augenblicklich machte sich die Familie über das Gebäck her. Baldassare stieg aus dem Sattel und näherte sich den Pilgern. Auch Poggio stieg ab, holte eine Flasche Branntwein hervor und ließ sie kreisen. Der Schnaps brachte Farbe in die Wangen der Ausgehungerten. Zugleich löste er ihre Zunge. Der Greis stieß einen heiseren Segenswunsch aus. Kurz überlegte Poggio, ob er dem Mann verraten sollte, dass dieser soeben den Papst gesegnet hatte. Dann ließ er den Gedanken fallen und nickte schweigend und ehrerbietig.

»Wir sind Bauern«, erklärte der Familienvater, nachdem auch er sich überschwänglich für die Stärkung bedankt hatte. Dennoch flogen seine Blicke an Baldassare und Poggio vorbei auf die Packtaschen und die Pferde. Wenn er könnte, dachte Poggio, würde er uns erschlagen, um mit der Beute seine Familie zu retten.

»Warum seid ihr nicht auf eurem Hof?«, fragte Baldassare. Sein Gesicht wirkte neben den Mienen der Familie rot und satt.

»Es ist der Winter, Herr! Es müsste längst Frühling sein.« Es war die Frau, die antwortete. Poggio fing ihren Blick auf. Der Schatten darin ließ ihn die Augen senken.

»In diesem Jahr geht es uns besonders schlecht«, fuhr die Frau fort. »Erst hat das Vieh vor Hunger in den Ställen gebrüllt. Als wir es schließlich geschlachtet haben, war kaum noch genug Fleisch an den Knochen, um uns satt zu bekommen. Der Eisgang hat die Flüsse und die Mühlen lahmgelegt.« Sie hustete trocken und laut. »Wir dachten immer, wenn der Krieg kommt und die Truppen unsere Felder zunichte reiten, sei das das Schlimmste. Aber dieser Winter ist Gottes Strafe.«

»Strafe für was?«, fragte Poggio.

»Die Päpste sind schuld«, spie der Greis aus. »Drei Päpste in der Welt! Eine Menschheit, die Gott so verspottet, ist es nicht wert, am Leben zu bleiben.«

»Einer der Päpste soll sich in Konstanz aufhalten«, sagte die

Frau. »Warum hilft er uns nicht? Mit Weihrauch und Zaubersprüchen könnte er die Stürme und Fröste gewiss bannen.«

Der Junge trat einen Schritt vor und rief: »Die Päpste sollen zugrunde gehen. Dann schließt Gott das Tor zur Hölle.«

Poggio musterte Baldassare und dessen Pferd und stellte erleichtert fest, dass nirgends ein Zeichen seiner päpstlichen Würde zu erkennen war. Er deutete auf den Pilgerstab. »Wohin zieht ihr?«

»Nach Beuron, zum Kloster«, sagte der Vater. »Zum Grab der Äbtissin Meripurc. Aus ihrer Gruft heraus kann sie Wunder wirken. Alle Bauern der Region sind dorthin unterwegs. Nur Meripurc kann uns noch helfen.« Er öffnete den Mund und verkeilte den Unterkiefer. Dann pulte er einen Rest Honigkuchen daraus hervor, rollte das feuchte Fundstück zu einer Kugel und ließ es wieder zwischen den Zähnen verschwinden.

»Dorthin wollen wir auch«, sagte Poggio. Baldassare warf ihm einen finsteren Blick zu, aber er fuhr fort: »Wir könnten zusammen reisen. Ihr könnt euch auf unseren Pferden abwechseln.«

Der Bauer nahm die Mütze vom Kopf und senkte das Haupt. »Das ist großzügig, Herr. Aber wenn wir wollen, dass Meripurc unsere Bitten erhört, müssen wir zu Fuß gehen. Wir sind als Pilger aufgebrochen und wollen als solche unser Ziel erreichen.«

Noch einmal versuchte Poggio, die Familie dazu zu überreden, auf den Pferden weiterzuziehen. Obwohl der Junge sehnsüchtige Blicke auf die Tiere warf, ließen sich die Erwachsenen nicht umstimmen. Der Weg sei nicht weit, und sie seien gewiss, dass sie das Ziel erreichen würden, bevor die Glocke zur Komplet läute.

Schließlich verabschiedeten sich Poggio und Baldassare und ließen mehrere Spieße hart gefrorener Finken und Stieglitze mitsamt ihrem gesamten Vorrat an Backwaren zurück.

»Hoffentlich können wir diese Lücke im Kloster wieder schließen«, schimpfte Baldassare, als sie außer Hörweite waren. Doch Poggio nahm ihm seinen Ärger nicht ab. Aus den Augenwinkeln hatte er gesehen, wie der Neapolitaner den Bauern einen halben Gulden zugesteckt hatte – das Jahreseinkommen eines einfachen Mannes.

*

Oswald von Wolkenstein ritt hinterdrein. Vorneweg schaukelten die Hintern der Pferde von Lämmerschling und Helmbrecht. Seit sie aus Konstanz aufgebrochen waren, hatten die beiden Männer kein Wort miteinander und schon gar nicht mit ihrem Begleiter gewechselt. Fast wünschte sich Oswald Poggio Bracciolini herbei. Mit dem hatte er immerhin eine Disputatio führen können. Seinen neuen Begleitern hingegen schienen die Zungen in den Mäulern festgefroren zu sein.

»*Ain mensch von achzehn jaren klueg*«, hob Oswald an zu singen, »*das hat mir all mein freud geswaigt. Dem kund ich nie entwinnen gnueg, seit mir ain aug sein wandel zaigt.*«

Es war eine seiner besten Weisen. Sie erzählte von seiner ersten Liebe zu Katharina von Brixen. Damals war sie achtzehn und er zwei Jahre jünger gewesen. Er hatte ihr das Lied gesungen. Aber sie hatte ihn empört abgewiesen, weil er darin ausdrücklich ihr liebliches Mündlein gepriesen hatte. Als er jetzt zu diesem Vers kam, drehte sich Lämmerschling im Sattel um.

»Kennst du das Lied von Gottes blutigem Schwanz und den Schreien der Jungfrau Maria?«

Der Einohrige fing an, ein derbes Lied zu grölen. Oswald hörte nicht hin und sang unbeirrt weiter. So grob war seine Kunst noch niemals behandelt worden, nicht einmal von den

Franzosen. Die Stimme des Tirolers mischte sich mit der des Kriegers, und so ritten sie eine Weile lärmend die Landstraße entlang. Krähen stoben in Scharen von den Ästen der toten Bäume auf, als sie vorüberkamen.

Nach einer Weile hob Helmbrecht die Hand. Lämmerschling verstummte, doch Oswald sang weiter. Er war noch nicht bei der letzten und besten Strophe angekommen.

»Ruhe!«, sagte Helmbrecht, ohne die Stimme zu erheben, und schwang sich aus dem knarrenden Holzsattel. Oswald verschluckte die letzten Worte. Warum er diesen Totschlägern gehorchte, wusste er nicht. Aber er nahm sich vor, es künftig anders zu halten. Von jetzt an würde er vorne reiten, von jetzt an …

»Hier sind zwei Reiter von der Straße abgebogen«, sagte Helmbrecht und schaute in das Gewirr von Karrenspuren, die in den Schnee gedrückt und nun zu Eis gefroren waren.

»Woran willst du das erkennen?«, fragte Oswald. Es wurde Zeit, dass dieser Helmbrecht in die Schranken gewiesen wurde. Da sah ja ein Einäugiger besser.

»Siehst du den Fluss dort?«, fragte Helmbrecht. Ohne Oswalds Antwort abzuwarten, fuhr er fort: »Jemand hat versucht, ein Loch ins Eis zu pissen. Jeder Einheimische wüsste, was er damit riskiert: dass ihm der Frost in die Gedärme fährt. Nein! So etwas bringen nur einfältige Italiener fertig. Sie sind dort entlang. Vorwärts!«

»Diesmal reite ich vorneweg«, rief Oswald, doch seine Begleiter waren bereits unter den Bäumen am Wegrand verschwunden.

Die starken Keulen der Pferde brachten sie auch auf dem Waldpfad rasch voran. Die Sonne blitzte durchs Geäst, als sie sich einer Gruppe Wanderer näherten, einem Mann, einer Frau, einem Alten und einem Knaben. Die vier wichen den Pferden aus und stapften ins Unterholz. Doch Helmbrecht und Lämmerschling ritten nicht an ihnen vorüber, sondern hielten ihre Pferde so an, dass die Leiber der Tiere den Wanderern den Weg versperrten. Oswald hielt sich im Hintergrund und beobachtete das Geschehen mit Argwohn.

Der Anführer der Gruppe hob zögerlich die Hand und sagte: »Pax vobiscum.«

Zur Antwort zog Lämmerschling sein Schwert und legte das blanke Eisen quer vor sich auf den Widerrist seines Schimmels. »Wir suchen zwei Männer. Italiener. Zu Pferde. Habt ihr sie gesehen?«

Der Mann schüttelte den Kopf. »Nein, Herr. Seit wir aufgebrochen sind, ist uns niemand begegnet.«

Lämmerschling sprang von seinem Pferd, ging einige Schritte auf dem Waldpfad, kniete sich nieder und befühlte tastend den Boden. Dann kehrte er zurück.

»Der Schnee sagt mir etwas anderes. Wer ist der Lügner, du oder der Winter?« Lässig hob er die Schwertklinge und drückte die eiserne Spitze gegen den Bauch der Frau. Ihr Versuch, zurückzuweichen, endete an einem Baumstamm.

Oswald sprang vom Pferd. »Lass das!«, befahl er laut und wollte Lämmerschling in den Arm fallen. Doch als er an Helmbrecht vorüberkam, griff dieser nach Oswalds Kappe. Die Riemen, mit denen der Kopfputz unter dem Kinn zusammengebunden war, schnitten in seine Kehle. Oswald bekam keine Luft mehr.

Lämmerschling hob herausfordernd das Kinn. »Ich muss wissen, wohin sie wollten.«

»Nach Beuron. Das wissen wir doch schon«, wollte Oswald sagen, aber er brachte nur ein Krächzen hervor. Er versuchte, die Schlaufe des Riemens zu lösen. Doch Helmbrecht zog so stark, dass Oswalds Finger nicht zwischen Haut und Leder passten. Er zappelte wie ein Fisch am Haken.

Der ausgemergelte Wanderer hob die Hand. »Wartet! Es ist wahr. Die Männer sind an uns vorbeigekommen. Sie gaben uns Geld, damit wir niemandem ihr Ziel verraten.« Er nestelte eine große Münze aus einer Tasche seines elenden Wamses. »Seht ihr?«

Der halbe Gulden verschwand in Lämmerschlings freier Hand. »Das ist zu viel Geld für Leute wie euch. Wohin also wollten die Italiener, oder willst du mir das immer noch nicht verraten?«

»Gewiss, Herr,« sagte der Wanderer. »Die beiden sagten, sie wollten nach Tuttlingen. Sie seien Baumeister und wollten dort bei der Errichtung einer Feste helfen.« Die Blicke des Mannes waren an Lämmerschlings Schwert festgefroren.

»Was seid ihr nur für ein Geschmeiß!«, blaffte der Krieger. »Jemand vertraut euch ein Geheimnis an, bezahlt euch noch dafür und ihr erzählt es mir trotzdem. Was ist wohl schlimmer? Die Lüge oder der Verrat?«

Jetzt fiel der Mann auf die Knie. Bis zu den Oberschenkeln versank er im Schnee, faltete die Hände und hob sie über den Kopf. »Wir sind nur Pilger. Schenkt uns das Leben!«, flehte er.

»Also gut«, sagte Lämmerschling und ließ das Schwert sinken. In den Fellen, die um die Gestalt der Frau schlotterten, blieb ein Abdruck zurück. Auf ihrem Gesicht ebenfalls. »Ich schenke euch das Leben«, fuhr Lämmerschling fort. »Im Gegenzug schenkt ihr mir eure Kleider.«

Kapitel 17

Das Buch war fort! Schlapp hingen die Glieder einer zerstörten Kette in Agnes' Hand. Es gab keinen Zweifel. Hier hatte der Foliant gestanden, auf dieselbe Art an die Wand gekettet wie das Teufelsbuch in dem Bergkloster – die Handschrift aus dem Besitz ihres Gemahls. Jobst musste hier gewesen sein. An genau diesem Ort. Agnes atmete tief ein. Aber da war nur der herbe Geruch der Pergamente und der süßliche der mit Weihrauch geschwängerten Bibeln.

»Wo ist das Buch, das hier gestanden hat?«, flüsterte Agnes der Novizin an ihrer Seite zu. Das Mädchen – wie hieß das dumme Ding noch gleich? – rang die Hände und blickte zu Boden. »Ich weiß es nicht«, flüsterte sie in ihre steife Konventstracht hinein.

Für die ist es gut, dass sie im Kloster gelandet ist, dachte Agnes. Wenn sie sich an ihre eigene Zeit im Bergstift erinnerte, spürte sie Schmerzen in den Eingeweiden, und ihre Finger begannen zu zittern. Die Mönche hatten sie gut behandelt. Nur ein einziges Mal hatte einer versucht, Hand an sie zu legen, und gelernt, was Reue ist. Aber der trostlose Ort, der ewige Nebel, die Bergwände, die wie Kerkermauern um sie aufgeragt waren – nie wieder wollte sie das erleben. Das hatte sie sich geschworen und war nun, kaum in Freiheit, gleich zum nächsten Kloster gelaufen.

Agnes lächelte bitter.

Beuron war zwar ein Frauenstift und lag in einem Tal am Ufer der Donau. Aber die Enge in den Gebäuden und in den Köpfen, die Gerüche nach Frömmigkeit und unterdrückter Sehnsucht waren dieselben. So schnell wie möglich wollte sie wieder von hier verschwinden. Aber erst musste sie den Folianten finden.

Wie das Bergkloster Sankt Fluvius hatte auch Beuron die letzten Jahrzehnte nur dank der Großzügigkeit ihres Mannes überdauern können. Was für ein gottesfürchtiger Fürst Jobst gewesen war! Wann immer er Ländereien erübrigen konnte, schenkte er sie der Geistlichkeit. Nach seiner Wahl zum König hatte er Agnes zugeraunt, dass seine guten Taten nun belohnt würden. Doch wenige Tage später hatte er in seinem Blut gelegen, erstochen von heimtückischer Hand. Wenn das der Lohn Gottes war, so wollte Agnes nicht einmal ein Almosen von ihm annehmen.

Als sie am Tag zuvor an die Beuroner Klosterpforte geklopft hatte, wollten die Nonnen sie behandeln wie eine Pilgerin. Wallfahrer strömten derzeit in Scharen in das Donautal, um am Grab einer Wunder wirkenden Äbtissin für ein Ende des garstigen Winters zu bitten. Auch Agnes war in das kleine Gästehaus vor den Klostermauern verwiesen worden. Als sie jedoch den Siegelring ihres Mannes vorgezeigt hatte, waren Augen und Münder der Nonnen so weit aufgegangen wie die Pforte des Stifts. Jetzt war sie Ehrengast im Konvent.

Agnes hatte der Stiftsleiterin Ermengard, einer rundlichen Frau mit schiefen Zähnen, kleinen Lippen und rosiger Haut, ihr Anliegen unterbreitet. Augenblicklich war Agnes ins Skriptorium eingelassen worden. Man hatte ihr eine Novizin an die Seite gestellt und die Erlaubnis erteilt, den Katalog nach Belieben zu benutzen, wenn sie die ausgewählten Bücher nur wieder zurück an Ort und Stelle brächte. Für den Katalog hatte Agnes keine Verwendung. Sie wusste, wonach sie suchen musste. Überdies war diese Bibliothek viel kleiner als die in Sankt Fluvius.

Eilig war Agnes das nur aus einem einzigen Brett bestehende Regal entlanggestrichen, hatte eine Hand ausgestreckt, um sofort zufassen zu können, wenn ihre Augen das Gesuchte fanden. Doch als sie zwischen zwei Buchrücken Kettenglieder hatte herausbaumeln sehen, wusste sie, dass sie zu spät gekommen war.

Agnes spürte, dass die Ader wieder auf ihrer Stirn pulsierte. Ihre Zornschlange hatte Jobst das immer genannt und mit dem Finger darübergestrichen. Wie es ihm stets gelungen war, sie damit zu besänftigen, hatte Agnes nie verstanden, aber genossen. Jetzt aber gab es keinen Jobst mehr, und die Zornschlange wuchs.

»Wer hat das Buch genommen?«, rief Agnes durch das Skriptorium. Es waren nur zwei Nonnen anwesend, tief über ihre Arbeit gebeugt. Nun schauten sie kuhäugig auf und warfen Agnes ratlose Blicke zu. Eine von ihnen schüttelte den Kopf.

»Sie wissen es auch nicht«, flüsterte die Novizin überflüssigerweise.

Agnes spürte, wie die Kettenglieder, um die sie eine Faust gekrampft hatte, in ihre Handfläche bissen. Sie ließ los. Das Eisen klimperte herab und zuckte wie ein zu Tode gewürgtes Reptil.

Die Kette war etwa zwei Finger breit und hätte einem Stemmeisen widerstanden. Dennoch waren die Glieder zerstört, durchgefeilt, wie Agnes erkannte. Um eine Kette wie diese mit einer Feile zu bearbeiten, brauchte man Tage. Das konnte nicht im Geheimen geschehen sein.

Agnes lehnte mit der Stirn gegen die Rücken der aufgereihten Folianten. Sie spürte, wie sich die Ader gegen den Druck auflehnte, kräftiger pulsierte, dann aber allmählich verschwand. Die roten Gedanken versiegten. Ihr klarer Geist kehrte zurück.

»Sind Männer hier gewesen?«, fragte sie. Sie wusste, dass das unwahrscheinlich war, musste diese Möglichkeit aber ausschließen. »Ein Kerl mit nur einem Auge? Ein schmaler Italiener, der schlecht Deutsch spricht?«

Die Augen der Novizin wurden groß. »Männer erhalten keinen Einlass in den Konvent«, antwortete das Mädchen erschrocken, »nur der Bischof, der Kardinal und der Papst.« Sie verbesserte sich: »Die Päpste …«, und schlug das Kreuzzeichen, als habe sie versehentlich Gott gelästert.

Also musste jemand aus dem Kloster das Buch an sich genommen haben. Eine der Nonnen vielleicht. Aber um die Bedeutung der Schrift zu kennen, musste man ein Fachmann sein wie Poggio.

Noch einmal sah sich Agnes im Skriptorium um. Die Schreiberinnen hatten sich wieder ihrer Arbeit zugewandt. Nein!, dachte Agnes. Die würden die Bedeutung eines solchen Textes nicht einmal erkennen, wenn er mit Blut auf die Wand geschrieben wäre. Es gab nur eine Möglichkeit, einen Verdacht, eine Lösung dieses Rätsels.

»Wann ist die Äbtissin gestorben?«, fragte Agnes.

»Aber die gute Frau Äbtissin lebt. Gott schütze sie!«, antwortete die Novizin.

Gotelind. Jetzt fiel Agnes der Name des Mädchens wieder ein. Sie legte eine sanfte Hand an ihre Schulter. »Nicht Ermengard«, sagte sie eindringlich. »Ihre Vorgängerin. Wann starb sie?«

Die Unterlippe der Novizin verschwand in ihrem Mund. »Da war ich noch nicht hier«, sagte sie schließlich.

Agnes spürte, wie es sich auf ihrer Stirn regte. »Denk nach, Gotelind. Du musst davon gehört haben.«

»Ja«, kam es zögerlich zurück. »Es soll in dem Jahr gewesen sein, als der Sommer alles verbrannte. Als die Hitze so groß war, dass das Getreide auf den Feldern verdorrte und der Fluss kaum noch Wasser führte.«

Natürlich!, dachte Agnes. Deshalb also glaubten die Bauern, der Geist der Äbtissin könne den Winter bannen. Sie brauchte nicht lange in ihrer Erinnerung zu kramen: Vor sechs Jahren hatte eine große Dürre das Land heimgesucht. Im selben Jahr war Jobst gestorben. Wie könnte sie dieses Schicksalsjahr jemals vergessen!

Mit Daumen und Zeigefinger der rechten Hand rieb sie die übrig gebliebenen Kettenglieder aneinander. Allmählich erwärmte sich das Metall – ebenso wie Agnes' Gedanken. Nur Jobst hatte das Geheimnis hinter seinen Büchern gekannt. Hatte er die Äbtissin eingeweiht und ihr die Tragweite der Zeilen verraten, auf die sie achtzugeben hatte? So mochte die Klostervorsteherin zur neuen Hüterin des Schatzes geworden sein, ebenso wie Abt Emilius auf dem Berg. Aber noch jemand musste von dem Wert des Buches erfahren und es gestohlen haben. Vielleicht, nachdem die Klostervorsteherin gestorben war.

Erneut schaute Agnes auf die Kette. Es war unmöglich, dass ein Dieb mehrere Tage oder Nächte an dem Metall gearbeitet hatte, ohne dass er bemerkt worden wäre. Niemals hätte das im Geheimen geschehen können! Nur jemand mit Befugnissen hatte den Folianten entfernen können, jemand, der um seinen Inhalt wusste. Es gab lediglich eine Möglichkeit: Die Äbtissin selbst hatte das Buch genommen. Vielleicht war es im Skriptorium nicht mehr sicher gewesen.

Mit hartem Griff fasste Agnes Gotelind bei der Hand. »Die Zelle der früheren Äbtissin«, drängte sie. »Wer lebt jetzt darin?«

Gotelinds Blicke richteten sich hilfesuchend auf ihre Mitschwestern. Doch die interessierten sich nur für ihre Federkiele und Heiligenbilder. »Ich glaube, die Zelle ist unbewohnt. Die wenigen Habseligkeiten der Schwester Oberin sind noch darin. Damit halten wir ihr Andenken in Ehren.«

»Rasch!«, drängte Agnes. »Führe mich dorthin!«

»Aufmachen!«, rief Agnes und rüttelte an der Tür. Die Kammer der Äbtissin war mit einem Eisenschloss verriegelt. »Ich muss da rein.«

»Ich habe den Schlüssel nicht«, näselte Gotelind und hielt die Fingerspitzen beider Hände gegen ihre geröteten Wangen. Vermutlich war das Mädchen noch nie so aufgeregt gewesen, seit sie im Konvent angekommen war.

»Das bisschen Farbe steht dir gut zu Gesicht«, sagte Agnes. »Du solltest dir öfter in die Wangen kneifen. Die anderen Novizinnen werden dich beneiden.«

Gotelind sah sie erschrocken an. Kurz erschien der Anflug eines Lächelns auf ihrem Gesicht, verschwand jedoch sofort wieder unter dem Schatten der Beschämung. »Es ist verboten, diese Zelle zu betreten«, sagte sie. »Ich würde es nicht wagen, die Schwester Oberin nach dem Schlüssel zu fragen. Sie würde mich mit dem *supplicium virgarum* strafen.« Schlägen mit der Rute, wie Agnes von den Brüdern ihres klösterlichen Kerkers wusste.

»Bist du denn gar nicht neugierig auf das, was sich dahinter verbergen könnte?«, wollte Agnes wissen. Sie tastete das Schloss ab. Es war einer jener großen, klobigen Mechanismen, wie sie Jobst damals auf der Burg Zollern hatte anbringen lassen. Ohne Schlüssel würde diese Tür verschlossen bleiben. Agnes nahm Gotelind das Licht aus der Hand und ließ die Lampe am Türrahmen entlanggleiten. Dort, wo das Schloss mit der Mauer verbunden war, wurde sie fündig.

Sie gab Gotelind die Lampe zurück und löste ihren Gürtel.

Mit dem eisernen Gürtelsporn kratzte sie auf dem gekälkten Mauerwerk herum. Wie sie vermutet hatte, drang der Metallstift in den Wandputz ein. »Die Steine sind feucht«, sagte Agnes und begann, mit dem Sporn in der Wand herumzustochern. Zunächst lösten sich kleinere, bald größere Brocken.

Gotelind beugte sich vor und verfolgte das Geschehen mit großen Augen.

»Beim Schlüssel des heiligen Petrus!«, stieß Gotelind hervor. »Was tust du?« Mit beiden Händen hielt sie Agnes' Arm fest.

»Bist du vor lauter Frömmigkeit blind?« Agnes brauste auf. »Ich breche die Tür auf. Lass los!« Sie versuchte, die Finger der Novizin abzuschütteln.

Diese schwankte einen Schritt zurück, hielt jedoch verzweifelt fest.

»Hör auf damit, oder ich rufe um Hilfe!«, drohte Gotelind atemlos.

Aber Agnes hörte das Zögern zwischen den Worten. »Vielleicht ist es dir gleichgültig, ob das Buch, das ich suche, in dieser Zelle liegt. Vermutlich bist du nicht einmal versessen auf einen Blick in eine Kammer, die so geheimnisvoll unter Verschluss gehalten wird. Aber du wirst mir nicht weismachen, dass es dir egal ist, jenen Raum zu betreten, in dem eure wundertätige Wetternonne gelebt hat. Jenen Ort, an dem sie gebetet, geschlafen, gedacht und geschrieben hat. Bedenke: Wenn du jetzt nicht hineinschaust, wirst du dich dein Leben lang mit der Frage quälen, was du hättest entdecken können.«

Gotelind ließ einen hohen Ton hören. Dann lösten sich ihre Hände von Agnes' Arm. Schluchzte die Novizin etwa? Agnes beschloss, die Tränen auf den nun noch rosiger aufleuchtenden Wangen zu ignorieren.

Nach einer Weile – auf dem Boden war ein Haufen aus Mörtel und Steinbruch gewachsen – rüttelte Agnes an der Tür. Das Schloss wackelte in der Wand. »Hilf mir!«, befahl sie Gotelind. Gemeinsam drückten sie gegen das Hindernis. »Stärker!«, stieß Agnes hervor. Die Novizin ächzte, die Tür antwortete mit demselben Laut. Mit einem Mal gab das Schloss nach. Der Riegel löste sich aus der Wand und klirrte zu Boden. Die Tür öffnete sich. In dem entstehenden Spalt dehnten sich Spinnweben.

Die Zelle war klein, aber hoch. Agnes und Gotelind füllten sie beinahe vollständig aus. Durch ein Fenster fiel dämmriges Licht. Die Maueröffnung war mit einem Holzrahmen verschlossen, in den Pergament gespannt war. Agnes nahm den Wetterschutz beiseite. Augenblicklich füllte das Licht der tief stehenden Sonne den Raum.

Ein Lager aus fauligem Stroh. Ein runder Schemel vor einem winzigen Tisch. Wurmlöcher darin. Eine Sitznische vor dem Fenster. Weiß gekalkte Deckenbalken – ein Überbleibsel der großen Pest. Damals hatte man verzweifelt versucht, Häuser und Stuben mit Kalk zu desinfizieren. Genutzt hatte es nichts.

Es gab keine Truhe, in der die ehemalige Bewohnerin dieser Zelle etwas hätte einschließen können. »Gut«, sagte Agnes laut, »ich hätte auch nicht gedacht, dass es so einfach sein würde.« Sie wandte sich zu Gotelind um. »Wir suchen die Wände und den Boden nach losen Steinen ab. Du fängst dort an.« Zu ihrer Überraschung gehorchte die Novizin. Agnes schmunzelte. Kein Kloster löscht das Feuer der Neugier in einer jungen Frau, dachte sie und machte sich ans Werk.

Bald darauf war das Vesperläuten zu hören. Gotelind fuhr herum. »Ich werde mich verspäten«, rief sie. Agnes nickte ihr zu, und die Novizin huschte davon. Noch einmal tauchte ihr Kopf im Eingang auf: »Ich werde niemandem etwas verraten, wenn du mir nur berichtest, wenn du etwas gefunden hast«, flüsterte sie und legte gespielten Ernst in ihre Miene. Dann war sie verschwunden, nicht ohne die Tür mit heimlicher Stille hinter sich zuzuziehen.

Agnes setzte sich erschöpft in die Nische vor dem Fenster und ließ den Blick noch einmal durch den Raum wandern. Das Tageslicht ging zur Neige und war fast vollständig aus der Zelle verschwunden. Jeden Winkel hatten die beiden Frauen durchkämmt. Gefunden hatten sie Mäusekot und Strähnen grauen Frauenhaars. Keine Spur von einem Geheimversteck, kein Stein ließ sich bewegen, in der Holzdecke – die Agnes nur hatte erreichen können, indem sie auf den wurmstichigen Schemel gestiegen war – waren keine verborgenen Fächer aufgetaucht. Die Zelle war bis unter die Decke angefüllt mit Ehrlichkeit und Wahrheitsliebe.

Noch einmal sammelte Agnes ihre Hinweise in Gedanken. Jobst bringt das Buch ins Kloster. Die Äbtissin weiß von seinem Inhalt. Sie sichert es mit einer Kette im Skriptorium. Dann entfernt sie es selbst wieder von dort. Warum? Agnes massierte ihre Nasenwurzel. Vielleicht wollte die Oberin das Werk verkaufen. Um die Klosterkasse aufzufüllen. Das erschien ihr jedoch unwahrscheinlich. Jobst hatte seinen Klöstern Ländereien geschenkt, damit sie auch in schlechten Zeiten unabhängig bleiben konnten. Dann blieb nur eins: Die Oberin hatte ein besseres Versteck für Jobsts Folianten gewusst. Agnes nickte der Dämmerung zu. So musste es gewesen sein. Anstatt sich ihrer Verantwortung entledigen zu wollen, war die Oberin sich dieser die ganze Zeit über voll und ganz bewusst gewesen. Ja, dachte Agnes, wenn diese Zelle den Charakter der Klostervorsteherin widerspiegelt, so muss das die Lösung des Rätsels sein.

Wohin aber hatte die alte Frau das Buch gebracht? Wo war es noch sicherer als an einer Kette in einem Skriptorium, in das nur

Nonnen Einlass fanden? Die Antwort lag auf der Hand: Dort, wo die anderen Betschwestern nicht hingelangten. Die Äbtissin musste den Nonnen misstraut haben. Aber warum hatte sie das Buch dann überhaupt erst in die Bibliothek gebracht? Agnes schnaubte vor Enttäuschung. Jede Antwort, die sie auf ihre Fragen fand, zog weitere Fragen nach sich. Wie hieß noch dieses vielköpfige Sagentier, von dem Jobst ihr erzählt hatte? Hydra. Schlug man einen Kopf ab, wuchsen sieben neue nach.

Draußen bewegte sich etwas. Aufmerksam geworden, schaute Agnes hinaus. Die Zelle lag im oberen Geschoss des Klosters, und von ihrem Platz aus konnte sie weite Teile des Innenhofs sowie den Bereich vor der Klostermauer überblicken. Dort waren Lichter zu sehen. Reiter waren angekommen. Im Dämmerschein waren Gestalten zu erkennen. Das mussten einige der Pilger sein, die hier um besseres Wetter bitten wollten.

Es war nur das winzige Flackern einer Öllampe dort unten, doch es reichte aus, um die Züge Poggio Bracciolinis aus dem Dämmer herauszuschälen. Agnes sprang auf und wich von dem Fenster zurück. Poggio! Wie hatte ihr der Italiener folgen können? Sie hatte niemandem von ihrem Ziel erzählt, keinem berichtet, was sie vorhatte, und unterwegs zum Kloster war ihr auch keine Menschenseele begegnet, die Poggio auf ihre Spur hätte bringen können. Dennoch konnte es kein Zufall sein, dass er hier war.

Gleich wie! Sie musste das Buch vor Poggio finden und damit unerkannt von hier verschwinden. Agnes griff nach dem Rahmen, in den das Pergament gespannt war und stellte den Wetterschutz wieder vor die Maueröffnung. Zwar war es unwahrscheinlich, dass Poggio sie in der Dunkelheit hier oben sehen konnte. Aber sicher war sicher.

Der Rahmen rastete in die dafür vorgesehenen Haken in der

Mauer ein. Die letzten Spuren des Tageslichts fingen sich in dem durchscheinenden Pergament wie im Netz einer Spinne. Auf dem schwach leuchtenden Leder war etwas Dunkles zu sehen. Agnes kniff die Augen zusammen. Da stand etwas geschrieben. Sie hob eine Hand und näherte sich der einzelnen Zeile mit den Fingern, wagte jedoch nicht, sie zu berühren, wie ein Trugbild, das bei jedem Versuch, es in die Wirklichkeit überführen zu wollen, in sich zusammenfällt.

Der Text war in griechischen Lettern geschrieben. Die Schrift war sorgfältig ausgeführt. Aber Griechisch hatte Agnes nie gelernt. Sonst stand nichts auf dem Pergament.

Mit einem Mal sah Agnes vor ihrem geistigen Auge eine alte Frau neben sich, ausgezehrt von einem Leben im Kloster, vom beständigen Dienst an Gott. Sie kniete vor dem Wetterschutz am Fenster, hielt eine Feder in der Hand und schrieb. Ihre Hand bewegte sich dabei so langsam, dass sie ein Standbild hätte sein können.

Agnes blinzelte. Die Gestalt verschwand. Die Worte auf dem Pergament blieben.

Wenn sie mit ihrem Verdacht über den Verbleib des Buches richtiglag, dann könnte dies ein Hinweis sein, hinterlassen von der Hüterin des Folianten. Was aber mochten die Worte bedeuten?

Bald darauf verließ Agnes den Raum und trat auf den nun in Finsternis getauchten Korridor hinaus. Eine Nonne war damit beschäftigt, die an der Wand angebrachten Lämpchen zu entzünden. Als sie sah, welche Zelle Agnes gerade verließ, runzelte sie die Stirn, verbeugte sich dann jedoch tief.

Agnes trat auf die Frau zu. »Dort unten sind Pilger angekommen«, sagte sie. »Ich möchte ihnen etwas zu essen bringen.«

Kapitel 18

LECKER, TÄUSCHER, PFAFFENKIND: Das Glück in meine Hände bringt! Geschwind!« Baldassare lachte dröhnend und schüttelte die Hände, in die er die zwei Würfel eingesperrt hatte. Er warf die Arme nach vorn und entließ die Gefangenen klackernd auf den fleckigen Holzboden. Als die anderen Spieler sahen, dass das Glück noch immer auf der Schulter des großen Fremden saß, stöhnten sie und stießen deutsche Flüche gegen die Würfel aus. Zwei Sechsen, die Karrenspuren, waren gefallen – wie jedes Mal, wenn Baldassare an der Reihe war.

Poggio wandte sich ab. Kaum waren sie im Kloster Beuron angekommen, hatte sich Baldassare in die Gesellschaft der Pilger gestürzt wie ein Verdurstender in einen See. Das Gästehaus lag vor den Mauern des Nonnenstifts. Den Pilgern genügte das. Sie hatten ein Dach über dem Kopf, ein Feuer, das im Kamin prasselte, und die Zusicherung, dass sie in der Morgendämmerung zum Friedhof geführt würden, wo sie am Grab der Äbtissin beten wollten.

Etwa zwei Dutzend Menschen waren mit Poggio und Baldassare in dem geräumigen Gebäude untergebracht, allesamt armselige Gestalten, wie es jene auf der Landstraße gewesen waren. Von Hunger und Kälte gezeichnet, war ihre letzte Zuflucht die Hoffnung auf ein Wunder. Aus der Menge der ausgezehrten Deutschen stachen Poggio und Baldassare, wohlgenährt und reich gekleidet, heraus wie weiße Pfauen in einer Krähenschar. Gern hätte sich Poggio mit Baldassare sofort in das Kloster begeben, hätte Agnes und das Buch gefunden und wäre noch vor Sonnenaufgang wieder von hier verschwunden. Wer weiß, dachte er, was die ausgehungerten Deutschen mit ihnen anstellen mochten, wenn sie erst erfuhren, wer da unter ihnen weilte: einer der drei Päpste, jener Mann, dem sie ihrem Aberglauben nach ihr Elend verdankten.

Doch Baldassare dachte nicht daran, vorsichtig zu sein. Er war sicher, dass auf dem Land noch niemand von den Ereignissen in Konstanz erfahren hatte. »Nachrichten verbreiten sich im Winter so langsam, wie der Schnee taut«, hatte er gesagt und hinzugefügt: »Und in Deutschland taut er scheinbar nie.«

Nun wollte Baldassare spielen, trinken, essen, ruhen und am nächsten Morgen Einlass in das Kloster von Beuron verlangen – indem er sich den Nonnen als Papst zu erkennen geben würde. Wie er das anstellen wollte, ohne den Ring des Fischers, ohne Pektorale, ohne Zingulum – denn all das hatte er von sich geworfen –, hatte Baldassare nicht verraten. Poggio befürchtete, dass es sein Begleiter nicht einmal selbst wusste. Eines hingegen wusste Poggio: Baldassare Cossa fiel immer etwas ein, wenn es darum ging, seine Ziele zu verfolgen und Zutritt zu erlangen – sei es in einen Palast, ein Kloster oder das Herz eines Menschen.

»Der betrügt doch! Verdammter Italiener!«, rief jetzt einer der Spieler, ein Mann mit platt gedrückter Nase und runden Schultern. Der Mann hieb seine kurzfingrige Hand auf die am Boden liegenden Würfel aus blauem Walrosszahn. Poggio bereute bereits, dass er Baldassare die Kostbarkeiten zurückgegeben hatte, die er vom Boden des Konstanzer Patrizierhauses aufgelesen hatte.

»Dass die Pest dich hole!« Baldassare sprang auf. Drohend wuchs seine stattliche Gestalt über den Köpfen der Deutschen empor. »Ich bin der Stellvertreter Gottes, und du bist nur ein heidnischer Leichenschänder.«

Mit einem Satz stand Poggio zwischen den Streithähnen. »Was mein Gefährte meint, ist, dass die Würfel Gottes Willen anzeigen. Und jeder, der damit spielt, zum Stellvertreter Gottes wird«, rief er in die Runde. In Erwartung eines Stoßes oder Schlages suchte er festen Stand und zog die Arme an den Körper.

»Willst du behaupten, Gott sei ein Spieler?«, fragte ein Mann mit dem Gesicht einer Haselmaus – oder dem, was der Hunger davon übrig gelassen hatte.

»Das ist Lästerung«, rief eine Frau von weiter hinten. Poggio bemerkte, dass jetzt alle im Gästehaus der Auseinandersetzung folgten. Vielleicht, dachte er, versuchen wir unser Glück doch besser sofort im Kloster. Ebenso gut wusste er: Ehe sich Baldassare aus einem Streit zurückzog, würde der Mond auf die Erde stürzen.

Poggio bückte sich, schob vorsichtig die Hand des Bauern von den Würfeln und las die beiden Spielknochen auf. Er zeigte die Würfel herum und schaute auf seine Zuhörer hinab. »Ihr ruft also nicht Gott an, wenn ihr spielt?«, fragte er. »Verdreht ihr etwa nicht die Augen zum Himmel, wenn ihr eure Hände schüttelt?« Er machte eine Pause. Einige Pilger nickten unter gerunzelten Stirnen. Andere blickten feindselig und verschränkten die Arme vor der Brust. »Formen eure Lippen etwa keine stummen Gebete beim Spiel? Und wenn ihr die Schlangenaugen rollt, so verflucht ihr sogar den Teufel. Oder etwa nicht?«

»So ist es«, kam die mehrstimmige Antwort.

»Fallen aber die Karrenspuren, dann dankt ihr den Engeln für euer Glück.« Poggio hatte die Aufmerksamkeit aller auf sich gelenkt. Die Pilger schienen den vermeintlich falsch spielenden Baldassare vergessen zu haben. Jetzt galt es, die Predigt zu beenden und sich ungeschoren auf das Nachtlager zurückzuziehen.

»Also!«, rief Poggio mit lauter Stimme. »Mit den Würfeln befragt ihr Gott, und Gott spricht zu euch. Niemand kann falschspielen im Angesicht des Herrn.« Zufrieden mit sich selbst, wollte er sich abwenden. Doch eine Stimme bohrte sich in seinen Rücken.

»Und was genau sagt Gott zu einem Italiener?«, fragte eine Frauenstimme aus Richtung der Tür. Der Eingang stand offen, und Schnee trieb hinein. Poggio erkannte zwei Nonnen in geistlicher Tracht. Neben ihnen stand Agnes. Sie warf ihm einen herausfordernden Blick zu.

»Was Gott zu mir sagt?«, fragte er laut, um Zeit zu gewinnen. Er schloss die Faust um die Spielsteine.

»Ja«, rief eine Pilgerin mit schwarzen Frostmalen im Gesicht. »Verrate uns, ob Gott auch zu dir spricht. Wirf!«

Poggio schluckte. »Seht her!«, sagte er mit größerer Überzeugung, als er verspürte. Ein Blick in Baldassares Augen genügte, und Poggio wusste: Sein Begleiter hatte die Würfel tatsächlich gezinkt. Jetzt konnten sie nur noch untergehen. Mit dem Mut der Verzweifelten warf er die Spielsteine in einer dramatischen Geste zu Boden. Sie sprangen über die Holzdielen, tanzten, einer zeigte eine Sechs, der zweite wirbelte noch eine Weile.

»Kommt herbei, wenn ihr Hunger habt!«, rief Agnes. Ihre Stimme fuhr in alle Ohren und lenkte die Aufmerksamkeit auf sie. Augenblicklich war das Spiel vergessen. Poggio nagelte den letzten, sich noch drehenden Würfel mit dem Blick fest. Der Kubus beendete seine Rotation, pendelte unentschlossen von einer zur anderen Seite, kippte und blieb liegen: Sechs.

Mit dem raschen Stoß seiner Schuhspitze verwandelte Poggio das Ergebnis in eine Eins, die einäugige Schlange. Niemand schien ihn dabei beobachtet zu haben. Das Spiel schien vergessen. In die Pilger war Bewegung gekommen. Alle erhoben sich, um zu den drei Frauen an der Tür zu strömen, wo nun Brot gebrochen wurde und ein Schinken seinen Duft verströmte. Der aus einem Holzzuber aufsteigende Dampf roch nach Bohnen. Nur ein schmutziges Kind starrte noch auf die Würfel und auf Poggios Stiefel. »Sechs«, krakeelte es und streckte einen Arm aus, den eine kleine Hand mit einem winzigen Zeigefinger verlängerte. »Er hat zwei Sechsen geworfen.« Jetzt starrte der Junge Poggio mit großen, vom Hunger umschatteten Augen an.

Zwei Hände packten das Kind unter den Armen, hoben es hoch und trugen es zur Essensausgabe hinüber. Dann kehrte Agnes zurück. Sie reichte Poggio und Baldassare je eine Holzschale, aus der ein Löffelstiel ragte.

»Es gefällt mir zwar nicht«, sagte sie, »aber ich brauche deine Hilfe.« Sie blickte prüfend zu Baldassare hinüber. »Eure Hilfe, wenn dieser Mann ein Freund von dir sein sollte.«

»Ist das die Frau, wegen der du mich durch Eis und Schnee schleifst?«, fragte Baldassare und ließ seine Blicke über Agnes' ledernes Mieder tanzen, das sie über ihrem Kleid trug. »Sie ist nahezu hübsch.«

»Und du bist nahezu blind«, knurrte Agnes zurück.

»Wo ist das Buch?«, blaffte Poggio und drückte Agnes die Schale wieder in die Hand.

Sie griff danach. »Das aus Sankt Fluvius? Ich habe es gut versteckt.«

»Das dachte ich mir«, sagte Poggio. »Gib es heraus!« Er hielt ihr seine rechte Handfläche hin.

Agnes stellte die Schale darauf ab. Der Löffel kippte heraus und kleckerte heiße Bohnen auf Poggios Beinlinge. »Darüber entscheide ich, nachdem ihr mir geholfen habt.« Sie zeigte ein halbes Lächeln. »Denn ich habe eine Spur zum Versteck des zweiten Buchs.«

Baldassare pflückte die Schale aus Poggios Hand und schob sich die Bohnen mit den Fingern in den Mund. »Wo soll es denn sein?«, fragte er kauend.

»Erst schließt ihr einen Handel mit mir«, forderte Agnes. »Helft mir, den Folianten zu finden! Im Gegenzug lasse ich euch darin lesen. Aber ich selbst werde ihn behalten. Poggio, du weißt warum!«

Poggio griff nach Baldassares Arm. »Wir sollten uns nicht mit ihr einlassen. Sie hat mich einmal betrogen, sie wird es wieder tun.« Poggio wünschte sich, er könnte seine Blicke von Agnes' von der Wintersonne gedunkelter Haut lösen. In diesem Moment war er gewiss, dass es diese Lippen gewesen waren, die einst seinen Florentiner Lack getragen hatten, im nächsten Augenblick kehrte die Unsicherheit zurück. »Wir finden das Buch auch allein«, sagte er leise.

Agnes lachte gekünstelt. »Das bezweifle ich. Wie wollt ihr denn in das Kloster gelangen? Wollt ihr euch als Nonnen verkleiden?«

»Ich bin der Papst und komme in jedes Kloster hinein. Und sollte der Teufel selbst darin wohnen.« Baldassare wischte sich die Bohnenschalen vom Kinn.

Agnes warf Baldassare einen abschätzigen Blick zu. Dann strich sie sich die Haare hinter die Ohren und lachte. »Wollt ihr Possen spielen oder das Buch finden?«

»Verrate uns, was du herausgefunden hast«, schlug Baldassare vor.

Agnes holte etwas aus ihrer Gürteltasche hervor, ein Stück Pergament, grob ausgeschnitten und an den Rändern zerfranst. Es war nicht größer als ihre Hand. Poggio griff danach.

»Was ist das?«, fragte er, von seiner Freundin, der Neugier, erfüllt.

»Das sage du mir!«, befahl Agnes.

Poggio nahm eine Öllampe von einer der Bänke. Ihr flackerndes Licht zuckte über das Pergament. Von flüchtiger Hand waren zwei Zeilen darauf gekritzelt. Der Text war griechisch.

Poggio bewegte die Lippen. Dann sah er Agnes an. Ihre Blicke senkten sich ineinander. »Was steht da?«, fragte sie.

Plötzlich entstand an der Tür ein Tumult. Ein Poltern war zu hören, gefolgt von empörtem Rufen. Wo die Nonnen die Suppe verteilten, waren drei Gestalten aufgetaucht. Weitere Pilger, dachte Poggio. Doch dann sah er, wie die Ankömmlinge sich gewaltsam einen Weg durch die Menschen bahnten. Einer von ihnen, ein Mann mit einem ungewöhnlich langen Hals, um den er mehrere Schichten wollenes Tuch geschlungen hatte, humpelte und drückte einen Knaben beiseite. Das Kind fiel zu Boden. Der Vater, der den Grobian daraufhin beschimpfte, wurde zur Seite gestoßen. Auch der zweite Mann, mit einem Hut aus Schnee bedeckt, zwängte sich zwischen den Pilgern hindurch, stieß und fluchte. Der dritte war Oswald von Wolkenstein.

»Rasch!«, sagte Poggio zu Agnes. »Führe uns hier heraus! Ich übersetze auch alle Werke Platons für dich und lasse ihn mit Epikur zusammen Witze reißen.«

Auch Agnes hatte Oswald erkannt. Sie fasste Poggios Hand. Die Berührung war fest und warm. Poggio ließ sich fortziehen. Baldassare folgte. Gemeinsam schlüpften sie durch die Hintertür hinaus in die verschneite Nacht.

Agnes führte die beiden Männer in den Stall, der nicht mehr als ein Unterstand war. Zu den beiden Reittieren Poggios und Baldassares waren drei Pferde hinzugekommen – das mussten die von Oswald und seinen Begleitern sein. Um die Kälte besser zu ertragen, drängten sich die Tiere aneinander und kehrten ihre Hinterteile gegen den Wind. Das Erscheinen der Männer beunruhigte die Pferde. Agnes legte eine Hand an die Nüstern eines Falben.

Sie entzündeten keine Lampe. Licht war ein Verräter.

»Wieso ist Wolkenstein hier?«, fragte Poggio. Allmählich gewöhnten sich seine Augen an die Dunkelheit.

»Du selbst hast deinem Freund den Weg gewiesen«, antwortete der Schatten, der Baldassare war.

Poggio prustete und zeigte auf seine Brust. »Ich? Als ich Oswald das letzte Mal sah, hat er mir seine Landsleute auf den Hals gehetzt. Da wusste ich aber noch nicht, dass ich einmal hier landen würde.«

»Erinnerst du dich an die Pilger an dem zugefrorenen Fluss? Du hast ihnen unser Ziel verraten.«

»Und wenn schon!«, ereiferte sich Poggio. »Sie wollten doch ohnehin herkommen.« Die letzten Worte brachte er nur noch leise heraus. Er ahnte, was Baldassare als Nächstes sagen würde, hoffte aber, dass er schwieg.

»Der Vater der Familie trug einen schmutzigen Umhang aus Schafswolle, der ihm bis zu den Füßen reichte. Ein ungewöhnlich langes Stück. Das muss ein ziemlich großes Schaf gewesen sein.« Jetzt senkte Baldassare die Stimme. »Und jetzt hat einer von Oswalds Freunden ein ähnliches Fell über der Schulter. Entweder gibt es in dieser Region eine außergewöhnliche Schafsrasse. Oder außergewöhnliche Zufälle.«

»Und Oswald selbst hielt einen Pilgerstab«, ergänzte Poggio. »Ich glaube nicht, dass er den selbst geschnitten hat.«

Baldassare nickte. »Es würde mich nicht wundern, wenn die nächsten Pilger, die morgen hier erscheinen, eine Schauergeschichte zu erzählen wüssten. Eine Geschichte von einem grausigen Fund am Wegesrand.«

Mehr wollte Poggio nicht hören. »Oswalds Begleiter, die kamen mir bekannt vor. Ich glaube, ich habe sie gesehen, als ich in der päpstlichen Herberge in Konstanz nach dir suchte. Es waren jene beiden, die deine Gemächer verwüstet haben.«

Agnes schob die Männer auseinander und stellte sich zwischen sie. »Darüber können wir später reden. Wichtiger ist jetzt: Was steht auf dem Pergament?«

Die griechischen Worte trug Poggio noch im Gedächtnis. Er überlegte kurz, ob er Agnes tatsächlich in das Geheimnis einweihen sollte. Immerhin hatte sie ihm das Buch gestohlen. Aber hier in der Dunkelheit stieg ihm ihr Geruch in die Nase und weckte die Erinnerung an einen Morgen in der Toskana. »Wo Tag und Nacht nicht wechseln, da lässt sich Zeit nicht messen«, zitierte er und wünschte sich, nicht schon wieder jemandem zu viel verraten zu haben – so wie den Pilgern auf dem Pfad zum Kloster.

»Woher hast du diese Worte?«, wollte Baldassare von Agnes wissen.

»Aus der Kammer der Äbtissin«, sagte sie und legte den beiden Männern ihre Schlussfolgerungen dar. Sie berichtete von der durchgefeilten Kette im Skriptorium, von der ängstlichen Novizin Gotelind und dem Hinweis in der Zelle der ehemaligen Oberin. »Der Text muss auf das Buch hindeuten«, presste Agnes hervor. »Er muss es einfach!«

Poggio lehnte sich mit verschränkten Armen an einen Stützbalken. »Vielleicht erfahren wir mehr, wenn wir noch einmal im ersten Band lesen. Darin war doch von der Zeit die Rede.«

Agnes erwiderte: »Das Buch ist sorgsam verborgen und gut verschlossen. Aber nicht hier. Wir müssen das Rätsel auch so lösen.«

Vom Gästehaus her war das Schlagen einer Tür zu hören.

Obwohl sie in Finsternis getaucht waren, duckten sich die drei. Nonnen waren im schwachen Schimmer der Öllampen zu erkennen, die sie trugen. Sie schleppten den Holzzuber und die Schalen zurück zum Klostergebäude. Ihre schnellen Schritte knirschten im frischen Schnee.

»Vielleicht hilft ein anderes Buch weiter. Versuchen wir es mit der Bibel«, sagte Baldassare. Er legte zwei Finger an die Schläfe, schwieg einen Moment und sprach:

»Tag und Nacht ist dein;
du machst, dass Sonne und Gestirn
ihren gewissen Lauf haben.
Das stammt aus den Psalmen.«

»Fromme Worte«, sagte Agnes, »aber sie helfen uns nicht weiter. Es geht ja nicht um den Lauf der Gestirne, sondern, im Gegenteil, darum, dass es diesen Lauf nicht gibt: Wo Tag und Nacht nicht wechseln. Wo mag so ein Ort liegen?« Nach einer Weile sagte sie: »Eine Höhle. Es könnte eine Höhle sein. Hier im Donautal gibt es welche.«

Aber Poggio war nicht überzeugt. Sollte der Text von einem griechischen Autor stammen, warf er ein, so müsse eine Bedeutung dahinterstecken, etwas Sinnbildliches. Eine Höhle wäre die Lösung eines Rätsels für Kinder.

Agnes antwortete mit abweisendem Schweigen.

Eine Sentenz des griechischen Gelehrten Sophokles erschien in Poggios Erinnerung. Er hob und senkte den rechten Arm im Rhythmus der Silben, während er sprach:

»Die Zeit verändert viel,
Verborg'nes bringt sie ans Licht
und birgt, was sichtbar war, im Dunkeln.«

»Na und?«, fuhr Agnes ihn an. »Die Zeit birgt etwas im Dunkeln. Wie soll uns das helfen?«

»Nichts weiter als Unsinn!«, stimmte Baldassare knurrend zu. »Hier ist es doch überall dunkel wie im Grab.«

Sie schwiegen, doch ihr Schweigen drehte sich um die rätselhaften Worte auf dem Pergament. Poggio sprach den Satz noch einmal lautlos nach und dann noch einmal wie eine stumme Beschwörungsformel. Plötzlich klatschte er mit der flachen Hand gegen den Stützbalken. Die Pferde schnaubten.

»Baldassare hat recht«, brach es aus ihm heraus.

»Das hast du noch nie gesagt«, brummte Baldassare.

Poggio achtete nicht auf ihn. »Dunkel wie das Grab. Das ist der Ort, an dem Tag und Nacht nicht wechseln. Ein Grab. Versteht ihr?«

»Nein«, sagte Agnes und zog das Wort in die Länge.

»Ein Grab ist genauso dunkel wie eine Höhle«, sagte Baldassare. »Wo ist der Unterschied?«

»Der Unterschied«, sagte Poggio nun hastig, »liegt in der Perspektive des Betrachters. Halte ich mich in einer Höhle auf, ist es zwar dunkel. Aber Tag und Nacht wechseln doch noch immer. Liege ich hingegen in einem Grab …«

»… gibt es Tag und Nacht für dich nicht länger.« Begeisterung flackerte in Agnes' Stimme.

»Das Buch soll in einem Grab versteckt sein?«, fragte Baldassare. »Da können wir ja lange suchen.«

»Keineswegs!«, sagte Agnes. »Es kann sich nur um ein einziges Grab handeln.«

Erst als sie gemeinsam aus dem Unterstand herausschlüpften, fiel Poggio auf, dass das Gespräch auf Italienisch geführt worden war. Agnes war dabei nicht ein einziges Mal ins Stocken geraten.

Kapitel 19

LÄMMERSCHLING LIESS SICH auf einen Strohsack fallen, auf dem bereits ein Mann und eine Frau saßen. Als die beiden von ihm abrücken wollten, legte er der Frau einen langen Arm um den Hals und griff damit nach ihrer rechten Brust. Keuchend stieß die Frau den Atem aus und versuchte, die Finger zu entfernen. Ihr Mann sprang auf und baute sich vor Lämmerschling auf. Seine Hände waren zu Fäusten geballt.

»Nimm deine Hände weg!«, rief er, seine Stimme so dünn wie er selbst.

Lämmerschling grinste den vor Zorn und Furcht Bebenden an. Mit der Rechten hielt er seine Beute fest und störte sich nicht daran, dass sein Opfer biss und kratzte. Mit der Linken führte er eine Schale Bohnensuppe zum Mund und schlürfte sie in sich hinein, als wäre sie ein Krug Bier. Dann warf er dem Mann die leere Schüssel an den Kopf. Der Getroffene taumelte zwei Schritte zurück und blickte sich hilfesuchend um.

Lämmerschling zog die Frau näher zu sich heran. Sie wimmerte und drehte das Gesicht zur Seite. Dann musterte er ihren hilflosen Retter und sagte: »Du bist kein Atlas für so große Last. Heute Nacht soll deine Schöne mein Schlafsack sein.«

Mit einem Schrei stürzte sich der Mann auf Lämmerschling. Bevor er sein Ziel erreichen konnte, ging er zu Boden und rührte sich nicht mehr. Helmbrecht hatte ihm den Knauf seines Schwertes ins Genick gestoßen. Ein älterer Pilger lief zu dem Geschlagenen, ließ jedoch rasch von ihm ab und hielt sich eine Hand gegen die Stirn.

Oswald betrachtete das Geschehen mit Entsetzen. Schon unterwegs im Wald hatte er nicht glauben wollen, dass seine Begleiter die Pilgerfamilie tatsächlich um ihre Kleidung erleichtert und die vier Menschen damit dem Kältetod ausgesetzt hatten. Zweimal hatte er unterwegs versucht zurückzureiten, um den Erbarmungswürdigen zu helfen. Jedoch hatten Lämmerschling und Helmbrecht Oswalds Pferd in die Mitte genommen und damit verhindert, dass er umkehren konnte. Um Gewalt anzuwenden, das musste sich Oswald eingestehen, hatte ihm der Mut gefehlt. Mittlerweile waren der Vater, die Mutter und ihre beiden Söhne gewiss erfroren. Oswalds Herz war schwer wie drei Klafter Eichenholz. Er beschloss, eine Elegie auf die Erfrorenen zu komponieren.

Und jetzt schickten sich seine beiden Begleiter an, eine unbescholtene Frau zur Unzucht zu nötigen! Am liebsten wäre Oswald einfach auf Lämmerschling losgestürzt und hätte ihm die Faust in die Zähne geschlagen. Aber er wusste, er würde den Kürzeren ziehen. Wenn er etwas unternehmen wollte, so konnte es nur mit Ablenkung geschehen.

Mit lauter Stimme rief Oswald durch die Herberge: »Wir suchen zwei Männer. Sie sind zu Pferd gekommen. Und sie sind reich gekleidet.« Er sah sich um. Der letzte Hinweis müsste genügen. Alle hier im Raum waren in Lumpen gehüllt, die in Konstanz nicht einmal zum Aufwischen in einer Taverne gut genug wären. »Also?«, rief er, so laut er konnte.

Wie er erwartet hatte, schlug ihm Schweigen entgegen. Niemand schien Lust zu verspüren, etwas Genaueres zu wissen und von Lämmerschling und Helmbrecht befragt zu werden.

»Wenn ihr uns sagt, was wir wissen wollen, lässt mein Gefährte die Frau in Ruhe«, setzte Oswald hinzu. Er zwang sich, nicht zu Lämmerschling hinüberzusehen.

Aus dem Schweigen stieg Gemurmel auf.

Oswald holte eine Kupfermünze hervor. Sie war kaum von Wert. Das Bild König Sigismunds darauf war schon durch so viele Hände gegangen, dass sich das herrschaftliche Profil in einen undeutlichen Klumpen verwandelt hatte. Für die halb verhungerten Pilger aber musste die Münze Essen für einen oder zwei Tage bedeuten. Oswald hielt sie zwischen Daumen und Zeigefinger in die Höhe.

»Dieses Geldstück gehört demjenigen, der etwas über die beiden Männer weiß«, rief Oswald noch einmal. Schon spürte er, wie ihn der Mut verließ. Seine Begleiter waren keine Hilfe, wenn sie alle verschreckten, die ihnen Mitteilung machen könnten.

Ein Knabe trat an ihn heran. Oswald erschrak. Deutlich sah er, dass der Tod bereits seine Klauen nach dem Kind ausgestreckt hatte. Die Augen lagen tief in den Höhlen, strahlten aber in einem irren Glanz. An der Hand, die der Knabe nach der Münze ausstreckte, hingen Knochenfinger.

Gern hätte ihm Oswald die Münze sofort gegeben, in der Hoffnung, den Jungen vom Tod freikaufen zu können. Doch erst musste er herausfinden, ob das Kind etwas wusste.

»Hast du die Männer gesehen, die wir suchen?«, fragte er und beugte sich zu dem Jungen hinab.

»Sie waren hier«, antwortete dieser mit heiserer Stimme. Aus seiner Nase lief Rotz. Er wischte ihn nicht fort.

»Wann war das?« Oswald legte die Münze in die Hand, hielt diese jedoch fest. Hitze strömte auf ihn ein. Das Kind hatte Fieber. Vielleicht fantasierte es nur.

»Als ihr kamt, sind sie mit einer Nonne zur Hintertür hinaus.« Der Knabe deutete in die entsprechende Richtung.

Helmbrecht knarzte: »Leicht verdientes Geld für den Bengel. Wenn ich Geld dafür bekäme, würden mir auch allerlei Geschichten einfallen.«

Lämmerschling, der die stocksteife Frau nun mit beiden Händen bearbeitete, setzte hinzu: »Ein kräftiger Tritt in den Magen. Schon wird er die Wahrheit ausspucken.«

»Ich sage die Wahrheit«, sagte der Knabe, »seht her!« Damit wühlte er etwas aus einer Tasche hervor und hielt es auf der ausgestreckten Linken ins schummrige Licht.

Oswald beugte sich vor. »Würfel?«, fragte er. »Warum Würfel?«

Helmbrecht pflückte die beiden Kuben auf und hielt sie sich vor die Augen. »Das sind keine gewöhnlichen Würfel. Das sind … Die habe ich schon mal gesehen. In Konstanz, als ich Edelsteine aus ihnen herausgebrochen hab.«

»Konstanz?« Lämmerschling sprang auf. Sein Opfer entwischte in einen finstern Winkel. »Zeig her!« Er riss seinem Kumpan die Würfel aus der Hand. »Die Herberge des Papstes. Da war dieser Wachmann, den wir aufgeschlitzt haben. Und noch jemand. Irgendein Fürstenknecht, der uns zum Narren gehalten hat. Er ist entwischt.«

Poggio!, dachte Oswald. Das konnte nur Poggio gewesen sein. Also war der Bücherjäger tatsächlich hier. Wer mochte sein Gefährte sein? Das würde sich noch herausstellen. Der Knabe jedenfalls schien die Wahrheit gesagt zu haben. Oswald ließ die Hand des Jungen los. Das Kind machte sich mit der Münze in der Faust davon. Dann erhob sich der Tiroler und verschwand durch die Hintertür in die Nacht. Lämmerschling und Helmbrecht folgten ihm auf dem Fuße.

*

Das Mondlicht zitterte vor Kälte. So fest wie möglich zog Poggio seinen Umhang um die Schultern. Immer wieder schlüpfte eine Schneeflocke unter seinen Kragen und rann, in einen Wassertropfen verwandelt, an seinem Rücken hinab. Neben ihm stapften Baldassare und Agnes durch den Schnee, der den Friedhof des Klosters wie ein Leichentuch bedeckte.

Der Totenacker lag am westlichen Ende des Klosters und war von hohen Mauern umgeben. Nur ein Dach fehlte, dann wäre ein Haus daraus geworden, ein Tempel der Toten.

Das kleine, hölzerne Tor war nicht verschlossen und ließ sich lautlos öffnen. Dahinter standen die Grabsteine in dichten Reihen. Poggio versuchte, an ihrer Zahl abzuschätzen, wie alt das Kloster sein mochte, doch in der Dunkelheit verschwammen die Formen vor seinen Augen. Gern hätte er die Gedenktafeln gelesen, um die Jahreszahlen zu studieren und zu sehen, ob die Steinmetze mehr als die einfach zu schlagende Antiquaschrift beherrschten. Doch weder erlaubte das fahle Licht des Mondes einen genauen Blick, noch der Schnee, der auf den Gräbern lag.

Agnes schien die Kälte kaum zu bemerken. Unablässig verwandelte sie ihre Gedanken in Worte, die mit dem Dampf ihres Atems in die Dunkelheit aufstiegen. »Die Äbtissin muss gewusst haben, dass sie sterben würde«, sagte Agnes leise, aber noch immer auf Italienisch. »Deshalb hat sie das Buch von der Kette gelöst und mitgenommen. Sie muss meinem Gemahl versprochen haben, es unter allen Umständen zu beschützen – sogar über den Tod hinaus.«

Poggio fröstelte. »Du meinst also, sie hat den Text mit ins Grab genommen?« Insgeheim hoffte er, sie würde das verneinen.

»Genau«, keuchte Agnes. »Das Grab der Meripurc birgt womöglich tatsächlich ein Wunder.«

»Weißt du, welches Grab es ist?«, rasselte Baldassare, der sich zwischen den Kreuzen umsah.

Auf den meisten Inschriften lag Schnee, und wo das nicht der Fall war, lastete die Finsternis darauf. Wie sollten sie jemals das richtige Grab finden?, fragte sich Poggio. »Glaubt ihr, Oswald hat uns erkannt?«, wollte er wissen, während er mit dem Fuß Schnee beiseiteschob.

»Das also war dein Freund, dieser Tiroler Junker? Wenn er uns erkannt hätte, wäre er wohl schon hinter uns her«, sagte Baldassare. »Er hat Verstärkung mitgebracht.«

»Er ist so wenig mein Freund, wie Agnes meine Braut ist«, sagte Poggio schneller als beabsichtigt. Die Vorausgehende stockte nicht in ihren Bewegungen.

Baldassare ging nicht darauf ein. »Meripurc war hier Äbtissin«, sagte er. »Ihr Grab ist vermutlich größer als die anderen.«

Das stimmte zwar nicht. Doch selbst im dünnen Mondlicht sahen sie, dass sich eine der Ruhestätten von allen anderen unterschied. Um ihren Rand herum hatte der Schnee kleine Hügel gebildet. Darunter lag etwas. Poggio griff in den Schnee und zog ein Holzkreuz daraus hervor, eine ungelenke Arbeit, so lang wie sein Unterarm. Zwei Zweige waren mit Bast zusammengebunden. Danach fischte er eine Schachtel aus Birkenrinde hervor. Sie ließ sich öffnen und gab eine Locke silbrigen Haares preis.

»Was ist das?«, fragte Agnes über Poggios Schulter. Ihr Atem wärmte seine Wange.

»Opfergaben. Vermutlich bringen die Pilger alles hierher, was ihnen wertvoll erscheint«, erklärte Poggio und wandte sich dem Grabstein zu. An den Balken des steinernen Kreuzes waren weitere Gegenstände aufgehängt. Erstaunt erkannte Poggio den Beißring eines Säuglings aus getrocknetem Gänsehals, daneben die Zange eines Schmieds, einen kleinen durchnässten Wirkteppich, zwei Schurmesser und Wetzsteine. Ein Krämer schien das Sammelsurium seiner überschüssigen Waren an Meripurcs Grab abgeladen zu haben. Zwischen den Gegenständen standen erloschene Kerzenstummel.

»Das ganze Zeug muss weg«, zischte Baldassare und schob, vorsichtig, aber bestimmt, den Schnee mit dem Fuß vom Grab. Zögerlich halfen Poggio und Agnes mit. Schließlich lag die Begräbnisstätte frei. Daneben türmte sich, einem seltsamen Schneemann gleich, ein weißer Haufen, aus dem die Opfergaben herausragten.

Die Grabplatte war aus dunklem Stein. Poggio tastete ihre Ränder ab. Sie lag nicht auf dem Boden, sondern schien der Deckel einer darin versenkten steinernen Kiste zu sein. Gut für den Folianten. Schlecht für ihr Vorhaben. »Wir werden Seile und ein Stemmeisen brauchen«, sagte er, richtete sich auf und klopfte die Hände an seinem Umhang ab.

»Haben wir aber nicht«, sagte Baldassare. Er schob Poggio beiseite, stellte sich breitbeinig über die Grabplatte und beugte sich hinab. Auf je einer Seite des Decksteins suchten seine Finger Halt, schließlich schienen sie eine Ritze gefunden zu haben. Baldassares mächtiger Rücken straffte sich, seine Arme schienen länger zu werden. Das Gesicht des Papstes lag im Schatten, doch kam ein Laut daraus hervor, wie er einer verkniffenen Miene entweichen würde. Baldassares Schultern ruckten. Dann stand er wieder aufrecht. Die Grabplatte hatte sich nicht bewegt.

Der Neapolitaner stieß ein bellendes Gelächter aus. »Da soll ich doch die Tausendschwerenot kriegen, wenn die alte Nonne den Deckel nicht von unten festhält«, rief er viel zu laut, um daraufhin einige Male tief einzuatmen und wieder hinabzutauchen.

Diesmal dauerte es nicht lange, bis ein Knirschen wie von

hundert faulen Zähnen zu hören war. Ein dumpfer Laut folgte. Baldassare hatte die Platte von der Steinkiste gehoben. Ein kleiner Spalt stand offen.

»Helft mir!«, schnappte Baldassare.

Poggio kniete sich in den Schnee und hielt sich einen Zipfel seines Umhangs vor Mund und Nase. Der Gestank, der ihm aus dem Grab entgegenschlug, trieb ihm Tränen in die Augen. Gegen diesen Geruch waren die pestilenzartigen Ausdünstungen einer Gerberei ein Duftwässerchen für Hofdamen.

»Schiebt!«, drängte Baldassare. Wohl oder übel musste Poggio den Zipfel des Umhangs sinken lassen. Mit beiden Händen drückte er gegen den Rand der Platte. Mit einem Mal war er nicht mehr sicher, ob er das Loch wirklich noch weiter öffnen wollte. Neben ihm half Agnes, den wuchtigen Stein zu bewegen.

Zu dritt gelang es ihnen, die Abdeckung so weit zu verschieben, dass eine Öffnung entstand, groß genug, um einen Mann aufzunehmen.

»Du gehst!«, sagte Baldassare zu Poggio. »Ich bin zu dick.«

Poggio schluckte. Sein Gefährte hatte recht. Dennoch lag ihm der Vorschlag auf der Zunge, dass sie den Spalt bestimmt noch erweitern könnten, bis Baldassare hineinpassen würde. Aber das wäre feige, und wer wollte schon wie ein Feigling dastehen, wenn Agnes von Mähren ihn stattdessen bei einer Heldentat bewundern konnte. Poggio wich vor dem Gestank zurück und suchte sich den vielversprechendsten Kerzenstummel aus dem Schnee. Er rieb den Docht an seiner Kleidung trocken.

»Gebt mir Feuerstein und Zunder«, sagte er, über das Talglicht gebeugt.

»Ich habe keinen«, antwortete Agnes. Auch Baldassare trug kein Feuerwerk bei sich.

Poggio spitzte die Lippen. »Ihr erwartet doch nicht etwa, dass ich im Dunkeln durch das Grab taste, bis ich das Buch gefunden habe.«

Das Schweigen, das ihm entgegenschlug, war leiser als der fallende Schnee.

Das Geräusch von reißendem Stoff weckte Poggio aus seiner Erstarrung. Agnes hielt ihm einen langen Streifen ihres Kleides entgegen. »Wickel dir das um den Mund«, sagte sie. Poggio griff nach dem Fetzen, den Agnes vom unteren Saum ihres Oberkleides abgerissen zu haben schien. Der Stoff war fest und feucht vom Schnee, durch den Agnes gegangen war. Mit beiden Händen schlang Poggio sich das Tuch um den Kopf und knotete es im Nacken zusammen. Entgegen seinen Hoffnungen roch es nur nach Straßendreck. Nun legte er noch seinen Umhang ab und hängte ihn über das Grabkreuz. Die Opfergaben, die daran hingen, kamen in Bewegung und klimperten aneinander. Dann hockte er sich auf den Rand des Grabes und steckte die Beine durch die Öffnung.

»Nur zu!«, drängte Baldassare. »Es wird nicht sehr tief sein.«

Tatsächlich spürte Poggio schon Boden unter den Füßen, während seine Schultern noch über den Rand des Grabes hinausragten. Er tastete mit den Schuhen, fand festen Grund und ließ sich mit ganzem Gewicht in die Grube hinab. Sein Atem kam warm und dampfend unter den Rändern des Tuches hervor. Noch einmal holte er tief Luft, dann sank er in die Knie. So also ist es, dachte er, wenn man zu Grabe gebettet wird. Er wusste, er würde diesen Moment in Erinnerung behalten, bis dereinst seine Stunde kam.

Die Finsternis umfing ihn vollends. Das Mondlicht weigerte sich, in die Grabkiste zu scheinen. Vermutlich war das, was vor Poggio lag, nicht für menschliche Augen bestimmt. Für Hände gewiss auch nicht, dachte er, während er tastend seine Rechte ausstreckte. Seine Finger berührten den Boden des Sarkophages, wanderten spinnengleich vorwärts und zuckten zurück, als sie gegen etwas Nachgiebiges stießen.

Der Atem, den Poggio angehalten hatte, wurde knapp. Noch einmal stand er auf, streckte den Kopf aus dem Loch, schob das Tuch vom Mund und sog die Nachtluft ein. Auf Baldassares Fragen antwortete er nicht. Schon tauchte er erneut in die Totenkiste ein.

Diesmal schloss er die Augen und kniff sie fest zusammen. Hier unten waren sie ebenso nutzlos wie seine Nase. Einzig der Tastsinn und das Gehör zählten.

Wieder schickte Poggio seine Finger auf die Reise. Wieder stieß er gegen etwas Weiches. Diesmal bewegte er seine Hand weiter. Da war Stoff, das spürte er deutlich. Er versuchte, so wenig Druck wie möglich auszuüben. Der Leichnam, der mit ihm hier unten war, mochte bei der geringsten Berührung zerfallen, noch mehr Gestank und Gase freisetzen und ihn womöglich mit einem Fluch beladen.

Poggio fühlte weiteren Stoff, darunter die Ahnung eines menschlichen Körpers. Einmal stieß er gegen etwas Ledernes und wusste sogleich, dass es die auf der Brust gefalteten Hände der Toten waren. Er widerstand dem Drang, zurückzuzucken. Wenn sich Meripurc das Buch hatte ins Grab legen lassen, dann könnte es unter ihren Händen liegen. Niemand hätte zuerst einen Folianten ins Grab gelegt und dann die Tote daraufgebettet. Jedenfalls hoffte Poggio das.

Sein Arm war nun vollends ausgestreckt. Weiter ging es nicht. Jetzt musste er in seiner unbequemen Hockstellung einen Schritt in Richtung Kopfende der Steinkiste wagen. Er schob einen Fuß nach vorn und drängte das, was er für die Füße der Toten hielt, langsam zur Seite. Das leise Knacken, das ertönte, war der schrecklichste Laut der Welt. Weiter schob er sich voran. Nun war über seinem Haupt keine Öffnung mehr, durch die er in die Welt der Lebenden hätte zurückkehren können. Die Sage von Orpheus kam ihm in den Sinn, jene Geschichte aus den Texten des römischen Dichters Ovid, den er so verehrte. Darin stieg Orpheus in den Hades hinab, um seine gestorbene Geliebte Eurydike vom Herrn der Unterwelt zurückzufordern.

Ob es da auch so gestunken hat?, fragte sich Poggio. Er nahm sich vor, eine eigene, wirklichkeitsgetreue Version der Geschichte zu verfassen, sollte er jemals aus dem Totenreich zurückkehren. Seine Eurydike hieß Meripurc, aber er wollte sie ja gar nicht zum Leben erwecken. Nur bestehlen.

Der Beutel mit Poggios Werkzeugen klimperte. Erneut wandte er sich den Händen der Toten zu. Da war tatsächlich etwas auf dem Bauch der Äbtissin, etwas Hartes. Er tastete an den Rändern entlang. Zweifellos lag ein Buch auf der Leiche. Poggio stieß einen kleinen Freudenschrei aus. Sofort bemerkte er, dass das ein Fehler war, denn nun musste er tief Luft holen. Husten schüttelte ihn. Hätte er sich nicht mit beiden Armen an den Seiten der Kiste abgestützt, wäre er womöglich auf den Leichnam gestürzt.

Als sich seine Atmung wieder beruhigt hatte, wischte Poggio die Tränen fort, die unter seinen noch immer zusammengekniffenen Augen hervorquollen, tastete und fand erneut, was er suchte. Sorgsam strich er Meripurcs Hände von dem Buchdeckel. Sie glitten herab wie tote Falter. Dann zog Poggio das Buch zu sich heran. Nun bebten seine Finger nicht nur vor Furcht, sondern auch vor Erregung. Mit fahrigen Bewegungen strich er über den Fund. Der Einband war aus Holz und nicht mit Leder überzogen. Er maß den Umfang des Buches, indem er einen Finger gegen den Buchrücken presste. Aufeinandergestapelt ergaben die Seiten eine Höhe, die etwa der Länge von Poggios Mittelfinger entsprach. War das vielleicht nur eine Bibel?

Hier unten würde er es gewiss nicht herausfinden. In Gedanken bat er Gott und Meripurc um Vergebung. Erleichtert, das Grab mitsamt Beute endlich wieder verlassen zu können, schob er sich in den hinteren Teil der Steinkiste. Von oben hörte er laute Stimmen. Ein Scharren und Kratzen ertönte. Dann schloss sich die Grabplatte über Poggios Kopf.

Kapitel 20

DER DUNST AUS DEM OFFENEN GRAB trieb Agnes zurück. Jetzt war Poggio schon geraume Zeit verschwunden. Wie hielt er es dort unten nur aus? In der Kälte spürte Agnes ihre Füße nicht mehr. Da half es auch nicht umherzugehen. Baldassare, Poggios großem Gefährten, schien das alles nichts auszumachen. Er lehnte an einem Grabstein, die Hände in den Taschen seines Umhangs, und pfiff eine kleine Melodie. Agnes meinte, ein Buhllied zu erkennen. Sie rückte von ihm ab und trat von einem Bein auf das andere, während sie den Kopf zwischen den Schultern verschwinden ließ.

Schritte knirschten im Schnee. Ein Licht schwang in der Dunkelheit. Kurz überlegte Agnes, ob sie Baldassare vorschlagen solle, sich zu verbergen. Aber das war unmöglich. Ihre Fußstapfen hätten jedes Versteck sofort verraten. Und wenn Poggio aus dem Grab hervorkommen sollte, das Buch in der Hand, wollte Agnes es ihm sofort entreißen und sich mit der Beute davonmachen.

»Was treibt ihr am Grabe Meripurcs, bei der Milch der Jungfrau Maria?« Agnes erkannte die Stimme Gotelinds. Das Gesicht der Novizin tauchte über dem Schein einer Öllampe auf, die sie vor sich hertrug.

»Die Stunde der Verehrung ist noch nicht gekommen«, zischte Gotelind. »Erst muss ich das Grab vom Schnee befreien und neue Kerzen aufstellen. Ich muss euch bitten, bis dahin in die Herberge zurückzukehren.« Erst jetzt fiel der Novizin das Durcheinander der Opfergaben und die offene Grabplatte auf.

Sie stieß einen kleinen Schrei aus. »Was habt ihr getan? Ihr schändet das Andenken unserer Äbtissin!«

Wenn Gotelind nach den Nonnen rief, war es vorbei mit der Bücherjagd. Agnes nahm ihren Mut zusammen und trat in den Lichtschein.

»Ich habe es gefunden, Gotelind. Das Buch aus dem Skriptorium! Meripurc hat es mit ins Grab genommen«, sagte sie.

Die Entrüstung blieb auf Gotelinds Gesicht haften. »Das ist gewiss wunderbar. Aber wegen eines Buches darf niemand die Ruhe einer Toten stören. Schon gar nicht …« Sie rang nach Worten. »Schon gar nicht die unserer wundertätigen Äbtissin. Sie ist die letzte Hoffnung der Menschen dort in der Herberge.«

Von dort näherten sich nun schwere und eilige Schritte. Mit einem Satz sprang Baldassare zum Grab. Ein Knirschen war zu hören, gefolgt von einem Rumpeln. Es fiel Agnes nicht schwer, zu erraten, woher die Laute rührten: Baldassares mächtige Pranken hatten die Grabplatte zurück auf ihren Platz geschoben. Aber Poggio steckte noch darin.

Furchtsam schlüpfte die Novizin in die Dunkelheit hinter Agnes' Rücken und hielt sich an ihrer rechten Schulter fest.

Aus der Finsternis näherten sich drei Gestalten: Oswald und seine Kumpane.

»Wir wissen, dass ihr das Buch habt«, eröffnete Wolkenstein. »Ebenso wissen wir, warum ihr hier seid. Gebt uns beide Folianten heraus. Dann lassen wir euch ungeschoren.«

»Ihr seid gerissen«, sprach Baldassare. »Aber wir haben das Buch nicht. Ihr könnt uns suchen helfen. Dann teilen wir, was wir finden.«

»Wir teilen nur aus«, kam als Antwort, gefolgt von einem meckernden Lachen. Als sie es hörte, kam es Agnes vor, als habe sie es schon einmal vernommen. An einem anderen Ort, zu einer weit zurückliegenden Zeit. In ihrem Gedächtnis schien die Brücke dorthin eingestürzt zu sein. Ein Schmerz fuhr ihr durch den Kopf. Sie presste zwei Finger gegen die linke Schläfe. Doch der Moment, nach dem sie suchte, schien ausgelöscht. Stattdessen formte sich in ihren Gedanken ein Einfall.

Ein lang anhaltendes metallenes Surren erklang. Jemand zog ein Schwert blank, langsam und mit der Gelassenheit der Überheblichen.

»Gebt endlich das Buch heraus, oder wir durchsuchen euch mit unseren Eisen«, krächzte einer von Oswalds Begleitern. Die Stimme hörte sich nicht viel anders an als das Geräusch beim Zücken der Waffe.

Agnes wandte den Kopf und flüsterte Gotelind etwas zu. Als sie hörte, wie die Novizin davonlief, ging sie auf die Männer zu.

»Wer läuft da?«, fragte Oswald und musterte die Dunkelheit hinter Agnes Rücken.

»Ihr habt recht«, sagte Agnes so laut wie möglich, um von Gotelind abzulenken. »Wir haben auch das zweite Buch gefunden. Aber wir tragen es nicht bei uns.«

»Agnes!«, girlte Oswald überrascht.

Die Schwertstimme sagte: »Dann schlitze ich deinen Begleiter jetzt langsam auf, um festzustellen, ob er die Bücher vielleicht verschluckt hat.«

Im Dunkeln sah Agnes, wie Baldassare langsam seine Position veränderte. Er schob sich fort auf die andere Seite der drei Schurken. Aber das schienen auch ihre Gegenspieler zu bemerken.

»He! Bleib stehen, oder ich sorge dafür, dass du dich nie wieder vom Fleck rührst.«

»So etwas Ähnliches hast du bereits angekündigt«, rasselte Baldassare in der Dunkelheit. Obwohl er ein massiger Mann war, konnte Agnes ihn kaum noch erkennen. Ein gegen ihn ausgeführter Streich konnte nur mit einem Glückstreffer gelingen. Jetzt war es an ihr, Baldassares Manöver zu unterstützen. Mit drei Sätzen entfernte sie sich von Meripurcs Grab und stand nun auf der anderen Seite von Oswald und Sigismunds Schergen, Baldassare gegenüber.

»Bleib stehen!«, brüllte die Eisenstimme, jetzt mit Rost auf der Zunge. »Keiner bewegt sich!«

»Ich soll doch die Bücher für euch holen. Oder wollt ihr sie nicht mehr?«, fragte Agnes mit einer Ruhe, die sie selbst überraschte. Schweiß heftete ihr das Gewand an den Leib.

»Hier stimmt etwas nicht«, sagte Oswald. »Einer fehlt. Poggio, der zweite Italiener.«

»Sieh nach, ob er sich hinter einem der Grabsteine verbirgt«, schnarrte einer von Oswalds Begleitern.

Baldassare stieß ein Grollen aus. Agnes sah, wie er einen der Männer packte und mit ihm rang. Sie fielen in den Schnee. Schnaufen war zu hören.

»Halt ihn still, dann kann ich ihn durchbohren«, rief der andere.

Agnes versuchte, Baldassare zu helfen. Sie trat einen zaghaften Schritt auf die Kämpfenden zu. Dann fühlte sie sich bei den Haaren gepackt. Oswalds Gesicht rieb gegen ihre Wange.

Als sie Lichter vor sich aufscheinen sah, dachte sie zunächst, der Schmerz in ihrer Kopfhaut lasse sie Sterne sehen. Dann erkannte sie unter dem feuchten Schleier in ihren Augen, dass es tatsächlich Lampen waren, die da auf sie zuschwebten. Lampen. Und Gesichter.

»Hilfe!«, krächzte Agnes. Die Hand ließ ihr Haar los. Ihre Knie zitterten. Allmählich klarte der Blick auf. Vor ihr stand Gotelind in Begleitung einiger Nonnen. Die Novizin hatte

Hilfe geholt. Wie Agnes auf den zweiten Blick erkannte, hatte sie es dabei nicht bei ihren Schwestern und der Äbtissin belassen. Hinter den Nonnen waren die Pilger aufgetaucht. Eine Streitmacht der Harmlosen zwar, doch dafür waren sie viele.

»Drei Männer aus der Herberge«, stieß Agnes hervor. »Sie wollen meine beiden Gefährten ...« Sofort unterbrach sie sich. Die Nonnen wussten nichts von Poggio, und das musste so bleiben. »Sie wollen meinen Gefährten töten. Ihr müsst ihm helfen.«

Dürftig erhellten die Lichter der Nonnen eine Szenerie, die mehr mit einer Taverne gemein hatte als mit einem Ort der Andacht und Verehrung. Der Schnee war dunkel gesprenkelt. Baldassares Fuß traf gerade den Bauch eines der beiden Schurken. Dieser taumelte rückwärts. Der andere hielt sich mit beiden Händen die linke Seite des Kopfes. Oswald trippelte um Baldassare herum und schien zu versuchen, in dessen Rücken zu gelangen.

»Haltet ein!«, rief eine energische Stimme. Die Äbtissin trat vor und baute sich neben Agnes auf. Ihre Hände waren vor ihrem Bauch gefaltet.

Niemand hörte auf sie. Oswald fand eine Lücke und sprang von hinten auf Baldassare. Es gelang dem Tiroler, seine kurzen Arme um die breiten Schultern seines Gegners zu schlingen. Doch dieser ließ sich augenblicklich nach hinten gegen einen Grabstein fallen. Ein Krachen war zu hören, gefolgt von einem Schmerzensschrei.

Agnes riss einer der Nonnen eine Öllampe aus der Hand und verschüttete den brennenden Inhalt auf einen der anderen Angreifer. Das brennende Öl klatschte gegen dessen Rücken und erzeugte eine lodernde Spur. Flämmchen tanzten von den Schultern bis zum Steiß des Mannes. Im nächsten Moment rollte der Kerl durch den Schnee und versuchte, die Flammen zu ersticken. Baldassare sprang herbei und stellte einen Fuß auf die Brust des Brennenden.

»Rühr dich, und ich malme dich zu Mus«, grunzte Baldassare.

Am Rande des Lichtscheins kroch Oswald auf allen vieren herum. Der dritte Angreifer hielt sich noch immer den Kopf.

»Holt ein Seil, damit wir sie binden können!«, befahl Baldassare donnernd. Stimmen wie diese hatte Agnes schon hundertfach gehört: bei den Generälen ihres Mannes. Dieser Baldassare musste ein Mann des Krieges sein. Wie sonst hätte er allein mit drei Unholden zugleich fertigwerden können.

An den Nonnen jedoch prallten seine Befehle ab wie an nasser Wäsche, die zum Trocknen aufgehängt war.

»Vorwärts!«, rief Baldassare erneut. »Diese Männer haben das Grab eurer wundertätigen Nonne geschändet. Wollt ihr sie etwa nicht bestrafen?«

»Und ihr?«, fragte Ermengard mit ruhiger Stimme. »Was habt ihr zu dieser Nachtzeit an Meripurcs Grab verloren?«

»Willst du mir mit Argwohn begegnen, Frau Oberin?«, fauchte Baldassare. »Sei dir bewusst: Ich kann diesen Konvent mit dem Zucken meines kleinen Fingers auflösen. Gehorcht mir und helft, diese Männer zu binden, bevor sie noch mehr Schaden anrichten.«

Die Äbtissin blieb starr wie eine Stele. »Bevor du unser Kloster vernichtest, verrate mir, was du hier treibst. Dann will ich überlegen, ob ich auf deiner Seite bin.«

Das Gesicht des Neapolitaners kam in den Lichtschein. Sein Mund war blutverschmiert. »Ich bin Papst Johannes XXIII.«, rief er. »Und wenn ihr mir nicht gehorcht, werde ich euch alle exkommunizieren und diesen Konvent für entweiht erklären.« Die

Stimme mit dem italienischen Akzent hallte von den Friedhofs-mauern wider. Auf jeder Wanderbühne hätte Baldassare sein Publikum das Fürchten gelehrt. Dies aber war ein Nonnenklos-ter.

»Der Papst zu Gast in unserem Haus.« Die Äbtissin kaute die Worte, bevor sie sie aussprach. »Du musst zugeben: Das klingt recht sonderbar. Der Papst, ganz gleich welcher, würde seinen Besuch ankündigen. Er käme mit großem Gefolge und würde verlangen, im Gästesaal des Klosters untergebracht zu werden. Er würde im Ornat erscheinen und eine Messe zelebrieren. Du hingegen ...« Sie machte eine Pause. »Du bist gewandet wie ein weltlicher Fürst. Du schläfst in der Herberge auf dem Stroh zwischen den Pilgern. Du prügelst dich. Du fluchst und drohst. Du«, sie deutete auf sein Gesicht, »du blutest. Trotzdem will ich versuchen, dir zu glauben. Schließlich erscheint uns auch Gott in den absonderlichsten Gestalten. Zeige mir den Ring des Fischers!«

Agnes starrte Baldassare an. Der Papst! Dieser Mann war ein Verrückter. Poggio musste sich seiner aus Mitleid angenommen haben.

»Ich muss keiner Äbtissin meinen Stand beweisen. Ich bin Baldassare Cossa, vormals Kardinal von Bologna. Unter dem Namen Johannes XXIII. zum irdischen Stellvertreter Gottes ge-wählt. Und jetzt verlange ich eure Hilfe!« Er stampfte mit dem Fuß auf sein Opfer. Vergebens versuchte der Niedergedrückte, unter der Last hervorzukriechen.

Selbst im Dämmerlicht sah Agnes, dass sich Baldassares Ge-sichtshaut verfärbt hatte. Der Irre schien von seinen Worten überzeugt zu sein. Vermutlich hatte er den Papst in Konstanz gesehen, ahmte ihn nach und versuchte mit seiner absurden Hochstapelei, Vorteil zu schlagen.

»Den Ring«, forderte Ermengard mit der Seelenruhe der Wissenden.

»Ich habe ihn nicht«, spie Baldassare aus. »Ich habe ihn einem Stallknecht hingeworfen. Im Tausch gegen ein Pferd. Ein Pferd! Versteht ihr?« Er ging auf die Nonnen zu. Gotelind und ihre Schwestern wichen zurück. Die Äbtissin hingegen rührte sich nicht.

Agnes sah, wie Baldassares Opfer durch den Schnee davonkroch. Weder Pilger noch Nonnen hielten den Mann auf. Weiter hinten in der Dunkelheit war von Oswald und dem anderen Schurken nichts mehr zu sehen.

»Baldassare«, sagte Agnes, »ich glaube, sie sind geflohen.«

»Da seht ihr, was ihr mit euren Zweifeln angerichtet habt«, knurrte Baldassare. »Diese drei wollten das Grab eurer Äbtissin schänden. Sie werden es wieder versuchen. Aber dann werde ich nicht hier sein, um sie aufzuhalten.«

»Ob du hier sein wirst oder nicht – darüber muss die Mutter Kirche entscheiden. Ich setze dich fest und überantworte dich dem bischöflichen Gericht zu Konstanz. Bis man dich von hier abholen wird, muss ich …«

Ein Laut unterbrach Ermengard. Es war nur ein leises Scharren und Klopfen. Doch es war lauter als der Lärm der Kämpfenden, lauter als Baldassares Protest und lauter als die Vokale des Schreckens, die Pilger und Nonnen nun im Chor ausstießen. Die Geräusche kamen aus Meripurcs Grab.

»Was ist das?«, hauchte die Äbtissin.

Das Klopfen erklang erneut, drei, vier, fünf Schläge in rascher Folge.

»Es kommt aus dem Grab«, flüsterte Ermengard. »Aus Meripurcs Grab.« Sie schob Baldassare beiseite und trat langsam zu der bereits wieder verschneiten Grabplatte. Wenn es zuvor noch

Spuren von Baldassares Frevel gegeben haben sollte, so waren sie jetzt zugedeckt. In gebührendem Abstand folgten die Nonnen.

Die Oberin ging in die Knie und legte beide Hände auf den Deckel der Ruhestätte. »Meripurc?«, fragte sie.

Zur Antwort erklang ein lang anhaltendes Stöhnen. Ein Ton, wie ihn kein Lebender jemals würde ausstoßen können, weder auf dem Toten- noch auf dem Lotterbett. Das konnte nicht Poggio sein, der da seufzte und ächzte. Etwas anderes schien mit ihm in die Gruft geschlüpft oder darin erwacht zu sein. Die letzten warmen Stellen an Agnes' Körper gefroren.

Kapitel 21

Poggio schlug die Augen auf. Um ihn her war es finster. Die Angst flog heran und landete auf seinem Herzen. Er streckte die Arme aus und spürte die Seitenwände der Steinkiste. Noch immer steckte er im Sarkophag der Meripurc, noch immer war er mit dem Leichnam der Äbtissin eingesperrt. Er erinnerte sich daran, wie sich die Grabplatte geschlossen und wie ihn das Entsetzen überschwemmt hatte. Bald darauf musste er eingeschlafen sein. Oder hatte ihn eine Ohnmacht überwältigt? Daran mochte er nicht glauben. Ihm waren Bilder erschienen von Reben, die er in einem Klostergarten pflanzte, weil er glaubte, damit die Luft reinigen zu können. Er hatte von einer Ordensschwester geträumt, der eine Hand fehlte und die deshalb die Messe nicht zelebrieren durfte. Gespräche über die Dreifaltigkeit Gottes waren ihm in den Geist gekommen, die er niemals geführt hatte. Jetzt, als er sich seiner Sinne wieder sicher war, hegte er den Verdacht, dass all dies aus Meripurcs Gedächtnis stammen könnte. Sammelt ein Grab Erinnerungen?, fragte sich Poggio. Vielleicht waren sie wie ein Brodem aus dem vergehenden Leib gestiegen und konnten von hier unten nicht in den Äther entschwinden, wohin sie gehörten. Wenn dem so sein sollte, wollte Poggio auf weitere Forschungen verzichten. Warum sich der Grabdeckel auch immer geschlossen haben mochte, er musste hier heraus, sonst würde er dem Wahnsinn verfallen, bevor er erstickte.

»Aufmachen!«, rief er. Da er nicht wusste, ob die Kraft seiner Stimme den mächtigen Stein zu durchdringen vermochte, hieb er mit der Faust dagegen. Einmal, zweimal, dreimal. Etwas rieselte auf sein Gesicht. Noch einmal schlug Poggio gegen den Deckel. Dann verging ihm der Atem. Erschöpft lehnte er sich gegen das Fußende des Sarkophags. Unter seiner rechten Hand spürte er die knochigen Beine der Toten, seine Linke hielt den Folianten umklammert. Der Beutel mit seinen Werkzeugen drückte gegen seinen Rücken.

»Hilfe!«, wollte Poggio rufen, doch seine Stimme erstarb vor der zweiten Silbe. Warum nur hatte Baldassare ihn hier unten eingesperrt? Niemals würde der Neapolitaner ihn im Stich lassen. Dessen war sich Poggio sicher. Also musste jemand die Grabräuber bei der Arbeit gestört haben – jemand, der noch immer dort oben sein mochte. Warum sonst sollte Baldassare das Grab nicht längst wieder geöffnet haben?

Vielleicht war Baldassare fort, und man hatte ihn hier unten vergessen.

Poggio hustete. Erneut wurde ihm schwarz vor Augen. Die wenige frische Luft, die durch die Öffnung ins Grab geweht war, hatte er längst aufgebraucht. Er schluckte den süßlichen Dunst des Moders hinunter und fasste einen Entschluss. Gleichgültig, welche Gefahr an der Oberfläche auf ihn lauerte – es war allemal besser, ihr zu begegnen, als hier unten jämmerlich zu verenden.

Mit einem Ruck bekam Poggio seinen Beutel frei und legte ihn in seinen Schoß. Er nestelte den Verschluss auf und tauchte mit der Hand hinein. Die vertrauten Formen seines Werkzeugs begrüßten seine Finger. Da waren der Stylus, der Bimsstein, die kleine Muschel, der Beutel mit Sand. Das Federmesser. Poggio holte es hervor. Sein Plan war einfach und musste ebenso einfach gelingen: Wenn er dem Sperlingsknochen aus Ugolinos Taverne ein zusätzliches Loch bohrte, mochte er eine Art Flöte erhalten. Mit ihr könnte er sich bemerkbar machen. Der winzige

Knochen flog wie von selbst in seine Hand. Er tastete die Oberfläche nach einer geeigneten Stelle ab. Dann versagte ihm der Mut. Viel zu schmal war das kleine Gebein; und zu zart, um in der Finsternis ein Loch hineinzubohren. Entmutigt ließ Poggio die Arme in den Schoß fallen.

Da hörte er Stimmen über seinem Kopf. Sie waren kaum als solche zu erkennen. Nur dumpfes Murren drang an seine Ohren. Noch einmal klopfte Poggio gegen den Deckel, diesmal so schwach, dass er selbst kaum ein Geräusch hörte. Dann fiel ihm das Horn ein.

Es war das größte Stück in seinem Beutel. Von einem Einhorn aus Bologna sollte es stammen. Das Tier gehörte zu den berühmtesten Gestalten der Stadt – seit Poggio es erfunden hatte. Flugs hatte er das Horn in der Hand. Die Schneide des Federmessers fand die Spitze. Er brauchte nur wenige Handgriffe, bis das Ende abgeschnitten war. Poggio strich die Schnittkante sauber. Dann hielt er sich die Öffnung an die Lippen. Noch einmal holte er tief Luft, halb betäubt von den Dünsten des Todes. Dann blies er mit aller Kraft, die seine Lungen noch aufbringen konnten, in das Horn hinein.

Der Ton ließ die Wände des Sarkophags erzittern. Nicht von einem eleganten und mystischen Pferdewesen schien dieses Horn zu stammen, sondern von einem jener Kriegselefanten, welche in den Schlachtbeschreibungen der Römer durch die Reihen der Feinde stampften. Obwohl Poggio das Erbeben seines Gefängnisses mit Besorgnis wahrnahm, blies er noch einmal. Es hätte ihn nicht verwundert, wenn der Lärm Meripurc von den Toten aufgeweckt hätte.

Ein Poltern über seinem Kopf ließ ihn zusammenfahren. Jemand machte sich an der Grabplatte zu schaffen. Ein Spalt erschien, weitete sich zu einem Dreieck. Nachtluft strömte herein und legte sich auf Poggios Wangen. Er öffnete den Mund und trank den frischen Hauch mit gierigen Zügen.

»Meripurc?«, fragte die Stimme einer älteren Frau. »Meripurc. Bist du erwacht?«

Augenblicklich begriff Poggio, dass die Gefahr noch nicht vorüber war. Zwar konnte er wieder atmen. Aber da oben schien jemand zu sein, der nichts davon wusste, dass Poggio hier unten war.

»Gewiss war es nur ein Windstoß, der in das Grab gefahren ist, Frau Oberin.« Das war Baldassares Stimme. Scheinbar versuchte der Neapolitaner, die Äbtissin des Klosters Beuron davon abzuhalten, in den Spalt zu lugen.

»Wie soll der Wind in eine verschlossene Gruft gelangen?«, fragte die Oberin. Jetzt vernahm Poggio überdies ein Murmeln und Tuscheln vieler Stimmen.

»Öffnet das Grab vollständig. Damit alle das Wunder sehen können«, rief ein Mann.

Finger packten die Grabplatte und ruckten daran herum. Das musste Baldassare sein. Im nächsten Moment flüsterte der Neapolitaner: »Wenn du noch am Leben bist da unten, lass dir etwas einfallen. Sonst werden uns die wundersüchtigen Pilger bei lebendigem Leib zerreißen.« Die Finger verschwanden. Laut sagte Baldassare: »Weiter schaffe ich es nicht. Die Platte wiegt so viel wie zwanzig Männer.«

»Wir sind mehr als zwanzig. Gemeinsam können wir Meripurc befreien«, rief jemand.

»Nein!« Das war jetzt wieder die Frau. »Ich bin die Oberin hier. Ich allein untersuche diese Angelegenheit. Wenn Gott uns ein Zeichen gesandt hat, werde ich es erkennen und euch davon Kunde geben. Weicht zurück!«

Wieder war Murren zu hören.

Poggio hatte nicht vor, zu warten, bis das Gesicht der Äbtissin in dem Spalt auftauchte und sie ihn als Grabschänder entlarvte. Noch einmal hob er das Horn an die Lippen. Er atmete so tief ein, dass der Brustkasten schmerzte, und stieß dann mit aller Kraft in das Horn.

Als er es wieder absetzte, herrschte ohrenbetäubende Stille. In seinem Kopf schrillte ein Fiepen wie von tausend Mäusen. Er legte das Horn beiseite und massierte sich die Ohren mit den Spitzen seiner Zeigefinger.

»Sie ist es!«, hörte er, dumpf durch das Sirren in seinem Kopf, wieder die Männerstimme. Der Ausruf wurde wiederholt. Andere Stimmen fielen ein. »Sie gibt uns ein Zeichen. Wir sind gerettet!«, riefen andere. Scheinbar hatte sich die gesamte Pilgerschar vor Meripurcs Grab versammelt.

Poggio dachte nach. Wie sollte er lebend hier herauskommen, wenn nicht einmal die Posaune des Jüngsten Gerichts half?

»Öffnet das Grab!«, riefen die Pilger jetzt im Chor. Von der Äbtissin war kein Widerspruch mehr zu hören. Vermutlich fürchtete auch sie sich vor den religiösen Eiferern.

Als ein Schatten über den offenen Spalt fiel, drückte sich Poggio in die gegenüberliegende Ecke der Grabkiste. Dabei stieß er erneut an Meripurcs Beine. Er schob sie beiseite. Wieder ertönte das Knacken eines zerbrechenden Knochens. Wieder entsetzte das Geräusch Poggio bis in die Spitzen der Haare auf seinen Zehen. Doch diesmal zuckte er nicht zurück. Stattdessen ergriff er die Hand, die der Tod selbst ihm zur Hilfe ausgestreckt hatte.

*

Mit beiden Füßen stellte sich Agnes auf die Grabplatte. Sie wusste sich keinen anderen Rat, um die Pilger aufzuhalten, als sich ihnen einfach in den Weg zu stellen. Grimmige Gesichter starrten Agnes, Baldassare und die Nonnen an. Fast beneidete Agnes Oswald und seine Schergen, die sich rechtzeitig hatten zurückziehen können. Ihr hingegen blieb nichts übrig, als sich mit den erzürnten Pilgern auseinanderzusetzen.

Sie streckte eine Hand aus und rief: »Halt! Dies ist das Grab einer heiligen Frau. Wenn ihr einen Frevel daran begeht, wird die Kälte niemals wieder von der Welt weichen. Der Frost wird eure Augen in Schneebälle verwandeln. Eure Kinder werden zu Eiszapfen erstarren. Und die Welt wird im Griff des Winters bleiben, bis sich am Jüngsten Tag die Tore der Hölle öffnen und die daraus hervorschießenden Flammen alles verbrennen werden.« Sie wusste nicht genau, ob die Prophezeiung der Apokalypse von aufgerissenen Höllentoren sprach. Aber die Vorstellung hatte einen dramatischen Effekt. Scheinbar empfanden das auch die Pilger. Statt weiter zum Grab vorzurücken, blieben sie stehen. Einen Moment lang drängten die hinteren Reihen noch nach. Dann herrschte eine gespenstische Stille. Alle Augen waren auf Agnes gerichtet.

Hilfesuchend blickte sie zur Oberin, die neben dem Grab stand und die Lippen aufeinanderpresste. Von ihr war offenbar keine Unterstützung zu erwarten. In Agnes' Geist wirbelten Worte wie Schneeflocken. Was sollte sie als Nächstes sagen? Wie konnte sie die Pilger zur Umkehr in die Herberge bewegen? Jobst!, dachte sie. Hilf mir!

Unter ihren Füßen war ein Rascheln und Knacken zu hören. Was trieb Poggio da unten? Agnes hoffte, er werde nicht einfach aus dem Grab heraussteigen.

Aus dem Spalt schob sich eine Hand hervor. Poggio!, dachte Agnes. Jetzt wirst du alles verderben. Aber diese Finger konnten unmöglich zu Poggio gehören. Fast vollständig waren sie vom Fleisch befreit. Unsicher tasteten sie an der Grabplatte herum.

»Seht!«, rief eine der Nonnen. Aber längst hatten alle erblickt, was aus der Gruft hervorzukriechen drohte. Die Pilger verstummten. Nun erschien eine zweite Hand. Auch von ihr hingen nur Fetzen ehemals menschlichen Gewebes herab. Wo die Fingernägel noch vorhanden waren, ragten sie lang und schartig hervor. Und dann waren mit einem Mal Haare zu erkennen. Die Rundung des Scheitels tauchte auf. An einigen Stellen schimmerte es bleich zwischen den grauen Strähnen hervor.

Agnes schlug eine Hand vor den Mund. Aus den Reihen der Pilger und der Nonnen erhob sich ein Stöhnen. Einige wichen zurück. Jemand rannte mit schnellen Schritten davon. Andere folgten. Der eine oder andere starrte noch immer auf das Grab. Aber niemand forderte noch ein Gebet oder einen Blick in die Gruft. Zwar schien die heilige Meripurc tatsächlich von den Toten aufzuerstehen, aber sie kam nicht im Strahlenkranz, von Engelsflügeln sanft umschwungen. Stattdessen kehrte sie zurück mit der Fratze des Todes und dem Gestank der Verwesung.

Ebenso wenig begleitete himmlische Musik das wundersame Ereignis. Dafür war ein leiser Ton aus dem Grab zu hören, ein Schlürfen, ein Geräusch, wie es ein Greis von sich gibt, wenn er nach langem Schlaf erwacht und ihm der Durst die Zunge an den Gaumen klebt. Der Laut fuhr Agnes noch tiefer ins Mark als der Anblick der halb skelettierten Finger.

»Das Tor zur Hölle öffnet sich vor unserem Konvent«, rief Gotelind. »Flieht, Schwestern!«

Gotelinds Worte lösten die Erstarrung der Nonnen. Mit wehenden Kitteln liefen sie davon. Wenige Atemzüge später lag der Friedhof still da. Agnes, Baldassare und Gotelind waren zurückgeblieben. Von dem Aufruhr, der noch vor wenigen Augenblicken geherrscht hatte, zeugten nur die Spuren im Schnee. Und selbst die würden bald vom Schnee zugedeckt sein.

»Poggio, komm heraus!«, sagte Baldassare und schob die Grabplatte weiter auf. Obwohl Agnes sofort erkannte, dass es der Toskanese war, der aus der Gruft kletterte, schrak sie im ersten Moment zusammen. Dann sah sie, dass Poggio etwas umklammert hielt. Kaum hatte er die Grube verlassen, sank er in die Knie und erbrach sich. Agnes lief zu ihm und griff nach dem Gegenstand in seinen Armen. Sie spürte die mit eisernen Winkeln verstärkten Ecken eines Holzeinbandes. Poggio hatte das Buch gefunden.

»Gib es mir!«, hauchte sie. »Ich halte es fest, bis es dir besser geht.«

Poggio würgte. Krämpfe schüttelten seinen Körper. Aber seine Hände ließen nicht los.

Agnes zerrte an dem Buch. Doch jetzt war es Baldassare, der sie beiseiteschob.

»Darum kümmern wir uns später«, brummte er. »Zunächst verschwinden wir von hier, bevor die Pilger und die Nonnen zur Besinnung kommen.«

»Ein Stück die Straße gen Süden liegt eine Herberge. Dort findet ihr Unterschlupf«, sagte Gotelind.

»Du hast deinem Papst einen Dienst erwiesen«, sagte Baldassare. »Ich werde mich in Rom deiner erinnern.« Damit streckte er die Hand aus, wohl in der Erwartung, dass die Novizin ihm die Hand küssen würde.

Gotelind schaute zögernd auf die dargebotene Gliedmaße. Dann wandte sie sich um und entkam in Richtung des Klosters.

»Es wird Zeit, dass wir gehen«, sagte Poggio, der sich erholt zu haben schien. Ein schwacher Schimmer umgab ihn. Agnes hob den Blick zum Himmel. Hinter den Mauern des Klosters ging die Sonne auf. Im nebelhaften Licht war deutlich das Buch zu erkennen, das aus Poggios Umhang herausragte.

Niemand hielt sie auf, als sie ihre Pferde aus dem Unterstand holten. Die Reittiere von Oswald und seinen Kumpanen waren verschwunden. Aber alle waren gewiss, dass sie die drei nicht zum letzten Mal gesehen hatten.

Als ihre Pferde über die Straße in Richtung Süden stapften, wo die Herberge liegen sollte, ritt Agnes an Poggio heran. »Das war eine beeindruckende Vorstellung. Ich wäre wohl eher gestorben, bevor ich es gewagt hätte, mit den Gebeinen einer wundertätigen Äbtissin Theater zu spielen.«

»Ich bin in meinem Leben schon oft gestorben«, gab Poggio zurück, »deshalb kann ich sagen: Theater gefallen mir besser.«

»Dieser tiefe Laut …«, fuhr Agnes fort.

Poggio klopfte auf den Beutel an seiner Seite. »Ich trage das Horn eines Einhorns bei mir, darauf habe ich geblasen.« Als Agnes ihn verwundert anstarrte, fuhr er fort: »Die Neugier steht dir gut zu Gesicht.«

Machte sich dieser Toskanese etwa über sie lustig? Agnes beschloss, ihm nicht zu zürnen. Immerhin war er es, der das Buch hatte. Und das war alles, was sie wollte.

»Eines verstehe ich nicht«, sagte Agnes. »Da war noch ein Geräusch, ein entsetzlicher Laut, ein Schlürfen, das nicht enden wollte. Hast du das auch mithilfe deines Horns erklingen lassen?«

Poggio schüttelte den Kopf. »Wie dieser Ton entstanden ist, werde ich dir nicht verraten. Denn dann würdest du meine Lippen nicht mehr küssen wollen.«

TEIL III

TURM

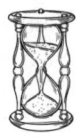

Stundenglas

WARUM SIE AUSGERECHNET nach Bologna gehen muss-ten, hatte Poggio nie verstanden. Die fette Stadt, wie sie wegen ihrer schweren Küche genannt wurde, war gegen das elegante Florenz, was die Völlerei gegen die Liebe war. Vielleicht führte Baldassares Weg deshalb dorthin. Kanzler Coluccio hatte vor seinem Tod dafür gesorgt, dass sich der Neapolitaner an der Universität von Bologna für die Juristerei einschreiben konnte. Poggio sollte und wollte dort zwar nicht studieren. Aber er sollte Baldassare begleiten.

Begleiten! In Wirklichkeit war es Poggio, der im Namen Baldassares studierte, der ihm Traktate schrieb, während sein Gefährte auf seinem Recht bestand, in den Bordellen der Stadt Disputationes über die angemessene Größe männlicher Geschlechtsteile zu halten. Kam Baldassare im Morgengrauen heim in die kleine Wohnung, in der sie beide unter dem Dach einer Bologneser Lagerhalle hausten, roch er nach billigem Duftwasser und teurem süßen Branntwein. Dann händigte Poggio ihm die Schriften aus, die er die Nacht über angefertigt hatte, und Baldassare taumelte damit zur Universität und hielt mit schwerer Zunge Reden von leichter Hand.

Fünf Jahre verflogen. Poggio arbeitete in der Nacht und schlief am Tag. Mehrfach schlug Baldassare vor, ihn auf seine nächtlichen Streifzüge mitzunehmen. Aber Poggio lehnte ab. Er fühlte sich dem alten Coluccio verpflichtet. Für ihn war Baldassares Erfolg oder Misserfolg so viel wert wie sein eigener. Was noch wichtiger war: Er verschlang die Texte des Rechtswesens, in denen immer wieder die Denker der Alten Welt zu Wort kamen. Doch ihre Zitate waren knapp und dürftig, weil nur Fragmente ihrer Schriften erhalten waren. Niemand wusste, wo die Bücher römischer Juristen wie Gaius oder Ulpian abgeblieben waren. Nur ihre Namen waren überliefert und dass sie das Rechtswesen des Römischen Reichs beeinflusst haben sollten. Aber wie? Mit welchen Worten? Je mehr Poggio las, umso größer wurde seine Neugier. In diesen Tagen keimte sein Wunsch, altes Wissen in diese Welt der Erstarrung zurückzuholen. Dieses Verlangen wurde ihm zur zweiten Natur.

Poggio studierte jede Zeile und sammelte jeden Hinweis. Da schafften auch Baldassares Spötteleien keine Abhilfe. Bald rief der Neapolitaner seinen Gefährten »Bronzehintern«, weil er mit natürlichem Sitzfleisch niemals so lange auf einem Schemel hätte hocken können. Und als Baldassare einmal im Morgengrauen mit einer Dirne in jedem Arm in die Stube wankte, weil seine Begleiterinnen den Jüngling mit dem harten Hintern in Augenschein nehmen wollten, erlag Poggio nicht den Verlockungen des Fleisches. Er schob das lärmende Grüppchen auf die Stiege hinaus und schlug die Tür zu. Um die Geräusche auszusperren, die in den folgenden zwei Stunden aus dem Lagerhaus in die Studierstube drangen, brauchte er sich nicht einmal warmes Wachs in die Ohren zu stopfen, so sehr nahmen ihn die Zeilen der großen Geister Griechenlands und Roms gefangen.

Immerhin nutzte Baldassare die Hilfe Poggios zum Besten. Als der Tag des Examens kam, ließen ihn die Dottores ohne Umschweife zur Prüfung zu. Den schriftlichen Teil bestand er –

dank Poggios Vorbereitungen – mit Bravour. Für den zweiten, den mündlichen Teil musste der Anwärter seinen Lehrern in der Kathedrale der Stadt entgegentreten und eine Argumentation mit ihnen führen. Misslang das Vorhaben, so waren fünf Jahre mühsamer Studien zum Teufel. Gelang es hingegen, so war Baldassare ein Magister des Rechts und ritt Galopp auf der Straße des Erfolgs – mit Poggio als Wegweiser.

Wie Poggio erwartet hatte, war die Vorbereitung auf das mündliche Examen eine Tortur. Nicht etwa, weil Baldassare die Inhalte nicht begriff. Im Gegenteil: Seine süditalienische Zunge war in der Lage, sich aus allen Fallstricken herauszuwinden. Doch mangelte es ihm an Lerneifer und Geduld. Schon nach dem ersten Streitfall, den Poggio mit Baldassare durchzuexerzieren versuchte, brüllte Cossa, dass die Tauben vor den Fenstern flügelflappend das Weite suchten. Kein Wunder: Poggio übernahm die Rolle der Prüfer. Nach fünf Jahren war er mit allen Rechtsfällen vertraut und hatte dank seiner Studien überdies die Kunst der Rhetorik erlernt. Baldassare scheiterte bei jeder Disputatio mit seinem Gefährten schon nach drei Sätzen. Um ihn zu beruhigen, setzte Poggio ihm Schüsseln voller Zucker vor, die der Neapolitaner fresslustig verschlang.

Der Tag der Prüfung rückte heran. Es war Mitte Juli. Auf Bologna lastete der italienische Sommer. Die Brunnen waren ausgetrocknet. Die Flüsse führten so wenig Wasser, dass Durstige es in den Straßen zu hohen Preisen kaufen mussten. Als Baldassare auf das Tor der Kathedrale zuschritt, wehte ein heißer Morgenwind und blähte seinen festlichen Umhang aus blauer Seide. Die Weinflecken darauf waren fast vollständig entfernt.

Fünf Gäste durfte jeder Prüfling mitbringen. Poggio saß auf einer der Kirchenbänke zwischen drei grell geschminkten Frauen im gelben Gewand der Prostituierten und einem Kerl mit aufgedunsenen Zügen. Der sah aus wie ein alter Mann, hatte aber die Hände eines Jünglings – Gelichter aus Baldassares Nachtleben. In den übrigen Reihen rutschten ältere Paare auf den durchgesessenen Bänken herum – die Eltern und Verwandten der anderen angehenden Magistri.

Das Portal der Kathedrale krachte hallend ins Schloss. Die Prüfung begann. Die ersten beiden Kandidaten schlugen sich wacker. Poggio nutzte die Zeit, um die Dottores zu studieren. Sie waren allesamt Greise, vier an der Zahl, und hatten hinter einem langen, schweren Tisch Platz genommen, der vor dem Altar aufgestellt worden war. Wenn er die Augen zusammenkniff, sah Poggio eine Reihe grauer Bärte, kahler Schädel und schwarzer Roben. Doch davon wollte er sich nicht täuschen lassen. Es war von äußerster Wichtigkeit, den gefährlichsten der Prüfer zu finden und die Art seiner Fragen vorauszuahnen.

Der Dottore links am Tisch nickte ständig. Was auf den ersten Blick wie Zustimmung wirkte, entpuppte sich bald als Schläfrigkeit, die den Kopf des Mannes immer wieder in Richtung der Tischplatte zog. Die beiden Gelehrten neben ihm studierten die Wandbilder der Kirche und widmeten sich nur gelegentlich den Prüflingen mit beiläufigen Fragen, wie sie jeder Student im ersten Semester beantworten konnte. Ein weiterer las ununterbrochen in einem Buch und folgte mit langem Zeigefinger den Zeilen. Nur dann und wann hob er den Kopf. Doch die Fragen, die er auf die Studenten niedergehen ließ, waren an Schwierigkeit nicht zu überbieten. Dies war der Dottore, auf den Baldassare achtgeben musste.

Baldassare kam an die Reihe. Leichtfüßig erhob er sich und trat schwingenden Schrittes vor den Tisch der Prüfer. Dort kniete er nieder und nahm sein Barett vom Kopf. Seine Gesten waren geschmeidig. Die Prostituierten neben Poggio beugten sich neugierig vor. Der greisenhafte Jüngling döste vor sich hin.

Jetzt stand Baldassare auf und drehte sich zu Poggio um. Sie tauschten das verabredete Zeichen aus. Der rechts sitzende Prüfer sei der gefährlichste, gestikulierte Poggio. Ohne eine Reaktion zu zeigen, wandte sich Baldassare den Dottores zu, und die Prüfung begann.

Von nun ab segelte Baldassare durch die Paragrafen des Strafrechts wie eine königliche Galeone durch schwere See. Selbst Poggio war erstaunt, wie der Neapolitaner jeden Zweifelsfall mit einer klaren Entscheidung löste und darüber hinaus noch eine Begründung lieferte. Wie ein einfacher Mann zu verurteilen sei, der einen Fürsten nicht mit vollem Titel anrede, wollte einer der Dottores wissen. Auf diese Standardfrage wusste Baldassare die Antwort sofort: Der Hund des Mannes werde kopfüber an einen Baum gehängt, und der Täter müsse so viel Weizen aufschütten, dass das Tier vollständig bedeckt sei. Aber dabei ließ es Baldassare nicht bewenden. Er ergänzte, dass der Fall selten eindeutig sei, dass ein Fürst viele Titel führe, dass der einfache Mann vielleicht nur einen davon vergessen habe, dass es sich um ein Vergehen mit Abstufungen handeln könne, dass das Strafmaß angepasst werden solle, dass es letztlich sogar auf die Größe des Hundes ankäme.

Poggio grinste. Baldassare schindete Zeit.

Er setzte darauf, dass die Dottores die Sitzung pünktlich beenden wollten, um zu Tisch zu gehen. Tatsächlich wurden die Lider und Zungen der Prüfer immer schwerer, ihre Fragen immer leichter.

Doch an jenem Tag in Bologna lernten Poggio und Baldassare, dass sich die Zeit nicht ungestraft dehnen lässt.

Während drei der Prüfer bald keine Fragen mehr stellen

mochten, während der Prüfling sich bereits als Magister wähnte und Poggio seinem Banknachbarn erleichtert auf die Schulter schlug, hob der vierte der Dottores eine Hand, aus der ein garstiger Zeigefinger hervorwuchs. Zunächst deutete dessen Spitze zur Kuppeldecke der Kathedrale hinauf, dann senkte sie sich, um auf Baldassare zu weisen.

»Eine Frage noch«, flüsterte der Dottore, dessen Name Zomino Zeno war, wie Poggio später erfuhr.

Baldassare sah seinen Prüfer erwartungsvoll an.

»Du sagst, eine Strafe müsse an die Schwere des Vergehens angepasst werden. Stimmt das?« Die Stimme war leise und selbstsicher. Der Kirchenraum verstärkte die Worte, sodass jeder sie verstehen konnte.

Baldassare nickte.

»Denkst du dann auch, dass Steuern an die Mittel der zu Besteuernden angepasst werden sollten?«

Der Neapolitaner tat etwas, das Poggio nie zuvor bei ihm gesehen hatte, nicht im Messerkampf gegen Ugolino und seine Schergen, nicht nach durchzechter Nacht mit einem Dutzend Litern Wein und ebenso vielen Mätressen: Er erbleichte. Aber nur kurz. Dann gab er zurück: »Allerdings denke ich das. Unser Steuersystem ist ungerecht. Es lässt die Armen ausbluten und die Reichen fett werden.«

Aus den Bänken war dunkles Gemurmel zu hören. Poggios Hand krallte sich in die Schulter seines Nachbarn.

Steuern standen in der Öffentlichkeit nicht zur Debatte! Die Bestimmungen dazu oblagen einzig und allein den Fürsten und waren meist so einfach wie deren Gemüter: Wer nicht zahlte, was sie forderten, der landete im Kerker. Dazu musste man keine Bücher schreiben, keine Paragrafen studieren und keine Gedanken wälzen. Wer anderer Ansicht war, behielt dies besser für sich. Und genau das war die Falle, in die Baldassare mit seiner impulsiven Antwort getappt war. Aber sie war noch nicht zugeschnappt.

Als Nächstes fragte Dottore Zeno, was Baldassare ändern würde, wenn er Magister des Rechts wäre und dem Fürsten einen Ratschlag erteilen könnte. Poggio verstand. Der Gelehrte erwartete, dass Baldassare sich entschuldigte. »Niemand erteilt dem Fürsten einen Ratschlag. Unser Herr ist weise genug.« Das waren die Worte, die Zeno hören wollte. Zweifellos wollte er den Prüfling demütigen.

Poggio war sicher, dass Baldassare die veränderten Spielregeln seiner Prüfung ebenfalls erkannt hatte. Doch war er eine Spielernatur, die es liebte, die Würfel des Schicksals von eigener Hand zu werfen.

»Allerdings mag unser Fürst weise sein«, fuhr Baldassare fort und blickte in die Runde, »aber er ist ungerecht. Alle Bürger Bolognas sollten gleich viele Steuern zahlen.« Jetzt wandte er sich den Menschen in den Kirchenbänken zu und rief: »Ob sie Adelsmänner, Kaufleute oder Huren sind.«

Vereinzelte sprangen von ihren Bänken auf und schleuderten Baldassare Flüche an den Kopf. Andere wandten sich ihren Nachbarn zu und tuschelten erregt. Eine Matrone verschloss ihre Ohren mit den Händen. Nur die Dirnen in Poggios Bank quietschten und klatschten. Das Kirchenschiff war in einen Sturm geraten. Wogen aus Lärm schlugen über den Köpfen zusammen. Sogar der schläfrige Prüfer am äußeren Ende des Tisches war erwacht und ließ sich von seinem Kollegen berichten, was vorgefallen war. Dottore Zeno war aufgesprungen, hatte erneut den Zeigefinger gezückt und forderte die Kerkerhaft für den Prüfling. Die vier Büttel neben den Chorschranken, die der Prüfung beiwohnten, schauten sich ratlos an und redeten mit ausholenden Gesten aufeinander ein. Scheinbar wussten sie nicht, ob die Gelehrten ihnen Befehle erteilen durften.

»Schweigt!«, rief Zeno. Tatsächlich senkten sich Stimmen und Gesäße. »Ich versage diesem Studenten die Magisterwürde.«

Baldassare stieg die drei Stufen zum Tisch der Prüfer hinauf. Mit verschränkten Armen baute er sich vor Zomino Zeno auf.

»Bist du dir sicher?«, fragte Baldassare.

»So sicher wie Mose die Gesetzestafeln vom Berg Sinai hinabtrug und unseren Berufsstand begründete«, erwiderte Zeno. »Du wirst kein Magister des Rechts, und wenn der Fürst der Stadt selbst hier im Saal erscheinen und auf die Steuern verzichten sollte.«

Poggio fing Zenos Worte auf wie ein Angler einen kapitalen Hecht. Er erhob sich und rief, so laut er konnte: »Vielleicht aber, wenn es die Fürstin wäre. Man sagt, sie habe die Geldbörse ihres Mannes fest im Griff.«

Von einigen Kirchenbänken war Gelächter zu hören.

»Still! Die Fürstin hat damit nichts zu schaffen«, entrüstete sich Zomino Zeno.

»Vielleicht würde sie ihren Gatten vom Vorwurf der ungerechten Besteuerung reinwaschen wollen«, sagte Baldassare. »Ich schlage eine Wette vor: Wenn die Fürstin hier erscheint und zu meinen Vorwürfen Stellung bezieht, müsst ihr mir recht geben und mich zum Magister ernennen.«

Poggio biss sich auf die Lippen, um nicht loslachen zu müssen. Man konnte Baldassare alle Wege versperren, er witterte immer einen Ausweg.

»Was ist das für ein Unsinn?«, widersprach Zeno. Sein grauer Bart zitterte. »Dies ist eine Prüfungskommission und kein Pfuhl für Wetten.«

»Warte, warte!« Die Stimme kam vom äußeren Ende des Tisches. Dort war der schläfrige Dottore vollends aus seinen Träumen erwacht. Er wedelte mit schlaffer Hand. »Warum sollen wir auf dieses Angebot nicht eingehen? Wenn der Prüfling verliert, können wir ihn nach Herzenslust bestrafen. Seine Kerkerhaft wird allen eine Warnung sein, die das Fürstentum infrage stellen wollen.«

»Und wenn er die Wette gewinnt?«, schallte es aus den hinteren Kirchenbänken.

»Dann werden wir einen historischen Moment erleben«, krähte der Dottore. »Eine Situation, die unserem Rechtswesen neue Impulse verleihen wird. In diesem Fall wäre ich dem Prüfling sogar dankbar und hätte keinerlei Bedenken, ihn mit dem Titel eines Magisters auszustatten. Wir gewinnen also in jedem Fall.«

Unter dem Gemurmel der Zuschauer steckten die vier Dottores ihre grauen Köpfe zusammen. Zeno gestikulierte wild, die anderen nickten. Nach einer Weile erhob sich der Erwachte von seinem Platz, stand krumm und stützte sich auf die Tischplatte, während er verkündete: »Deine Herausforderung ist angenommen. Sollte die Fürstin an dieser Stelle vor uns treten und sich gegen deine Anfeindungen zur Wehr setzen, wirst du zum Magister des Rechts ernannt.« Der Gelehrte hustete.

Poggio atmete auf. Zwar war die Prüfung nicht so verlaufen, wie er es geplant hatte. Aber Baldassare hatte das Ruder auf seine eigene Art herumgerissen. Irgendwie, das wusste Poggio tief in seinem Innern, würde es dem Neapolitaner schon gelingen, die Fürstin zu einem Auftritt in der Kathedrale zu bewegen.

Baldassare willigte mit siegessicherer Stimme ein. »So soll es geschehen. Ich werde die Fürstin hierherbringen. Vor diesem Tribunal wird sie das Steuersystem ihres Mannes verurteilen.«

»Das wird dir niemals gelingen!«, fauchte Zomino Zeno.

»Nichts leichter als das«, platzte es aus Baldassare heraus. Er reckte das Kinn vor: »Aber damit ihr noch mehr davon habt: Sie wird mir zuliebe auf einem Einhorn vor diesen Altar reiten. Und dabei keine Kleider tragen.«

»Eine nackte Fürstin auf einem Einhorn! Warum hast du nicht noch einen Fidel spielenden Papst hinzugegeben?« Diesmal war es Poggio, der brüllte, dass die Tauben vor den Fenstern die Flucht ergriffen. Bologna brütete in der Hitze, und in der kleinen Dachwohnung war kaum Luft zum Atmen. Doch auch in der bittersten Kälte wäre Poggio in Schweiß gebadet gewesen.

»Dir fällt schon etwas ein«, sagte Baldassare, während er vorgab, die beiden Kammern nach Wein und Zucker zu durchsuchen. »Du hast doch drei Tage Zeit.«

»Drei Tage, um ein Einhorn zu finden, zu einer Fürstin vorgelassen zu werden und sie willenlos zu machen, damit sie sich nackt in der Öffentlichkeit zeigt? Ich sollte dich einfach deinem Schicksal überlassen.«

»Ah, hier ist noch ein Tropfen.« Baldassare ließ sich auf dem blanken Holzfußboden nieder, in einer Hand einen prall gefüllten Lederbeutel. Mit den Zähnen zog er den Korken heraus und trank in lauten Schlucken. Dann hielt er Poggio den Beutel hin. Doch der wandte sich ab.

»Wir können noch immer aus Bologna entkommen«, schlug Poggio vor. »Wie ich hörte, sucht der Herzog von Mailand Verstärkung für sein Heer. Dort könntest du Karriere als Söldner machen.«

»Und im Namen der Visconti, dieser Giftmörderbande, mein geliebtes Bologna und Florenz in Trümmer legen? Dann lieber im Kerker schmachten. Überdies trifft man in Gefangenschaft die absonderlichsten Leute. Das weißt du doch.«

Poggio ergrimmte. Baldassare hatte recht. Lieber würden sie ein Leben als Bettler oder Wegelagerer fristen, als für die Dynastie der Visconti Schergendienste zu verrichten.

Noch einmal streckte Baldassare Poggio den Weinschlauch entgegen. »Komm schon, trink! Ein schwerer Wein im Bauch füllt deinen Kopf mit leichten Gedanken.«

Poggio griff zu.

Drei Tage später saß Poggio erneut in der Kirchenbank der Kathedrale von Bologna. In den vergangenen Nächten hatte er kaum Schlaf gefunden. Seine Augen brannten, seine Hände waren taub, und sein Herz war schwer. Gern hätte er sich auf der Bank ausgestreckt und wäre einfach eingeschlafen. Aber die Kirche war noch dichter besetzt als an jenem Tag, an dem Baldassare das Unglück über ihren beiden Häuptern heraufbeschworen hatte. Alle wollten sehen, ob der Neapolitaner die Wette gewann. Obwohl jeder wusste, dass das schier unmöglich war, schienen viele Baldassare Cossa doch so gut zu kennen, dass ein Rest Ungewissheit blieb. Das Volk drängte sich vor den geschlossenen Pforten der Kirche zusammen. Die Prüfer hatten sich wieder hinter ihrem Tisch niedergelassen. Zomino Zeno winkte einen der Büttel herbei und flüsterte ihm etwas zu.

Baldassare war nirgends zu sehen.

Die Zeit gähnte. Allmählich verstummte das Raunen in der Kirche und machte einer kühlen Schläfrigkeit Platz. Von der Sonntagsmesse hing noch der Geruch von Weihrauch in der Luft. Poggio rieb sich die Wangen und zwickte sich in die Arme, um nicht einzuschlafen.

Da öffnete sich knarzend das Portal der Kirche. Rufe schallten herein. Unter dem Lärm von einigen hundert Zungen war das Geräusch klappernder Hufe zu hören. Die Türen schlossen sich wieder. Der Lärm verebbte, aber das Hufgeklapper war nun so laut wie Stockschläge.

Die Zuschauer waren von den Bänken aufgesprungen, um zu sehen, wer sich da dem Tisch der Prüfer näherte. Auch die Dottores hatten sich erhoben. Nur Zomino Zeno blieb auf seinem Platz und schaute skeptisch unter seiner gefurchten Stirn hervor.

Es war Baldassare. Auch an ihm waren die letzten drei Tage und Nächte nicht spurlos vorübergezogen. Zwar hatte er ein Wams aus blauem Samt angelegt, auf dem sein Familienwappen prangte, hatte seinen Hut mit einer Fasanenfeder geschmückt und sich sogar die Fingernägel poliert. Aber die Ringe unter seinen Augen waren die eines Menschen, der bis zur Erschöpfung gearbeitet hatte.

Das Resultat ihrer gemeinsamen Bemühungen führte der Neapolitaner am Zügel: einen Schimmel von zierlicher Gestalt, mit langer Mähne und kunstvoll geflochtenem Schweif. Aus der Stirn des Tieres ragte ein Horn. Es war lang, spitz, strahlte in reinstem Weiß und entzückte mit braunen Sprenkeln.

Vor den Altarstufen hielt Baldassare an. Er zog den Hut und verbeugte sich tief vor den Dottores. Zeno war bereits aufgesprungen. Bevor die anderen den Prüfling standesgemäß begrüßen konnten, lachte er höhnisch und rief: »Eine Fälschung! Bis hierher sehe ich, dass das Horn von Schnüren gehalten wird. Das ist nur ein Ackergaul! Wir sollen mit einem billigen Trick hinters Licht geführt werden.«

Der Schlaf fiel von Poggio ab wie Straßenstaub von einem Reiter. Mit genau diesen Worten Zenos hatten Baldassare und er gerechnet. Und ebenso hatten sie vorausgesehen, was nun folgte.

Die vier Prüfer erhoben sich, kamen hinter ihrem Tisch hervor und umringten das Einhorn. Umgeben von so vielen fremden Gesichtern und Gerüchen scheute das Tier, doch Baldassare beruhigte es wieder. Zomino Zeno bückte sich, um unter den Kopf des Einhorns zu blicken. Dort fand er jedoch nicht, was er suchte: Bänder, die das Horn an Ort und Stelle hielten. Einer der anderen Dottores streckte vorsichtig die Hand nach dem Auswuchs aus, zog sie jedoch im letzten Augenblick zurück. Die Scheu vor der mythischen Kreatur war größer als die Gelehrsamkeit.

Zomino Zeno hingegen griff beherzt zu. Seine Finger schlossen sich um das Horn und zogen daran. Das Einhorn wieherte protestierend und schlug mit den Vorderhufen auf den Granitboden der Kathedrale. Erschrocken zog Zeno die Hand wieder zurück.

»Also gut!«, rief der Dottore, so laut er konnte. »Das Horn ist nicht festgebunden. Dann ist es wohl festgeklebt.« Er winkte den Bütteln. »Bringt Wasser herbei, rasch! Ich kenne keinen Leim, der sich nicht mit Wasser lösen ließe.«

Jetzt war der heikle Teil der Vorführung gekommen. Zwei Büttel verließen die Kathedrale durch einen Seiteneingang. Einige Zeit verging. Baldassare führte das Einhorn herum, um dem Tier die Angst zu nehmen. Schließlich kehrten die Büttel zurück. Sie überreichten Dottore Zeno einen Steinkrug, der zu einem Viertel mit Wasser gefüllt war. Auf Zenos zornige Frage, was er mit diesen Tropfen anstellen solle, zuckten die Büttel die Schultern und verwiesen auf die Wasserknappheit in der Stadt. Wegen des trockenen und heißen Sommers, erklärten sie, seien die Zisternen leer, und die Menge vor der Kirchentür habe die meisten Vorräte der Wasserhändler aufgekauft.

Poggio schaute zu Boden, um sein Lachen zu verbergen. Es war Baldassares Einfall gewesen, den Neugierigen vor der

Pforte Geld zu geben, damit sie Wasser davon kaufen konnten. Jetzt musste Zeno mit dem letzten noch aufzutreibenden Rinnsal auskommen, und das würde nicht genügen, um den Leim unter dem Horn zu lösen. Für einen einfachen Kleber aus Eiweiß hätten wenige Tropfen ausgereicht. Sogar Vogelleim, der aus Misteln hergestellt wurde, hätte sich der Kraft des Wassers rasch ergeben. Was aber das Horn auf der Stirn des Schimmels hielt, war eine Rezeptur aus der Apotheke der Familie Bracciolini. Poggios Vater hatte sie entwickelt. Eigentlich hatte er damals nach einer Arznei gegen Durchfall gesucht, denn das Antoniusfeuer ging um. Herausgekommen aber war etwas, das jeden gequälten Darm endgültig verschlossen hätte: ein Leim von so hoher Elastizität, dass er nicht brach, wenn er ausgehärtet war, und dem Wasser nur in großen Mengen etwas anhaben konnte.

Und Wasser, das wussten Poggio und Baldassare, war in Bologna an diesem Tag ein seltenes Gut.

Jetzt befahl Zeno, man möge das Einhorn festhalten. Mit zitternden Fingern goss der Dottore etwas Wasser aus dem Krug über die Stirn des Tieres und bemühte sich, keinen Tropfen zu verschütten. Als das Einhorn bemerkte, dass es ihm feucht am Kopf entlangrann, schüttelte es sich, ließ die restliche Prozedur jedoch über sich ergehen. Schon war der Krug geleert. Noch einmal griff Dottore Zeno nach dem Horn und zog.

Der Schimmel ließ ein Schnorcheln hören und knirschte vernehmlich mit den Zähnen. Mit angelegten Ohren wich er vor dem Dottore zurück und rollte mit den Augen. Nach wie vor prangte das Horn auf seinem Kopf, ein unverrückbares Zeichen von Zenos drohender Niederlage.

»Mehr Wasser!«, schrie der Dottore. Aber niemand setzte sich in Bewegung, um seinem Wunsch nachzukommen. Er drückte einem seiner Kollegen den Krug in die Hand und deutete auf das Taufbecken. »Dort wird noch etwas zu finden sein.«

»Bist du von Sinnen, Zeno?«, fragte der mit dem Krug Gesegnete. »Das ist Gotteslästerung. Willst du, dass wir als Nächstes über dich zu Gericht sitzen?«

Zomino riss das Gefäß wieder an sich, stiefelte zu dem achteckigen Becken und tauchte den Krug hinein. Als er ihn wieder hervorholte, lief Wasser über den Rand.

Poggio verging das Lachen. Eine so große Menge Wasser mochte den Leim seines Vaters in Wohlgefallen auflösen. Er warf Baldassare wilde Blicke zu. Doch der Neapolitaner sah nicht einmal herüber. Er hatte eine beruhigende Hand auf den Rücken des Schimmels gelegt und sprach auf das Tier ein. Um sein eigenes Schicksal schien er sich nicht zu sorgen.

Einer der Dottores stellte sich Zomino Zeno in den Weg. »Gieß es wieder aus,« forderte er. »Zu deinem eigenen Wohlergehen.«

Doch Zeno hatte scheinbar nicht vor, sich aufhalten zu lassen. »Mein Wohlergehen hängt einzig und allein davon ab, diese Betrügerei zu entlarven. Und wenn mir das Wasser Gottes dabei helfen kann, so ist das himmlisches Recht. Beiseite!« Er stieß den Gelehrten fort und machte sich erneut an dem Einhorn zu schaffen.

Poggio kaute an seinem linken Daumen.

In diesem Augenblick fiel eine Tür ins Schloss. Der Knall übertönte den Streit der Gelehrten. Alle Blicke flogen zu dem kleinen Eingang der Sakristei hinüber, in dem eine Frau von etwa dreißig Jahren erschienen war. Sie trug einen grünen, glockenförmigen Umhang mit weiten Ärmeln, deren schwerer Stoff bis zum Boden reichte. Der Umhang war mit Nesteln geschlossen und ließ weiter nichts von ihrem Leib erkennen. Ihr Gesicht trug feine Züge von vornehmer Blässe. Über der schmalen, aber langen Nase lagen dunkle Augen, die ihre Farbe mit dem ebenso dunklen Haar zu teilen schienen. Dieses war gebändigt unter einer Burgunderhaube, die wie ein Turm über dem Kopf aufragte und mit Kettchen und Goldborten geschmückt war. Dagegen wirkten die Lippen geradezu zwergenhaft, wohl auch, weil die Hinzugekommene den Mund zusammenkniff.

Francesca Gozzadini war erschienen, die Gemahlin Anton Galeazzos I. Bentivoglio und damit Herrin über Bologna. Sie wurde begrüßt von einem lang anhaltendem Murmeln und Raunen. Die Dottores vergaßen ihren Streit, und selbst Zomino Zeno verbeugte sich, als die Herzogin sich den Gelehrten und dem Einhorn näherte. Das Raunen verstummte. Nur das schleifende Geräusch des über den Steinboden nachziehenden Mantels erfüllte noch das Kirchenschiff.

Der Umhang warf keinerlei Falten, als die Fürstin an den vorderen Bankreihen vorüberrauschte. Auch würdigte sie die Zuschauer keines Blicks. Dennoch kam es Poggio vor, als habe die vornehme Dame den linken Zeigefinger, dessen Spitze aus dem weiten und langen Ärmel hervorlugte, in seine Richtung bewegt. Aber das mochte Einbildung gewesen sein. Gewiss würde Francesca Gozzadini niemals öffentlich zeigen, dass sie einen wie Poggio kannte, einen jungen Mann aus der verhassten Nachbarstadt Florenz, einen, der ihr ein unsittliches Angebot gemacht hatte.

Vor zwei Tagen waren sich Francesca und Poggio begegnet. Nicht im Palast, dessen dunkle Mauern über den Dächern des Stadtzentrums aufragten. Dort hätte jemand wie Poggio niemals Zugang gefunden, mochte sein Wappenbrief noch so echt aussehen. Baldassare hatte einen anderen Weg gewusst, sich der Fürstin zu nähern. Ihr Gemahl war nicht in der Stadt. Bentivoglio war nach Mailand aufgebrochen, um dort mit den Visconti über das Schicksal Bolognas zu verhandeln. Noch etwas wusste Baldassare: Francesca Gozzadini nutzte Gelegenheiten wie diese, um sich bei Nacht unerkannt unter das Volk zu mischen. Sie liebte den Tanz. Nicht das höfische Schreiten und Hüpfen der Edelleute, sondern die wilden Rhythmen des Volkstanzes. Wie es hieß, schlich sie sich gern unter die Feiernden auf den nächtlichen Plätzen der Stadt und ließ den Bewegungen ihrer Beine, Hüften und Arme freien Lauf, das Gesicht hinter einem Schleier verborgen. So hatte es jedenfalls Baldassare erzählt.

Für diese Information hatte Poggios Gefährte seine letzten Silbermünzen gegeben. Nun sollte sich diese Investition auszahlen.

Am Samstagabend, während Baldassare sich nach einem Pferd umsah, aus dem ein Einhorn werden konnte, durchkämmte Poggio die Straßen der Stadt auf der Suche nach Musik und Tanz. An den Wochenenden waren die Plätze bis zum Morgen gefüllt mit Violinen- und Schellenklängen, dem Gesang des Volkes, aus dem später das Lallen der Betrunkenen wurde. Dreimal hielt Poggio vergeblich nach einer verschleierten Frau Ausschau. Nur mühsam entkam er den an seinen Kleidern zerrenden Tänzern und den schweren Armen, die sich kameradschaftlich um seine Schultern legen wollten. Schließlich entdeckte er auf einem Platz im jüdischen Viertel eine Frau mit einem schwarzen Schleier.

Die Erinnerung an diese Nacht wärmte Poggio, als er nun fröstelnd in der Kathedrale ausharrte. Baldassare hatte richtig entschieden, nicht selbst nach der Fürstin zu suchen, sondern Poggio diese Aufgabe zukommen zu lassen. Poggio, dessen dicht bewimperten Augen und scheuen Blicken keine Landfrau der Toskana hatte widerstehen können. Zwar war er kein Meister in der Kunst der Verführung. Doch vielleicht, so hatte Baldassare einmal gesagt, lag es gerade an Poggios zurückhaltender Art, dass ihm die Mädchen nicht nur hinterherblickten, sondern bisweilen auch hinterherliefen.

Zu versuchen, eine Fürstin zu betören, wäre Poggio niemals in den Sinn gekommen. Deshalb hatte er zunächst versucht, mit seinem Wappenbrief und seinem Siegel bei Francesca Eindruck zu machen. Aber im Flammenschein auf der Piazza, im Schweißgeruch der Tänzer und unter der Glocke schneller Musik hatte Francesca über Brief und Siegel gelacht, die Hand, die beides hielt, beiseitegewischt und Poggio erlaubt, sich mit ihr zunächst im Tanz und später im Schatten der Porta San Felice auch körperlich zu vereinen. Die Erinnerung entlockte Poggio noch immer ein wehmütiges Lächeln. Schon in dem Moment, in dem Francesca ihn zu sich unter den Schleier gezogen hatte, war ihm schmerzlich bewusst gewesen, dass sich die Ereignisse dieser Nacht niemals wiederholen würden.

Als er ihr, noch atemlos unter dem Stadttor, von den Ereignissen bei Baldassares Prüfung berichtete, hatte er mit ihrem Zorn gerechnet. Stattdessen hatte Francesca kalt gelacht. Längst wusste sie von der anmaßenden Wette. Auch hatte sie bereits vor, persönlich in der Kathedrale zu erscheinen, um den Dottores zu zeigen, wozu eine Bologneser Fürstin fähig war. Sie sei froh, so hatte sie zum Abschied gesagt, dass Poggio nichts von ihren Plänen gewusst hatte. Sonst hätte er womöglich niemals nach ihr gesucht.

Jetzt hatte Francesca Gozzadini das Einhorn erreicht. Sie warf einen neugierigen Blick auf das Horn, das den Angriff der Dottores unbeschadet überstanden hatte. Die fürstliche Hand tätschelte dem Pferd die Wange. Dann griff sie nach den Bändern, die ihren Umhang hielten. Mit einem Ruck löste sie den

Verschluss und streifte das grüne Tuch von den Schultern. Der glänzende Stoff raschelte zu Boden. Die Blicke der Dottores und der Zuschauer hafteten fest auf der Gestalt der Fürstin. Francesca, dachte Poggio, verfügt über einen besseren Klebstoff, als ich ihn jemals herstellen könnte: die Schönheit der Frauen.

Die Fürstin stand inmitten des Kirchenschiffs. Aber sie war nicht nackt. Unter dem Umhang trug sie ein prachtvolles Kleid mit geschlitzten zweifarbigen Ärmeln und Goldstickereien. Die Taille saß der Mode gemäß unter der Brust. War es Zufall, dass das Kleid ebenso blau war wie Baldassares Gewand?

Mit strenger Miene wandte sich die Fürstin nun den Dottores zu. »Mir ist zu Ohren gekommen, dass es eine Wette gibt. Wie genau lautet sie?«

Die vier Gelehrten starrten und schwiegen. Schließlich wagte sich Zomino Zeno vor und deutete auf Baldassare: »Dieser da hat diese scheußliche Wette vorgeschlagen.«

Francescas Blick streifte Baldassare beiläufig. »Ein Student, nicht wahr?«, fragte sie.

Die Dottores nickten. Zeno ergänzte: »Dennoch war er es, der ...«

»Schweig! Was ein Student in seinen feuchten Fantasien ausbrütet, ist mir zwar zuwider, aber kann ich ihm deshalb einen Vorwurf machen? Antwortet! Gibt es dagegen ein Gesetz?«

Zeno runzelte die Stirn. »Nein«, brachte er zwischen fast geschlossenen Lippen hervor. »Das gibt es nicht.«

Die Fürstin verschränkte die Arme vor der Brust. »Aber euch, die ihr euch Rechtsgelehrte nennt, euch kann ich anklagen. Ihr haltet euch für würdig, Studenten zu Magistern zu ernennen, und lasst euch dazu auf eine Wette ein? Eine Wette, wie sie Betrunkenen in einem Bordell einfällt! Dabei hat die Universität meiner Stadt einen Ruf, der in London gehört wird, in Madrid und Paris. Diesen Respekt habt ihr in Gelächter und Schadenfreude verwandelt. Wer gab euch das Recht, die Institution der Bologneser Universität mit einer Wette lächerlich zu machen? Noch dazu mit einer Wette auf Kosten meiner Würde? Was ihr da vereinbart habt, war ein Kuhhandel. Und die Kuh sollte ich sein.«

»Das Recht«, sagte einer der Dottores leise, »geht nicht immer gerade Wege.«

In Francescas Gesicht erschienen rote Flecken. Das Glitzern in ihren Augen kam Poggio bekannt vor. Ungeduldig winkte die Fürstin Baldassare heran und legte ihm eine Hand auf die Schulter. Dann klirrte ihre kalte Stimme: »Dieser junge Mann hat etwas Einzigartiges getan. Er hat der Stadt gezeigt, wie verkommen die Gelehrten unserer Universität sind. Er ist es, der ein wahrer Meister der Rechtswissenschaft ist. Ihr hingegen seid nichts weiter als stockblinde Mümmel. Galle sei euer Getränk! Sobald mein Gemahl aus Mailand heimgekehrt ist, wird er euch eurer Ämter entheben. Zuvor aber ernennt ihr Baldassare Cossa zum Magister des Rechts. Mit sofortiger Wirkung.«

An diesem Tag trat Baldassare Cossa in die Reihen der Rechtsgelehrten ein. Als das Volk vor der Kathedrale davon hörte, sang es zu Cossas Ehren das Lied von den grünen Hügeln Bolognas. Das Einhorn gehörte fortan zu den Mythen der Stadt. Manche schlugen sogar vor, es ins Wappen der Fürstenfamilie aufzunehmen. Dort ist es jedoch niemals aufgetaucht. Auch in den Straßen Bolognas hat seit jenem Tag niemand mehr ein Einhorn gesehen.

Kapitel 22

DIE BURG WAR VERFALLEN. Ihre Ruine lag nahe am Weg, der vom Kloster Beuron nach Westen führte. Poggio, Baldassare und Agnes erreichten sie nach kurzem Ritt im frühen Morgenlicht. Gewiss wäre die Herberge, an der sie vorbeigekommen waren, der wärmere Unterschlupf gewesen. Doch die Gefahr, dort auf Oswald und seine finsteren Begleiter zu treffen, war groß und trieb die Gruppe in die Überreste der Burg.

Noch ein Grund sprach für das kalte Gemäuer: Agnes hatte erklärt, dort den Folianten zurückgelassen zu haben, bevor sie im Kloster Beuron an die Pforte geklopft hatte.

Sie schritten durch die zerfallenen Mauern. Hinter einer mit Pech gestrichenen Eisentür fanden sie einen Raum, dessen gemauerte Decke zwar schadhaft, aber an einigen Stellen unversehrt war. Einst schien hier die Küche gewesen zu sein. Das Gewölbe war mit einer schwarzen, glänzenden Schicht überzogen: dem fetten Ruß von tausend Flammen, auf denen ebenso viele Mahlzeiten geschmort worden waren.

Bald prasselte in dem alten Herd wieder ein Feuer. Agnes öffnete die Lade eines kleinen, in die Wand gemauerten Backofens. Langsam zog sie den Folianten daraus hervor. Poggio erkannte das Buch aus Sankt Fluvius sofort wieder. Als Agnes es ihm reichte, schmerzte es ihn einmal mehr, dass der Buchrücken zur Hälfte fehlte. Das war Oswalds Werk gewesen, als er die Kette aus dem Leder geschnitten hatte. Nach den Ereignissen auf dem Bodensee war das Buch nun so sehr beschädigt, dass die Pergamente daraus hervorzurutschen drohten. Sollten zudem noch die Seiten durcheinandergeraten, wäre der ohnehin rätselhafte Text nicht mehr zu entziffern.

Während Baldassare vier süße Küchlein, zwei Beutel Wein und drei kleine Brote aus seinem Gepäck hervorholte, zog sich Poggio mit beiden Folianten in einen Winkel des Raumes zurück, in dem das Tageslicht durch die löchrige Decke fiel. Dort legte er die Bücher nebeneinander auf einen Mauervorsprung und schlug sie auf. Rasch fand er die Stelle wieder, an der er zuletzt gearbeitet hatte.

Seine Begleiter beugten sich über seine Schultern. Mit wedelnden Fingern scheuchte Poggio sie davon. Er werde ihnen schon berichten, wenn er nur einige Momente mit dem alten Text allein sein könne. Baldassare zog Agnes mit sich zurück zum Feuer.

Poggio widmete sich zunächst dem Buch aus dem Grab. Der Umschlag des zweiten Folianten war nicht aus Leder, sondern aus Holz. Poggio strich über den bleichen Deckel. Holzwürmer lebten darin. Die Löcher, die sie hinterließen, sahen aus wie die Punkte am Ende eines Satzes, willkürlich über die Fläche verstreut – die Zeichensetzung der Natur.

Aus seinem Beutel kramte Poggio Werkzeug hervor: Federmesser und Bimsstein mussten vorerst genügen. Das Horn des Einhorns nahm er noch einmal in Augenschein. Die Spitze hatte er im Grab der Meripurc abtrennen müssen, um es in eine Trompete zu verwandeln. Poggio verzog die Mundwinkel. Stets hatte er dieses Stück in Ehren gehalten und darin seine Tinte angerührt. Nun war es dafür nicht mehr zu gebrauchen. Andererseits, so sagte er sich, hat es mir da unten in der Gruft das Leben gerettet. Vielleicht ist es einzig zu diesem Zweck so lange bei mir geblieben.

Mit der Behutsamkeit, mit der ein Wundarzt einem Verletzten den Verband abnimmt, klappte er den Buchdeckel auf. Noch immer entströmte dem Folianten der Geruch des Grabes. Auf den ersten Blick erkannte Poggio, dass das Pergament von besserer Qualität war als im ersten Buch. Die Seiten waren von Meisterhand enthaart. Aus Kalbshaut waren sie nicht, denn die Farbe war leicht gelblich, was auf Schafe schließen ließ. Am Rücken war das Buch sorgsam vernäht. Auch hier hatte jemand gute Arbeit geleistet.

Langsam strich Poggio mit den Fingern am Rand der Seiten entlang. Gern schloss er auf diese Weise mit einem Buch Bekanntschaft, bevor er es las. Dann begann er damit, die erste Seite zu untersuchen.

Der Text war nicht illuminiert. Farben fehlten, ebenso kleine Figuren am Rand oder ausladende Initialen, wie sie ein Kapitel für gewöhnlich einleiteten. Nicht einmal eine Bordüre gab es. Das ließ nur einen Schluss zu: Wie schon im ersten Folianten hatte auch hier jemand den ursprünglichen Text eilig übertüncht. Poggio leckte sich die Finger und rieb kräftig an einer Stelle, die ihm verdächtig brüchig vorkam. Tatsächlich löste sich eine Schicht und blieb an einem Finger kleben. Es musste sich um dieselbe Mischung aus Käse und Kalk handeln, die er bereits kennengelernt hatte.

Bevor Poggio daranging, die Paste mit dem Federmesser abzukratzen, warf er einen Blick auf die Schrift, die er im Begriff war zu zerstören. Die Worte waren auf Latein geschrieben. Sofort erkannte Poggio, dass er ein weltliches Werk und keine Bibel vor sich hatte. Der Text begann mit einem Proömium, einem einleitenden Gesang, wie ihn dereinst nur römische und griechische Autoren verwendet hatten. Poggio blinzelte. Die Worte waren ihm unbekannt, aber der Stil kam ihm vertraut vor. Noch einmal las er den ersten Satz, dann den zweiten, um wieder zum ersten zurückzukehren. Schließlich klappte er das Buch wieder zu, so sorgfältig, wie er es geöffnet hatte.

»Du bist blass vor Frost«, sagte Baldassare, als Poggio zum Feuer zurückkehrte. Er saß neben Agnes auf herausgebrochenen Mauersteinen, über die sie Pferdedecken geworfen hatten. Die Reittiere drängten sich an einer Wand zusammen.

Poggio ließ sich neben Agnes nieder. Bei einer anderen Gelegenheit hätte er diesen Moment aufregend gefunden. Doch jetzt waren all seine Glieder taub für die Welt.

»Was steht drin? In welchem Jahrhundert leben wir?«, wollte Baldassare wissen und reichte Poggio am ausgestreckten Arm über die Flammen hinweg einen Weinschlauch.

Poggio nahm einen tiefen Schluck. »Es ist das sechste Buch der *Rerum Natura*«, sagte er und trank erneut.

»Über die Natur der Dinge«, übersetzte Baldassare und sagte zu Agnes gewandt: »Das ist sein Lieblingsbuch. Sehr alt.« Einem Priester gleich hob er beide Hände.

»So ist es«, sagte Poggio. »Deshalb werde ich den Text auch nicht zerstören, um herauszufinden, was darunter zu lesen steht. Von Lukrez' Meisterwerk sind bisher nur die ersten fünf Teile bekannt. Wenn es sich bei diesem Text nicht um eine geniale Fälschung handelt, so ist dies der sechste Teil.«

Agnes legte den Kopf schief. »Aber wenn es sich um einen antiken Text handelt, wie soll dann mein Gemahl etwas darunter verborgen haben?«

»Er muss ihn abgeschrieben haben. Irgendwo in eurer damaligen Residenz bewahrte er anscheinend das sechste Buch der *Rerum Natura* auf. Als er den Text der Zeitfälschung überdecken wollte, muss dein Gemahl dieses seltene Stück zur Vorlage genommen haben. Vielleicht war es nur ein Zufall.«

»Jobst war immer stolz auf seine Bibliothek. Aber er hat mir nie verraten, welche Schätze er wirklich besaß.« Agnes schüttelte den Kopf.

Poggio räusperte sich. »Ist eure Burg noch im Besitz eurer Familie?«

Agnes musterte ihn aus dunkeln Augen. »Warum willst du das wissen?«

»Weil ich diesen Text nicht zerstören werde, ohne die Vorlage in Händen zu halten. Wenn es das Original nicht mehr geben sollte, ist diese Kopie vielleicht alles, was von Lukrez' Schrift übrig ist. Wir müssen in Jobsts ehemaligen Gemächern nach der ursprünglichen Schrift suchen.«

Baldassare lachte schallend. »Du scherzt! Was unter dem Text zu finden ist, scheint mir wichtiger als eine Kopie des Lukrez.«

Agnes schlug vor: »Schreib den Text dieses Lukrez doch einfach ab.« Sie hielt ein Biskuit zwischen den Fingern, als sei es eine Hostie. Gelegentlich nahm sie einen winzigen Bissen davon.

Poggio schüttelte den Kopf. »Nein. Jobst – oder wer immer diese Worte kopiert hat – kann Fehler gemacht haben. Schon ein falscher Buchstabe kann einen ganzen Satz«, er gab der Luft mit der flachen Hand einen Klaps, »einen ganzen Absatz entstellen. Ich brauche das Original.«

Agnes stand auf und stellte sich Poggio gegenüber. »Baldassare hat recht: Der Text, der darunterliegt, ist wichtiger.«

Nun erhob sich auch Poggio und entfernte sich einige Schritte von seinen Gefährten. Mit einem Mal hatte er das Gefühl, in eine Schlangengrube geraten zu sein. »Warum ist diese Schrift so wichtig für euch?«, fragte Poggio.

»Du weißt ja«, antwortete Baldassare, »dass König Sigismund mich als Papst abgesetzt hat. Natürlich ist das nicht rechtmäßig, aber viele meiner Gegner stimmen ihm zu. Und wo viele derselben Meinung sind, wird eine Lüge zur Wahrheit. Mit diesen

Büchern könnte ich vielleicht beweisen, dass das deutsche Königtum auf einer Lüge errichtet ist. Sigismund würde entmachtet. Alle Gegenpäpste müssten zurücktreten, ein neues Kirchenoberhaupt müsste gewählt werden, und die Kirchenteilung wäre endlich beendet. Du siehst, ich brauche diese Bücher. Und ich brauche deine Hilfe. Sind wir nicht von jeher Gefährten gewesen, Poggio Bracciolini?« Er hob den Weinschlauch und schüttelte ihn prüfend. Dann trank er mit Ausdauer.

Poggio nickte bedächtig. »So etwas habe ich mir schon gedacht. Dir geht es gar nicht um das Wohl der Welt, sondern um deine eigenen Pfründe. Du selbst willst der einzige Papst werden.«

Baldassare lachte gekünstelt. »Die Folianten bekomme ich auch ohne deine Zustimmung.« Mit einem Satz war er auf den Beinen. Drohend näherte er sich Poggio. Baldassares schwerer Umhang schwang und fächerte den Rauch des Feuers auseinander.

Poggio umklammerte die Bücher mit beiden Armen. Er wusste, wenn Baldassare ein Ziel verfolgte, wurde eine Burgmauer zu einer Gartenhecke.

»Halt!«, rief Agnes, bevor Baldassare Poggio erreichte. »Ich habe ebenso Anrecht auf die Texte. Und ebenso habe ich meine Pläne damit.«

Baldassare hielt inne. Er stand nun an Poggios rechter Seite, eine Hand griff bereits nach den Büchern in Poggios Armen. Agnes gesellte sich auf der linken Seite hinzu. Sie strich mit einem Finger über das Werk, so wie sie es mit dem ersten Folianten im Bergkloster getan hatte, um ihn Poggio zu zeigen.

»Was sollen das schon für Pläne sein?«, wollte Baldassare wissen.

Agnes' Finger war am Holzdeckel des Buches hinabgewandert und blieb auf Poggios rechtem Handgelenk liegen. »König Sigismund hat meinen Gemahl ermorden lassen. Vielleicht hat er die schändliche Tat sogar mit eigener Hand begangen. Wenn diese Bücher dazu führen können, dass er seinen Thron, sein Leben, seine Familie und seine Geschichte verliert, so wäre mir das als Rache zwar nicht genug. Aber es wäre ein Anfang.« Ihre Stimme war leiser geworden. »Deshalb bin ich es, die diese Bücher braucht. Wenn ich mit Sigismund fertig bin, kannst du damit anstellen, was du willst, Florentiner.«

»Eigentlich bin ich aus Arezzo«, sagte Poggio. »Das solltest du doch wissen.« Agnes sah ihn verständnislos an. »An unsere gemeinsame Vergangenheit glaubst du wohl auch nicht«, sagte Poggio. »Aber ich glaube an etwas: Die geheimen Texte sind nicht für menschliche Augen bestimmt. Sie gehören weggesperrt. So wie es dein Gemahl wollte. Achtest du Jobsts Andenken so wenig?«

Jetzt zog Agnes die Hand zurück. Ihre Augen wurden groß. Poggio vermochte nicht zu sagen, ob sich der Feuerschein darin spiegelte oder ob sie von innen heraus loderten. »Das Andenken meines Mannes, Arezzo-Mann, verkümmert zu Kot in deinem Mund. Niemals wieder soll sein Name auf deiner Zunge liegen, oder ich reiße sie dir heraus.« Ihre dunkle Stimme hallte von den blanken Steinwänden wieder.

Gern hätte Poggio Agnes gepackt und ihr gesagt, was er von ihren Drohungen hielt. Doch dann hätte er die Bücher beiseitelegen müssen. »Ich habe Abt Emilius mein Wort gegeben, dass ich den Folianten zurückbringe. Und das werde ich halten. Niemand soll in den Büchern lesen. Weder König«, er schaute zu Baldassare hinüber, »noch Papst.«

»Ist es wahr?«, fragte Agnes. »Du bist wirklich der … einer der Päpste?«

Baldassare antwortete nicht. Zu Poggio sagte er: »Agnes und ich sind im Grunde derselben Meinung. Die Schriften sind dazu da, Sigismund zu Fall zu bringen. Du hingegen stehst mit deinen Ansichten allein.«

Doch Poggio dachte nicht daran, sich überstimmen zu lassen. Hier ging es nicht um Meinungen, sondern um das Wohl der Welt. »Wenn es nur der deutsche König wäre, würde ich mich euch anschließen. Aber bedenkt doch: Er wird sein gesamtes Reich mit in den Abgrund reißen. Und danach das gesamte Abendland. Dieser Preis ist zu hoch.«

»Du bist ängstlich«, stieß Baldassare hervor. »Das bist du schon immer gewesen. Wenn ich erst wieder in Rom bin, werde ich die Zügel fest in der Hand halten, und die gesamte Christenheit wird meinen Wagen ziehen. Sei unbesorgt!«

»Dein Karren wird im Abgrund landen«, knurrte Poggio. Er drängte sich zwischen Agnes und Baldassare hindurch und stellte sich vor das Feuer. »Wenn ihr mich nicht zum Text des Lukrez begleiten wollt, gehe ich eben allein.«

Da war, unter dem Prasseln des Feuers, ein Laut von jenseits der Mauer zu hören. Ein kurzer Ruf nur, wie das Quorren eines Vogels. Aber alle Vögel waren entweder in den Süden gezogen oder erfroren vom Himmel gefallen.

»Was war das?«, fragte Poggio und schaute sich um. Wo die Mauern Löcher aufwiesen, war eine Bewegung zu sehen.

»Der Geist des Jobst von Mähren«, sagte Baldassare.

Poggio seufzte. Er sah Gespenster. Was war nur in ihn gefahren? »Wir sollten ausruhen. Ich werde die Bücher weiter untersuchen. Vielleicht finde ich Hinweise auf ihre Herkunft.«

Baldassare nickte. »Jetzt klingst du vernünftiger. Dann bleibt mir etwas Zeit, Agnes zu zeigen, wie sie einem Papst zu begegnen hat.«

Poggio verließ die Ruine, die Folianten fest im Griff. Er wollte endlich mit den alten Worten allein sein, die Lukrez ihm – nur ihm allein – über die Abgründe der Zeit gesandt hatte. Was für eine Entdeckung wartete da auf ihn!

Im Freien gleißte die Sonne. Der Himmel war so tiefblau, dass er schwarz wirkte. Dennoch regierte nach wie vor der Frost. Poggio hauchte auf die Finger, die aus seinen Handschuhen herausragten, stellte sich zwischen einen Haufen Trümmersteine, wo der Wind ihn nicht finden konnte, und schlug das Buch aus Meripurcs Grab auf.

Schon bei den ersten Worten schob er einen Finger unter seine Unterlippe. Dieser Text war tatsächlich von Lukrez. Die Parallelismen, Hyperbeln, Tropen und Litotes waren meisterhaft gesetzt. Zwar verwendeten auch andere Schriftsteller der Antike diese Stilmittel. Keiner jedoch vermochte gleich drei davon in einem einzigen Satz anzuwenden und dennoch verständlich zu schreiben. Poggios Herz schlug rasend. Er legte eine Hand auf das Pergament und wünschte sich, sie möge darin verschwinden, um auf der anderen Seite dem Autor auf die Schulter klopfen zu können.

Wie lange er so dastand, wusste er nicht. Seite um Seite blätterte er um, verlor sich in den wunderbaren Worten, die die Schnelligkeit des Blitzes beschrieben, die fragten: *Warum läuft das Meer nicht über?*, und dem Phänomen nachgingen, dass Brunnenwasser im Sommer kälter war als im Winter. Zu jedem Thema hatte Lukrez eine Antwort oder doch immerhin eine These. Poggio fragte sich, wie die Welt aussehen würde, wenn noch heute Männer dieses Schlages auf ihr wandelten.

Da war ihm, als habe das Licht gewechselt. Ein Schatten fiel auf die pergamentenen Seiten. Er hatte Agnes' Schritte im Schnee nicht gehört. Jetzt stand sie neben ihm.

»Was ist es, das du in diesen alten Worten zu finden hoffst?«, fragte sie und beugte sich über den Folianten. Dabei streifte ihr Haar seine Wange.

Wenn sie atmet, duftet die Luft, dachte Poggio. Tief sog er Agnes' Geruch in sich ein und schloss für einen Moment die Augen. »Die Vergangenheit«, antwortete er, »und die Schätze, die sie hütet.« Er streckte eine Hand nach ihr aus. Kurz bevor sie Agnes' Rücken berührte, zog er sie wieder zurück.

Agnes wandte sich zu ihm um. Ihr Gesicht war so nah, dass sich ihre Atemwolken vermischten. »Was für Schätze sollen das sein?«, fragte sie. »Was vergangen ist, ist vergangen. Was zählt, ist einzig die Gegenwart. Oder nicht?«

Poggios Blicke spazierten über ihre Züge, die gewölbten Brauen, die dunklen Augen, ihre unregelmäßig geformte Nase und den Mund mit der schmalen Ober- und breiten Unterlippe. Ihre Wangen glühten unter der kalten Wintersonne. Sie hatte sich verändert seit jenem Tag auf dem Marktplatz. Aber für ihn war sie noch immer Florentina da Pistoia.

»Ohne Vergangenheit müssten wir ohne Erinnerungen leben«, sagte er so leise wie möglich. Agnes war ein Vogel, der auf seiner Hand gelandet war. Wenn er zu laut spräche, würde sie davonfliegen.

»Meine Erinnerungen sind schrecklich. Ich wäre sie lieber los«, erwiderte sie.

»Der Mord an deinem Gemahl«, sagte Poggio. »Ich hingegen erinnere mich deiner als junge Frau. Du warst noch ein Kind. So wie ich.«

»Geht es da um diese Fiorentina, von der du schon einmal sprachst?« Agnes' Blick machte Poggio das Herz heiß.

»Florentina«, verbesserte er sie. »Das war dein Name damals. Was ist mit dir geschehen seither?«

»Du hast sie geliebt, diese Florentina, nicht wahr?«, wollte Agnes wissen. »Und jetzt glaubst du, sie in mir wiederzuerkennen.« Der frische Wind trieb Poggio Tränen in die Augen. Warum sträubte sich Agnes so sehr gegen die Wahrheit? Etwas Furchtbares musste ihrer Familie damals zugestoßen sein. Etwas, dass sie alle Erinnerung beiseiteschieben ließ.

»Weißt du es wirklich nicht mehr?«, fragte er. »Der Tag auf dem Markt. Dein Vater, der zu Gericht saß. Ich brachte dir Lippenrot. Damit sahst du aus wie eine Königin.«

Sie fuhr zurück. Die Wolken ihres Atems rissen entzwei. »Machst du dich über mich lustig? Ja. Ich war eine Königin, wenn auch nur für einen Tag. Aber in Arezzo bin ich niemals gewesen.«

»Aber du sprichst meine Sprache«, wandte Poggio ein.

»Allerdings!«, sagte sie. »Um dieses gestelzte Latein nicht länger ertragen zu müssen. Dann lieber Italienisch. Jobst hat es mich gelehrt. Er war der Meinung, eine Frau müsse mehr können als am Webstuhl sitzen und traurige Weisen zur Laute singen.«

Poggio griff hilflos in die Luft. Agnes war verstockt. Mit welchen Argumenten sollte er ihr noch beikommen? Es gab keinen Beweis dafür, dass sie Florentina war, und auf seine Erinnerungen und Gefühle schien sie nicht viel zu geben.

Er packte sie bei den Schultern und zog sie zu sich heran. Die Bewegung war aus Verzweiflung geboren. Nur an sich pressen wollte er sie, nur einmal ihren Leib an seinem spüren. Daran war nichts Verwerfliches, nach allem, was sie gemeinsam erlebt hatten. Wie es kam, dass ihre Lippen plötzlich auf seinen lagen, wusste Poggio nicht. Wohl aber, dass sie spröde waren und kalt vom Frost. Umso wärmer fühlte sich die Zunge an, die sich forsch in seinen Mund schob. Ihre Augen waren direkt vor seinen, dunkle Sterne unter dem Firmament ihrer Stirn. Aber da war noch etwas. Während Agnes ihn küsste und ihre Arme um seinen Rücken schlang, bemerkte Poggio eine Bewegung aus den Augenwinkeln. Er löste seinen Mund von ihrem – niemals hätte er geglaubt, dazu fähig zu sein. Doch als er jetzt den Kopf wandte, sah er Baldassare neben sich stehen. Der Neapolitaner musste sich von hinten an Poggio herangeschlichen haben. Als Baldassare sah, dass er entdeckt worden war, langte er nach beiden Folianten und rannte mit den Büchern davon.

Poggio taumelte. Er versuchte, dem Dieb hinterherzueilen. Doch Agnes hielt ihn nach wie vor fest. Ihre Miene, zuvor von den Flügeln der Zärtlichkeit bestrichen, zeigte nun die Zornschlange in der Mitte ihrer Stirn. Den Mund kniff sie zusammen. Poggio sträubte sich gegen sie, zugleich wollte er zwischen diesen Armen den Rest seiner Zeit verbringen. »Lass los!«, bat er mit halbem Herzen. Aber sie schien ihn nicht zu hören. Er stemmte sich gegen ihre Schultern, verging aber fast in der Angst, Agnes zu verletzen. Schließlich führte ihr sanftes Ringen dazu, dass sie ins Taumeln gerieten. Einander umklammernd fielen sie in den Schnee. Agnes stürzte in den verfrorenen Rest eines Gesträuchs. Um sich gegen die Zweige zu wehren, die über ihr Gesicht peitschten, musste sie Poggio freigeben.

Poggio kam auf die Beine und stand für einen Moment unentschlossen da. Sollte er Agnes auf die Beine helfen oder Baldassare verfolgen? Während ihm der Schnee vom Gesicht rieselte, klarte sein Geist allmählich auf. Sie hatten ihm eine Falle gestellt. Er war hineingekrochen, blind wie eine Natter. Aber seine Zähne, die hatte er noch. Mit einem letzten Blick auf Agnes, die sich strampelnd und fluchend aus dem Unterholz zu befreien versuchte, schüttelte Poggio noch einmal den Kopf – über seine Einfalt und über die Bösartigkeit jener, die er gerade noch seine Gefährten genannt hatte. Sollte Agnes doch dort auf dem Boden zu Stein gefrieren!

Mit schwingendem Umhang eilte Poggio hinter Baldassare her.

Baldassare war mitsamt den Folianten im Unterschlupf verschwunden. Die schwere Eisentür war geschlossen. Poggio drückte dagegen, aber sie bewegte sich nicht.

»Aufmachen!«, brüllte er und hämmerte gegen das kalte Metall. Ein Ton wie von einer Glocke erklang. Sonst aber blieb alles still.

Es gab einen anderen Weg hinein. Die Decke der Ruine war an zwei Stellen eingestürzt. Vielleicht, dachte Poggio, kann ich mich durch eines der Löcher zwängen. Zwischen den Trümmern fand er einen Mauervorsprung, an dem er hinaufklettern konnte. Zweimal rutschte er aus, konnte den Sturz jedoch abfangen. Um mehr Halt zu finden, zog er die Holztrippen von seinen Schuhen. Nach kurzem Abwägen beschloss er, auch die Schuhe abzustreifen. Lieber einen erfrorenen Zeh als ein gebrochenes Genick, kalkulierte Poggio und ließ Holzsohle und Lederschuh im Schnee zurück.

Bloßen Fußes kam er besser voran. Mit seinen Zehen hielt er sich dort fest, wo er mit den Holzsohlen abgerutscht wäre. Für die Finger boten die Steine der kleinen Burganlage genug Risse und Kanten, um sich daran festzuhalten und in die Höhe zu ziehen. Als er Agnes von unten seinen Namen rufen hörte, zwang er sich dazu, nicht hinabzusehen. Nach einigen Augenblicken fand sich Poggio auf den verbliebenen Bohlen eines ehemaligen Obergeschosses wieder. An eine Wand klammerten sich noch die Reste eines Kamins. Der Rauchabzug ragte einem Mahnfinger gleich in die Höhe. Im Boden unter dem Kamin war ein

Loch zu sehen. Das musste die Stelle sein, an der das Tageslicht in die ehemalige Küche fiel. Der Spalt schien breit genug, damit Poggio hindurchschlüpfen konnte.

Bevor er sich an den Abstieg begab, sah er sich um. Von hier oben konnte er große Teile der Landschaft überblicken. Dort hinten, wo die Donau zwischen hohen Felswänden verschwand, musste das Kloster Beuron liegen. Weiter im Süden – Poggio ging einige zaghafte Schritte auf dem morschen Balkenwerk und reckte den Hals – war die Straße nach Konstanz zu sehen. Die Stadt und der See lagen jedoch in zu weiter Ferne, um sich zu zeigen. Allerorten war das Land unter einer weißen Decke verborgen. Eine menschenleere Ödnis erstreckte sich bis zum Horizont. Nur eine einzelne Gestalt, von der Distanz zu einem Däumling geschrumpft, kämpfte sich die Straße entlang durch den Schnee. Der Richtung nach zu urteilen, die der Wanderer eingeschlagen hatte, musste er kurz zuvor an der Burgruine vorübergekommen sein. Der Wind wehte in langen Stößen, sodass Poggio die Augen zusammenkneifen musste. Er rieb sich die Lider mit den eisigen Handrücken. Als er wieder klar sehen konnte, war die Gestalt von der Straße verschwunden. Vielleicht hatte sie niemals wirklich existiert.

Es war an der Zeit, Baldassare eine Lektion zu erteilen. Poggio beugte sich über die Öffnung des Kamins, setzte sich auf den Rand der Balken und ließ die Beine hindurchbaumeln. Unter ihm war die Herdstelle zu sehen. Mit ein wenig Geschick und einem Quantum Glück würde er unverletzt darauf landen können.

Er atmete tief ein, hielt die Luft an und stieß sich ab. Im nächsten Moment spürte er schon festen Boden unter den frostigen Füßen. Er war in die Küche zurückgekehrt.

Baldassare hockte über einem aufgeschlagenen Folianten

in der Nähe des Feuers. Agnes stand hinter ihm und deutete auf eine der Seiten. Die Flammen waren zu einem Gutteil heruntergebrannt, gaben aber noch genug Licht ab, damit Poggio sehen konnte, wie Baldassare auf dem Pergament herumwischte. Mit dem Federmesser aus Poggios Beutel!

Als sie ihn bemerkten, hielt Baldassare inne. Mit zwei Sätzen war Poggio bei ihm und schlug ihm das Messer aus der Hand. Das Werkzeug klapperte gegen die Wand.

»Was soll das?«, kollerte Poggio. Seine Stimme hatte die Farbe von schwerem Wein. »Wolltet ihr mich erfrieren lassen da draußen?«

Agnes senkte den Blick. Baldassare hingegen sah ihn aus ruhigen Augen an, den Augen eines alten Katers. »Offenbar war dir noch so warm, dass du dir die Schuhe ausgezogen hast«, sagte er. »Während du draußen herumgeklettert bist, haben wir hier drin gearbeitet.«

Poggio verzichtete darauf, sich weiter mit dem Neapolitaner zu streiten. Er schluckte eine giftige Erwiderung hinunter und riss Baldassare den Folianten von den Knien. Mit angespannten Armen hielt er sich die Seiten im Halbdunkel vor das Gesicht. Die Zerstörung war sofort sichtbar.

»Ich habe nur das getan, was du tun solltest«, hörte Poggio Baldassare aus weiter Ferne sagen. Doch Cossas Worte wurden übertönt von einem Schrei in Poggios Innern. Die Pergamente der beiden aufgeschlagenen Seiten trugen die Spuren eines Massakers. Baldassare hatte das Proömium des Lukrez abgeschabt. Die vielleicht schönsten Worte der Welt waren vernichtet. Aber die Verletzung ging noch tiefer. Denn auch die Tinte, die unter der *Natur der Dinge* gelegen hatte, der geheime Text, war fort. Baldassare hatte es nicht verstanden, die Schichten voneinander zu trennen, sondern beide aus dem Leder gehackt wie ein Fleischergeselle. An mehreren Stellen war das Pergament durchlöchert. Dies waren Wunden, die die Zeit niemals heilen würde.

»Unglücksschwangere Sterne!«, kläffte Poggio. »Was hast du für eine Schandbarkeit begangen?«

Baldassare sah aus, als habe er etwas schlecht Schmeckendes im Mund. »Ich habe versucht, die Welt zu retten, und nicht nur verstaubte Worte.«

Poggio schlug mit dem Handrücken auf die Textwüste, die einmal ein literarischer Schatz gewesen war. »Das ist dir wunderbar gelungen. Da hättest du das Buch auch gleich ins Feuer werfen können.«

»Aber wir brauchen den Text meines Gemahls«, wandte Agnes ein. »Baldassare hat richtig gehandelt.«

Auf Poggios Zunge liefen Flüche zusammen wie Speicheltropfen. Dennoch blieb sein Mund trocken und stumm. Von Baldassares Verrat war er entsetzt. Aber er kannte seinen Gefährten gut und lange genug, um von dessen Verhalten nicht überrascht zu sein. Was hingegen Agnes ihm angetan hatte, dafür fielen ihm Worte ein, die er niemals zuvor in seinem Leben ausgesprochen hatte. Er wollte den Mund öffnen, um sie zu beschimpfen. Doch er fürchtete, die letzte Ahnung von Agnes' Geschmack auf seiner Zunge zu verlieren. Er legte das Kinn auf die Brust und schluckte dreimal – wie er es von Coluccio gelernt hatte, um die Erregung aus der Stimme zu verbannen.

»Euer Versuch, mich zu überlisten, ist misslungen«, sagte Poggio nach einer Weile. »Stimmt ihr mir zu, oder wollt ihr es noch einmal selbst mit dem Federmesser probieren?« Mit ausgestreckten Armen hielt er Baldassare und Agnes den aufgeschlagenen Folianten hin. Die beiden rührten sich nicht.

Baldassare knurrte. »Also gut! Ich gebe zu: Du bist der Einzige hier, der den alten Text freilegen kann. Es würde mir viel bedeuten, wenn du diese Arbeit übernehmen würdest.« Er wandte den Kopf ab und sagte in Richtung der Pferde leise »Bitte!«

»Ist das auch dein Wunsch?«, fragte Poggio an Agnes gerichtet.

»Ja«, sagte sie mit bekümmerten Lippen.

»Dann wisst ihr, dass meine Kunst einen Preis hat: Wir reiten zu Jobsts ehemaliger Burg, dorthin, wo er diesen Folianten überschrieben hat, und suchen das sechste Buch der *Rerum Natura*. Sobald wir es gefunden haben, werde ich diese Kopie abschaben und den darunterliegenden Text zum Vorschein bringen. Ich lasse nicht zu, dass ihr ihn behaltet, wohl aber, dass ihr ihn lest. Dann könnt ihr euch an König Sigismund rächen, so viel und so lange ihr wollt.«

Mit einem Knall klappte Poggio das Buch zu.

Kapitel 23

S O GLAUBT MIR DOCH!« Oswald rang die Hände. Aber es
waren nicht seine eigenen, sondern die Lämmerschlings.
Der Einohrige hatte ihn mit seinen Pranken gepackt und an
die Wand der Taverne gepresst. Oswalds pelzverbrämte Mütze
war ihm in die Augen gerutscht, sodass er nur noch Lämmerschlings Mund sehen konnte. Immer wieder stieß er dieselbe
Frage hervor.

»Sie wollen zur Gipfelburg auf dem Zollern?« Mit den Worten schlug Oswald der Geruch halb verdauten Hammelfleisches
ins Gesicht.

»Jedenfalls wollte das der Florentiner. Die anderen«, er
keuchte, »waren dagegen.«

Helmbrecht gesellte sich dazu und stützte sich mit langem
Arm an die Wand neben Oswalds Kopf. Mit der anderen Hand
schlug er Oswald die Mütze vom Kopf. »Bist nicht dageblieben,
wie wir es dir befohlen haben, was? Wenn wir unsere Aufgabe
erfolgreich zu Ende bringen wollen, müssen wir alles genau wissen.«

Oswald quetschte Lämmerschlings verhornte Finger, so fest
er konnte. Seine Empörung verlieh ihm Kraft. »Warum seid ihr
nicht selbst hingegangen und einfach über sie hergefallen? Alles,
was ihr könnt, ist Frauen nachstellen und Pilger erfrieren lassen.
Aber an diesen großen Kerl aus Rom traut ihr euch wohl nicht
noch einmal heran.«

Der Griff lockerte sich. Oswald rutschte zur Seite und kam
frei. Er fischte seine Mütze vom Boden auf und setzte sie wieder

auf sein Haar, in dessen Mitte die Natur eine Tonsur anzulegen begann. Hilfesuchend schaute er sich um.

Nur zwei Tische waren besetzt. Die Gäste daran mochten Pilger sein oder reisende Kaufleute, die vor dem Frost in die warme Herberge geflüchtet waren. Jedenfalls beschränkten sie sich darauf, in ihre Krüge zu schweigen und Oswald seinem Schicksal zu überlassen. Der Wirt war im hinteren Teil der Schenke verschwunden und erschien nur, wenn Lämmerschling oder Helmbrecht nach Bier oder Braten brüllten.

Seit der gestrigen Nacht waren sie hier. Nachdem sie vom Friedhof des Klosters Beuron geflohen waren, hatten sie in der nächsten Herberge Unterschlupf gefunden. Ihre Hoffnung, dass Poggio mitsamt den Büchern und seinen Begleitern hier aufkreuzen würde, erfüllte sich nicht. Also hatten Lämmerschling und Helmbrecht am Morgen Oswald mit dem Befehl auf die Straße geschickt, die Spur der Bücherjäger zu finden. Ein Befehl! Noch immer spürte Oswald die Demütigung dieses Wortes. Er hätte der Herr über Sigismunds finstere Gesellen sein sollen, doch stattdessen war er ihr Knecht. Sobald dieses Abenteuer überstanden war, würde er Lämmerschling und Helmbrecht beim König anschwärzen und von ihm verlangen – jawohl, verlangen! –, dass sie den Rest ihrer Tage als Pferdeknechte arbeiten sollten.

Ein wenig stolz war Oswald, dass er Poggio, Agnes und ihren mächtigen Begleiter in der Ruine am Straßenrand hatte ausfindig machen können. Der Qualm ihres Feuers hatte wie ein Finger in den Himmel geragt. Sich anzuschleichen war einfach gewesen, denn in dem von Mauern umgebenen Versteck hatten die drei Oswald nicht kommen sehen. Verborgen hinter losen Steinen und Schneewehen war es ihm gelungen, ihr Gespräch zu belauschen. Als Poggio verlangte, zur Burg des Jobst von

Mähren aufzubrechen, um dort nach einem weiteren Text zu suchen, hatte Oswald genug gehört und war davongeschlichen. Was das für eine Schrift sein sollte, hatte Wolkenstein zwar nicht mitbekommen. Aber es konnte sich nur um weitere Worte aus jenem gefährlichen Folianten handeln. Warum sonst würde Poggio zur Zollernburg reisen wollen?

Oswalds derben Begleitern genügte diese Auskunft anscheinend nicht. Vielleicht ließen sich Lämmerschling und Helmbrecht mit Alkohol besänftigen. »Wirt!«, rief Oswald über das auf Böcken ruhende Brett, das als Theke diente. »Zwei Krüge vom Hausgebrauten für meine Begleiter und einen Muskateller für mich.« Im Hinterzimmer hörte er den Wirt rumoren. »Und zwar schnell!«, schickte Oswald hinterher.

Lämmerschling baute sich vor Oswald auf. Als dieser zurückweichen wollte, stieß er mit dem Rücken gegen Helmbrecht. Diese zwei waren lästig wie Wanzen und ebenso bissig.

»Du hast versagt, Wolkenstein«, sagte Lämmerschling.

»Wir sollten dich noch mal in die Kälte hinaustreiben, bis du uns die Bücher bringst oder steif gefroren am Wegrand liegen bleibst«, ergänzte Helmbrecht.

»Ansonsten müssen wir dem König Bericht erstatten. Sigismund wird dich Wicht in den Bärenkäfig sperren lassen«, schloss Lämmerschling.

Sigismunds Bärenkäfig war ein berüchtigtes Spektakel. Beliebt bei denen, die davorstanden und zuschauten, gefürchtet bei allen, die hineinmussten. Dem König gefiel es, Verbrecher oder niederträchtige Edelinge mit drei Bären zusammenzusperren und auf einem Marktplatz zur Schau zu stellen. Danach hing das Leben der Verurteilten von der Laune der Tiere ab. Schon so manchem war in wenigen Augenblicken das Fleisch von den Knochen gerissen worden. Andere hatten zwei Nächte neben den schlafenden Tieren gehockt und waren mit der Schande freigekommen, sich vor aller Augen beschmutzt zu haben.

Der Gedanke an die Bären ließ Oswald zittern. Dennoch erwiderte er: »Ich habe diese Aufgabe nicht allein übernommen. Wenn wir scheitern, habt ihr daran ebenso Anteil wie ich. Denkt daran: In Sigismunds Käfig wartet nicht ein Bär, da hocken derer drei.«

Der Wirt erschien mit aufgeregt leuchtender Glatze, stellte drei Krüge auf das Holzbrett und ritzte ebenso oft in sein Kerbholz, um dann eilends wieder zu verschwinden. Oswald befreite sich aus der Zwickmühle und griff nach dem Wein.

»Wo soll Poggio mit seinen Gefährten schon hin?«, fragte er. »Nach Konstanz? Dort laufen sie dem König in die Arme. Zurück nach Italien? Die Alpen würden sie bei diesem Wetter niemals überqueren können. Im Kloster Beuron können sie sich auch nicht mehr blicken lassen.« Als Oswald sah, dass seine Begleiter ihm aufmerksam zuhörten, lehnte er sich lässig mit dem Rücken gegen den Ausschank. »Wir reiten zur Gipfelburg auf dem Zollern«, fuhr er fort. »Sie liegt nur eine Tagesreise von hier entfernt. Wenn sie tatsächlich dort sind, haben wir leichtes Spiel. Die Burg ist in der Hand des Kurfürsten Friedrich. Er hat Sigismund Treue geschworen und sie mehrfach unter Beweis gestellt, als er vom Zollern aus Aufstände gegen den König niederschlug. Also müssen wir nur noch dorthin reiten und zwei Bücher und drei Gefangene in Empfang nehmen.«

Mit einem bitteren Lächeln prostete Oswald Lämmerschling und Helmbrecht zu.

*

Die Sonne senkte ihre safrangelbe Fratze an den Rand des toten Landes. Des Tages letzte Strahlen tasteten sich durch das kahle Geäst. Unter den Hufen von Poggios Pferd zogen Schneewehen vorüber wie schaumige Wogen unter dem Kiel eines Schiffes. Fest zog er den Umhang um seine Schultern. Darunter hielt er den Folianten aus Meripurcs Grab in den Armen. Das andere Buch klemmte zwischen Agnes' Pferd und ihrem rechten Schenkel. Abwechselnd wünschte sich Poggio den Folianten in seine Hand und dass er den Platz mit ihm tauschen könne.

Nie zuvor hatte er eine Frau so reiten sehen wie einen Mann. Für Agnes hingegen schien die Fortbewegung in einem Männersattel etwas Alltägliches zu sein. Poggio, der vor ihr ritt, konnte nicht aufhören, sich nach ihr umzudrehen. Zwar spürte er noch immer Zorn über Agnes' Betrug, doch zugleich wärmte ihn die Erinnerung an die Nähe ihres Körpers. Wenn er doch nur wüsste, was hinter ihrer Stirn vorging! Rache konnte nicht ihr einziges Gelüst sein.

Baldassare hob die Hand, und sie hielten an. Voraus lichtete sich der Wald. Poggio schüttelte eine Prise Schnee von seinem Barett und rieb sich die kalten Ohren. Allmählich musste das Ziel nahe sein. Immerhin ritten sie schon den ganzen Tag. Beim Aufbruch aus der Ruine hatte Baldassare behauptet, man könne vom Zollernberg auf das Kloster Beuron sehen, so dicht lägen beide Orte beieinander. Doch das schien nur eine Tavernengeschichte zu sein, um Poggio und Agnes die Furcht vor einer Nacht im Freien zu nehmen. Denn auf die Frage, wann Baldassare die Gipfelburg jemals selbst besucht habe, blieb die Antwort aus.

Als sie nun aus dem Wald herauskamen, erhob sich ihr Ziel im letzten Licht des Tages. Die letzte Strecke bis zum Fuß der Anhöhe war beinahe baumlos. Erst dort, wo der Hang anstieg, begann erneut dichter Bewuchs. Die Zweige und Äste an der Flanke des Berges waren vom Frost weiß gestrichen. Durch ein Phänomen der Natur – Poggio vermutete, dass es am Wind lag, der um den Berg wehte – reckten alle Bäume ihre Zweige und Äste in die Höhe, der Burg auf dem Gipfel entgegen – weiß gewandete Adoranten, Betende zu Füßen eines steinernen Gottes.

Die Festung war selbst im sanften Abendlicht von abstoßender Hässlichkeit. Entlang der massigen Mauern, welche die Burg umarmten wie die fetten Arme einer Wirtshausmatrone, waren die Wehrgänge an vielen Stellen eingebrochen. Niemand hatte sich die Mühe gemacht, sie auszubessern, sodass nun Efeu und anderes Geranke die Mauern in der wohl langsamsten Eroberung der Welt erklommen hatten. An jenen Stellen, wo noch immer der Sandstein der Mauern hervorschaute, war dieser von schwarzen Flecken verunstaltet. Zunächst glaubte Poggio an Feuchtigkeit, die sich durch die Wände fraß. Beim näheren Hinsehen jedoch sah er Sprenkel und Löcher in den Steinen, ganz so, als habe eine Belagerungsmaschine, ein Onager vielleicht, Felsbrocken gegen die Mauern geschleudert.

Auch Baldassare schien die Schandmale zu bemerken. Er deutete mit einem Finger auf die Mauern und sagte: »Seht! Die Leidenschaften haben das Gesicht dieser Schönheit verwüstet.«

Zur Antwort erklang ein ferner Knall. Am östlichen Ende der Anlage blitzte etwas auf. Dann versanken Burg und Berg wieder in tiefem Schlaf.

»Was war das?«, fragte Agnes. Ihr Pferd tänzelte unruhig, und sie strich ihm beruhigend über den Mähnenkamm.

»Ein Gewitter war es jedenfalls nicht«, sagte Poggio, der die Kälte mit einem Mal noch stärker spürte, obwohl er nicht geglaubt hatte, dass das möglich sei.

Sie warteten eine Weile und starrten zur Burg hinauf. Doch

das Aufleuchten wiederholte sich nicht. Auch blieb die Burg stumm.

Poggio wandte sich Baldassare zu. »Vielleicht musst du das alte Gemäuer noch einmal mit Schimpf überziehen, um ihm einen weiteren Laut der Empörung zu entlocken.«

Und Baldassare, der sonst jede Gelegenheit nutzte, um Poggios Sentenzen einfallsreich zurückzugeben, sagte bloß »vielleicht« und trieb sein Pferd an, dem Fuß des Hügels entgegen.

Der Weg zur Burg hinauf schlang sich um den Berg, als wolle er ihn würgen. Unter den weiß kristallisierten Bäumen fühlte sich Poggio wie in einem Zauberland. Doch auch hier, entlang der Hänge, waren Fetzen aus dem Wald herausgerissen, als habe ein Riese willkürlich nach den Stämmen gepackt. An den Rändern dieser Lichtungen waren die Rinden der stehen gebliebenen Bäume wie von einem Brand geschwärzt.

Mit jedem Stück Weg, auf dem sie sich der Burg näherten, wurde es Poggio unheimlicher. Längst waren alle Gespräche verstummt. Nicht einmal Bemerkungen über die ungewöhnliche Landschaft gaben die drei Reiter mehr von sich. Mit gesenkter Stimme stellte Poggio die Frage, ob es überhaupt klug sei, sich auf dem Weg offen zu zeigen. Schließlich wisse man nicht, wer dieser Friedrich sei.

Baldassare verwies auf die baumlose Landschaft um den Gipfelberg herum. »Was glaubst du wohl, warum dort nichts mehr wächst?«, fragte er barsch und lieferte gleich selbst die Antwort. »Damit man sehen kann, wenn sich jemand der Burg nähert.« Er schüttelte den Kopf. »Dort oben werden wir längst erwartet. Da nutzen keine Heimlichkeiten.«

Poggio ließ es dabei bewenden. Ihr Aufstieg dauerte an. Die Nacht senkte sich herab. Bald blinkten zwischen den Bäumen

Lichter – die Fackeln am Burgtor. Ein scharfer Geruch wie nach verbranntem Horn wehte Poggio in die Nase. An einer Stelle ließ der Wind das Aroma so stark aufblühen, dass Poggio niesen musste.

»Was ist das?«, fragte Agnes gedämpft unter der Hand, mit der sie Nase und Mund bedeckte. Aber ihre Gefährten wussten keine Antwort.

Schließlich erreichten sie den Aufgang zum Tor. Poggio fiel auf, dass er so angelegt war, dass Ankommende mit der rechten Seite zur Burgmauer gehen mussten. Schon in Homers Geschichte vom Trojanischen Krieg hatte Poggio von diesem Trick der Baumeister gelesen. Wollten Angreifer das Tor stürmen, so konnten sie bei dieser Bauweise ihre Schildhand, die Linke, nicht nutzen, um sich gegen Geschosse von der Mauer zu schützen.

Jetzt jedoch schien niemand dort oben zu sein. Auch das Tor selbst war beinahe unbewacht. Ein einziger Mann lehnte unter dem Durchgang, eine Lanze zwischen den Knien, und schaute den drei Reitern müde entgegen. Als sie näher kamen, erkannte Poggio, dass das Gesicht des Wachpostens verstümmelt war. Wo seine Nase sein sollte, war ein Wulst aus Narbengewebe gewachsen. Als der Mann sich erhob und sie anrief, offenbarte er einen ebenso entstellten Mund und triefende Augen.

»Ich bin Papst Johannes XXIII.«, teilte Baldassare dem Entstellten zu Poggios Überraschung mit. »Richte deinem Herrn aus, dass ich vorhabe, in seiner Burg zu nächtigen.«

Etwa dort, wo sich einst der Mundwinkel des Wächters befunden hatte, zuckte die Narbe. Die nässenden Augen flogen zu Poggio und Agnes herüber.

»Fort mit dir!«, setzte Baldassare hinzu. »Oder soll ich dich exkommunizieren?«

Der Wachposten blinzelte und rieb sich die Augen. Noch einmal musterte er die drei Reiter, ging ein Stück Weg an ihnen vorbei, scheinbar um sich zu vergewissern, dass kein Tross und keine Streitmacht hinter ihnen wartete, und hinkte dann in Richtung des Burghofes davon.

»War es klug, sich als Papst zu erkennen zu geben?«, fragte Poggio leise.

»So klug, wie hierherzureiten, um ein altes Buch zu suchen«, sagte Baldassare. »Was hättest du dem Kerl denn gesagt, um Einlass zu finden? Dass Agnes die rechtmäßige Herrin dieser Burg ist und er ihr die Gebäude sofort übergeben soll?«

Poggio fuhr zu seiner Begleiterin herum. Wie hatte er vergessen können, dass dies einst Agnes' Heim gewesen war? Er schalt sich einen Narren und streckte einen Arm in ihre Richtung aus. Sie beachtete ihn nicht. Ihre Blicke schienen die Mauern abzutasten, nach Erinnerungen vielleicht oder nach den Gespenstern jener Nacht, in der sie ihren Mann verloren hatte.

»Erkennst du es wieder?«, fragte Poggio.

Sie deutete auf eine winzige Tür in der Mauer, einen schwer zugänglichen Durchlass, der in der Dunkelheit kaum zu erkennen war. »Dort«, sagte Agnes, »bin ich damals entkommen. Jenen Abhang bin ich hinabgestürzt. Und dann rannte ich. Ich habe nicht zurückgeschaut.« In ihrer Stimme lag ein Ton, der dem in der Luft liegenden beißenden Geruch entsprach.

Bevor Poggio weitere Fragen an Agnes richten konnte, tauchte der Wächter wieder auf. »Ihr folgt mir«, sagte er. Poggio fragte sich, ob das eine Bitte, eine Frage oder ein Befehl war. Der Wächter fasste Baldassares Pferd am Geschirr und zog es hinter sich her in den Burghof.

Kapitel 24

Einst musste die Zollernburg ein Musterbeispiel für eine Wehranlage und einen Fürstensitz gewesen sein. Der Palas erstreckte sich entlang der Hälfte der Innenmauer. An einigen Stellen war das Dach des Saalbaus eingefallen. So war es auch der efeuumrankten Burgkapelle ergangen, die sich in einem Winkel des Hofes an die Mauer zwängte.

Über allem ragte der Bergfried in die Höhe, als wache er über den Verfall. Der Wehrturm war in gutem Zustand. Die Tür – zu Verteidigungszwecken lag sie zwei Mannshöhen über dem Boden – war geschlossen und wirkte widerstandsfähig. Auch in der Höhe schien der Bergfried noch immer vollständig zu sein. Poggio, der eines der Bücher trug, legte den Kopf in den Nacken, konnte jedoch das Dach nicht sehen, weil es von der Nacht verschluckt wurde.

Der Torwächter leitete sie in einen kleinen Raum des Palas. Dort empfing sie ein kalter Kamin. Darin türmte sich die Asche. Jeder Luftzug ließ Flocken aufsteigen, durch den Raum schweben und in einem Winkel zu Boden gehen. In der Mitte des Zimmers stand eine Säule. An ihr waren Holzrahmen mit Zapfen befestigt. Poggio vermutete, dass Helme, Rüstungsteile und Waffen an der Vorrichtung aufgehängt wurden. Jetzt jedoch war die Säule leer.

Baldassare steuerte auf einen schmalen Fenstersitz zu und ließ sich darauf nieder. Abwechselnd starrte er nach draußen und auf die Tür, durch die sie gekommen waren.

Während Agnes sich mit dem anderen Folianten im Arm an

den Kamin stellte – sie mochte sich an die Wärme erinnern, die er einst abgegeben hatte –, ging Poggio auf und ab. »Die Bibliothek deines Gatten«, sagte er zu Agnes, »in welchem Teil des Palas lag sie?« Insgeheim hoffte er, Jobst hätte seine Bücher gleich im Nebenraum aufbewahrt.

»Im Bergfried«, sagte Agnes. »Unter dem Dach.« Sie schaute zur Decke hinauf. »Jobst wollte seine Bibliothek mit niemandem teilen. Deshalb versteckte er sie an einem Ort, an dem niemand sie erreichen konnte.«

Poggios Hoffnung schrumpfte von einem strahlenden Jüngling zu einem torfbraunen Zwerg.

»Hoffentlich sind die Bücher noch dort«, knurrte Baldassare. »Sonst sind wir umsonst hergekommen.«

»Aber Lukrez!«, rief Poggio. »Jede Mühe ist es wert, seine Worte zu retten. Ich würde …«, fuhr er leiser fort, »… mein Leben dafür geben.«

Agnes stieß vernehmlich die Luft aus. »Für ein paar hingekritzelte Worte? Das würde mir bestimmt nicht einfallen.«

Poggio blieb stehen. Er presste den Folianten aus Beuron fest an seinen Leib. »Das Wissen der Alten Welt ist kein Gekritzel. Es sind Gedanken, die unser Leben verändern können. Nicht nur das von uns dreien, sondern das aller Menschen.«

»Diese Krankheit hat er schon lange«, erklärte Baldassare. »Vermeide es einfach, ihm zu widersprechen, Agnes! Dann hört er irgendwann von selbst damit auf.«

»Ja«, sagte Poggio. »Das ist der Geist, der unser Leben bestimmt: keinen Widerspruch wagen oder dulden. Keine Fragen zulassen. So drehen wir uns schon seit Jahrhunderten um uns selbst.« Er wandte sich Baldassare zu. »Als du Papst wurdest, hatte ich gehofft, dass sich etwas ändern würde. Aber du hast dich von den Versuchungen deines Amtes forttragen lassen.

Jetzt hilf mir wenigstens, Lukrez unter die Menschen zu bringen.«

Baldassare zuckte mit den Schultern. »Habe ich dich etwa nicht hierher begleitet?«

Agnes legte den Kopf schief. »Wie sollen denn diese Worte unser Leben verändern? Geben sie den Menschen zu essen? Bringen sie Christus zurück auf die Welt?«

Poggio überhörte den Spott in ihrer Stimme. »Ja«, sagte er. »Genau das ist es, was geschehen wird. Unser Leben ist nichts weiter als eine schauderhafte Ödnis, ein verschlammter See, ein Land voller Dornengestrüpp, eine unfruchtbare Talniederung, ein Wald voller Bären, eine verunkrautete Wiese voller Schlangen und ein nutzlos blühender Garten ohne jede Frucht. Es liegt an uns, mehr daraus zu machen. Wir Menschen sind zu klug und zu kräftig, um die Natur einfach nur zu erdulden. Wir haben die Mittel, sie zu enträtseln. Stellt Fragen! Glaubt nicht immer nur das, was man euch als die Wahrheit verkaufen will!«

»Selbst dann nicht, wenn es der Papst sagt?«, fragte Baldassare.

»Dann erst recht nicht«, gab Poggio zurück. »Seit Jahrhunderten leben wir in einer Zeit des Stillstands. Die Literatur ist tot, die Kunst ein Sklave der Kirche, die Poesie stumm.« Er spürte, wie ihm der Schweiß ausbrach. »Es ist an der Zeit, dass wir uns aus der Starre befreien. Die Alten können uns zeigen, wie das gelingen kann. Die Folianten und der geheime Text zeigen uns doch, dass wir uns auf die Werte der vergangenen Jahrhunderte nicht verlassen können. Karl der Große eine Erfindung? Wie ist das möglich? Ganz einfach: Niemand hat Fragen gestellt. Wir glauben, was man uns erzählt. Aber nun zeigt sich: Unsere Leben und Gedanken sind vielleicht nichts weiter als Lug und Trug. Wollt ihr das etwa nicht ändern?«

»Deine Ansichten werden dich noch auf den Scheiterhaufen bringen«, sagte Baldassare. »Sei vorsichtig, Poggio! Ich werde dich vielleicht nicht länger schützen können.« Er kniff Agnes ein Auge zu. »Es sei denn, ich werde wieder als Papst eingesetzt – mithilfe dieser Bücher.«

Doch Agnes achtete nicht auf Baldassare. Sie schien langsamen Gedanken nachzuhängen. »Was sind das für Fragen, die deine Gelehrten gestellt haben?«, wollte sie wissen.

Poggio atmete tief ein. »Woher kommt der Donner? Warum verdunkelt sich die Sonne manchmal am Tag? Ist das ein Zeichen der Götter? Oder gibt es eine natürliche Erklärung? Wie definieren wir Gut und Böse? Ist das Streben nach Macht ein sinnvolles Unterfangen? Was geschieht mit uns, wenn wir sterben? Unsere Zeit«, er winkte ab, »unser Leben reicht nicht aus, alle Fragen aufzuzählen, auf die wir keine Antwort wissen. Weil nie jemand danach gesucht hat.«

Agnes rieb sich über die Lippen. Augenblicklich erinnerte sich Poggio an Florentina da Pistoia, die am Brunnen versuchte, das Lippenrot aus ihrem Gesicht zu waschen. Dann lächelte Agnes und fragte: »Das Holz der Donar-Eiche – wo ist es denn nun geblieben?«

Da kläfften Hunde im Burghof. Schwere Schritte erklangen, und eine tiefe Stimme brüllte Befehle. Im nächsten Augenblick erschien der Teufel in der Tür.

Die Gestalt war dick wie ein Dachs und schwarz wie ein Bär. Sie trug einen Harnisch, der einst silbern geglänzt haben musste, nun aber aussah, als habe er eine Weile im Feuer gelegen. Ebenso verrußt wie seine Rüstung war das Gesicht des Mannes. Nur die Augen strahlten hell unter der geschwärzten Stirn hervor. An der linken Wange glänzte eine frische Brandnarbe in feuchtem

Rot. Poggio hätte es nicht verwundert, wenn das Wesen Feuer gespien hätte.

Stattdessen kamen Worte aus seinem Mund. »Was habt ihr hier zu suchen? Wer von euch gibt vor, der Papst zu sein? Ich habe keine Zeit für Narrenspiel.« Zu seinen Füßen knurrten zwei Hunde, wie sie Poggio noch nie gesehen hatte. Die Tiere reichten ihrem Herrn bis zur Hüfte. Ihre Ohren waren spitz, ihr Fell schwarz, und in ihren Augen funkelte Finsternis.

Baldassare erhob sich von dem Fenstersitz. »Ich bin Papst Johannes XXIII. Und dieser Empfang ist eine Beleidigung für mich, mein Amt und die gesamte Christenheit.«

Der schwarze Mann zog die Brauen zusammen. »Der Papst würde mit großem Gefolge reisen und sein Kommen ankündigen. Ihr seid Scharlatane.«

»Wenn du das glauben würdest, Fürst Friedrich, hättest du uns längst hinausgeworfen oder deine vierbeinigen Gespielinnen auf uns gehetzt.« Baldassare deutete auf die Hunde.

Das Mal an der schwarzen Wange färbte sich tiefrot. »Jetzt erinnere ich mich. Wir sind uns in Konstanz begegnet. Nach deiner klugen Predigt in der Kirche, in der du die Macht des Heiligen Stuhls über die der weltlichen Könige stelltest, hast du den König in aller Öffentlichkeit einen heidnischen Leichenschänder genannt. Dafür wollte ich dich mit dem Schwert durchbohren.«

»Aber als du blankzogst, habe ich dich niedergeschlagen. Es ist ganz verständlich, dass du dich an diesen Moment erinnerst, Fürst Friedrich. In Italien gewinnen wir auf diese Weise Freunde.« Baldassare ging auf den Mann zu, der Herr dieser Burg zu sein schien, und baute sich vor ihm auf. Der Neapolitaner überragte den runden Fürsten um einen Kopf.

Was tut er?, fragte sich Poggio, als er sah, wie Baldassare eine

Hand ausstreckte und sie einem der Hunde auf den Kopf legte. Das Tier knurrte, rührte sich aber nicht. Baldassare kraulte es bedächtig hinter den Ohren. »Willst du uns nicht gebührend willkommen heißen?«, fragte er.

»Hinaus mit euch!«, rief der Fürst. Augenblicklich gehorchten die Hunde dem Befehl und trabten mit hängenden Köpfen ins Freie. »Und ihr«, sagte der Geschwärzte, »verratet mir, was ihr hier wollt.«

Zunächst äußerte Baldassare den Wunsch, sich zu erfrischen, etwas zu essen und viel zu trinken. So, wie es jedem Gast auf einer Burg zustehe, bevor man sich zum Gespräch niederlasse. Doch Fürst Friedrich wollte von alledem nichts wissen und drang auf Erklärungen.

Was blieb ihnen anderes übrig? Baldassare stellte Poggio als seinen persönlichen Sekretär vor. Als Friedrich nach Agnes fragte, zögerte Baldassare. Auch Poggio wusste nicht, ob es besser war, Agnes als ehemalige Herrin dieser Burg vorzustellen oder das zu verschweigen. Schließlich nahm Agnes selbst das Heft in die Hand.

»Ich bin Florentina da Pistoia«, sagte sie. »Eine Base des Papstes, die ihn auf seinen Reisen begleitet.«

»Eine Base!«, platzte es aus Friedrich heraus. »Was soll ich noch alles glauben?«

»Zum Beispiel dies«, eröffnete Baldassare und erzählte von dem Buch des Lukrez, das sie suchten. Während er sich in einer Geschichte erging, in der es um eine Lücke in der Bibliothek von Sankt Peter in Rom und eine jahrelange Suche nach dem noch fehlenden Text des antiken Schriftstellers ging, hatte Poggio Gelegenheit, über Friedrichs Macht nachzudenken. Wenn dieser Fürst die Ehre des Königs in Konstanz hatte verteidigen wollen, so stand er auf der Seite des Monarchen. Vielleicht war er sogar sein Vasall. Offen blieb die Frage, ob die Nachricht von der Absetzung des Papstes bereits hier oben angekommen war.

Baldassare schloss seine Erklärungen mit den Worten: »Wie du siehst, Fürst Friedrich, sind wir nicht hier, damit du dich gegen den König stellst. Alles, was wir wollen, ist ein Blick in deine Bibliothek und etwas zu essen. Am Morgen reiten wir weiter.«

Es gefiel Poggio nicht, wie der schwarze Fürst Agnes ansah. Er stellte sich zwischen die beiden. Friedrich duckte sich wie ein ertappter Dieb. Dann fragte er Poggio: »Woher wollt ihr wissen, dass dieses Buch ausgerechnet auf der Zollernburg zu finden ist?«

Als Baldassare antworten wollte, schnitt ihm Friedrich mit einer knappen Geste das Wort ab. Der Fürst deutete auf Poggio. »Ich will es von ihm hören«, sagte er.

Umgehend erklärte Poggio: »Weil wir Hinweise darauf im Kloster Beuron gefunden haben.« Das war zwar nicht die ganze Wahrheit. Aber ebenso wenig war es eine Lüge.

Das schien auch der schwarze Friedrich zu bemerken. »Der Papst reist also durch die Nonnenstifte um den Bodensee«, sagte er mit lüsternem Lächeln. »Kein Wunder, dass das Konzil in Konstanz keine Ergebnisse zeitigt.«

Poggio schluckte seine Anspannung hinunter. Der Burgherr schien ihnen zu glauben. Er mochte sie zwar nicht, aber Verdacht hegte er offenbar auch nicht. Die Gefahr schien vorüber.

Da sagte Baldassare: »Wir bezahlen natürlich für das Buch.«

Friedrich sog scharf die Luft ein. »Ein vortrefflicher Einfall. Darüber habe ich noch gar nicht nachgedacht«, sagte er. »Wie viel ist euch dieser alte Text denn wert?«

»Einen halben Florin«, sagte Baldassare. »Aber nur, wenn ein Abendessen inbegriffen ist.«

»Geld!«, knütterte Friedrich. »Ständig geht es um Geld, Geld, Geld.« Er schob sich an Poggio vorbei, auf Agnes zu. »Wie wäre es mit der da. Deine Base kann mir das Bett wärmen. Für die würde ich sogar zwei wurmzerfressene Bücher hergeben.« Er lachte und offenbarte schwarze Zähne in einem rosigen Mund.

Energischen Schrittes ging Agnes auf den Fürsten zu. Poggio ergriff ihr Handgelenk und hielt sie fest, bevor sie ihre Rachegelüste an dem Burgherrn stillen konnte. »Sie ist meine Frau«, sagte er. Vergeblich versuchte Agnes, sich aus seinem Griff zu befreien.

»Und wie ich sehe, braucht man Kraft, um sie zu bändigen«, sagte Friedrich. »Nun, dann wird aus dem Geschäft wohl nichts«, fuhr er fort. »Ihr wollt das Buch, aber den Preis nicht zahlen. Vielleicht verhandelt man bei euch in Italien so. Bei uns Deutschen gelten andere Regeln.«

Wenn Poggio in seiner Zeit auf dem Mons Vaticanus etwas gelernt hatte, dann das: In jedem Menschen brennt eine Sehnsucht. Stellt man in Aussicht, diese zu erfüllen, so ebnet er dafür alle Wege, sollten sie noch so steinig sein. Und dieser Friedrich sah aus, als könne er Hilfe gebrauchen.

»Du bist ein Kriegsherr, nicht wahr?«, fragte Poggio. Noch immer ließ er Agnes nicht los, aber ihr Widerstand wurde schwächer.

»So sehr, wie du keiner bist«, antwortete Friedrich. »Ich habe in Sigismunds Namen die Aufstände in dieser Gegend niedergeschlagen. Seit ich hier auf dem Zollernberg wache, herrscht Ruhe im Land.«

»Aber die Spuren entlang des Weges, die Brandspuren auf den Mauern, du selbst – alles wirkt, als sei die Schlacht gerade erst vorüber«, sagte Poggio.

»Sie hat soeben erst begonnen«, erwiderte Friedrich, und ein

Licht erschien in seinen Augen. »Folgt mir zur Pechnase! Dort zeige ich euch, was wahre Macht bedeutet … wenn man sie zu bändigen weiß.«

Sie eilten den östlichen Wehrgang entlang. Friedrich lief voraus, frohlockend wie ein Feldherr zu Beginn einer kriegerischen Auseinandersetzung. Da der Gang auf der Mauer nur von wenigen Fackeln erhellt war und an vielen Stellen Löcher aufwies, tasteten sich Poggio, Baldassare und Agnes so langsam wie möglich voran. Als einer von Poggios Füßen in einem Loch verschwand, packte Baldassare zu und zog seinen Gefährten wieder in die Höhe. Poggios Puls klopfte. Weiter vorn verschwand der Fürst unter der Tür eines Erkers.

Als sie ihn erreichten, fanden sie sich in einem kleinen Raum wieder, den eine Sturmlaterne dumpf beleuchtete. Zwei Männer hielten sich hier auf. Den restlichen Platz nahmen Fässer und Seile ein. Poggio erblickte einen Stapel Holzscheite und Säcke, in denen er Mehl vermutete. Doch beim näheren Hinsehen erwies sich das Pulver, das daraus hervorrieselte, als zu dunkel, um von Getreide zu stammen. Der scharfe Geruch, der wie eine Glocke über der Burg lag, war hier so stark, dass Poggios Augen tränten.

»Mein Donnerkraut.« Friedrich deutete auf ein kleines Fass, das mit einem Deckel verschlossen war. »Öffnet es. Doch Obacht mit dem Licht!«, befahl er den beiden Männern.

Poggio bemerkte, dass auch diese beiden Männer Spuren von Bränden trugen, als wären sie gerade erst einer in Flammen stehenden Stadt entkommen. Zugleich wurden sie bleich wie Mehlwürmer, als sie nun Friedrichs Befehl befolgten. Der eine nahm langsam die Sturmlaterne vom Haken und schloss drei ihrer vier Klappen. Jetzt fiel nur noch ein schwacher Lichtschein auf das kleine Fass. Dessen Deckel wurde von dem anderen Mann mit der Spitze einer Lanze angehoben. Der Geruch wurde noch strenger. Poggio hielt sich eine Hand vor den Mund und beugte sich über das Fässchen. Darin glitzerte ein Pulver, das ebenso dunkel war wie die Menschen in dieser Burg und ebenso finster wie die Zeit, in der sie lebten – der gemahlene Geist einer vertrockneten Epoche.

»Es donnert nicht«, sagte Baldassare, der sich dem Fass ebenfalls genähert hatte. »Und ein Kraut sehe ich auch nicht.«

Friedrich ignorierte ihn. »Ihr steht vor einem Wunder. Wenn ich ihm seine Geheimnisse erst vollständig entrissen habe, wird es keine Einmischung durch die Päpste mehr geben, keinen rebellischen Adel, keine frechen Franzosen.«

»Und keine Könige?«, fragte Poggio.

Doch Friedrich überging die Frage. »Zeigt es ihnen!«, sagte er.

Einer der beiden Männer nahm ein Holzscheit. Poggio bemerkte, dass an der Schmalseite ein Loch hineingebohrt war. Dort hinein ließ der andere der beiden Gehilfen nun ein wenig Pulver rinnen, das er mit einer kleinen Kelle aufgenommen hatte. Als das Scheit fast voll war, wurde es mit einem Korken verschlossen. Als Nächstes wurde ein Stück Hanfseil in ein weiteres, aber kleineres Loch an der Längsseite gesteckt. Einer der Männer entzündete einen Kienspan an der Laterne und hielt ihn an das Hanfseil.

»Vielleicht wollt ihr es von draußen beobachten«, schlug er vor.

»Sie sollen die gesamte Macht des Donnerkrauts zu spüren bekommen«, erwiderte Friedrich. »Wir bleiben hier.«

Poggio wurde es mulmig. Unwillkürlich trat er einen Schritt zurück. Da spürte er einen Widerstand und hörte ein Knurren.

Hinter ihm waren die beiden Hunde aufgetaucht. Nebeneinander standen sie auf dem Wehrgang und versperrten die Tür.

Wohl oder übel verfolgte Poggio die Vorführung. Baldassare hingegen schien vor Neugier zu platzen. Er hatte eine Hand nach dem präparierten Holzscheit ausgestreckt, wurde jedoch von Friedrich ermahnt, dieses nicht zu berühren. Agnes war an die Wand zurückgewichen und verbarg sich an der Seite des Holzstoßes.

Einer der Gehilfen öffnete eine Luke im Boden. Kaum war sie offen, fauchte ein Luftstoß in die Kammer und zerrte am Haar des Mannes. Mit einem Mal war es in dem kleinen Raum kalt wie im Herzen eines Henkers. Nun wurde auch Poggio von Neugier gepackt. Er schaute in das Loch im Boden und sah tief unter sich verschneite Baumwipfel. Dies war tatsächlich eine Pechnase, wie Friedrich angekündigt hatte, eine Vorrichtung, durch die man bei einer Belagerung siedendes Pech auf die Angreifer gießen konnte. Von Feinden aber war weit und breit nichts zu sehen.

Jetzt gab Friedrich den Befehl. Der Kienspan berührte das Hanfseil. Die trockenen Fasern fingen Feuer. Zunächst schützte der Gehilfe die kleine Flamme mit der Hand. Als sie größer wurde, hielt er das Holzscheit weit von sich, direkt über die Luke. Poggio beobachtete, wie die Flamme das Seil fraß und sich dabei langsam dem Holz näherte – und damit dem Pulver im Innern des Scheits.

»Lass es erst los, wenn ich es erlaube!«, knurrte Friedrich. Der Gehilfe presste die Lippen zusammen. Poggio war sicher, dass der Mann die Konstruktion am liebsten sofort fallen gelassen hätte. So aber hielt er das Scheit fest, während die Flamme den Strick entlangkroch, als fräße sie den Schwanz einer Katze. Was würde geschehen, wenn das Feuer erst hineingelangte? Poggio war mit einem Mal nicht mehr so sicher, ob Neugier wirklich eine Tugend war. Er beschloss, einen Vers zu schreiben über die Gefahren, die sie barg. Darin sollte auch eine Katze vorkommen.

Jetzt war kaum noch etwas von dem Seil übrig. Kurz bevor das kleine Feuer in den Holzblock gelangte, ließ der Gehilfe das Scheit fallen. »Noch nicht, du Memmenbein!«, brüllte Friedrich. Doch es war zu spät. Alle beugten sich über die Luke, in der das Holz verschwunden war. Von Ferne war ein dumpfes Geräusch zu hören. Dann folgte ein Ploppen, als würde jemand einen Pfropfen aus einem Krug ziehen. Ein Licht blitzte auf, ähnlich dem, das Poggio und seine Gefährten gesehen hatten, als sie sich der Burg genähert hatten.

Ein Sturzbach zungenfertiger Lästerungen ergoss sich über den Gehilfen. Fürst Friedrich ging auf ihn los und stieß ihn in Richtung der Luke. Nur mit Mühe gelang es dem Mann, sein Gleichgewicht zu halten und nicht in das Loch zu stürzen. Friedrich wollte nachsetzen. Der Gehilfe schaute sich hilfesuchend um.

Poggio fing die bemitleidenswerten Blicke des Mannes auf und sagte: »Das war beeindruckend! Willst du uns erklären, Fürst Friedrich, welchen Wunders wir gerade Zeuge geworden sind?«

»Beeindruckend nennst du das?«, plärrte Friedrich. »Wenn dieses Hasenherz den Mut besessen hätte, auf mein Kommando zu warten, wäre das Scheit direkt unter unseren Füßen explodiert. Dann hättet ihr erlebt, was ›beeindruckend‹ bedeutet.« Er packte den Gehilfen und zog ihn auf die Füße. »Noch einmal! Und diesmal gehorchst du, sonst schiebe ich das Donnerkraut in dein Gesinkeloch!«

»Das ist nicht nötig, Fürst!«, sagte Poggio. »Wir sind überzeugt, dass dieses Pulver eine mächtige Verbindung mit Feuer eingeht. Worum genau handelt es sich?«

Der Kopf des Fürsten fuhr zu Poggio herum, dann wieder blickte er auf den Gescholtenen. Schließlich blieb seine Aufmerksamkeit bei Poggio hängen. »Es ist Donnerkraut«, zeterte er, »das sagte ich bereits.«

»Aber es ist doch gewiss ein Gemisch, oder wächst es in der Natur?«, wollte Poggio wissen.

»Natürlich ist es kein richtiges Kraut!«, blaffte der Fürst. »Ihr Italiener seid noch dümmer als die Franzosen.«

»Willst du mir die Zusammensetzung verraten?«, fragte Poggio unbeirrt weiter. Im Augenwinkel sah er, wie die beiden Gehilfen die Luke wieder schlossen.

»Das würde dir so passen!« Friedrich zog die Lippen zurück. »Ich habe euch das Donnerkraut gezeigt, damit ihr euren Fürsten in Italien berichtet, über welche Macht der deutsche König verfügt. Mailand, Genua, Venedig – gebt acht, denn Sigismund kommt!«

Poggio verzog das Gesicht wie von einem schmerzenden Zahn. »Gewiss ein ehrgeiziger Plan! Aber bis dahin ist es wohl noch ein weiter Weg.«

»Was soll das heißen?«, fauchte Friedrich und ging einen Schritt auf Poggio zu. Da Poggio wegen der Hunde nicht zurückweichen konnte, legte er eine Hand auf Friedrichs Wams und hielt ihn auf Entfernung.

»Dir fehlt die richtige Rezeptur«, behauptete Poggio. Er wusste nicht, ob es tatsächlich so war, aber alle Zeichen deuteten darauf hin.

»Was verstehst du schon davon?«, gab Friedrich zurück. »Du bist bloß der Schoßhund des Papstes.«

Poggio spürte Hitze in sich aufsteigen. Insbesondere im Beisein von Agnes war diese Schmach kaum zu erdulden. Aber sein Vorhaben erforderte Selbstbeherrschung. Er würde eine Gelegenheit finden, um es Friedrich heimzuzahlen. Später. Jetzt sagte er so ruhig wie möglich: »Mein Vater war Apotheker. Zu seiner Zeit hat er selbst so etwas wie Donnerkraut hergestellt. Aber er verwendete es, um daraus Medizin zu mischen. Als wir Kinder waren, haben meine Schwestern und ich einige Prisen davon gestohlen und sie im Garten angezündet. Es puffte und brannte. Fast so wie dein Pulver. Nur zehnmal stärker.« Poggio hielt Friedrich die rechte Hand vor das Gesicht, wo die Narbe von Ugolinos Messerstich zu sehen war. »Siehst du? Einmal habe ich dabei fast meine Hand verloren – und mein Vater beinahe den Verstand, als er mich fand.«

Friedrich stutzte. Dann versuchte er zu lachen. »Du lügst. Ich forsche schon seit Jahren vergeblich nach der richtigen Rezeptur. Niemand kennt sie. Erst recht kein Apotheker aus einem vergessenswürdigen italienischen Loch.«

»Aus Arezzo«, sagte Poggio und nickte. »Also stimmt es, was ich schon sagte: Du kennst die richtige Zusammensetzung noch nicht. Oder habe ich dich falsch verstanden, Fürst Friedrich?«

Der schwarze Fürst wollte etwas erwidern, schloss jedoch den Mund. Scheinbar hatte er bemerkt, dass Poggio ihm soeben ein Geheimnis entlockt hatte, und wollte nicht noch mehr preisgeben.

»Bist du nicht neugierig?«, bohrte Poggio nach. »Willst du nicht wissen, wie das Rezept meines Vaters lautete?«

»Ich pfeife auf deinen Vater und seine Apotheke, ganz gleich, wo sie stand. Mein Donnerkraut ist fertig. Damit werde ich Stadtmauern einstürzen lassen, gegen die Belagerer sonst jahrelang anrennen müssten.« Friedrich schob sich an Poggio vorbei, verscheuchte die Hunde und machte so den Ausgang wieder frei.

»Wenn deine Rezeptur gut ist, warum musst du dann noch

mit Holzscheiten experimentieren?«, sagte Poggio laut. »Deine Wälder sind verkohlt, weil du noch immer Versuche betreibst. Die Mauern deiner Burg sind geschwärzt, aber nirgendwo hat das Donnerkraut ein Loch hineingerissen. Und dein Gesicht ist verbrannt, weil du unablässig nach dem richtigen Gemisch forschen musst. Du sagst, du weißt, was du tust? Ich glaube dir nicht, Fürst Friedrich. Und dein König wird dir ebenso wenig Glauben schenken. Dein Donnerkraut ist so gefährlich wie eine Gartenpimpinelle.«

Friedrich murmelte Unverständliches und machte sich auf dem Wehrgang davon.

»Ich weiß, wie mein Vater sein Pulver angerührt hat«, rief ihm Poggio hinterher. »Willst du diese Gelegenheit vorüberziehen lassen?«

Auf dem Wehrgang blieb es einen Moment lang still. »Kommt mit mir, wenn ihr es wagt«, kam die Antwort.

Das obere Geschoss des Torhauses war ein Ebenbild der Pechnase, jedoch wesentlich geräumiger. Allerorten standen Säcke und Fässer. Seile hingen aufgerollt an Haken. Eine große Arbeitsplatte war an der Querwand gegenüber der Treppe errichtet. Darauf türmten sich Pergamente und Krüge, Tiegel und Pfannen, Messgeräte, wie sie Poggio schon in römischen Alchemistenküchen gesehen hatte. Doch während dort alles von großer Reinlichkeit gewesen war, herrschte hier ein elendes Durcheinander. Poggio erschien der Zustand der Experimentierküche ein Abbild von Friedrichs Gedanken zu sein. Wie wollte der Fürst eine Rezeptur erforschen, wenn er dabei nicht systematisch vorging?

Poggio und Baldassare schauten sich erstaunt um. Agnes betrachtete eine Wand, von der die Fetzen eines Wandteppichs hingen. Behutsam strich sie über den verkohlten und zerrissenen Stoff.

Friedrich schaute ihr zu. »Das ist nur Plunder. Unrat der vorherigen Bewohner dieser Burg.«

»Wer hat denn zuvor hier gelebt?«, fragte Agnes, ohne den Blick von der Tapisserie zu nehmen.

»Gewiss ein wichtiger Fürst«, sagte Poggio rasch. Um Friedrich abzulenken, machte er sich an der Arbeitsplatte zu schaffen.

»Ein Fürst gewiss. Aber wichtig war er nicht«, sagte Friedrich und beobachtete Poggios Treiben scharf. »Es war dieser Jobst. Jobst von Mähren. Die Grafen Zollern gaben ihm diese Burg, weil sie seine Wahl zum König unterstützten. Er lebte hier mit seiner Frau. Beide sollen wahnsinnig gewesen sein.«

»Was ist mit ihnen geschehen?«, fragte Agnes weiter. Sie fuhr herum und starrte Friedrich in die Augen.

Absichtlich stieß Poggio eine Schale um. Das darin befindliche Pulver rieselte auf den Tisch. Schwefelgeruch breitete sich aus. Doch Friedrich reagierte nicht. Stattdessen gingen seine Blicke auf Agnes' Gesicht spazieren. »Jobst wurde zum König gewählt. Weil er viele der Kurfürsten hatte bestechen können. Auch mir hat er Geld und Güter versprochen als Gegenleistung für meine Stimme.« Sein Gesicht strahlte eine bäurische Energie aus, als er sagte: »Aber ich habe abgelehnt.«

»Jobst ist trotzdem König geworden, wie ich hörte.« Agnes' Stimme war leise. Ihr Mund schien sich nicht zu bewegen, obwohl sie sprach.

Friedrich nickte herablassend. »Ja, für einige Tage war er König. Aber dann ist er ermordet worden. Seine Frau hat es getan. Angeblich wollte er sie verstoßen, weil sie ihm keine Kinder gebären konnte. Da hat sie ihm in der Nacht sein Gemächt abgeschnitten, weil keine andere etwas von ihm haben sollte.«

»Was ist aus der Frau geworden?«, fragte Agnes.

Poggio nahm eine der beiden Lampen, die Friedrich auf dem Tisch abgestellt hatte, und hielt sie an den verschütteten Schwefel. Gierig fraß das Feuer das Pulver. Eine blaue Stichflamme loderte auf, es stank und zischte.

»Obacht!«, brüllte Friedrich. »Willst du uns alle in den Orkus jagen?« Eilig kratzte er die Reste des Schwefels vom Tisch und rieb sich die Hände an seinem Wams. Mit prüfendem Blick schaute er Poggio an. »Wenn dein Vater wirklich Apotheker war, hat er dir wohl nicht allzu viel beigebracht. Das war Schwefel, dessen fauligen Atem du da freigesetzt hast.« Scheinbar wahllos griff der Fürst nach einer Schale und hielt sie Poggio unter die Nase. »Was ist das?«, fragte er.

Poggio roch daran. »Salpeter«, antwortete er. Zwar mochte er es nicht, von Friedrich wie ein Schüler geprüft zu werden. Doch dafür war des Fürsten Aufmerksamkeit von Agnes abgelenkt.

»Und hier?« Ein weiteres Schälchen folgte.

»Gemahlene Holzkohle«, erkannte Poggio.

Das schien Friedrich zu genügen. »Daraus mische ich das Donnerkraut. Aber irgendetwas fehlt. Wenn du weißt, was es ist, verrate es mir, und ich will dich belohnen.«

Poggio griff nach dem Behältnis mit der Holzkohle, feuchtete einen Finger an und stippte ihn in das Pulver. Dann betrachtete er seine schwarze Fingerspitze im Lampenschein. Wie er erwartet hatte: Es war einfache Holzkohle. Damit würde der Fürst höchstens Fürze anzünden können.

»Ich will dir wohl helfen«, sagte Poggio. »Aber dafür verlange ich einen Blick in deine Bibliothek.«

Friedrich warf Agnes einen sehnsuchtsvollen Blick zu. Poggio legte einen Arm um Agnes' Hüfte. Sie lehnte sich an ihn. Friedrich wandte sich ab.

»Also gut«, knurrte der Fürst. »Aber bevor du in den Turm gehst, will ich die Zutaten wissen. Das richtige Mischungsverhältnis kannst du mir später verraten, wenn du deine Studien beendet hast.«

Widerstrebend ließ Poggio Agnes wieder los. Er trat an den Tisch und zog einen der Pergamentbögen zu sich heran. Dann griff er nach einem Kienspan, steckte ihn erst in den Mund und dann in den Tiegel mit der Holzkohle. Nun begann er, mit der feuchten Kohle zu schreiben.

Als er fertig war, trat er von der Arbeitsplatte zurück. Mit gerecktem Hals beugte sich Friedrich über das Geschriebene. Er kniff die Augen zusammen und fuhr mit einem Finger die Zeilen entlang.

»Also gut«, sagte der Fürst. »Ich werde diese Zutaten zusammentragen lassen. Der Bergfried gehört euch für die Nacht. Wenn der Tag dämmert, müsst ihr wieder herabkommen, um den zweiten Teil unserer Abmachung einzuhalten.«

Kapitel 25

OSWALD KEUCHTE. Hinter Lämmerschling und Helmbrecht stapfte er den Weg zum Gipfel des Zollernbergs hinauf. Die Pferde hatten sie am Fuß der Anhöhe zurücklassen müssen. Die Tiere waren erschöpft vom schnellen Ritt durch Forst und Frost und litten unter Krämpfen. Bei Oswalds Falben hatte sich der Brustkorb gesenkt. Lämmerschlings Rappe hatte kurz nach Beginn des Anstiegs gewankt und den Pfad verlassen. Selbst mit Schlägen war der Hengst nicht mehr zwischen den Bäumen hervorzubekommen. Helmbrechts Stute hatte einfach kehrtgemacht und war wieder bergab gestolpert. Man musste kein Pferdeknecht sein, um zu erkennen, dass die Tiere die Grenze ihrer Leistungsfähigkeit überschritten hatten. Den Reitern war nichts anderes übrig geblieben, als die Pferde im Wald anzubinden. Oswald warf ein, dass sie erfrieren würden, wenn sie nicht frei herumlaufen konnten. Aber wie so oft während ihrer Reise hätte er auch diesmal ebenso gut in den Wind rufen können.

Jetzt war es Oswald, der stolperte und schwankte. Trotz seiner Erschöpfung versuchte er, nur durch die Nase zu atmen, um die Luft anzuwärmen, bevor sie in seinen Körper drang. Doch das ging nur langsam, und sein gequälter Leib verlangte nach mehr. So musste Oswald immer wieder den Mund öffnen und den Frost in seine Lungen lassen. Sein Körper schmerzte. Tränen liefen sein von Anstrengung verzerrtes Gesicht herab. Nicht einmal ein Lied fiel ihm mehr ein, das er zur Ermunterung hätte summen können.

Seine Begleiter waren bereits so weit vorausgegangen, dass sie nicht mehr zu sehen waren. Zurückgeblieben in der Finsternis zweifelte Oswald daran, ob er wirklich dem richtigen Herrn diente: einem König, der von ihm unmenschliche Anstrengung verlangte, ihm zwei Mordbrenner an die Seite stellte und ihn mit dem Tod bedrohte, wenn er seine Aufgabe nicht rechtzeitig erfüllte. Wie lange war es noch bis zum Fest auf den Rheinwiesen? Mit verschleiertem Blick schaute Oswald zum Mond hinauf. Er war fast voll. Wenn die Scheibe rund war, musste er König Sigismund die Bücher zu Füßen legen – oder den eigenen Kopf. Da half es wenig, wenn er wie eine Schnecke diesen Berg heraufkroch. Ein Grunzen entstieg seiner Kehle. Er streckte sich, wischte sich über das Gesicht und sammelte die letzten Tropfen Kraft. Mit zitternden Beinen folgte Oswald dem gewundenen Pfad, so geschwind er es noch vermochte.

Als er vor dem Burgtor ankam, standen dort vier Männer. Lämmerschling und Helmbrecht – auch sie waren atemlos, wie Oswald befriedigt feststellte – sprachen auf einen stämmigen Mann mit verrußtem Gesicht und ebensolchen Kleidern ein. Daneben stand ein verunstalteter Bursche mit einer Lanze. Als Oswald sich hinzugesellte, stützte er sich auf seine Knie und sammelte Atem für einen knappen, aber höflichen Gruß, in dem er sich als Botschafter König Sigismunds vorstellte. Zu seiner Überraschung achtete niemand auf ihn.

»Der Papst ist abgesetzt?«, fragte gerade einer der beiden Burgbewohner. »Das hat er mir verschwiegen. Mögen wilde Hunde seine Beine benagen!«

Also waren die Italiener hier gewesen! Oswald frohlockte. Der beschwerliche Weg hatte sich gelohnt. Bei den nächsten Worten des Fürsten richtete Oswald sich augenblicklich wieder auf.

»Er ist im Bergfried. Dieser Papst. Mit seinen Begleitern«, berichtete der Burgherr.

»Einem Italiener und einer dunkelhaarigen Frau?«, brachte Oswald hervor.

Abruptes Nicken war die Antwort. Überdies bestätigte Friedrich, dass die Besucher zwei Bücher bei sich trugen, die sie nicht aus den Augen ließen.

»Wir holen sie aus dem Turm«, sagte Helmbrecht und wollte sich an Friedrich vorbei durch das Tor drängen. Doch der Fürst hielt ihn auf.

»Nein!«, sagte Friedrich. »Ich habe ein Abkommen mit ihnen geschlossen, das auch mir Vorteil bringt.«

»Pack dich, verlotterter Fürst!« Helmbrecht schlug Friedrichs Hand beiseite. »Die Bücher, die diese Leute mit sich führen, sind für König Sigismund von größter Bedeutung. Willst doch dem König nicht im Wege stehen, was?«

Friedrich stieß Helmbrecht zurück. »Bücher! Warum sind auf einmal alle so versessen auf Bücher? Ich stehe kurz davor, eine Waffe zu entwickeln, mit der Sigismund jeden seiner Feinde in den Boden stampfen wird – oder in den Himmel schleudern. Kein Buch schafft das!«

Für einen Moment hoffte Oswald, der Burgherr würde Helmbrecht niederstrecken. Schon sah er sich eines der beiden Schurken ledig. Doch jetzt ging Lämmerschling dazwischen und trennte die beiden voneinander.

»Was für ein Buch suchen deine Gäste denn da oben?«, wollte der Einohrige wissen.

»Woher soll ich das wissen?«, stieß Friedrich hervor. »Irgendetwas, das der verrückte Jobst von Mähren hier zurückgelassen haben soll.«

Oswald sagte mit gedämpfter Stimme: »Wenn es ein weiteres

dieser verfluchten Bücher geben sollte, dann sollten wir Poggio und Agnes in aller Ruhe danach suchen lassen. Der Florentiner kann aus einem Fliegenschiss die Evangelien lesen. Und Agnes wird die Bibliothek ihres Gatten gut genug kennen, um verborgene Schätze zu finden. Lassen wir sie für uns arbeiten! Wenn sie dann den Bergfried mit ihrer Beute wieder verlassen, brauchen wir sie ihnen nur noch abzuknöpfen.«

»Die Bibliothek ihres Gatten?«, wiederholte Friedrich. »Diese Frau sagte, sie sei die Base des Papstes.«

Lämmerschling lachte höhnisch. »Und ich bin die Tante des Kaisers. Ränkespiele! Wenn du dabei bestehen willst, solltest du deine Wunderwaffe gegen schnelle Lügen und falsche Folianten tauschen.«

Die drei Besucher schritten durch das Tor in Richtung des Burghofes – diesmal hielt Friedrich sie nicht auf.

*

Im oberen Geschoss des Turms hatten an wärmeren Tagen Tauben genistet. Jetzt hingen die Tiere tot zwischen den Dachsparren oder lagen auf den Bohlen. Von den kleinen Körpern hatte sich das meiste aufgelöst. Nur das Gefieder hatte der Zeit widerstanden. Bei jedem Schritt, den Poggio, Agnes und Baldassare in der Dachkammer gingen, stob eine Wolke aus Federn auf und rieselte so langsam zu Boden, dass sie den drei Bücherjägern den Atem nahm.

»Warum nur hast du Friedrich das Rezept verraten?«, fragte Agnes ungehalten, während sie mit einer Hand durch die Federn wedelte. »Er ist ein Mörder und Plünderer mit königlichem Siegel. Wenn er mit deiner Hilfe diese Waffe entwickeln sollte, wird niemand Sigismund aufhalten können.«

Poggio war bis zu einem Haufen Bücher vorgedrungen, der an der Wand gestapelt war. Er fegte den Taubendreck von dem zuoberst liegenden Band. Der Vogelkot hatte sich in Staub verwandelt. In Poggios Nase breitete sich ein kapitaler Niesreiz aus und brach sich mit einem gewaltigen Ausbruch Bahn.

»Hört sich beeindruckender an als das Donnerkraut«, bemerkte Baldassare. »Friedrich sollte mit Taubenmist um sich werfen, wenn er Mailand belagert.«

Poggio kniff sich in die Nase. Das Jucken darin verging nur langsam. »Was ich aufgeschrieben habe«, sagte er, »war tatsächlich ein Rezept meines Vaters. Aber nur ein wundärztliches Mittel gegen Halsschmerzen, Wechselfieber, Verstopfung und Krämpfe. Wenn man es in Wein gemischt zu sich nimmt, soll es überdies Mut verleihen.«

»Aber Friedrich hat es doch gelesen«, sagte Agnes. »Das wäre ihm aufgefallen.«

Mit angehaltenem Atem nahm Poggio drei Folianten auf einmal hoch und lud sie auf einem Schemel ab. »Friedrich mag ein guter Vasall seines Königs sein«, erwiderte er, bevor er daranging, den ersten zu studieren. »Aber er ist ein lausiger Alchemist.«

Vorsichtig, um eine weitere Staubexplosion zu vermeiden, schlug Poggio das oberste Buch auf. Unter dem schmalen Einband verbarg sich einer jener unterhaltsamen Texte, aus denen die Damen ihr Gift saugen. Über die Schulter sagte er: »Das Rezept wird überdies nicht von Dauer sein. Ich habe es mit feuchter Holzkohle geschrieben, aber nicht fixiert. Hast du bemerkt, wie kräftig es in Friedrichs Labor zog? Sobald die Holzkohle trocken ist, wird der Wind das meiste fortgeblasen haben. Der Rest der Buchstaben wird einfach herunterrutschen, sobald jemand den Bogen in die Hand nimmt.«

Er schlug die nächsten Bücher auf: Stammbäume, Chroniken und eine halb fertig geschriebene Bibel. Zuunterst lag ein kostbares Exemplar des *Decretum Gratiani*. Einhundert Gulden würde er in Florenz dafür bekommen. Wenn er Florenz je wiedersehen sollte. Schweren Herzens schob er den Band beiseite und suchte nach den nächsten Folianten.

»Helft mir!«, stieß er hervor und öffnete den schweren Deckel einer Truhe. Bis zum Rand war sie mit Büchern gefüllt.

Agnes nahm zwei entgegen und schaute sie verwundert an. »Woran erkenne ich, dass es der Text dieses Lukrez ist?«, fragte sie.

Poggio schlug den Folianten aus dem Kloster Beuron auf und deutete mit dem Finger auf die erste Zeile. »Wenn Jobst richtig abgeschrieben hat, so lautet der Anfang: *Primae frugiparos fetus mortalibus aegris ...* Danach suchen wir.«

Agnes untersuchte die Bücher in der Nähe der Lampe. Ungeduldig hielt Poggio auch Baldassare einen der Folianten entgegen. Doch der schüttelte den Kopf und machte sich daran, die Stufen hinabzusteigen. »Mit Büchern habe ich noch nie Glück gehabt. Während ihr sucht, werde ich unten die Tür bewachen und vorsichtshalber die Leiter heraufziehen – für den Fall, dass Friedrich noch einmal nach deinem Rezept gesehen hat.« Damit verschwand sein Kopf in der Luke.

Buch um Buch schob Poggio von einem Stapel auf den nächsten. Wie immer, wenn er sich alten Texten widmete, verging die anfängliche Erregung schnell. Er wurde ruhig wie ein Baum. Nur gelegentliches Husten, wenn Federn aufflogen, unterbrach die Stille in der Turmkammer.

Jobst hatte einige Schätze in seiner Bibliothek gesammelt. Das *Gastmahl des Trimalchio* wanderte durch Poggios Finger und eine kleine Ausgabe von Ovids *Metamorphosen*. Das Buch selbst hatte auch eine Metamorphose durchgemacht. Nachdem sich Generationen von Holzwürmern und Mäusen davon ernährt hatten, war es kaum noch als solches zu erkennen.

Leider waren die antiken Texte in der Unterzahl. Stattdessen gab es Erbauliches. Poggio schob die *Bekenntnisse* des Augustinus und die schauerlichen Verse des *Tristan* von Gottfried von Straßburg beiseite. Fast erwartete er, eine Oktavausgabe mit den Liedern Oswald von Wolkensteins zu finden.

Unter dem Deckel eines besonders schweren Buchs leuchtete Poggio ein Prachtexemplar der Bibel entgegen. Die Seiten waren mit einer wunderbaren Bordüre geschmückt, die Linien des Textes so fein, dass er nur mit den ersten fünf Flugfedern junger Gänse geschrieben worden sein konnte. Ein Meister hatte die Kiele der Federn in perfekte Form geschnitzt. Als Poggio den Goldlack sah, der einer tiefblauen Initiale als Ruhebett diente, verschlug es ihm den Atem. Hier war echtes Gold verwendet worden, nicht die Nachbildung, zu der so mancher griff, um Kosten zu sparen. Zugegeben: Die Wirkung war auch dann noch beeindruckend. Poggio hatte den Kniff von Coluccio gelernt. Dazu stach man ein Loch in ein Hühnerei und nahm das Weiße heraus. Nun füllte man das Ei mit Quecksilber wieder auf und vergrub es vierzig Tage lang in warmem Dung. Anschließend musste man das dabei entstehende Mus noch mit gemahlenem Glas vermischen, um eine wunderbar glitzernde Goldfarbe zu erhalten. Was jedoch der Meister dieser Bibel hier vollbracht hatte, war etwas ganz anderes.

Dieses Gold stammte von einer Münze. Poggio hatte gehört, dass es Illuminatoren geben sollte, die eine Goldmünze erstaunlich flach schlagen konnten. Aus einem erbsengroßen Goldstück, so hatten es sich die Schüler in Coluccios Palast erzählt, könnten sie eine Fläche hämmern, die ein Schlachtross bedecken würde. Niemand aber hatte jemals etwas Derartiges gesehen. Doch hier, unter dem Dach eines vermisteten Turms, umweht vom eisigen Wind des deutschen Winters, war ein solches Kunstwerk verborgen. Wann und wo diese Bibel auch gefertigt worden war, sie war durch die Hände eines Meisters gegangen. Poggio nickte den Seiten ehrerbietig zu.

»Agnese«, sagte er und versuchte dabei nicht zu blinzeln. Wenn er sie nicht ständig mit Blicken bewachte, mochte sich die wunderbare Goldfarbe in Luft auflösen. Noch einmal wiederholte er Agnes' Namen. Sie musste dieses Wunder sehen und gemeinsam mit ihm darüber staunen. Aber Agnes antwortete nicht.

Als Poggio den Kopf wandte, sah er sie ihrerseits über ein Buch gebeugt. Ihre Finger strichen schüchtern über die Seiten. Eine Feder landete auf ihrer Wange und blieb dort auf einer Träne haften. Sie wischte sie nicht fort.

»Was ist es?«, fragte Poggio. »Was hast du gefunden?«

Agnes schluckte. »Es ist das Buch, das du suchst.«

Wegen Lukrez vergoss sie gewiss keine Freudentränen, dachte Poggio. Er trat zu ihr. Ein großes, schmales Werk lag aufgeschlagen auf ihren Knien. Als er den Band in seine Richtung drehen wollte, um den Text lesen zu können, schob sie ihn fort. »Du kannst es nicht haben«, sagte sie.

Poggio reckte den Hals. Es waren tatsächlich die lateinischen Worte, nach denen er suchte: das sechste Buch der *Rerum Natura*. Er musste sich beherrschen, um es ihr nicht aus den Händen zu reißen. »Warum nicht?«, fragte er. »Wegen dieses Buchs sind wir hergekommen.«

»Wenn du es hast, wirst du die Schrift des anderen Bandes zerstören«, antwortete Agnes.

»Natürlich! Um den geheimen Text sichtbar zu machen. So habe ich es dir und Baldassare versprochen.«

»Aber diese Schrift ist alles, was mir von Jobst geblieben ist. Seine Hände haben diese Buchstaben niedergeschrieben. Ich will nicht, dass sie ausgelöscht werden. Es wäre, als würden wir meinen Mann zum zweiten Mal töten.«

Poggios Gedanken wirbelten durcheinander. Was war es nur mit dieser Frau? Erst küsste sie ihn, dann bestahl sie ihn. Erst wollte sie Rache, nun lieber Erinnerungen. Sie war launisch wie ein Kind und hatte das Gemüt eines kleinen Mädchens.

»Aber der deutsche König«, sagte Poggio. »Du wolltest dich an ihm rächen, ihn zu Fall bringen.«

Sie hob den verschleierten Blick zu ihm auf. »Das dachte ich auch. Aber bringt mir das Jobst zurück? Seit wir in diesen Mauern weilen, sehe ich seine Gestalt in jedem Winkel. Jede Treppenstufe dieser Burg, jede Zinne und jeder Durchgang ist in meiner Erinnerung mit seinem Bild behaftet. Wie kann ich weiterhin an Rache denken, wenn die Trauer mich überschwemmt und ich in ihr zu ertrinken drohe?«

Poggio zupfte ihr die Feder von der Wange. »Die Trauer und die Rache sind miteinander vermählt«, sagte er.

»Ich aber bin eine Witwe«, erwiderte sie. »Ich habe mich geirrt. Jobst hat diese Bücher versteckt, damit niemand sie findet. Und nun soll ausgerechnet ich es sein, die seine Pläne zunichtemacht.«

Poggio legte eine langsame Hand auf Agnes' Haar. »Auch ich bin dagegen, diese gefährlichen Schriften für unsere persönlichen Zwecke einzusetzen. Ich habe Abt Emilius versprochen, ihm das Buch aus Sankt Fluvius zurückzubringen.«

Sie schlug die Augen nieder und lehnte sich gegen ihn. Er strich über ihren Rücken. Federn schwebten davon.

Agnes erhob sich. Ihre Augen waren geschwollen, ihre Nase war gerötet und ihre Oberlippe nass. Sie war die schönste Frau der Welt. »Ich wollte alles nur für Jobsts Gedenken«, flüsterte sie. Ihr warmer Atem strich über sein Gesicht. »Doch nun fühle ich mich frei. Weil du mich hierhergeführt hast.«

Diesmal küsste sie ihn weniger forsch. Ihre halb getrockneten Tränen rieben eine feuchte Spur auf sein Gesicht. Als sie sich von ihm löste, war es Poggio, als sei eine Ewigkeit vergangen. Vielleicht, dachte er, hat der Erfinder der vierhundert Jahre eine Frau wie diese geküsst, um auf seinen Einfall zu kommen.

Er fühlte sich leicht. »Komm!«, sagte er und drückte ihre Hand. »Wir wollen diese Bücher im Geheimen belassen und sie ins Bergkloster bringen. Dort können sie kein Unheil anrichten. Und danach«, er zögerte, »gehen wir gemeinsam nach Arezzo. Unter der Sonne der Toskana wirst du ein neues Leben beginnen.«

»Aber Baldassare!«, wandte Agnes ein. »Er will die Bücher für sich.«

Poggio spürte einen Satz auf seiner Zunge zusammenlaufen. »Baldassare soll sich zum Teufel scheren«, wollte er sagen. Aber mit einem Mal klemmten seine Zähne aufeinander und ließen die Silben nicht fliegen.

Agnes sah ihn fragend an. Mit dem Handrücken wischte sie sich über die Augen. »Wir müssen ohne Baldassare von hier fort«, sagte sie. »Niemals würde er uns die Bücher freiwillig überlassen. Bedenke doch: Mit ihrer Hilfe könnte er wieder Papst werden.«

»Baldassare zurücklassen?«, fragte Poggio.

Agnes drängte sich an ihn. Als ihr Leib seine Lenden berührte, wich Poggio zurück. Die Erregung, die von ihm Besitz ergriffen hatte, erschien ihm mit einem Mal unpassend. Dieser Ort war kein Liebesnest voller flaumiger Federn, sondern eine stinkende Turmkammer voller Vogeldreck.

»Baldassare ist mein Freund. Wie könnte ich ihn betrügen?«, fragte Poggio.

»So wie er dich betrügen wollte«, antwortete Agnes. »Hast du es vergessen? Erst gestern hat er es versucht, in der Ruine am Wegesrand.«

Poggio schob sich an Agnes vorbei. Er trat zu einem der schmalen Turmfenster und schaute hinaus. Kalt starrte die Nacht zurück. Es stimmte: Baldassare hatte versucht, das Buch an sich zu bringen. Schon immer hatte er Poggio für seine Zwecke benutzt. War es nicht so gewesen in Bologna, als Poggio das Studium für Baldassare bestritten hatte? Wer von beiden hatte in der Schlacht von Rom dem anderen das Leben gerettet? Wer erfand die Heiligenlegenden, für deren Verbreitung der Papst berühmt wurde? Poggios Lohn war nichts weiter gewesen als der harte Schemel eines Schreibers.

Agnes näherte sich ihm erneut. »Was ist dir wichtiger?«, fragte sie. »Das Wohl der Welt oder die Laufbahn deines Freundes? Verschwinde mit mir. Ich gehe, wohin du mich bringen magst.«

Poggio zwang sich, Agnes nicht anzusehen. Sie war eine Gorgone, eine jener Frauen, von der die antiken Dichter berichteten. Doch statt eines Schlangenhauptes trug Agnes den Kopf der Liebesgöttin Aphrodite auf den Schultern. Ihre Blicke verwandelten niemanden in Stein, sie ließen die Sinne eines Mannes schmelzen. Unverwandt starrte er in den Burghof hinunter. Noch einmal tauchte das Bild seiner Heimat vor Poggios geistigem Auge auf. Die Hügel bei Arezzo. Ein Gehöft in der roten Sonne. Agnes in seinem Arm.

Baldassare ist mein Freund, dachte er. Aber Abt Emilius habe ich mein Wort gegeben. Er blinzelte. Der Burghof kehrte zurück. Die rote Sonne verwandelte sich in einen kleinen Lichtpunkt tief unter ihnen. Eine Fackel bewegte sich über den Hof. In ihrem Licht gingen vier Männer.

Bevor Poggio mehr erkennen konnte, hörte er Schritte die Stiege hinaufpoltern. Er fuhr herum. Baldassare kehrte zurück. Die mächtigen Augenbrauen waren tief in das fleischige Gesicht gezogen. Die Blicke des Neapolitaners waren durchdringend auf Poggio gerichtet. Hatte Baldassare gehört, was er mit Agnes besprochen hatte?

»Nun?«, fragte Baldassare.

Worauf bezog sich diese Frage? Wollte er wissen, ob Poggio ihn für Agnes verraten würde? Oder wollte er wissen, ob sie das Buch gefunden hatten? Der päpstliche Blick drohte mit der Exkommunikation, wenn die Antwort nicht zu seiner Zufriedenheit ausfallen würde.

Poggio dehnte seine Lippen zu einem verkrampften Lächeln. »Wir haben ihn gefunden. Den Lukrez.« Er deutete auf das Buch.

»Worauf wartest du dann noch?«, fragte Baldassare, griff nach dem Folianten aus Meripurcs Grab und presste ihn Poggio in die Hand. »Kratz die geheime Schrift hervor! Wir haben dir einen Gefallen getan. Jetzt bist du an der Reihe.«

»Hier?«, fragte Poggio.

»Ich habe unten die Tür verriegelt. Friedrich wird uns vorerst nicht stören. Los, los! Glaubst du etwa, ich kann vierhundert Jahre lang warten?«

Kapitel 26

DER HOF DER ZOLLERNBURG war leer. Die Gebäude halb verfallen. Nur gelegentlich blinkten Lichter auf den Wehrgängen, weit oben entlang der Mauer. Oswald fühlte sich an seinen Traum erinnert, jenes Nachtgesicht, in dem er als Kröte durch die Ruinen von Burg Hauenstein in Tirol gekrochen war. Diesmal, so schwor er sich, würde Poggio die Kröte sein, und er, Oswald von Wolkenstein, würde den Italiener unter seinem Stiefel zermalmen.

Ein Mann in schmutzigen Kleidern näherte sich. Er verneigte sich vor dem Burggrafen und sagte: »Sie haben die Leiter hochgezogen und die Tür verrammelt.« Friedrich stieß den Mann beiseite. »Dann bringt eine neue Leiter herbei. Diese drei sind in meine Burg eingedrungen, ich habe sie willkommen geheißen, und zum Dank haben sie mich belogen. Sie müssen bestraft werden. Ich werde sie das Donnerkraut fressen lassen und dann die Lunte zünden, die ich ihnen zuvor in die Ärsche gesteckt habe.« Friedrichs Stimme überschlug sich.

Der Bedienstete ließ die Schultern hängen. »Es sind keine Leitern mehr auf der Burg«, sagte er mit gesenkter Stimme.

»Warum nicht?«, schrie Friedrich. »Was habt ihr damit angestellt?«

»Sie sind zerstört worden«, sagte der Mann, »als wir versuchen sollten, die Mauern zu erstürmen, während ihr mit dem Donnerkraut nach uns warft.«

»Alle Leitern?«, fragte Friedrich ungläubig. Er schüttelte den Kopf. Dann fuhr er fort: »Hol die anderen! Sammelt Holz! Der

Winter hat genug junge Bäume gefällt. Schlagt als Steighilfen Kerben in die Stämme. Damit werden wir an die Tür des Bergfrieds gelangen.« Der Mann eilte davon.

»Nun bin ich der Belagerer meiner eigenen Burg«, sinnierte Friedrich. »Das soll mir dieser falsche Papst büßen. Und sollte ich dafür im Fegefeuer brennen, so werde ich genug Donnerkraut mitnehmen, um die Hölle damit in die Luft zu jagen.«

Lämmerschling trat langbeinig heran. »Was redest du da? Was soll das sein: Donnerkraut?«

»Vielleicht baut er Weißkohl an«, schlug Helmbrecht vor.

»Schweigt still!«, rief Friedrich. »Was ich hier züchte, wird die Darmwinde unseres Königs noch in Mailand hörbar werden lassen.« Und er berichtete von Versuchen mit einem geheimen Pulver, das die Mauern von Burgen zerstören konnte. Während er sprach, wedelte Friedrich mit den großen Händen an seinen kurzen Armen. Von Armbrustschützen erzählte er, die zerknallende Feuerpfeile verschossen; von Mauern belagerter Städte, die keine zwei Tage mehr standhielten; von den zerrissenen Leibern der Feinde, gegen die niemand einen Streich hatte führen müssen. Demonstrativ zog Friedrich sein Schwert und warf es Oswald vor die Füße. »Wertlos!«, stieß der Burggraf hervor. »Wenn das Donnerkraut erst seine volle Kraft erreicht hat, wird der Rost ein Festmahl auf euren Eisen halten.«

Lämmerschling bückte sich, um Friedrichs Waffe aufzuheben. Er drehte sie prüfend und schob sie dann in seinen Gürtel. »Ich bleibe vorerst ein Bruder des Schwertes«, sagte er.

»Du hast von diesem Donnerkraut etwas auf deiner Burg?«, fragte Helmbrecht.

»Genug, um das ganze Gemäuer in die Luft zu sprengen«, prahlte der Graf.

»Der Bergfried würde genügen«, gab Helmbrecht zurück.

Friedrich rieb sich das Kinn. »Das Pulver hat zwar noch nicht seine volle Leistung erreicht. Aber wenn wir genug davon aufhäufen, wird der Turm gewiss Schaden nehmen.«

»Das kommt nicht infrage«, sagte Oswald. Seine Stimme war leise. Er holte tief Luft, um sich mehr Gehör zu verschaffen. »Wenn der Turm einstürzt, werden auch die Bücher zerstört. Jene Bücher, wegen denen wir hier sind. In zwei Tagen habe ich sie König Sigismund zu Füßen zu legen. Beim Frühlingsfest auf den Rheinwiesen.«

Helmbrecht fuhr sich mit der Hand unter die Nase und wischte einen langen Tropfen fort. »Was glaubst du wohl, wird der König mit den Schriften anstellen, wenn wir sie ihm übergeben? Verbrennen wird er sie. Das können wir ebenso gut gleich selbst erledigen.«

»Der König kommt zum Frühlingsfest?«, fragte der Burggraf. »So muss ich nur eins und eins zusammenbringen: Ich lasse den Turm einstürzen. Er soll der letzte Prüfstein für das Donnerkraut sein. Diese Burg ist mir ohnehin zuwider. Und dann fahre ich mit euch zum Fest und zeige Sigismund und aller Welt, dass eine neue Zeit angebrochen ist. Euch drei hat der Himmel geschickt.«

Und von dort wenden wir uns geradenwegs in die entgegengesetzte Richtung, dachte Oswald, während er mit besorgter Miene zum Dach des Bergfrieds hinaufschaute.

*

Das Buch lag aufgeschlagen auf Poggios Knien. Das Pergament verströmte noch immer den Geruch aus Meripurcs Grab. Aus seinem Stoffbeutel holte Poggio das Federmesser und den Bimsstein hervor. Er prüfte die Klinge. Baldassares tölpelhafte

Arbeit damit und der Frost der vergangenen Tage hatten das Instrument stumpf werden lassen. Ersatz war nicht in Sicht. So blieb ihm nichts übrig, als die feine Klinge am Bimsstein zu wetzen. Während er sie über den porösen Brocken zog und das Federmesser ärgerlich krächzte, wusste Poggio, dass er der vor ihm liegenden Aufgabe nicht gewachsen sein würde. Das Werkzeug stumpf, das Licht zu schwach, die Zeit zu knapp und Baldassare und Agnes in seinem Rücken – wie sollte er unter solchen Umständen eine uralte verborgene Handschrift freilegen?

»Ich kann das hier nicht«, sagte er und ließ Bims und Messer sinken.

»Dann warten wir, bis du dazu fähig bist«, knurrte Baldassare. »Hast du es schon vergessen: Wir sind nur hergekommen, damit du deinen Lukrez findest. Das ist geschehen. Jetzt wirst du deinen Teil der Abmachung einhalten.«

Poggio strich über die Seiten. Darauf waren die von Jobst kopierten Worte des Lukrez zu sehen. *Die Pest in Athen*, stand da geschrieben. Hinter Poggio drohte Baldassare mit einfallsreichen Foltern, wenn er nicht endlich mit der Arbeit beginne.

Matt lagen die Körper am Boden, entzifferte Poggio, von den Worten einer vergangenen Zeit in Bann geschlagen. *Sogar auf die Zeugungsorgane warf sich die Krankheit. Einige ließen in ängstlicher Furcht vor den Pforten des Todes lieber das Glied mit dem Messer entfernen, um weiterzuleben.* Poggio schluckte. *Einige blieben auch leben, doch gaben sie alles für Gottes Sohn. Aber die grimmige Angst vor dem Tode hatte sie ergriffen.*

Noch einmal las Poggio die Zeile. Von Gottes Sohn hatte Lukrez noch nichts wissen können. Poggio tastete mit der Hand danach, spürte eine Erhebung. Die beiden Worte schimmerten aus der darunterliegenden Schicht hindurch. Er griff nach dem Bimsstein und rieb langsam über die Stelle. Buchstabe für Buchstabe verschwand, und mit ihnen die Pest in Athen. Minuskelschrift wurde sichtbar – wie in dem Buch aus dem Bergkloster.

Baldassares Drohungen und Flüche klangen jetzt weit entfernt. Stattdessen war es Poggio, als dringe eine Stimme aus der Vergangenheit an sein Ohr. Wie von selbst flog das Federmesser über das Pergament. Ohne darüber nachzudenken, reagierte Poggio auf Unebenheiten des Leders. Nur zweimal blieb die Klinge hängen und verletzte den uralten Text geringfügig. Dann war eine der Seiten gesäubert.

Poggio stellte das Buch aufrecht und ließ die abgeschabten Bröckchen herunterrieseln.

»Was steht drin?«, wollte Agnes wissen. Sie und Baldassare hatten sich hinter Poggio aufgebaut wie zwei Engel, die gemeinsam mit Petrus das Himmelstor bewachen. Aber Poggio war noch nicht bereit, den Schlüssel herzugeben.

Ohne ein Wort zu sagen, legte er das Buch wieder nieder und schlug die Seite um. Dann setzte er die Arbeit fort.

Das erste Tageslicht fiel durch die schmalen Fenster, als Poggio sich schließlich erhob und den Folianten zuklappte. Die Arbeit war getan, der alte Text der Welt zurückgegeben – bis auf das Stück, das Baldassare zerstört hatte. Poggio sah seine Gefährten an.

»Gib her!«, knurrte Baldassare. »Ich werde es in Rom kopieren und an Sigismunds Feinde verteilen lassen. Danach kannst du eine Abschrift haben.«

»Das kommt nicht infrage.« Agnes versuchte vergeblich, den schweren Neapolitaner beiseitezudrängen. »Poggio und ich werden die Bücher zurück nach Sankt Fluvius bringen.«

»Das glaubt dir nicht einmal ein einfältiger Toskane«, erwiderte Baldassare und schob sie zur Seite.

Am liebsten wäre Poggio einfach aus dem Turm geflohen. Wem von beiden sollte er das Buch geben: Baldassare, der damit gegen König Sigismund in den Krieg ziehen wollte? Oder Agnes, die ihm versprochen hatte, es in Sicherheit zu bringen, von der er aber nicht wusste, ob er ihr vertrauen konnte?

Er nahm all seinen Mut zusammen und sagte: »Ich behalte es und gebe für euch darauf acht. Vorerst.«

Agnes und Baldassare erstarrten. »So hältst du also deine Versprechen«, sagte Agnes. »Wie enttäuschend.«

Und Baldassare ergänzte: »Besser, du gibst es mir aus freiem Willen. Sonst nehme ich, was mir gehört.«

»Gewalt und Lüge werden zwischen uns das Zepter nicht schwingen«, sagte Poggio. »Ihr bekommt beide, was euch zusteht. Zur selben Zeit. Indem ich euch den Text vorlesen werde.« Damit schlug er die erste Seite auf.

»Otto, unser König und Beschützer, ist berühmt für seine Frömmigkeit, in seinen Unternehmungen von allen der Beständigste, in seiner Strafgewalt verbreitet er Schrecken, doch abgesehen davon ist er immer fröhlich, gibt großzügig und braucht wenig Schlaf; und während des Schlafs redet er ständig, sodass es den Anschein hat, dass er immer wach sei.«

»Was soll das für ein Unsinn sein?«, brauste Baldassare auf. »Wenn ich Königslob hören will, lausche ich den Kakerlaken, die um Sigismunds Thron herumkriechen.«

»Geduld«, bat Poggio und fuhr fort: »In seinem Schlaf spricht der König in vielen Zungen. Er redet Deutsch, Französisch, Spanisch und Englisch. Sogar das Slawische kommt ihm aus dem Mund, obwohl er diese Sprache doch nie erlernt hat. Um alles verstehen zu können, versammeln sich Nacht für Nacht

Menschen aus vielen Ländern um Ottos Lager. Sie schreiben auf, was der große König uns in seiner Weisheit zu sagen hat. So kann kein Wort verloren gehen, denn alle Weisheit kommt von Gott und Gottes Sohn.«

Poggio blickte auf und sah, wie Baldassare die Augen verdrehte. Auf Agnes' Stirn war erneut jene Ader gewachsen, die Poggio schon so oft dort beobachtet hatte. Stets war die Erscheinung ein Bote großen Unheils gewesen. Er senkte den Blick wieder auf die Schrift.

»Eines Nachts tat der König kund, dass Christus wieder auf die Welt kommen werde. Davon wissen wir alle. Die Prophezeiung lautet, der Heiland kehre nach tausend Jahren zurück. Doch Otto auf seinem Lager sprach davon, dass dieses Ereignis kurz bevorstehe. Nachdem der König erwacht war, fragten wir ihn nach seinem Traum. Doch er konnte sich an nichts erinnern. Wie wir, so war auch er gewiss, dass Gott in ihn gefahren war und ihm die Worte eingegeben haben musste. In der folgenden Nacht wiederholte sich das Ereignis, und in der darauffolgenden kündigte König Otto erneut die Wiederkunft Christi an. Es konnte kein Zweifel bestehen: Christus war bereit, wieder in der Welt zu erscheinen. Wie, o Herr, konnten wir nichts davon wissen? Warum waren wir nicht vorbereitet auf den Erlöser, auf das Ende der Welt? Es gab nur eine Antwort. Unsere Kalender mussten falsch sein. Statt das Jahr 1000 nahen zu sehen, glaubten wir, im Jahre 600 zu leben. Wir waren erschüttert. Hätte Gott nicht aus dem König gesprochen, hätten wir die Ankunft des Herrn vielleicht nicht bemerkt. Nur ein Irrtum in der Vergangenheit konnte einen solchen Fehler möglich gemacht haben, eine falsche Ziffer an bedeutender Stelle, ein Mönch, der die römischen Zahlen nicht genau genug kannte. Woher der Fehler auch gekommen sein mochte: Es war an uns, ihn wettzumachen. Also sandten wir Boten in alle Teile des Reiches, damit sie die Chroniken in den Klöstern anpassen ließen. Otto sorgte auch dafür, dass die Kalender in den Klöstern der Nachbarreiche verändert wurden. Die Könige dieser Länder mussten davon nicht in Kenntnis gesetzt werden. Sie regierten zufrieden in ihrer eigenen Zeit. Den meisten war es gleichgültig, was vor ihnen geschehen war oder nach ihnen kam.«

»Spione?«, fragte Baldassare. »Die haben eine Handvoll Heimlichtuer ausgesandt, um unsere Geschichtsschreibung zu verändern? Wer soll das glauben?«

»Woher soll ich das wissen?«, fragte Poggio. »Hör einfach zu!«

Weiter trug Poggio die Worte des unbekannten Autors vor. Der berichtete von den Versuchen Ottos, auch den Kaiser in Konstantinopel zu täuschen. Doch wie sich herausstellte, war das gar nicht nötig. Die Byzantiner berechneten ihre Zeit anders. Für sie galt das *annus mundi*, das Weltjahr. Dabei zählten sie die Jahre ab dem Zeitpunkt, an dem Gott die Welt erschaffen haben sollte. Das war, so der Glaube der Ostkirche, am 1. September 5508 vor der Geburt Christi geschehen. In den Augen Ottos waren die Byzantiner Verrückte. Um sie brauchte er sich nicht zu sorgen.

Damit war eine große Hürde aus dem Weg geräumt. Nun konnte Ottos Fälscherwerkstatt Karl den Großen in die Erinnerungen ganzer Dynastien pflanzen – das jedenfalls behauptete der Text. Natürlich, so der anonyme Autor, sei all das nicht geschehen, um Otto Macht zu verschaffen, sondern einzig und allein, um die Fehler in den Kalendern der Vergangenheit auszugleichen. Die Ankunft Christi stünde unmittelbar bevor. Gott würde sich wohl kaum um vierhundert Jahre verspäten.

Poggio klappte das Buch zu. Die uralten Worte wirbelten

durch seinen Geist wie die Federn in der Turmkammer. Durch die Fenster war ein blasser, grauer Himmel zu sehen.

»Angenommen, das alles ist wahr«, sagte Agnes, »so hat König Otto sich die Kaiserkrone herbeigeflunkert. Hätte er die nicht auch durch eine geschickte Diplomatie erringen können? Durch Bündnisse und Kriege?«

Baldassare schnalzte mit der Zunge. »Dieser Otto war klug. Was er gewann, war mehr als das Kaiserreich. Er und seine Nachkommen galten durch diesen Kunstgriff als die letzten Herrscher der Welt. Denn wenn Christus zurückkehrt, so heißt es in der Weissagung des Johannes, wird bald darauf Satan losgelassen und die Welt, wie wir sie kennen, wird enden.«

»Das scheint aber noch nicht eingetreten zu sein«, warf Agnes seufzend ein und deutete auf die Fenster. »Da draußen gibt es noch jede Menge Welt. Mehr, als mir lieb ist.«

Poggio sagte: »Die Welt ist noch da. Also ist Satan noch nicht gekommen. Und der Heiland ebenso wenig.« Er stockte und schaute seine Gefährten an. »Glaubt ihr an die Prophezeiungen der Bibel?«, fragte er.

Agnes runzelte die Stirn.

Baldassare schürzte die Lippen. »Ich bin immerhin Papst«, sagte er zögerlich.

Poggio fuhr fort: »Wenn der Heiland bislang noch nicht wieder auf Erden gewandelt ist, dann stimmt Ottos Zeitrechnung nicht. Es ist logisch. Hört zu: Wir leben nach einer möglicherweise gefälschten Zeit. Karl der Große, die Schenkung des Kirchenstaats und wer weiß was – das könnte alles dieser Otto erfunden haben.«

»Und wenn es diese Personen und Ereignisse allesamt gab?«, fragte Baldassare.

»Dann hat die Bibel unrecht und das Jahr eintausend ist gekommen, ohne dass uns Christus erschienen ist.« Poggio rieb sich die Schläfe. »Oder«, er stockte, wagte es zunächst nicht, die Worte auszusprechen, fuhr dann aber fort, »dieses Ereignis steht unmittelbar bevor.«

»Wir schreiben das Jahr 1417«, sagte Agnes. »Ziehen wir vierhundert Jahre ab …«

»… dann sind wir im Jahr 1017«, ergänzte Poggio. »Christus könnte unter uns sein. Er wäre gerade siebzehn Jahre alt.«

»Ich wäre der Papst, der die Wiederkehr Christi feiert«, sagte Baldassare. Balsam lag in seiner Stimme.

Agnes schnaubte in die andächtige Stille. »Und wenn die Bibel irrt und diese Geschichte bloß erfunden ist? Dann bleibt alles, wie es war, und wir leben im Jahr 1417. So wie gestern, so wie morgen. Es ist gleichgültig! Entscheidend ist nur, dass Sigismunds Legitimation infrage gestellt wird. Was wahr ist und was nicht, werden wir wohl niemals herausfinden.«

»Vielleicht doch«, sagte Poggio. Noch einmal schlug er den Folianten auf. »Seht her!« Er deutete auf eine Stelle am Ende des Textes. Dort war eine Unebenheit zu erkennen, ein Kreis, darin ein Text und ein ungefähres Porträt. Baldassare ließ einen Finger darübergleiten. »Ist das ein Siegel?«, fragte er.

»So etwas Ähnliches«, antwortete Poggio. »Wenn man das Metall eines Stempels erhitzt und auf angefeuchtetes Leder presst, so bleibt ein Abdruck erhalten. Das ist hier geschehen.«

Nun betrachtete auch Agnes die etwa handtellergroße Vertiefung. »Ich kann es nicht erkennen. Die Schrift läuft über das Bild.«

»Schließ die Augen«, riet Poggio, »und schau mit deinen Fingerspitzen.« Insgeheim wünschte er sich, ebenfalls aus altem Pergament zu sein.

Agnes befolgte den Rat. Ihre Wimpern ruhten auf ihrem Gesicht und zitterten. Ihre Finger hielten Zwiesprache mit dem Buch. »Ich sehe einen Mann«, sagte sie. »Die Haare reichen ihm bis zur Brust. Oder ist das der Bart?« Sie tastete weiter. »Die eine Hand ist erhoben und hält ein Schwert. Nein! Es ist schmaler. Ein Stock. Ein Zepter!«, rief sie. »Das ist ein König.« Sie öffnete die Augen. »Otto.«

Poggio legte seine Hand auf Agnes' Finger. »So ist es. Das ist das kaiserliche Siegel Ottos I. Diese Buchstaben bestätigen es: *OTTO IMP AUG* – Otto, Imperator und Augustus.«

»Dass Otto hier mit seinen Kaisertiteln abgebildet ist, besagt doch gar nichts«, knurrte Baldassare.

»Vielleicht nicht«, sagte Poggio. »Aber die Schrift läuft in die Prägung hinein. Das bedeutet, der Text entstand vor dem Bild. In die Vertiefung hätte niemand so sauber hineinschreiben können. Außerdem ist die Tinte verfärbt, wo das heiße Metall auf das Leder gepresst worden ist.«

»Na und?«, fragte Baldassare.

Poggio schmunzelte. »Das könnte bedeuten, dass Otto persönlich – denn niemand sonst verfügte über seinen Siegelstock – diese letzte Seite geprägt haben muss, nachdem sie beschrieben worden ist.« Er sammelte Speichel für den folgenden Satz. »Damit hat Kaiser Otto der Große die Wahrheit dieser Worte bestätigt.«

»Aber«, Agnes zupfte sich an der Nasenspitze, »jemand könnte das kaiserliche Siegel später gefunden und benutzt haben.«

»Das ist möglich«, gestand Poggio ihr zu, »und weil wir die Wahrheit nicht von der Lüge trennen können, bringen wir den Text wieder zu Abt Emilius.«

»Nein! Das Siegel wird helfen, Sigismund zu Fall zu bringen«, sagte Baldassare. »Wenn Christus wirklich wieder unter uns wandelt, braucht ohnehin niemand mehr einen weltlichen König.«

»Einen Papst etwa?«, fragte Poggio. »Du bist Christi Stellvertreter. Wozu braucht man dich dann noch?«

Baldassare löste sich von dem Folianten und trat an eines der Fenster. »Ihr meint also, diese Schrift wird mir überhaupt nicht wieder nach Rom verhelfen?«

»Zumindest der zweite Band wird das eher verhindern«, sagte Poggio. Nach einer Pause fügte er hinzu: »Auch für dich wird es das Beste sein, wenn wir diese Bücher nach Sankt Fluvius bringen, wo sie im Verborgenen bleiben.«

Baldassare blieb eine Weile still. Dann rief er plötzlich: »Seht! Dort unten! Sie tragen diese mit Pulver gefüllten Holzscheite herbei.«

In diesem Augenblick erklang von unten eine harte Stimme.

Kapitel 27

S IE WOLLEN DEN TURM zu Fall bringen. Kommt heraus und gebt uns die Bücher!« Oswald von Wolkenstein legte die Hände neben den Mund und wiederholte die Worte, so laut er konnte.

Ein Stoß in den Rücken ließ ihn taumeln. »Lass das Geschwätz!«, sagte Helmbrecht. »Will sehen, was dieses Donnerkraut vermag. Bringt's den Turm zum Einsturz, ist das für unseren König viel wichtiger als lästige Bücher. Die drei da oben«, er deutete zur Turmspitze, »sollen ruhig bleiben, wo sie sind.« Er legte einen schweren Arm um Oswalds Schultern. »Willst die schöne Witwe für dich, was? Oder lieber den schlanken Italiener?«

Oswald duckte sich und wich zurück, um sich aus dem Griff zu befreien. Noch einmal hob er den Blick zur Turmspitze hinauf. In einem der Fenster war eine Bewegung zu sehen. »Kommt mit den Büchern heraus, dann verschonen wir euch«, brüllte er.

Ein Schlag traf seinen Bauch. Er ging in die Knie und schnappte nach Luft. Schwindel breitete sich in seinem Kopf aus, und er musste sich am Boden abstützen, um nicht zur Seite zu kippen.

»Beim nächsten Mal probiere ich das Schwert des Burggrafen an dir aus«, raunzte Helmbrecht. Er zog das rechte Bein zurück. Offenbar wollte er Oswald einen Tritt versetzen. Dann schien er sich zu besinnen, wandte sich um und ging wieder zu Lämmerschling und Graf Friedrich hinüber.

Als Oswald auf die Beine kam, fühlte sich sein Unterleib

taub an. Als junger Mann war er einmal von einem auskeilenden Hengst getreten worden. Der Schmerz war ähnlich schlimm gewesen, doch das Pferd hatte ihn wenigstens nicht gedemütigt.

Oswald sah sich um. An vier Stellen rund um den Turm waren Holzscheite aufgeschichtet. Das Gebäude erinnerte an einen zum Tode Verurteilten, der auf dem Scheiterhaufen seinem grimmen Schicksal entgegenblickt. Allerdings war dieser Übeltäter aus Stein, und die Holzstöße waren lächerlich klein. Wie wollte Friedrich es zuwege bringen, einen massiven Bergfried ohne Bliden oder Onager zum Einsturz zu bringen? Was auch immer der Graf im Schilde führte: Oswald musste die Bücher retten.

Er huschte davon. Sein Ziel lag auf der anderen Seite des Turms.

*

»Da unten steht Oswald«, sagte Poggio. »Er ist auf die Rückseite des Turms gekommen. Jetzt wedelt er mit den Armen und deutet.«

»Lass mich sehen!« Baldassare schob Poggio beiseite und blickte seinerseits in die Tiefe. »Dieser Kerl ist hartnäckig. Er gibt uns Zeichen, damit wir die Bücher zu ihm hinauswerfen, glaube ich.«

»Lieber verbrenne ich mitsamt den Folianten, als sie diesem Betrüger zu überlassen«, stieß Agnes hervor. »Oswald soll sich zum Teufel scheren! Wir haben doch gesehen, wie schwach Friedrichs Donnerkraut ist. Niemals wird er uns damit hier herausholen können.«

Baldassare machte sich an der Truhe mit den Büchern zu

schaffen. Er fischte ein besonders morsches Exemplar hervor, nahm die Öllampe und hielt die Flamme an den Holzeinband.

Poggio riss die Augen auf. »Was soll das?«

Über die Flammen, die gierig an dem alten Holz leckten, grinste ihn Baldassare an. »Wir werden Oswald geben, was er will. Eine Lektüre, um seine Gedanken zu erwärmen. So! Jetzt zeigen wir dem Mann aus Tirol, dass sich Italiener niemals ergeben.«

Mit Entsetzen sah Poggio, wie Baldassare das brennende Buch aus dem Fenster warf. Er hoffte, dass der Neapolitaner nur den unbedeutenden Stammbaum eines kleinen deutschen Adelshauses erwischt hatte, und nicht etwa eine Schrift des Aristoteles.

»Daneben!«, berichtete Baldassare, der den Flug des Geschosses verfolgt hatte. »Da ist Wolkenstein noch einmal davongekommen. Aber wie entsetzt er geschaut hat! Und wie er beiseitegesprungen ist! Gib mir noch eins!«

Flugs klappte Poggio die Truhe zu und setzte sich darauf. »Da musst du zunächst mich in Brand stecken«, rief er protestierend.

»Das scheint mir bereits gelungen zu sein«, erwiderte Baldassare.

Agnes schaltete sich ein. »Wir sollten überlegen, wie wir hier herauskommen! Selbst wenn sie den Turm nicht zerstören können, werden sie uns doch aushungern.«

Bevor sie weitersprechen konnte, war ein Krachen zu hören – ein zunächst einsamer Laut, dem aber im nächsten Moment ein Echo antwortete. Es war das Geräusch von berstenden Baumstämmen bei einem Waldbrand, der Aufschrei von Gestein bei einem Felssturz, das Donnern der Trommeln, wenn die Schlacht beginnt.

Der Boden unter ihren Füßen bebte. Als Poggio sich an der

Wand abstützte, bemerkte er, dass auch das Mauerwerk zitterte. Staub rieselte von den Dachsparren. Kaum war die Erschütterung verklungen, folgte eine zweite, dann noch eine. Agnes klammerte sich an einen Balken. Baldassare wankte hin und her, auf der Suche nach einem Halt.

Nach einer Weile kehrte wieder Ruhe ein. Poggio fand sich hinter der Büchertruhe wieder, von der er gerutscht war. Baldassare und Agnes husteten. Der Dreck vom Dach vernebelte die Luft. Die Taubenfedern waren zu Boden gesunken.

»Dieses Donnerkraut scheint seine Wirkung in großen Mengen doch noch zu entfalten«, sagte Baldassare und wankte wieder zum Fenster, wo er nach frischer Luft schnappte.

»Aber der Turm steht noch.« Poggio lachte erleichtert. »Friedrich hat versagt.«

»Seht!«, rief Agnes und deutete auf eine Stelle in der Wand. Dort war ein Riss im Mauerwerk zu sehen. Fein wie ein Spinnfaden verlief er vom Dach nach unten und verschwand zwischen den Holzbohlen des Fußbodens.

»Das war schon vorher da«, behauptete Baldassare.

Poggio näherte sich dem Mauerriss und drückte mit dem Finger dagegen. Da durchlief ein Ruck das Gebäude. Der Riss öffnete sich. Poggios Finger verschwand darin. Erschrocken zog er die Hand zurück.

»Wir müssen von hier fort!«, sagte er, mehr zu sich selbst.

»Wie?«, fragte Baldassare. Die Frage ließ Poggio zusammenzucken. Sein Freund, der Papst, fragte niemals um Rat – er erteilte ihn.

»Uns bleiben immer noch die Bücher, um uns freizukaufen«, sagte Poggio halbherzig. »Aber vielleicht reicht es auch, wenn wir ihnen den Text vorlesen.«

»Ihr müsst gar nicht über faule Zugeständnisse nachdenken«,

sagte Agnes und sammelte die beiden Folianten auf. »Ich habe eine Idee. Kommt jetzt!«

Poggio harkte das Buch mit dem Text des Lukrez vom Boden auf. Und während die Mauern zornig knirschten, eilte er hinter Agnes die Stiege hinab.

*

Die Luft war voller Schwefel. Oswald versuchte, den Dampf beiseitezuwedeln. Hustend kämpfte er sich durch die Schwaden. Der Lärm der Ausbrüche des Donnerkrauts hatte ein Klingeln in seinen Ohren hinterlassen, das nicht enden wollte. Was war geschehen?, fragte er sich. War das etwa diese Wunderwaffe, mit der Friedrich – scheinbar aus gutem Grund – geprahlt hatte?

Das Letzte, woran Oswald sich erinnern konnte, war ein brennendes Buch gewesen. Wie ein Feuerfalter war es aus dem Fenster der Turmkammer gesegelt, geradenwegs auf ihn zu. Zunächst hatte er versucht, das Wurfgeschoss aufzufangen. Doch das Buch hatte bereits lichterloh in Flammen gestanden, sodass er hatte ausweichen müssen. Kaum jedoch waren die brennenden Seiten auf dem Boden aufgekommen, waren Funken davon in jenen Haufen geflogen, den die Schergen des Grafen auch auf der Rückseite des Turms aufgeschichtet hatten. Was folgte, war Oswald noch immer nicht klar.

Auch an der Vorderseite des Turms war alles in stinkenden Nebel gehüllt. Männer saßen oder lagen auf dem Boden. Unter dem Eingang des Bergfrieds fand Oswald Lämmerschling und Helmbrecht. Sie waren über eine am Boden liegende Gestalt gebeugt. Als Oswald näher kam, sah er, dass es Graf Friedrich war.

»Was ist geschehen?«, wollte Oswald wissen.

Lämmerschling erhob sich. Er schluckte den säuerlichen Dampf mit ebensolcher Miene herunter. »Einer dieser Idioten hat das Pulver gezündet, bevor Friedrich den Befehl gegeben hat. Ein Nagel durch den Schädel ist noch zu gut für den Schuldenbruder, der das getan hat. Ich hoffe für ihn, dass er sein Werk nicht überlebt hat.«

Oswald biss sich auf die Lippen und deutete auf Graf Friedrich. »Was ist mit ihm?«

»Vielleicht hat der abgelebte Knecht noch bemerkt, dass sein Donnerkraut eine gewisse Macht entwickelt«, sagte Helmbrecht und berührte den am Boden liegenden Körper mit der Fußspitze. Friedrich – oder das, was von ihm übrig war – blieb regungslos liegen. »Aber das war gewiss das Letzte, was er gespürt hat.«

Ein Windstoß fuhr über den Hof. Der Qualm teilte sich wie ein Vorhang.

»Seht!«, rief Oswald und deutete auf den Turm.

Im Licht des jungen Tages waren die Spuren deutlich zu erkennen, die das Donnerkraut an dem Bauwerk hinterlassen hatte. Der Fuß des Turms war von Ruß geschwärzt. Die Tür war herausgebrochen und in das Innere geschleudert worden. An einer Stelle waren Steine geplatzt und herausgefallen.

Als Oswalds Blick in die Höhe wanderte, sah er, dass sich das Gebäude neigte. »Er wird einstürzen!«, sagte er und wich zurück.

Weder Lämmerschling noch Helmbrecht rührten sich vom Fleck. »Dann hätte uns Friedrich einen guten Dienst erwiesen«, sagte der Einohrige. »Wo bleiben seine Männer mit den Leitern? Sie sollten doch einen Baum fällen.«

»Vielleicht müssen sie ihn erst pflanzen und gedeihen lassen«, unkte Helmbrecht.

Eine massige Gestalt tauchte im zerborstenen Eingang des Bergfrieds auf und sah sich um.

»Den Baum werden wir wohl nur noch für einen Scheiterhaufen benötigen«, sagte Lämmerschling. »Seht! Sie kommen von selbst heraus.«

*

Poggio und Baldassare polterten hinter Agnes die Stiege hinab. Zwischen dem schwachen Licht, das durch die wenigen Maueröffnungen fiel, lagen die Stufen im Dunkeln. Mehrfach rutschte Poggio aus, konnte sich jedoch an der Wand abstützen.

»Eile!«, rief Agnes von unten. Ihre Stimme klang weit entfernt.

Mittlerweile sollten wir daran gewöhnt sein, dass es rasch abwärts geht, dachte Poggio. Als hätte er mit dem Gedanken einen Funken entzündet, sah er plötzlich einen Lichtschimmer vor sich. Erleichtert, nun endlich die Treppe unter seinen Füßen erkennen zu können, nahm er zwei Stufen auf einmal.

In seinem Rücken schrie Baldassare ungeduldig und schob ihn vorwärts. Um ein Haar hätte Poggio erneut das Gleichgewicht verloren. Da erst sah er, woher das Licht kam.

Der Riss zog sich auch hier unten durch das Mauerwerk – und er war größer geworden. So weit klaffte die Lücke auseinander, dass das Tageslicht seine fahlen Finger in den Turm stecken konnte. Nicht mehr lange, und es würde eine Faust folgen lassen, um damit die Konstruktion zu zerbersten.

In der plötzlichen Helligkeit setzte Poggio die Stiege hinunter, so schnell er konnte. Weiter unten erkannte er Agnes. Sie wühlte zwischen Fässern und Holzkisten herum.

»Was suchst du?«, fragte Poggio, als er und Baldassare den Boden des Bergfrieds erreicht hatten.

»Hier gab es früher einen Brunnen. Er muss noch da sein.«

»Das hilft uns nicht«, raunzte Baldassare. Zugleich fragte Poggio: »Woher weißt du das?«

Agnes funkelte ihn an. »Hast du es schon vergessen? Diese Burg war mein Zuhause.«

»Warum sollen wir einen Brunnen suchen?«, fragte Poggio.

»Halt endlich den Mund und hilf mir!«, schimpfte Agnes, während sie versuchte, einige Fässer beiseitezuschieben.

Mit Baldassares Hilfe waren die alten Vorräte rasch fortgeräumt.

»Da ist er!« Agnes deutete auf eine große Holzscheibe, die auf dem Boden lag. »Helft mir die Platte anzuheben!«

Verdutzt folgten die Männer dem Befehl. Darunter gähnte ihnen ein finsteres Loch entgegen.

»Willst du etwa dort hinab?«, fragte Poggio und dachte an eisiges Wasser und Fabelwesen aus dem Bauch der Erde, an Tentakel, die nach seinen Füßen griffen. »Lieber werde ich von diesem Gemäuer erschlagen.«

»Das ist allein deine Angelegenheit. Und jetzt still!«, befahl Agnes. Sie las einen Steinbrocken vom Boden auf. An ausgestrecktem Arm hielt sie ihn über das Loch und ließ ihn fallen. Eine Weile schwieg der Brunnen. Dann war ein fernes Poltern zu hören.

»Trocken«, sagte Agnes, »wie ich gehofft hatte.« Sie sah Poggio und Baldassare an. »Vielleicht, weil der Zufluss eingestürzt ist. Dann werden wir dort unten in der Falle sitzen. Vielleicht aber auch nur, weil der Winter alles Wasser hat erstarren lassen. Dann könnten wir entkommen.«

In drei Sprachen zugleich wollte Poggio rufen, dass er niemals in dieses finstere Loch hinabsteigen werde. Aber er wusste, dass er ohnehin bald in einem solchen liegen würde – einem Loch von der Länge seines Körpers –, wenn er Agnes nicht folgte.

»Wir werden ein Seil brauchen, um dort hinabzusteigen«, sagte Poggio.

Aber es war keines zu finden. Der zum Brunnen gehörende Eimer lag halb verrottet auf dem Boden. Der Strick an seinem Henkel zerriss in dem Augenblick, als Poggio danach griff. Wenn es hier jemals Seile gegeben hatte, so waren sie entweder vergangen, oder der schwarze Graf hatte sie für seine Experimente verwendet.

Poggio wandte sich Baldassare zu, um zu sehen, ob er fündig geworden war. Gerade noch war die massige Gestalt im vernebelten Eingang zu sehen gewesen. Doch der Neapolitaner war verschwunden.

Baldassare musste aus dem Turm gesprungen sein. Poggio stürzte zur Pforte, stolperte über die am Boden liegende Tür und lugte hinaus. Zwei Mannslängen tiefer sah er, wie Baldassare sich aufrappelte. Qualm hing über dem Burghof. Darin bewegten sich Gestalten. Sie kamen auf Baldassare zu.

Ein Schrei war zu hören, dann lag ein Mann der Burgbesatzung am Boden. Baldassare rannte weiter. Jetzt waren Rufe zu hören, Befehle und Flüche schlugen dem einsamen Läufer entgegen. Sie prallten ebenso wirkungslos von ihm ab wie die beiden Männer, die von rechts und links auf ihn zukamen.

Jetzt hatte Baldassare einen Haufen in der Mitte des Hofes erreicht. Anscheinend hatte der Burggraf die Gerätschaften aus seinem Labor dort zusammentragen lassen. Baldassare griff nach etwas und machte kehrt. Um eine seiner Schultern hing eine Rolle Seil.

Poggio erkannte, was Baldassare vorhatte. »Lauf!«, rief er,

während er nach etwas suchte, mit dem er seinen Freund wieder zum Eingang des Turms hinaufziehen konnte. Doch nur die zersplitterte Tür und die Fässer boten ihre nutzlose Hilfe an.

Da sah Poggio, wie sich die beiden Begleiter Oswald von Wolkensteins Baldassare in den Weg stellten. Im Gegensatz zu den unbewaffneten Männern des Burggrafen hatten sie Schwerter gezückt. Baldassare hielt an. Er sagte etwas zu seinen Widersachern, das Poggio nicht verstand. Dann nahm er das Seil von seiner Schulter. Die Schwertträger duckten sich angriffsbereit.

Poggio hielt es nicht länger aus, Zuschauer beim Unglück seines Freundes zu sein. Er hockte sich in den Eingang, ließ die Füße baumeln und hielt sich fest. Mit raschem Blick schätzte er die Tiefe ab. Bei diesem Sprung mochte er sich die Beine brechen. Doch war das immer noch besser, als an Feigheit zu ersticken.

Eine Hand packte seinen Umhang und hielt ihn fest. »Ich brauche dich noch«, sagte Agnes. »Ihm kannst du jetzt nicht mehr helfen.«

Poggio schlug ihre Hand fort und fauchte etwas von einer unflätigen Trulle, das ihm leidtat, kaum dass die Worte seinen Mund verlassen hatten. Für Reue und Verzeihen blieb jedoch keine Zeit. Von unten rief Baldassare Poggios Namen. Im nächsten Moment klatschte die Rolle Seil gegen die Turmwand. Poggio schnappte danach. Doch hatte er Baldassares Wurf nicht erwartet. Die Rolle fiel zurück auf den Burghof. Baldassare schrie. In dem Laut lagen Wut, Enttäuschung – und Schmerz. Poggio sah, wie die beiden Schwertträger auf Baldassare losgingen. Er sah eine Schwertspitze über dem Papst aufragen.

*

Oswald sah, wie Lämmerschling und Helmbrecht auf den Italiener eindroschen. Der Tiroler verzog das Gesicht. Schon während seiner Zeit im Heiligen Land hatte er sich immer von den Schlachten, Hinrichtungen und anderen Gewaltakten ferngehalten. Er war ein Dichter, kein Krieger. Mit scharfem Eisen Leiber aufzuschlitzen, das überließ er lieber anderen.

Die Schreie der Kämpfenden drangen an sein Ohr und störten ihn beim Denken. Missmutig schaute er zum Eingang des Bergfrieds empor. Dort waren – verschwommen im Dunst – die Gesichter von Agnes und Poggio zu sehen. Sie schienen den Untergang ihres Begleiters besorgt zu verfolgen.

Kann ich dort hinaufgelangen? In Gedanken blätterte Oswald durch den Zettelkasten seiner Belesenheit. Doch nirgendwo war eine Antwort zu finden. Nur Flügel hätten helfen können, die beiden Bücher zu erreichen. Es war zum Verrücktwerden! Endlich waren die Folianten in seiner Reichweite. Und jetzt drohten sie unter einem einstürzenden Turm und der Dummheit seiner Begleiter verschüttet zu werden. Er molk die Luft mit den Fäusten.

Vor seinen Füßen lag ein Seil. Oswald bückte sich, hob die Rolle auf und strich gedankenverloren über die Hanffasern. Er hatte gesehen, dass Baldassare das Seil geholt hatte.

Oswald rieb sich das zugewachsene Auge. Er kannte Poggio gut genug, um zu wissen, dass sich der Italiener zuerst um die Bücher und erst danach um seine eigene Haut sorgen würde. Was Poggio und Baldassare auch immer mit der Rolle vorgehabt hatten – es würde helfen, die Bücher zu retten.

Helmbrecht und Lämmerschling schrien im Triumph auf. Scheinbar hatten sie ihr Opfer überwältigt oder gar erschlagen.

Oswalds Daumen strich nun hektisch über das Seil. Die Fasern stachen in seine Hand.

»Du verfluchter Italiener!«, rief Oswald. »Schau her!«

Oswald holte aus und warf das Seil in die Höhe. Er legte alle Kraft in den Wurf. Sein rechtes Schultergelenk knackte. Scharf sog er die Luft ein und verfolgte, wie die Rolle in die Höhe stieg, wie sich ihre kreisrunde Form in eine Ellipse verwandelte, wie eine Hand aus dem Turm hervorkam und danebengriff.

Da folgte eine zweite, zierlichere. Agnes fing das Seil. Für einen Moment sah Oswald ihr Gesicht. Sie blinzelte in den Dunst hinein. Dann entdeckte sie ihn. Der Blick, den sie ihm zuwarf, zerschmolz in Oswald die letzten Zweifel an seiner Tat.

*

»Warum lässt du dich nicht zu Oswald herunter?«, keifte Poggio. Ausgerechnet Oswald von Wolkenstein hatte geholfen. Und er selbst hatte das Seil zum zweiten Mal nicht gefangen. Eifersucht kochte in Poggios Gedärm.

»Weil ich lieber mit dir bis zum Herzen der Erde hinabsteige«, sagte Agnes. »Aber wenn das nicht bald geschieht, nehme ich statt deiner vielleicht doch Oswald mit.«

Poggios Antwort ging in einem Poltern unter. Von oben prasselte ein Regen aus Gestein auf sie nieder. Schützend hob er die Hände über Agnes' Kopf. Ein faustgroßer Stein traf seinen Handrücken und riss die Haut auf. Mörtelstaub rieselte auf seinen Kopf. So lange wie möglich hielt er den Atem an. Nachdem das Poltern verklungen war, herrschte eine unwirkliche Stille im Turm. Auch von draußen drangen keine Geräusche mehr herein. Poggio spürte, wie sich die Schatten in dem Gemäuer zusammenzogen. Agnes, erbleicht unter dem Staub, schob Poggio von sich fort und lief zu dem Brunnen. Sie hielt das Seil in Händen. Neben ihr lagen die Bücher. Wie hatte sie die Folianten herunterbringen können, ohne dass Poggio es bemerkt hatte?

»Rasch!«, drängte Agnes. »Hilf mir, das Seil zu befestigen!«

Noch einmal warf Poggio einen Blick durch den Eingang. Wo er vorhin Baldassare gesehen hatte, war der Burghof jetzt leer. Vereinzelte Gestalten rannten vom Turm weg auf den Palas zu. Etwas klatschte gegen seine Wange. Agnes hatte ihm das lose Ende des Seils zugeworfen. Zum dritten Mal hatte er es nicht aufgefangen. Entschlossen las er es auf, schaute sich um. Zwei Stützbalken boten ihre Dienste an.

Agnes schien seine Gedanken zu teilen. »Binde es um die Balken!«, forderte sie ihn auf. Aber als Poggio sich den mächtigen Hölzern näherte, erkannte er, dass das Offensichtliche auch in diesem Fall einen faulen Kern hat.

»Sie haben sich bereits gelöst«, sagte er. »Wenn wir unser Gewicht daran binden, werden sie umfallen – und mit ihnen der Rest des Turms.«

»Aber es gibt keine andere Möglichkeit«, erwiderte Agnes.

Poggio öffnete seinen Werkzeugbeutel. Kurz kramte er darin herum, das vertraute Klappern von Horn, Stylus und Bimsstein beruhigte sein flatterndes Gemüt nur wenig. Mit sicherem Griff fand er die Ahle.

Agnes' verständnislose Blicke ignorierend stach er den Dorn in eine Bohle des Fußbodens. Er stützte all sein Gewicht darauf und bohrte den Metallstift so tief hinein wie möglich. Als er vollständig im Holz verschwunden war und nur noch der Griff herausschaute, richtete sich Poggio zufrieden auf. Einige Male ruckte er an der Ahle. Dann schlang er das Seil um den silbernen Schaft.

»Bist du sicher, dass das hält?« Agnes musterte die Konstruktion misstrauisch.

Poggio schlang das lose Ende des Seils um die beiden Folianten, steckte den Lukrez dazu, verknotete alles zu einem Paket und warf es in die Brunnenöffnung. Mit einem Ruck straffte sich der Strick. Die Ahle hielt der plötzlichen Belastung stand.

Poggio nickte zufrieden. »Sicher?«, fragte er. »Nein. Aber ich würde dich nicht dort hinunterklettern lassen, wenn ich glauben würde, dass du dir dabei den Hals brichst.«

Agnes setzte sich auf den Brunnenrand, ließ die Beine in der Schwärze verschwinden und griff mit beiden Händen nach dem Strick. Noch einmal schaute sie Poggio an. Dann schwang sie sich über den Rand. Das Scharren ihrer Füße an der Brunnenwand war zu hören, doch es wurde rasch leiser, bis es schließlich vollständig verklungen war. Nach einer Weile lockerte sich die Spannung des Seils. Agnes schien am Boden des Schachts angekommen zu sein.

Poggio sah zufrieden auf die Ahle herab. Schon als er sie bekommen hatte, an jenem historischen Tag in Rom, hatte er gewusst, dass sie ihm bessere Dienste leisten würde, als nur Nählöcher in Buchleder zu stechen.

Er beugte sich über den Rand des Brunnens und rief nach Agnes. Ihre Antwort erklang von fern. »Komm herab!«, rief sie. »Ich warte auf dich.«

Poggios Herz hüpfte. Er hatte damit gerechnet, dass Agnes mit den Büchern davonlaufen würde. Ein schmerzliches Lächeln breitete sich auf seinen Zügen aus. Ausgerechnet jetzt, wo sie ihn nicht länger betrügen wollte, musste Poggio sie zurücklassen.

»Warte nicht!«, rief er zu ihr hinunter. »Ich werde dich später finden.«

Dann wickelte er das Seil vom Griff der Ahle und packte den Schaft des Werkzeugs mit beiden Händen. Aber als er versuchte, den Dorn wieder aus dem Holz zu ziehen, wollte ihm das nicht gelingen. Poggio stutzte. Diese Ahle sollte aus dem Schwert des britannischen Königs Artus geschmiedet sein. Jenem Schwert, das jahrzehntelang in einem Stein gesteckt hatte, weil nur der rechtmäßige König es herausziehen konnte. Und jetzt stak dasselbe Metall im Holz eines maroden Turms und bewegte sich nicht mehr. Dieses Eisen schien eine Neigung dazu zu haben, seinem Besitzer Schwierigkeiten zu bereiten. Poggio blickte nach oben, vorbei an den bröckelnden Mauern, durch das rutschende Dach und durch die Wolken. Er wusste: Dort oben saßen die Götter der Alten Welt an ihrer Tafel und prosteten ihm zu.

Mit einem Seufzer ließ er die Ahle los. Vielleicht würde sie dereinst ein König finden, und sein Gefolge würde eine neue Legende darum spinnen. Dann warf er das lose Ende des Seils in den Brunnenschacht. Auf Agnes' schwache Rufe antwortete er nicht mehr. Er ging zur Tür des Turms, klammerte sich an der Schwelle fest und ließ sich auf den Burghof fallen. Jetzt galt es, Baldassare zu finden.

TEIL IV

ABGRUND

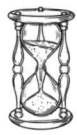

Stundenglas

ROM SCHLIEF IN DER HITZE des italienischen Sommers. Gelichter lümmelte liederlich in den Ruinen. Zwischen den Trümmern uralter Tempel und Paläste grasten Schafe. Arbeiter brachen Steine aus Stufen und Gebälk. Was der Zeit in tausend Jahren nicht gelungen war, das erledigten die Menschen im Handumdrehen. Rom zerfiel.

Poggio ritt durch die Straßen und staunte. Gerade erst war er in Rom angekommen, jener Stadt, die als Quell der Zivilisation galt. Ihm war nach Lachen zumute, und doch standen ihm Tränen in den Augen.

All die ehrwürdigen Gebäude, über die er so viel gelesen hatte, waren als solche nicht mehr zu erkennen. Die meisten waren verschwunden. Wo noch Mauerwerk und mächtige Säulen standen, waren sie verkommen und bemoost, überwuchert und verkotet – die Leichname von Giganten.

Poggio versuchte, sich zu orientieren. Dort drüben musste der Ruminalische Feigenbaum gestanden haben, unter dem Romulus und Remus von der Wölfin gesäugt worden waren. Hier irgendwo war der Ort, an dem der Körper Julius Cäsars den Flammen übergeben worden war. Dort die Kurie, in der Augustus die Könige zusammenströmen und Abgaben hatte zahlen lassen. Jene Stümpfe mussten einst der Pompeiusbogen gewesen sein und diese dort das Kimbernmal des Marius, beides einst Wahrzeichen der Stadt. Dazwischen lag Ödnis: verkrautete Felder, bucklige Hütten und ab und an eine Kapelle für einen Märtyrer.

Es drängte Poggio, aus dem Sattel zu steigen, die Überreste zu vermessen, zu zeichnen und zu beschreiben, um sie wenigstens auf dem Pergament zu erhalten. Doch durch die Hitze hindurch hörte er Kriegslärm, und da wusste er wieder, warum er hergekommen war.

Sankt Peter wurde belagert. Im Innern hatte sich Papst Gregor XII. verschanzt. Davor versuchten die Anhänger Papst Alexanders V., in die Kirche zu kommen. Feldherr der Angreifer war der Kardinal von Bologna: Baldassare Cossa.

Baldassare gehörte zu den Parteigängern Alexanders. Er war es, der dafür gesorgt hatte, dass Alexander als dritter Papst 1409 auf dem Konzil von Pisa zum Stellvertreter Christi ernannt worden war. Der Plan hatte vorgesehen, dass die anderen beiden Päpste – Gregor XII. in Rom und Benedikt XIII. in Avignon – daraufhin abdanken würden. Doch sie hatten sich geweigert. Deshalb versuchte Baldassare nun, seinen Vorstellungen mit Waffengewalt Nachdruck zu verleihen und Gregor aus Rom zu vertreiben, indem er ihm einen Dolch in den heiligen Hintern rammte. So jedenfalls hatten Baldassares Worte gelautet.

Poggio wusste: Der Neapolitaner hatte es kaum erwarten können, die Kardinalstracht gegen einen verbeulten Harnisch und den Hirtenstab gegen ein Schwert zu tauschen. Jetzt war Baldassare am Ziel – oder besser gesagt: kurz davor. Denn anscheinend hielten die Tore Sankt Peters seinem Ehrgeiz Stand.

Als Poggio sich dem Platz vor der Peterskirche näherte, waren Befehle zu hören, beantwortet von Schreien. Eisen schepperte gegen Eisen. Darunter schlug ein dumpfes Stampfen einen martialischen Rhythmus.

Von Sorge erfüllt trieb Poggio das Pferd an. Er ritt unter drei Bögen hindurch in einen Innenhof, so groß, dass man die Kirche von Arezzo darin hätte unterbringen können. Allerdings ähnelte der Platz einer der verkommenen Ruinen in der Stadt. Streitgerät und Kriegsvolk füllten das Areal. Allerorten brannten Lagerfeuer. Schmiede schärften oder reparierten Lanzen. Marketenderinnen boten ihre Waren und sich selber feil. Feldschere versorgten schreiende Verwundete, Freischärler fochten gegen die Leibwache des Papstes, und mittendrin ritt Baldassare auf einem gelben Streitross umher, schüttelte Hände, verteilte Brote und brüllte Befehle.

Als der Neapolitaner Poggio erblickte, winkte er seinen Freund heran.

»Wenn deine Gemeinde in Bologna dich jetzt sehen könnte …«, hob Poggio an.

»… dann würde sie einen vierten Papst fordern«, sagte Baldassare. Er deutete auf die Kirche, die am Ende des Platzes in den Himmel wuchs. Das Bauwerk war alt. Die Zeit hatte die Mauern schwarz gestrichen. Das Dach war schadhaft, und die ehemals marmornen Säulen des Eingangsbereichs waren durch solche aus Holz ersetzt. Insgesamt wirkte das Gebäude wie ein Sinnbild für die im Verfall begriffene Kirche. Vielleicht war das der Grund dafür, dass Poggio der Rammbock erst jetzt auffiel. Zwei Dutzend Männer liefen mit einem Baumstamm gegen die mächtige, zweiflügelige Pforte der Kirche an. Von ihren Bemühungen rührte auch der dumpfe Puls her, der über dem Petersplatz klang.

»Wir sind bald drin«, frohlockte Baldassare.

Poggio schüttelte ärgerlich den Kopf. »Du hattest versprochen, die Kirche schonend zu behandeln. Wenn deine Meute in die päpstlichen Archive vordringt, bin ich umsonst nach Rom gekommen.«

»Was du da siehst, ist äußerste Vorsicht und behutsame Kriegführung«, sagte Baldassare. »Normalerweise hätte ich an den Ecken der Kirche Feuer gelegt und den Papst ausgeräuchert. Nur weil du mich beschworen hast, die Archive mit den alten Schriften zu schonen, müssen die Männer dort mit dem Rammbock arbeiten.«

Ein Krachen unterstrich Baldassares Worte. Schreie aus hundert Kehlen folgten. Der Rammbock war durch die Pforte gebrochen. Jetzt hingen die Flügel der Tür schief in den Angeln. Baldassares Männer drängten ins Innere. Dort hatten sich die Verteidiger aufgebaut und erwarteten den Feind mit gezückten Klingen. Unter der Kirchentür hob ein Ringen und Fechten an.

»Komm!«, rief Baldassare und trieb sein Pferd an. »Wir verpassen den besten Teil.«

»Aber sie kämpfen doch noch«, rief Poggio hinter Baldassare her. Dann folgte er dem Neapolitaner zögerlich.

Schon bevor Poggio die Kirche erreichte, war der laue Widerstand in ihrem Innern gebrochen. Baldassare sprang mit gezücktem Schwert durch die Trümmer der Pforte, begeistert folgten ihm seine Söldner.

Wenn ich das Archiv retten will, dann ist der Zeitpunkt jetzt gekommen, dachte Poggio. Er stieg vom Pferd, suchte nach einer Gelegenheit, das Tier anzubinden, gab den Versuch aber bald auf und eilte zur Kirche hinüber.

Ein Strom von Kriegern schwappte die Stufen zur Kirche hinauf, schäumte gegen das Portal und brandete ins Innere. Poggio ließ sich von den Kämpfern bis zur Tür tragen. Nach einigem Zwängen und Stoßen war er hindurch und fand sich in einer Kirche riesigen Ausmaßes wieder. Hätte der Petersplatz die Kirche von Arezzo beherbergen können, so wäre in der Peterskirche Raum für drei solcher Gotteshäuser gewesen.

Poggios Blicke wanderten die Säulen hinauf. Es hätte ihn nicht gewundert, wenn sich das Dach geöffnet und einen Blick ins Himmelreich preisgegeben hätte. Doch dort oben waren nur die Kassetten einer Holzdecke zu sehen.

Ein Stoß in den Rücken ließ ihn straucheln und erinnerte ihn an seine Aufgabe. Er musste die Archive finden und bewahren. War das geschafft, konnte er sich an dem Bauwerk ergötzen – wenn es dann noch nicht niedergerissen war.

Er drängte sich an Männern vorbei, die Verwundete hinter sich herzogen. Andere rissen die Türen der Seitenkapellen auf und wühlten in den darin liegenden Kirchenschätzen. Im hinteren Teil des Gotteshauses, nahe beim Altar, wehrten sich noch immer Anhänger Papst Gregors. Doch aus allen Winkeln des monumentalen Bauwerks hallte der Name dessen Widersachers. »Alexander! Alexander!«, riefen die Eroberer triumphierend.

Wo mochte die Tür zu den Archiven liegen? Poggio hatte gehört, dass vom Kirchenschiff ein Gang zu den Kulturschätzen der Päpste führen sollte. Türen aber gab es viele. Welche mochte die richtige sein?

Er probierte die nächstbeste aus. Sie war verschlossen. Auch die folgende ließ sich nicht öffnen. Ebenso erging es ihm mit der darauf folgenden.

Entmutigt ließ Poggio die Schultern sinken. Immerhin: Wenn er nicht zu den Archiven gelangen konnte, würde es den Plünderern auch nicht gelingen.

Dann fiel ihm auf, dass ihn dieser Gedanke nicht im Geringsten beruhigte.

Aus dem gegenüberliegenden Seitenschiff war Jubel zu hören, gefolgt von einem Krachen. Baldassares Söldner hatten eine überlebensgroße Statue von ihrem Sockel gestürzt. Das Kunstwerk war in tausend Teile zerbrochen. Was diese Barbaren erst mit einem Saal voller Pergamente anstellen würden, ahnte Poggio, doch er schob die schrecklichen Bilder aus seinen Gedanken.

In der Nähe hörte er Stöhnen. Ein greiser Kirchendiener kroch durch die Trümmer auf ihn zu. Ein Faden Blut lief aus seinem Mundwinkel. Seine Augen waren rot umrandet. Poggio lief zu dem Mann hinüber, der schützend eine Hand über den Kopf hob. Poggio ergriff sie und half ihm aufzustehen.

Er war ein dunkler alter Fisch. Seine wulstigen Lippen bebten, und die Augen glotzten Poggio voller Angst an. Sein schäbiges, graues Gewand schlotterte.

»Sei ohne Furcht«, versuchte Poggio ihn zu beruhigen. »Ich führe dich hinaus.« Er wollte ihn in Richtung Portal ziehen. Doch der übel zugerichtete Mann wehrte sich.

»Dorthin gehe ich nicht. Sie werden mich erschlagen«, stieß er mit brüchiger Stimme hervor.

Poggio ließ los. »Niemand wird einem Kirchendiener in meiner Begleitung ein Leid zufügen. Überdies ist es der einzige Weg hinaus.« Er musterte die armselige Gestalt. »Oder gibt es noch einen anderen? Kennst du die Tür zu den Archiven?«

Der Alte nickte. Sein dürrer Finger zeigte zu einer Seitenkapelle. Ohne Poggios Reaktion abzuwarten, humpelte er in die angedeutete Richtung davon, um vor einer jener Türen stehen zu bleiben, die Poggio zuvor verschlossen gefunden hatte.

»Dahinter geht es zu den Archiven. Dort führt auch eine Treppe ins Freie«, knarzte der Kirchendiener.

»Der Schlüssel!«, platzte es aus Poggio heraus. »Hast du ihn?« Der Mann schüttelte den Kopf.

Erneut erklang Geschrei. Metall klimperte auf Marmorboden. Poggio zog noch einmal mit aller Kraft am Türknauf, musste aber unverrichteter Dinge wieder loslassen.

»Versuch es hiermit!«, sagte der Alte. Er hielt einen glänzenden Metallstift in der Hand.

»Was ist das?«, fragte Poggio und nahm den Stift entgegen. Da erkannte er selbst: Es war eine Ahle, wie sie in Skriptorien verwendet wird. Poggio selbst hatte mit einem solchen Werkzeug schon hunderte Löcher in Pergament gestochen, um Bänder hindurchzufädeln und die Seiten zu binden.

Aber dies war keine gewöhnliche Ahle. Ihr Dorn glänzte ebenso wie ihr Griff, der aus ziseliertem und mit Niello bearbeitetem Silber war. Eine Kostbarkeit!

Auf Poggios fragenden Blick deutete der Kirchendiener in die Runde. »Das lag hier zwischen den anderen Kirchenschätzen auf dem Boden. Der König von Spanien hat diese Ahle auf dem Grab des heiligen Viktor niedergelegt. Die Ahle soll aus …«

»Schon gut!«, sagte Poggio und ging vor der Tür auf die Knie. Er kniff ein Auge zu und schob den Dorn der Ahle in das Schloss. Dann ließ er das Werkzeug rotieren und presste sein Ohr gegen die Tür. Mit der freien Hand schützte er das andere Ohr gegen den Lärm in der Kathedrale.

Ein Schloss mit einer Ahle zu öffnen war ihm in Florenz schon oft gelungen. Baldassare hatte ihn in diese Kunst eingeweiht, und Poggio bildete sich etwas darauf ein, seinen Lehrmeister überflügelt zu haben. Doch die Tür, vor der er jetzt kniete, war nicht in Florenz zugesperrt worden, sondern in Rom. In der wichtigsten Kirche der Welt.

Das Schloss klackte. Die Ahle hatte einen der Stifte in die Höhe geschoben. Damit war ein Anfang gemacht. Doch nun galt es, auch die anderen beiden Stifte anzuheben, während der erste oben gehalten werden musste.

Poggio bohrte die Ahle in ihre Position, bis sie sich nicht mehr regte. Dann zückte er seinen Dolch, den er, nur zum Imponieren, am Gürtel trug, und stocherte damit zwischen Tür und Wand herum. Schließlich hörte er drei rasch aufeinanderfolgende Klackgeräusche.

Kaum hatte er sich erhoben und dem Kirchendiener ein erlösendes Lächeln zugeworfen, stürzte der Alte an ihm vorüber, warf sich gegen die Tür und stieß sie auf. Dahinter erblickte Poggio einen langen Gang. Tageslicht fiel durch eine Reihe Fenster. Weitere Türen zweigten ab.

Der Alte wollte weiterrennen. Doch Poggio hielt ihn fest. »Wo liegen die Archive des Papstes?«

Der Kirchendiener musterte ihn. Poggio sah, wie die Angst in den Augen des Alten glänzte. Aber es war nicht nur Furcht um das eigene Leben. Dieser Mann sorgte sich ebenso um die Schätze in den Archiven wie Poggio selbst. Sie waren Verwandte im Geiste.

Mit knappen Worten berichtete Poggio, weshalb er nach Rom gekommen war. Als sich die finsteren Blicke seines Gegenübers nicht aufhellten, zitierte Poggio Zeilen aus den *Metamorphosen* und aus der *Ilias*. Er zählte fünf rhetorische Wendungen des Cicero auf und wollte gerade das Proömium der *Rerum Natura* deklamieren, als der Alte nickte.

»Die vierte Tür!«, sagte er. »Aber auch sie ist verschlossen. Du wirst das Kunststück noch einmal vollbringen müssen. Vorausgesetzt, du bekommst die Ahle aus der Tür heraus. Man sagt, sie sei aus dem Eisen von König Artus' Schwert geschmiedet worden. Wo sie steckt, da steckt sie. So geht jedenfalls die Sage.«

Der Alte lachte verzweifelt. Poggio ließ ihn gehen. Augenblicklich huschte der Mann davon. Mit langen Schritten rannte er den Gang entlang. Dabei hob er sein schäbiges Gewand an. Er trug weiße Stoffschuhe.

Die Ahle steckte tatsächlich fest, wie es der Kirchendiener vorhergesagt hatte. Erst als Poggio die Tür mit einer Axt bearbeitete, bekam er das Werkzeug frei. Endlich lag der Weg zu den Archiven offen. Was bei einer Tür funktioniert hatte, musste auch bei der nächsten gelingen.

Gerade wollte Poggio sich auf den Weg machen, als der Lärm im Kirchenschiff verklang. Mit einem Mal lastete Stille auf Sankt Peter. Ein Blick zum Altar hinüber verriet Poggio, dass Baldassares Leute die letzten Gegner bezwungen hatten. Cossa selbst war auf dem Pferd in die Kirche geritten und thronte auf seinem Schlachtross vor dem Altar. Ein Ärmel seines Hemds war blutgetränkt, und das Haar klebte ihm auf der Stirn.

»Wo ist Papst Gregor?«, brüllte Baldassare.

»Er ist nicht unter den Toten«, antwortete jemand.

»Geflohen sein kann er nicht«, sagte ein Zweiter, »die Türen waren alle verschlossen.«

Poggio kniff die Augen zusammen. Noch einmal sah er den alten Kirchendiener mit den kostbaren Schuhen vor sich. Hatte er nicht sogar Goldfäden auf dem Stoff der Schuhe gesehen? Er schluckte gegen die Trockenheit in seiner Kehle an. Von seiner Begegnung im Seitenschiff von Sankt Peter würde er Baldassare besser nichts erzählen.

Eilige Schritte waren zu hören. Von der gesprengten Pforte der Kirche her kam ein einzelner Mann gelaufen. Er hielt auf den Altar zu. Für die Strecke brauchte er so lange, dass Baldassare ihm entgegenritt. Neugierig geworden, trat auch Poggio näher heran.

»Papst Alexander!«, keuchte der Bote. Er war fast noch ein Kind. Schweiß lief ihm über das Gesicht und ließ seine Wangen glänzen.

»Ist er schon hier?«, fragte Baldassare. »Er kommt zu früh. Ich hätte die Kirche gern in einen besseren Zustand versetzt, bevor er die heilige Messe feiert.«

»Er ist tot!«, sagte der Jüngling. »Gestern Abend war er bei einem seiner Anhänger zu Gast. Heute Morgen lag er tot auf seinem Lager. Sie sagen, er sei vergiftet worden.«

Poggio spürte eine kalte Hand an seinem Herzen. Der eine Papst entkommen, der andere tot. Damit waren alle Mühen umsonst gewesen. Wer sollte nun auf dem Heiligen Stuhl Platz nehmen?

Er sammelte Speichel, holte tief Luft, atmete die vom Weihrauch der Jahrhunderte getränkte Luft der Peterskirche und rief: »Es lebe unser neuer Papst: Baldassare Cossa, Johannes XXIII.!«

Kapitel 28

Aus der ferne wirkte die Zollernburg klein wie ein Korken, der in einem Berg steckt. Es hatte aufgehört zu schneien. Die Luft war klar, und vom Weg aus konnte Poggio beim Blick zurück Teile der Festung erkennen: die vom Donnerkraut geschwärzten Mauern, das halb eingestürzte Dach des Palas. Nur der Bergfried fehlte.

Nachdem Poggio den Sprung aus dem Turm gewagt hatte, war das Bauwerk zusammengestürzt. Das Krachen war von den Wehrmauern widergehallt und hatte die Landschaft erfüllt – Burggraf Friedrichs letzter Gruß. Einen Augenblick lang hatte sich die Spitze des Turms so behutsam geneigt wie die Hand eines Priesters bei der Eucharistiefeier. Dann war der Bergfried gefallen und hatte seine Reste würdevoll mit einer dichten Wolke aus Staub bedeckt. Als sich der Dunst gelegt hatte, war eine Feder vor Poggios Füßen gelandet.

»Vorwärts!« Jemand trat gegen Poggios Rücken, und er taumelte weiter. Seine Füße waren kalt und taub. Um seine Schuhe herum war eine Kruste aus Eis gewachsen. Sie wurde schwerer, je weiter er stapfte. Ging er aber wegen des Gewichts an seinen Füßen langsamer, trieben ihn die beiden Männer an, die hinter ihm ritten. Lämmerschling und Helmbrecht hießen sie – so viel hatte Poggio verstanden – und waren Oswalds Spießgesellen.

Oswald selbst rumpelte auf dem Bock eines Ochsenkarrens voran. Das Gefährt hatten sie neben dem Stall des unglücklichen Burggrafen gefunden. Jetzt zogen die Räder breite Spuren in den Schnee. Darin fand Poggio festen Tritt.

Vor ihm schaukelte die Ladefläche des Karrens. Darauf lag Baldassare, zuschanden geschlagen und von einigen Wolldecken notdürftig bedeckt, damit er in seiner Bewegungslosigkeit nicht erfror. Im Hof der Zollernburg hatte der Neapolitaner den Kampf gegen Lämmerschling und Helmbrecht verloren. Als Poggio ihn gefunden hatte, in einem Winkel des Palas liegen gelassen wie ein leerer Weinschlauch, hatte Baldassare aus vielen kleinen Wunden am Kopf geblutet. Seine Nase ragte noch schiefer aus seinem Gesicht, und seine Augen waren geschwollen. Als Poggio die nassen Kleider seines Freundes vorsichtig beiseitegeschlagen hatte, hatte er eine tiefe Wunde an Baldassares rechtem Knie entdeckt. Dort hatte einer seiner Kontrahenten einen Streich mit dem Schwert gelandet, einen feigen Hieb von hinten. Die Sehnen waren durchtrennt. Zunächst erschien es Poggio wie ein Wunder, dass Lämmerschling und Helmbrecht ihr Opfer am Leben gelassen hatten, als sie es bewegungsunfähig wussten. Immerhin hatte Baldassare ihnen auf dem Friedhof des Beuroner Klosters schwer zugesetzt. Aber Poggio kannte den kalten Grund für ihre Gnade: Sie wollten den Papst lebendig vor ihren Herrn, König Sigismund, schleifen.

Poggio fragte sich, wie es Agnes ergangen sein mochte. Gewiss war sie unentdeckt geblieben, sonst hätte Oswald ihm längst schadenfroh die Bücher präsentiert. Agnes war fort oder tot! Poggio hoffte, dass sie durch den Brunnenschacht ins Freie gelangt war. Wohin sie sich wenden sollte, allein in dieser Eiswüste, wusste er hingegen nicht.

Auch er hatte Angst vor dem Frost in dieser menschenleeren Gegend. Ein weiterer Grund, weshalb er nicht zu entkommen versuchte, war Baldassares reglose Gestalt auf der Ladefläche. Kein Strick hätte Poggio fester an den Karren binden können.

»Wie lange noch, Oswald?«, wollte Poggio rufen. Aber die

Kälte hatte seine Lippen gefrieren lassen. Er dehnte den Mund, bis die spröde Haut platzte. Dann wiederholte er seine Frage, diesmal laut und deutlich.

Oswald blieb stumm, sein breiter Rücken auf dem Bock war ein Fels, unbeweglich und abweisend.

Poggio rief noch einmal. Diesmal wandte Oswald kurz den Kopf, ließ das Profil sehen und rief über die Schulter, dass Poggio alles von ihm erfahren werde, sobald dieser verrate, wo Agnes und die Bücher seien.

»Ich sagte doch schon«, erwiderte Poggio, »sie ist im Turm geblieben. Sie hatte Angst vor dir und deinen Dienern. Jetzt hast du sie auf dem Gewissen.«

»Niemals«, rief Oswald, »hättest du sie dort zurückgelassen. Weder sie noch die Folianten. Agnes ist entkommen, und du weißt, wohin.« Oswald hielt an, wickelte sich aus den Decken, sprang vom Bock und kam auf Poggio zu.

»Wenn du es so gern wissen willst«, knurrte er, »sollst du erfahren, wo deine Reise enden wird. Wir sind unterwegs zu König Sigismund. Er erwartet uns bereits. Du kannst dir wohl denken, was er mit dem Ketzerpapst anstellen wird. Vielleicht lässt er dich sogar eigenhändig den Scheiterhaufen aufschichten.«

Poggio warf besorgte Blicke zu Baldassare hinüber. Unter den Decken hatte sich schon längere Zeit nichts mehr gerührt. »Wenn du den Heiligen Vater lebend zu deinem König bringen willst, solltest du mich nach ihm sehen lassen«, schlug Poggio vor.

»Voran!«, kam es von hinten.

Oswald schien nachzudenken. Sein gesundes Auge musterte erst Poggio, dann das, was von Baldassare zu sehen war.

»Du wirst ohne die Bücher vor Sigismund treten müssen«, sagte Poggio. »Was wird dein König erst von dir halten, wenn du ihm auch noch den Papst steif gefroren zu Füßen legst? Ich glaube nicht, dass es ihm Genugtuung bereiten wird, den Leichnam auf einem Scheiterhaufen aufzutauen.«

Oswald antwortete mit gesenkter Stimme: »Ich kenne dich, Florentiner. Du heckst etwas aus.« Er langte nach Baldassare und schüttelte ihn, aber der Neapolitaner regte sich nicht. Ungeduldig schlug Oswald die Decken zurück. Darunter kam Baldassares von Blutergüssen entstelltes Gesicht zum Vorschein. Seine Haut war wächsern wie die eines Toten. Poggios Magen zog sich zusammen.

Oswald tastete nach Baldassares Beinen. Als er den blutgetränkten Verband am rechten Knie gefunden hatte, griff der Tiroler zu und drückte die Wunde zusammen. Baldassare zuckte, gab jedoch keinen Laut von sich.

»Er lebt«, sagte Oswald mit der Zufriedenheit eines Fischhändlers, der auf dem Markt die Ware prüft.

»Aber nicht mehr lange«, sagte Poggio.

»Was stehst du da wie der Esel mit der Laute?«, kam es von hinten. »Wir haben noch einen weiten Weg vor uns«, sagte Helmbrecht, »und das Fest auf den Rheinwiesen hat bereits begonnen.«

Ein Fest? Poggio nahm sich vor, Oswald mehr darüber zu entlocken. Doch zunächst musste er sich um Baldassare kümmern.

»Ja, ja!«, rief Oswald. »Schon gut. Wir beeilen uns.« Zu Poggio sagte er: »Du hast es gehört: Die Zeit drängt. Steig endlich auf den Karren! Wenn der Papst unterwegs stirbt, bist du für seinen Tod verantwortlich.«

Poggio kletterte auf die Ladefläche, froh, dem Schnee entronnen zu sein. Der Karren ruckte, und Oswald fuhr an.

Poggios Erleichterung trübte sich sofort, als er sich fragte, wie er Baldassare helfen sollte. Das Schaukeln erschwerte die Untersuchung der Wunde. Behutsam versuchte Poggio, den behelfsmäßigen Verband von Baldassares Knie zu lösen. Zweimal stieß er mit den Fingern gegen das verkrustete Blut. Doch sein Gefährte erlebte die Gnade einer Ohnmacht und träumte von einem Land ohne Schmerzen – und vielleicht ohne Wiederkehr.

Diesmal half sein Beutel mit den Werkzeugen nicht weiter. Was Poggio brauchte, waren Seidelbast, Güldenkraut, Nieswurz und Kreuzdorn. Auch aus Wolfsmilch oder Gundermann hätte er lindernde Umschläge anfertigen können, sogar auf einem Karren mitten im Frost. Aber eben dieser Frost hatte alle Heilkräuter gefressen. Bis neue sprossen, wäre Baldassare zu Gast auf einem Fest, das nicht der deutsche König, sondern die Würmer feierten.

Immerhin sorgte die Kälte in den Gliedern des Verletzten dafür, dass sich die Wunde nicht entzündete. Wärme aber war es, was Baldassare dringend brauchte. Woher sollte Poggio die nehmen? Er fuhr auf einem Karren ohne Verdeck durch den schrecklichsten Winter, den er jemals erlebt hatte.

»Wir müssen anhalten und Feuer machen«, rief er Oswald zu. Doch der hatte sich wieder in einen Felsen verwandelt und schaukelte grau und stumm auf dem Kutschbock hin und her.

Was nutzte ihm jetzt all das von seinem Vater erlernte Wissen über Kräuter, Salben und Tinkturen? Baldassare brauchte ein Bett und ein Feuer im Kamin. Poggio nahm den Verband ab und legte einen neuen an – mithilfe eines Streifens Stoff, den er von seinem Umhang abriss. Dann zog er sich den Mantel aus, legte ihn über Baldassare und schlüpfte selbst zu seinem Gefährten unter die Decken.

Von oben drang nur wenig kalte Luft zu ihnen. Doch der Boden des Karrens war so eisig wie zuletzt der Wasserspiegel des

Bodensees. Abwechselnd griff Poggio nach Baldassares Händen, rieb daran und strich die Finger entlang, um das Blut zum Zirkulieren zu bringen. Danach setzte er die Arbeit an Beinen und Füßen fort, um dann wieder oben zu beginnen. Der Erfolg war kaum spürbar. Alles, was Poggio sonst für Baldassare hätte tun können, wäre, ihm sein eigenes Leben einzuhauchen. Wenn ich nur wüsste, wie das geht!, dachte er, blickte in das kreideweiße Antlitz seines Freundes und fühlte sich, als sei er hundert Jahre alt.

Er hörte den Lärm schon von Weitem. Zunächst war es nur das Schnurren einer Katze. Bald wurde das Knurren eines Hundes daraus, dann ferner Donner und schließlich ein Tosen und Krachen, wie es bei der Alexanderschlacht zu hören gewesen sein musste, als hunderttausend Mann in voller Rüstung aufeinanderprallten.

Poggio schlug die Decken zurück und blinzelte in den Nachmittag. Der Himmel war tiefblau und klar. Nur im Osten türmten sich dunkle Wolken mit einem weißen Rand. Sie fuhren an einem breiten Fluss entlang, einem Fluss, der entgegen allem anderen in diesem Land nicht zugefroren war. Die Strömung schien stark genug, sich gegen den Frost zu stemmen, und schob schiffsgroße Eisbrocken durch sein Bett, die gegeneinanderstießen, sich verkeilten und wieder lösten. War dies die Quelle des Lärms?

Oswald drehte sich zu Poggio um, musterte ihn angriffslustig und deutete nach vorn. Seine Worte wurden von dem Tosen verschluckt. Neugierig geworden kroch Poggio unter den Decken hervor, stellte sich, so gut es ging, aufrecht und schaute in die angegebene Richtung.

Linker Hand erhob sich eine Burg auf einer Hügelkuppe. Ein

wenig erinnerte die Anlage an die Zollernburg, allerdings war sie kleiner. Auf den Zinnen und Türmen flatterten bunte Fahnen. Ein Meer aus Wimpeln antwortete am Fuß der Burg. Dort, auf den Flusswiesen, war ein Dorf aus Zelten aufgebaut. Poggio erkannte die einfachen Stände von Marketendern neben den gewaltigen Zelten von Edelleuten. Wohl an die zweihundert Unterkünfte drängten sich zusammen. Dazwischen wieselten Männer, Frauen und Kinder herum, als herrsche heiteres Frühlingswetter und nicht strenger Winter.

Die Quelle des Lärms aber musste weiter vorn liegen. Poggio kletterte zu Oswald auf den Kutschbock, streckte sich und spähte voraus. Was er sah, hätte ihm das Blut in den Adern gefrieren lassen, wäre das in den letzten Tagen nicht ohnehin schon geschehen.

Der Fluss – angesichts seiner Macht und Breite konnte es nur der Rhein sein – wälzte sich auf einen Abgrund zu. Wasser und Eisbrocken kippten über einen Rand im Flussbett. Dahinter zischte und dampfte es unablässig. Anscheinend stürzte der Fluss dort hinten in die Tiefe. Poggio hätte es nicht gewundert, wenn Oswald direkt auf das Höllenloch zugesteuert wäre. Doch Wolkenstein bog in Richtung der Zeltstadt ab und stieß Poggio mit dem Ellenbogen zurück auf die Ladefläche.

Dies musste der Ort jenes Festes sein, von dem Lämmerschling und Helmbrecht am Morgen gesprochen hatten. Erstaunt beobachtete Poggio, dass einige Frauen Kränze im Haar trugen. Normalerweise hätten es Blütenkränze sein müssen, geflochten aus den ersten Buschwindröschen, aus Huflattich und Blaustern. In diesen dürren Tagen jedoch schienen nur nackte Zweige zur Verfügung zu stehen. So waren die Köpfe mit braunem Flechtwerk geschmückt, das an die Dornenkrone auf dem Haupte Christi erinnerte.

Ein Frühlingsfest!, dachte Poggio. Aber das war absurd! Der Frühling war weiter von diesem Land entfernt als das Himmelreich.

Der Karren schmatzte durch nassen Boden. Auf dem gesamten Gelände war der Schnee beiseitegeräumt worden. An den Rändern der Fläche mühte sich eine Schar Knechte noch immer mit Schaufeln ab. Ein weißer Ringwall umgab das Areal. Wo grünes Gras und Gänseblümchen einen Teppich hätten bilden sollen, breiteten sich Schlamm und braune Strünke aus. Dass trotzdem mehrere hundert Menschen gekommen waren, zeigte, wie sehr diese Leute den Frühling herbeisehnten.

Oswald steuerte vorbei an Spielleuten, denen das Wasser aus den Schalmeien troff, und an Spaßmachern, denen die Kälte die Mundwinkel missmutig nach unten zog. Der Versuch, dem allgemeinen Elend eine heitere Note überzustülpen, ließ alles umso trauriger wirken. Dies war kein Fest, sondern ein Abbild der Plagen menschlichen Daseins. Poggio spürte einen Kniff im Herzen.

Er wandte sich Baldassare zu. Die Belebungsversuche hatten Früchte getragen. Sein Gefährte war aufgewacht. Zwar war seine Haut noch immer von schimmeliger Farbe. Aber seine Augen schauten klar unter den dichten Brauen hervor.

Baldassare sammelte Speichel. »Kein Tischdiener zwischen dem Land der Dänen und dem der Bengalen ist dümmer als du!« Er hustete. »Ich bin aus dem Turm gesprungen, damit du mit deiner Liebsten entkommen kannst.«

»Woher willst du wissen, dass sie mich nicht versetzt hat?«, erwiderte Poggio.

Das Geräusch, das Baldassare ausstieß, mochte Gelächter oder siecher Husten sein. »Sie wollte dich loswerden? Dann ist ihr gelungen, was ich mein Lebtag nicht geschafft habe.«

Poggio gab vor, einer Gruppe von Reitern zuzusehen, die auf den Karren zukam. Tatsächlich wollte er den Ausdruck der Erleichterung auf seinen Zügen vor Baldassare verbergen. Sein Freund war auf dem Weg der Besserung. Jetzt galt es, ihm ein warmes Lager und heilende Substanzen zu besorgen. Aber das hing davon ab, was Oswald von Wolkenstein als Nächstes mit ihnen vorhatte.

Die Reiter stellten sich mit ihren Pferden in den Weg. Oswald hielt an. Lämmerschling und Helmbrecht kamen nach vorn. Augenblicklich erkannte Poggio, dass die Rückseite des Wagens nun nicht länger bewacht wurde. Er könnte von der Ladefläche springen und davonlaufen. Aber ihn hielten stärkere Bande als Fesseln und Waffen auf dem Karren fest.

»Verschwindet von hier und schlagt euer Lager dort hinten unter euresgleichen auf«, herrschte einer der Reiter Oswald und seine Gesellen an. »Gleich wird der König hier entlangreiten, um das Fest zu eröffnen.«

»Du bist es, der verschwinden wird. Sigismund wird froh sein, uns zu sehen«, raunzte Helmbrecht und schlug seine Kapuze zurück. Der Reiter schien sein Gegenüber zu erkennen. Jedenfalls zerbiss er eine Erwiderung, überlegte kurz und gab seinen Begleitern Zeichen, den Karren in Ruhe zu lassen. Dann zogen die Reiter ab.

Von der Burg her war nun das Läuten von Kirchenglocken zu hören. Eine Prozession schlängelte sich den Weg vom Tor herab, Banner und Fahnen baumelten auch hier an langen Stangen. Nach einer Weile näherten sich etwa zwei Dutzend Reiter. Sie trugen glänzende Seidengewänder und darüber kostbare Pelze. Vorneweg ritt ein schmächtiger Mann mit einer viel zu großen Krone auf dem Kopf: Sigismund, der deutsche König.

Kaum war der erste Glockenschlag ertönt, strömte die Menge

zusammen, um die Prozession zu empfangen. Doch auf dem Weg stand Oswald mit seinem Karren.

Sigismund ritt heran und gab Befehl anzuhalten. Er musterte Oswald, Lämmerschling und Helmbrecht schweigend. Dann wandte er sich zu seinen Begleitern um. »Verteilt die Geschenke!«, befahl er. Auf das Kommando hin griffen die prachtvoll gekleideten Reiter in Beutel, die an ihren Sätteln hingen, und streuten aus vollen Händen Münzen über die Köpfe des Volkes aus. Die Begeisterung brach sich in lauten Rufen Bahn. Einen Wimpernschlag später krochen alle durch den Schlamm, um darin nach Geld zu wühlen.

Poggio war diese Sitte bekannt. Das Ausstreuen der Münzen war ein Gleichnis für das Ausbringen der Saat durch den Sämann im Frühling – und damit ein weiterer Hinweis darauf, dass hier eigentlich ein Frühlingsfest gefeiert werden sollte. Wenn nur der Frühling das gewusst hätte!

»Willst du deinen König etwa vom Karren herab begrüßen, Wolkensteiner?« Sigismunds Stimme war hoch. Mit beiden Händen fasste er an seine Krone und richtete sie aus.

Augenblicklich sprang Oswald vom Bock, versenkte seine Knie im kalten Schlamm und beugte den Nacken. Lämmerschling und Helmbrecht machten keinerlei Anstalten, aus den Sätteln zu steigen.

»Der Wolkensteiner!« Sigismund lächelte auf Oswalds pelzverbrämte Mütze herab. »Er ist rechtzeitig erschienen. Gerade wollte ich das Fest damit eröffnen, dass ich ihn für vogelfrei erkläre.« Er legte beide Hände vor sich auf den Sattel. »Da er mich um diesen Spaß bringt, zeige er mir, was er stattdessen zu bieten hat. Wo sind die Bücher?«

»Die Bücher sind nicht länger eine Gefahr für dich, mein König«, sagte Oswald rasch.

»So hat er sie gefunden?«, wollte Sigismund wissen.

Oswald zögerte. »Beinahe hätte ich sie gehabt.«

Sigismund sperrte den Mund auf. »Er wagt sich her, ohne seine Aufgabe erfüllt zu haben? Er selbst war es, der mich gewarnt hat. Diese Bücher seien eine Bedrohung für mein Reich, hat er gesagt.« Sigismund holte tief Luft und donnerte: »Wo sind sie?«

»Sie sind in der Zollernburg vernichtet worden. Zusammen mit Agnes von Mähren.«

»Agnes ist tot?«, fragte Sigismund und schaute zu Lämmerschling und Helmbrecht hinüber. Beide nickten knapp. Doch das schien Sigismund nicht zu genügen. »Bringt er wenigstens ihren Leichnam zum Beweis?«, fragte er, an Oswald gewandt.

»Das nicht«, sagte Wolkenstein. »Aber ich habe etwas Besseres.« Er kam auf die Beine, stieg von hinten auf den Karren, stieß Poggio beiseite und wühlte unter den Decken Baldassare hervor. Der Papst blickte den deutschen König aus finsteren, tief in den Höhlen liegenden Augen an – ein grimmiger Bär, den man aus dem Winterschlaf geweckt hat.

»Ich habe den Ketzerpapst!«, rief Oswald triumphierend und deutete mit der flachen Hand auf den Neapolitaner.

Einen Moment lang herrschte Schweigen. Der König starrte auf Baldassare wie auf einen ungewöhnlichen Vogel in einem Stall voller Enten. Dann lachte er abgehackt. »Er hat es nicht nach Italien geschafft? Nicht einmal eine Tagesreise hat er sich von Konstanz entfernt? Er muss so blöde sein, wie er größenwahnsinnig ist.«

Baldassare schwieg. Doch Poggio konnte sehen, wie es in den Zügen seines Freundes arbeitete.

Sigismund klatschte in die Hände. »Hier hat Gott seine Hand im Spiel. Welcher Ort hätte besser geeignet sein können für unser Wiedersehen? Von einem Turnier bist du geflohen. Zu einem Turnier kehrst du zurück. Die Zeit dreht sich im Kreis.«

»Sollen wir ihn in den Kerker werfen?«, fragte Lämmerschling. »Oder willst du ihn auf dem Scheiterhaufen?«

»Verbrennen wie einen Ketzer? Damit würde ich ihm religiöse Bedeutung zugestehen. Wir wollen etwas Weltlicheres mit ihm anfangen. Findet eine Rüstung für ihn. Dann setzt ihn auf ein Pferd und tretet gegen ihn im Turnier an. Ihr zwei zugleich. Nehmt scharfe Waffen. Wenn er gewinnt, lasse ich ihn frei.«

Poggio nahm allen Mut zusammen und rief: »Das ist ehrlos! Der Papst ist verwundet. Ich will an seiner Seite kämpfen.«

Oswalds Ellenbogen traf Poggio in die Seite und raubte ihm den Atem. »Lass nicht zu, dass ich bereue, dich am Leben gelassen zu haben«, raunte ihm der Minnesänger zu.

Der König beachtete Poggio nicht. Erneut richtete er seine Krone, dann nahm er die Zügel wieder auf.

Poggio ignorierte das Stechen in seinen Rippen und rief dem König hinterher: »Du solltest mich anhören, denn ich bin der Einzige, der die Bücher gelesen hat. Ich allein weiß, was darin steht.« Oswalds nächstem Angriff wich er aus. Wolkenstein polterte an den Rand des Karrens und musste sich festhalten, um nicht herunterzufallen.

Sigismund wandte den Kopf. »Ein dummer Italiener erteilt dem König der Deutschen Ratschläge. Wer ist er? Der Narr des Papstes?«

»Ich bin derjenige, der dich zu Fall bringen wird, wenn du mich am Leben lässt.« Poggio konnte kaum glauben, was er da sagte. Aber ein besseres Argument fiel ihm in der Eile nicht ein.

Sigismund warf Oswald einen fragenden Blick zu. Der Junker gab mit blasser Stimme zu, dass Poggio die Bücher tatsächlich gelesen hatte.

»Am Turnier können nur Edelleute teilnehmen. Erwartest du etwa, dass ich dich zum Ritter schlage, Bücherwurm?« Sigismund lächelte kurz und gekünstelt.

Poggio tastete an seinem Gürtel herum, an dem die Tasche mit seinen Dokumenten hing. Sie hatte alle Hindernisse der letzten Tage überstanden, das Kloster, das Grab, den Turm. Mit fahrigen Fingern riss er die Lasche auf. »Hier!«, rief er, und in seiner Stimme lag mehr Überschwang, als er angesichts der bedrohlichen Situation verspüren sollte. »Mein Wappenbrief!«. Er hielt Sigismund das zigfach gefaltete und an den Rändern fransige Pergament hin. Einer von Sigismunds Begleitern griff danach, faltete es auseinander und las. Derweil holte Poggio das Siegel hervor, jenes Stück Messing, das Ugolino ihm in Florenz angedreht hatte. Darin waren Name und Titel des Bischofs Kuno von Falkenstein graviert. Bislang hatte sich niemand dafür interessiert, was auf dem Siegel stand. Die meisten Menschen konnten ohnehin nicht lesen und waren schon davon beeindruckt, dass Poggio überhaupt über etwas so Kostspieliges wie ein eigenes Siegel verfügte. Er zögerte, dann streckte er Sigismund auch das Siegel entgegen.

»Ich kann es nicht entziffern«, sagte des Königs Begleiter. »Es ist italienisch. Aber es scheint ein Wappenbrief zu sein.«

»Wie ist dein Name, Italiener?«, wollte Sigismund wissen.

Poggio nannte ihn und versuchte eine Verbeugung. Fast wäre sie ihm auf seinen zitternden Beinen misslungen.

»Dieser Name steht hier«, sagte der Adlatus. Sigismund riss ihm den Wappenbrief aus der Hand und schaute flüchtig über die Seite. Dann gab er Poggio das Pergament zurück. »Steck dein Siegel wieder ein. Selbst wenn du mich zu täuschen gedenkst, so verdienst du es, als Lügner an der Seite des Lügenpapstes unterzugehen. Und mit dir alle Lügen, die du in den Lügenbüchern gelesen hast.« Der König wedelte mit der Hand. »Das gefällt mir. Heute scheint der Tag zu sein, an dem die Wahrheit Feste feiert. Du darfst beim Turnier sterben.«

Kapitel 29

Lämmerschling und Helmbrecht hielten den Karren vor einem Zelt an und ließen Oswald absteigen. Dann gaben sie dem Tiroler und Poggio den Auftrag, Baldassare hineinzutragen. Zunächst weigerte sich Oswald und verlangte stattdessen, auf das Podest geleitet zu werden, wo er in der Nähe des Königs sitzen wollte. Als sich niemand um seine Wünsche scherte, bedeutete Oswald Poggio, Baldassares Füße zu nehmen, während er selbst dem Verwundeten unter die Schultern greifen wolle.

»Steck ihm die Finger in die Augen, dann lässt er sich besser tragen«, schlug Lämmerschling vor und lachte.

Als sie Baldassare im Zelt endlich auf eine Pritsche gelegt hatten, war sein Verband von frischem Blut getränkt. Poggio hatte Krämpfe in den Schultern und lehnte sich erschöpft gegen eine Truhe. Er hatte gewusst, dass das einzig Leichte an Baldassare seine Sitten waren. Aber dass sein Freund schwer war wie eine tief im Wasser liegende Galeone, überraschte selbst ihn.

Auf einem Fass fand Poggio ein Bündel zusammengerollter Fahnen und nutzte den Stoff, um Baldassares Wunde frisch zu verbinden. Der Verletzte war erwacht und schüttete italienische Flüche über Oswald aus – für Poggio ein Zeichen, dass es Baldassare besser ging. Laufen, reiten oder gar kämpfen würde er mit diesem Bein aber nicht können. Wie Poggio ihn vor den raschen Streichen Lämmerschlings und Helmbrechts bewahren sollte, wusste er nicht.

Von draußen war erneut Glockengeläut zu hören. Helmbrecht, der mit seinem Kumpan vor dem Zelt Wache stand, steckte den Kopf herein und tat kund, dass der König das Fest eröffnet habe. Oswald sei dazu geeignet, am ersten Spiel teilzunehmen, denn es seien nur Blinde zugelassen.

Poggio lugte aus dem Zelteingang. Auf dem schäbigen Festplatz stand eine Gruppe von etwa einem Dutzend Männern und Frauen. Sie hielten Weinschläuche in Händen und tranken hemmungslos daraus.

»Was geht da vor?«, fragte Poggio. »Trinken sie um die Wette?«

»Die Vorbereitung für das Schweineschlagen«, erklärte Oswald. »Schau!« Er deutete auf einen Mann, der ein kapitales Schwein an einem Strick heranführte. Das Tier interessierte sich mehr für den Schlamm auf der Festwiese als für das, was sein Schicksal bereithielt, und ließ sich mehrfach zu Boden fallen. Mit Tritten und Flüchen gelang es seinem Herrn, das störrische Schwein zum Weitergehen zu bewegen.

»Sie betrinken sich und dreschen auf ein Schwein ein?« Poggios Neugier war geweckt und brannte ihm ein Loch in die Zunge.

»Viel besser! Diese Leute dort sind allesamt blind. Beim Schweineschlagen werden sie zuerst betrunken gemacht. Dann bewaffnet man sie und lässt sie um das Schwein kämpfen. Wer das Tier mit der Lanze ersticht, darf es behalten.«

Poggio wollte auflachen über den mutmaßlichen Scherz, den Oswald mit ihm trieb. Doch ein Blick in Wolkensteins Auge verriet ihm, dass der Junker die Wahrheit sprach. Staunend verfolgte Poggio, wie Knechte herankamen und den Blinden Harnische umbanden. Die Rüstungsteile waren rostig und voller Beulen – Überbleibsel von Bauernaufständen oder dem Schweineschlagen vergangener Jahre. Als alle Kämpfer gerüstet waren, bot sich ein Bild des Jammers. Den Umstehenden gereichte es jedoch zu Gelächter und Spötteleien.

Als Nächstes wurden die Waffen verteilt. Jeder Teilnehmer bekam eine Lanze in die Hand gedrückt. Dann zogen sich die Zuschauer in sichere Entfernung zurück, und ein Fanfarenbläser gab das Zeichen. Mit dem, was sich im Folgenden auf der Festwiese abspielen würde, wollte Poggio seine Augen nicht beleidigen. Er kehrte in das Zelt zurück, das sich unter Windstößen blähte, und widmete sich erneut Baldassares Bein.

»Diese derbe Art Spaß ist dir zuwider?«, fragte Oswald. »Dann sollte der feine Herr auf keinen Fall zusehen, wenn der König morgen den Tag der Hässlichen ausruft.«

Poggio verzichtete darauf, nach dem Zweck dieses Spiels zu fragen. Oswald erklärte es trotzdem: »An diesem Tag erhalten der hässlichste Mann und die hässlichste Frau einen Preis. Dafür verkleiden sich viele und verunstalten sich. Ein Riesenspaß.« Dann fiel ihm ein: »Aber du wirst dann bereits tot sein.«

»Das macht nichts«, gab Poggio zurück. »Denn der Ausgang steht schon fest: Du wirst alle Wettbewerber um Längen aus dem Feld schlagen.«

Baldassare unterstützte Poggio mit dem Versuch eines herzhaften Lachens, das jedoch in einem Hustenanfall endete.

»Lach dich nur zu Tode!«, krähte Wolkenstein. »Das erspart dir vielleicht die Schmach, von Lämmerschling und Helmbrecht auseinandergeschnitten zu werden. Das Turnier beginnt gleich nach dem Schweineschlagen. Die Zuschauer werden sich wünschen, diesmal die Blinden zu sein.«

Im Eingang des Zeltes drehte sich Oswald noch einmal um und rief: »Ich werde Agnes und die Bücher finden. Sigismund wird mich zum Kanzler ernennen. Und dann werde ich vom hohen Ross herab auf dein Grab speien.«

Als Oswald verschwunden war, stieß Poggio hörbar die Luft aus. Baldassare versuchte, sich aufzurichten. Nach drei Anläufen gelang es ihm, sich auf einen Ellenbogen zu stützen. Dann saß er aufrecht. Das verletzte Bein legte er mit beiden Händen über den Rand der Pritsche.

»Es wird Zeit, dass du von hier verschwindest«, sagte er und zermalmte den Schmerz mit den Zähnen. »Wir schlitzen die Rückwand des Zeltes auf, und du entkommst unbemerkt durch die Zuschauermenge.«

Poggio schüttelte den Kopf. »Du bist es, der ohne meine Hilfe sterben wird. Aber du schuldest mir noch etwa zweihundert Gefallen, abgesehen von ebenso vielen Florins, die ich dir für die goldbestickte Tiara geliehen habe. Sobald deine Schulden beglichen sind, kannst du meinetwegen sterben, wann und wo du willst.«

Baldassare sah Poggio lange an. Dann sagte er: »Ich hatte schon befürchtet, dass du auf dem Geld bestehen würdest. Die Gefallen hingegen kann ich dir nur mit guten Ratschlägen vergelten. Magst du etwas über den Turnierkampf lernen? Die Gelegenheit ist günstig.«

Als die Knechte die beiden holen kamen, hatte Baldassare lange gesprochen. Dennoch hatte Poggio das Gefühl, kaum etwas davon behalten zu haben. Die beiden Beinlinge sollte er herunterrollen, so viel wusste er noch. Baldassare hatte erklärt, dass es zwar unwürdig aussehe, mit heruntergelassenen Hosen zu kämpfen. Wenn der Stoff aber im Gefecht rutsche – und das komme häufig vor –, könne er Poggio zu Fall bringen.

Sie wurden vor das Podest geführt, wo der König mit seinem Gefolge saß. Baldassare verzichtete darauf, getragen zu werden. Mit dem rechten Arm stützte er sich auf Poggios Schulter, mit dem linken hielt er die Lanze, die man ihm gegeben hatte, wie eine Krücke umklammert.

»Das Lanzenreiten kommt als Erstes«, erklärte Baldassare. »Wenn einer der Kämpfer zu Boden gegangen ist, folgt der Zweikampf mit dem Schwert oder dem Streitkolben. Ich hoffe auf das Schwert.«

»Warum?«, fragte Poggio, der unter dem Gewicht seines Gefährten im Schlamm schlingerte.

»Weil ein sauberer Schnitt weniger schmerzhaft ist und schneller zum Tod führt als ein Schlag, der dir die Knochen zertrümmert.«

Poggio erbleichte. Warum nur hatte er in diesem Bergkloster nicht besser auf Oswald achtgegeben! Dann wäre das Buch jetzt noch in Sankt Fluvius und er mittlerweile wieder in Rom.

Baldassare war noch nicht fertig. »Selbst wenn du den Kampf überleben solltest: Die Verletzung durch einen Streitkolben heilt niemals aus. Du wirst dein Leben lang Schmerzen haben. Da ziehe ich einen Schwertstreich vor.«

Vor dem Podest hatte sich eine Schar Männer mit selbstbewussten Mienen aufgestellt. Die meisten trugen Kettenhemden, einige prüften den Sitz ihrer Helme. Am Rand der Gruppe bewachten Stallknechte ein gutes Dutzend Pferde, über deren Rücken und Köpfe rote und blaue Schabracken geworfen waren.

Poggio drängte Baldassare zu den Tieren hinüber.

»Du kannst es wohl nicht erwarten«, sagte der Neapolitaner.

Poggio flüsterte: »Wir schwingen uns auf die Pferde und galoppieren davon. Reiten wirst du wohl noch können.«

»Das letzte Mal, als ich von einem Turnier geflohen bin, hat mir das nur eingebracht, dass ich zu einem anderen geschleift wurde. Nämlich hierher.« Baldassare schüttelte den Kopf. »Selbst wenn ich in den Sattel käme, bevor man mich packte –

sie würden uns verfolgen. Schau sie dir an: Das sind Krieger, die seit Monaten im Winter festgefroren sind. Ohne Kampf, ohne Beute. Die Langeweile hat ihnen tiefe Wunden ins Gemüt geschlagen. Wie ein Wolfsrudel würden sie sich auf zwei Flüchtige stürzen. Wenn wir stattdessen beim Turnier antreten, bleibt uns immerhin noch die Hoffnung.«

Poggio sah Baldassare von der Seite an. »Glaubst du das wirklich?«

Bevor sein Gefährte antworten konnte, erhob sich vom Podest eine Stimme. Dort stand ein stämmiger Mann neben der Bank, auf der König Sigismund und sein Gefolge Platz genommen hatten. Poggio bemerkte, dass keine Königin an der Seite des Herrschers saß.

Das Gesicht des Stämmigen wurde purpurrot, als er zu schreien anfing. Mit voller Stimme begrüßte er die Ritter, die am Rosstummeln teilnehmen wollten. Dann erklärte er die Regeln. Beim ersten Waffengang, dem Lanzenreiten, mussten die Widersacher versuchen, sich mit Turnierlanzen aus dem Sattel zu stoßen. Blieb einer am Boden liegen, so hatte er verloren. Stand er wieder auf, musste sein Gegner ihn zu Fuß bezwingen. Der Kampf sei erst dann zu Ende, betonte der Ausrufer, wenn einer der beiden aufgab, indem er eine Hand hob.

Von der anderen Seite des Podestes fing Poggio einen Blick Lämmerschlings auf, der besagte, dass Gnade an diesem Tag nicht gewährt werden würde.

Ein Knabe kam herbei und drückte Poggio und Baldassare ein schweres Bündel in die Hände. Auf Poggios fragenden Blick hin sagte der Knabe, dies sei ihr Stech- und Rennzeug, und sie sollten es besser rasch anlegen. In der dritten Runde seien sie an der Reihe.

Das Bündel bestand aus einem Kettenhemd und einem eisernen Plattenharnisch. Poggio schlüpfte in das Hemd, das ihm rasselnd bis zu den Knien rutschte. Beinahe wäre er darunter eingeknickt. Wie sollte er mit diesem Gewicht auf den Schultern gehen, geschweige denn kämpfen? Das kalte Eisen roch nach Rost, Schweiß und Angst. Verzweifelt starrte Poggio den Harnisch an. Wenn er den auch noch anlegte, würde er das Gewicht an seinem Körper noch einmal vervielfachen.

»Du ziehst das besser alles an«, sagte Baldassare, der selbst keine Anstalten machte, sich in die Rüstung zu zwängen. »Wenn du erst einmal auf dem Pferd sitzt, wird es dir die Last von den Schultern nehmen und Kraft geben. Ritter kommt von Reiten. Was glaubst du wohl, warum?«

Poggio hoffte, dass Baldassare recht hatte. Er presste den Harnisch gegen seine Brust und ließ Baldassare die Lederschnüre am Rücken zusammenbinden. Als Poggio seinem Gefährten in die Rüstung helfen wollte, wehrte dieser ab. Er sei beweglicher ohne Rüstung, sagte Baldassare. Überdies werde er seinen Gegner ohnehin sofort aus dem Sattel stoßen, ohne dass dessen Lanzenspitze ihm überhaupt nahe käme.

Poggio protestierte. »Das ist Selbstmord.«

»Dann würde ich mich immerhin eigenhändig töten. Das hat Vorteile. Und vor Gott werde ich schon eine Ausrede finden. Immerhin habe ich ihn auf Erden vertreten. Dafür ist er mir was schuldig.« Baldassare klopfte Poggio auf die Schultern. Dessen Rüstung rasselte.

Baldassare geriet ins Straucheln, und Poggio musste ihn stützen. Er führte seinen Freund zu einem Gestänge, über das weitere Harnische gelegt waren. Baldassare lehnte sich dagegen. Sein Atem ging schwer.

»Etwas Zucker und ein Schlauch Wein würden mir aufs Pferd helfen«, keuchte der Neapolitaner.

Wut kochte in Poggio. Wut auf Baldassare, der so leichtfertig dem Schicksal spottete. »Dieser Mann ist schwer verletzt!«, rief Poggio zu dem Podest hinüber. Doch weder der König noch einer seiner Edelleute schenkte ihm Aufmerksamkeit. Mit belustigten Mienen verfolgten sie, wie die letzten Teilnehmer des Schweineschlagens vom Platz getragen wurden. Sie hatten das Leben verloren, weil sie hofften, ein Schwein zu gewinnen. An diesem Ort war die Gerechtigkeit dem Vergnügen untertan. Poggio atmete tief durch, lehnte sich neben Baldassare gegen das Geländer und starrte den Schlamm an, in dem seine Füße versanken.

Kapitel 30

NOCH HERRSCHTE UNRUHE auf dem Turnierplatz. Die Knechte drängten die Zuschauer zurück und stellten die hölzernen Schranken auf, zwischen denen die Lanzenreiter aufeinander zugaloppieren sollten. Dann rief der Verkünder auf dem Podest die ersten beiden Streiter auf: Wilwolt von Schaumberg gegen Eustach den Jüngeren von Zink. Poggio war nicht sicher, ob er die Namen richtig verstanden hatte. Viel zu sehr war er damit beschäftigt, das Beben seiner Glieder zu unterdrücken.

Die Aufgerufenen stülpten ihre Helme über und banden sie unter dem Kinn fest. Dann stiegen sie auf die Pferde und trabten zu den Gerüsten, auf denen die Turnierlanzen lagen. Jeder Kämpfer wählte eine der Stangen, wog sie in der Hand, um den Schwerpunkt zu finden, und legte die Waffe schließlich in die Armbeuge. Der Sitz der breiten Schilde wurde überprüft. Dann stellten sich beide Ritter an entgegengesetzten Enden der Kampfbahn auf. Vor der Brust ihrer Pferde waren Schnüre über die Turnierstrecke gespannt.

Auf dem Podest erhob sich König Sigismund und streckte einen Arm gen Himmel. Die Menge verstummte. Als auch der letzte Murmler bemerkt hatte, dass der König Schweigen gebot, sagte Sigismund mit fester Stimme: »Vorwärts denn, schlagt tüchtig drein, und Gott mit euch!« Er ballte die Hand zur Faust.

Die Schnüre vor den Pferden wurden fortgezogen, und die Schlachtrosse donnerten aufeinander los. Unter den Hufen spritzte der Dreck so hoch, dass er den Zuschauern in die offen stehenden Münder flog. Aus den Helmen drangen blecherne

Kampfrufe hervor. Die Lanzenspitzen senkten sich, richteten sich auf den Gegner aus. Jetzt kam es darauf an, wer welchen Körperteil ins Visier nahm. Poggio versuchte, Baldassares Hinweise mit dem Geschehen auf dem Kampfplatz in Verbindung zu bringen. Doch alles, was er erkennen konnte, war ein Hagelschauer aus Holzsplittern, als sich die Lanzenspitzen in die Schilde der Ritter bohrten.

Das Publikum schrie. Anscheinend gab es keinen Sieger. Beide Ritter saßen noch in den Sätteln und galoppierten bis zum Ende der Kampfbahn. Der Streiter mit der blauen Schabracke warf den Rest seiner zersplitterten Lanze fort, ritt zu dem Gerüst und griff nach der nächsten Stange. Sein Gegner in roten Farben blieb regungslos auf seinem Pferd sitzen. Der Reiter schwankte. Da erst sah Poggio, dass der vordere Teil der gegnerischen Lanze im Visier seines Helms steckte. Wo die Holzstange eingedrungen war, pulsierte Blut hervor, rann dem Getroffenen über den Harnisch und unterstrich seine Wappenfarbe auf grausige Art.

Der Ritter hob langsam eine Hand, berührte die Holzspitze mit den Fingern. Er kippte zur Seite und fiel aus dem Sattel. Vier Knechte eilten zu dem Verletzten und trugen ihn davon. Zwischen den Helfern wippte der Schaft der abgebrochenen Lanze, der noch immer im Helm des Unglücklichen steckte. Schmerzensschreie drangen daraus hervor.

Baldassare fasste Poggio fest an beiden Schultern. »Uns wird nichts geschehen. Dieser Wilwolt war unbesonnen. Er ist aufs Ganze gegangen und hat seine Deckung vernachlässigt. Lass dir das eine Lehre sein.«

Poggio wollte etwas erwidern, aber die Muskeln seiner Kiefer waren verkrampft und pressten seine Zähne aufeinander. Er nickte knapp und vermied es, Baldassare anzublicken.

Der Ausrufer benannte die nächsten Kämpfer. Diesmal trat ein Ritter in gelben Farben gegen einen in Braun an. Vielleicht hatte der Ausgang des ersten Gefechts diese beiden Streiter erschreckt, sie gingen jedenfalls vorsichtiger zu Werke und brauchten drei Runden, bevor einer vom Pferd stürzte – der gelbe Kämpfer. Der andere stieg aus dem Sattel und ließ sich ein Schwert bringen. Die Waffe war lang und nur mit zwei Händen zu führen. Schon war auch der Gestürzte wieder auf den Beinen und hielt zwei kleine Äxte in den Fäusten. Die Ritter gingen aufeinander los.

Poggio wollte den Blick abwenden. Doch jedes Mal, wenn die Eisen gegeneinanderklirrten, schaute er erschrocken dorthin, wo die beiden gepanzerten Männer aufeinander eindroschen. In seinem Bauch brodelte es.

Vom Podest kam jetzt der Ruf: »Baldassare Cossa von Neapel zusammen mit Gianfrancesco Poggio in den Farben der Bracciolini gegen Lämmerschling und Helmbrecht, Streiter in den Farben des Königs.«

Zunächst glaubte Poggio, die Worte seien seinem in Angst erstarrten Geiste entsprungen. Dann spürte er den aufmunternden Schlag Baldassares auf seinem Rücken. Mit aufgerissenen Augen schaute er seinem Gefährten ins Gesicht.

»Jetzt schon? Aber die beiden dort sind doch noch gar nicht fertig miteinander.« Er deutete auf die Kämpfer mit dem Langschwert und den beiden Äxten, die unablässig aufeinander einschlugen, beiseitesprangen und parierten.

Baldassares sorgenvolle Miene half wenig, Poggio aufzuheitern. »Die Kämpfe zu Fuß laufen einfach weiter, während die nächsten Lanzenspiele schon beginnen. Nach und nach kommen auf diese Weise immer mehr Kämpfer zusammen, bis das Publikum den Eindruck hat, einer Schlacht beizuwohnen.«

Poggio war mit einem Mal dankbar, dass das Schicksal ihm Coluccio Salutati geschickt hatte und er ein Leben in Schreibstuben und Palästen hatte führen können. Als Kriegsknecht wäre er schon vor Jahren vor lauter Angst zu Staub zerfallen.

So wie er es jetzt gern würde.

Noch einmal rief man ihre Namen. »Los! Sonst kommen sie uns holen«, raunte Baldassare. »Zähl auf deinen Witz. In Rom, Bologna und Florenz ist dir doch auch immer etwas eingefallen.«

Da preschte aber kein Reiter auf mich zu, um mich aufzuspießen, wollte Poggio erwidern. Doch er schwieg.

Er brauchte die Hilfe von zwei Knechten, um Baldassare auf ein Pferd zu hieven. Danach war das verwundete Knie seines Gefährten auf Augenhöhe. Es war rund wie eine Melone. Wie wollte sich Baldassare damit auf einem Pferd halten?

Jemand reichte Poggio einen Helm. Der Kopfschutz lief vorne spitz zu. Ein Stechhelm. Poggio hatte gehört, dass die rundliche Form die Lanze des Gegners abgleiten ließ, sollte dieser auf den Kopf zielen. Auch der unglückliche Wilwolt von Schaumburg hatte einen solchen Helm getragen.

Poggio setzte den Helm auf. Das Eisen war eiskalt, das Futter nur noch in Fetzen vorhanden. Dunkelheit umhüllte ihn. Erst als er den Kopf senkte, fanden seine Blicke den Schlitz des Visiers, einen schmalen Streifen Welt, gerade breit genug, um die Richtung zu bestimmen, in die er lief. Wie sollte er unter diesem Ding den Gegner finden, geschweige denn, ihn bezwingen?

Er versuchte, das Pferd zu finden, das man für ihn bereithielt. Die Stimmen, die an den Helm brandeten, verrieten Poggio, dass seine Unsicherheit bemerkt worden war. Vermutlich tappte er in die falsche Richtung und löste Heiterkeit beim Publikum aus. Einen Moment lang wusste er nicht, ob es besser war, die Gliedmaßen, das Leben oder die Würde zu verlieren.

Gerade war es ihm gelungen, auf die Pferde zuzuhalten – in seinem wackelnden Sichtfeld sah er Baldassare vornübergebeugt im Sattel sitzen –, da spürte er einen Widerstand an der Brust. Es war kein Schlag, eher ein sanftes Schieben. Jemand hielt ihn auf.

»Warte noch!«, sagte jemand mit Agnes' Stimme. Leise drang sie durch das Metall des Helms und rann wie Nektar in sein Ohr.

Poggio neigte und wendete den Kopf. Doch er konnte niemanden sehen, der die Worte gesagt haben könnte. Aber er hatte sie doch gehört! Mit beiden Händen riss er sich den Helm wieder vom Kopf.

Dort vorn ging Agnes. Sie zog ein Bein nach. Ihre ehemals eleganten Kleider, die sie von Oswald in Konstanz bekommen hatte, waren starr vor Schmutz. Einer der weiten Ärmel war abgerissen und gab das enge Untergewand frei – ein frivoler Anblick, wären nicht die Abschürfungen an ihrer Stirn, der Dreck auf ihren Wangen und die umschatteten Augen gewesen. Selbst im Bergkloster bei Abt Emilius hatte Agnes nicht so abgeputzt ausgesehen. Beherzt schritt sie zwischen den Kämpfern hindurch, ihr Ziel schien jene Stelle des Podestes zu sein, an der König Sigismund saß.

Poggio spürte, wie ihn Besorgnis erfüllte – und zugleich die Neugier stach. Er wollte wissen: Wie war Agnes aus dem Turm entkommen? Hatte der Brunnen tatsächlich in die Freiheit geführt? Oder hatte er vor einer Wand geendet und Agnes sich mit den Fingern einen Weg zurück in die Welt graben müssen? Wie war sie hierhergekommen? Am drängendsten aber rumorte in Poggio die Frage, ob sie die Bücher hatte retten können.

Da hielt Agnes vor dem Sitz des Königs an und hob die Arme in die Höhe. In ihren Händen lagen die beiden Folianten.

»König Sigismund!«, rief sie, und an ihrem Tonfall konnte Poggio erkennen, dass es Agnes schwerfiel, den mutmaßlichen Mörder ihres Mannes nicht mit Schmähungen zu überziehen. »König Sigismund, ich bringe dir die Bücher, nach denen du geschickt hast.«

Ein Knecht kam auf Agnes zu und stieß sie grob zurück. Sie taumelte, die Folianten klatschten in den Dreck. Eilig hob sie sie wieder auf. Von den Seiten troff der Schlamm, als wären die finsteren Gedanken darin Materie geworden.

Die Zuschauer lachten. König Sigismund wandte den Kopf und wurde auf Agnes aufmerksam. »Wer ist sie, und was will sie?«, fragte er, um gleich darauf zu erkennen, was Agnes ihm da entgegenhielt. »Sind das diese Bücher?«

Oswald von Wolkenstein schob sich an den Stuhl des Königs heran und flüsterte dem Monarchen einige Worte zu. Zweimal streckte Oswald den Zeigefinger aus, einmal gegen Agnes und einmal gegen Poggio – ein doppelter Judas.

Sigismund kratzte sich an den Schläfen, wo Ausschlag die königliche Haut aufleuchten ließ. »Agnes von Mähren bringt mir die Bücher persönlich. Ich muss davon ausgehen, dass die Seiten mit Gift bestrichen sind. Warum sollte ich ihr vertrauen?«

»Weil ich kein Wagnis eingehen will, wenn ich sie gegen das Leben meiner Gefährten eintausche«, sagte Agnes.

Als Poggio die Worte hörte, erstarrte er. Agnes war gekommen, um Baldassare und ihn auszulösen? Verzichtete sie etwa wirklich auf ihre Rache? Dann war das, was sie ihm im Turm der Zollernburg gesagt hatte, wahr gewesen: Sie wollte wirklich mit ihm nach Italien gehen. Und er, Poggio, hatte sie verdächtigt, wieder nur einen Trick anzuwenden, um an die Folianten zu gelangen.

Die Zeit stand still.

Poggios Fingerspitzen kribbelten. Im Geiste sah er sich mit Baldassare vom Turnierplatz gehen, mit Agnes ein gemeinsames Haus in Florenz beziehen, sah sich ein Leben an ihrer Seite führen, stellte sich vor, wie ihre Lippen ihn nicht zu Atem kommen ließen.

Dann sah er die Welt im Chaos versinken.

Das Kribbeln hörte auf. Auf keinen Fall durfte Agnes die Bücher hergeben. Sie gehörten in die Obhut von Abt Emilius, der sie vor der Welt verbergen musste.

»Gib die Bücher nicht her!«, rief Poggio. Der Wind blies jetzt kräftig und fegte die Worte zu Agnes und Sigismund hinüber.

Der König lachte. »Seht! Er will gar nicht gerettet werden. Agnes von Mähren ist eine Heldin ohne Ziel. Kein Mann scheint es lange mit ihr auszuhalten.«

Agnes Augen leuchteten zornhell, als sie rief: »Der da ist nur ein Italiener, der nicht weiß, was er sagt. Ich bleibe dabei, Sigismund: Du bekommst die Bücher. Ich verzichte darauf, dich mit ihrer Hilfe zu zerstören. Aber dafür nehme ich diese beiden mit mir, heil an Leib und Seele.«

»Für die Gesundheit ihrer Seele ist es gewiss schon zu spät«, sagte der König mit breitem Mund. »Aber den Leib, den kann sie haben. Jedenfalls den Leib dieses Schmalhemds. Den Ketzerpapst gebe ich nicht frei.« Er streckte Agnes die Hände entgegen. »Gib mir die Folianten!«

»Das kannst du nicht tun!«, rief Poggio. Er näherte sich Agnes. Mit einem Streich seiner Hand wollte er ihr die Bücher entreißen. Er hob den Arm. Aber seine Finger berührten stattdessen sanft ihr Gesicht.

Agnes schloss einen Moment lang die Augen. Dann wandte sie sich zu Sigismund um. »Also gut!«, rief sie. »Die Bücher gegen das Leben dieses Mannes.«

»Nein!«, rief Poggio.

Agnes reichte die Folianten zu Sigismund hinauf. Auf einen Wink des Königs hin trat Helmbrecht vor, schnappte danach und wischte die Einbände mit einem Zipfel seines Gewands sauber. Nun schlug der König den obersten der Folianten auf. Sein Kopf neigte sich. Er studierte die Zeilen und fuhr mit der Spitze seines linken Zeigefingers über das Pergament. Poggio erkannte das Schauspiel sofort. Sigismund konnte nicht lesen.

Nach einer Weile hob der König den Kopf und blickte auf Agnes herab. »Was ist das für ein Unsinn? Für diese wirren Worte soll ich einen Verbrecher freilassen?« Erneut kratzte er seine Schläfe. Der Wind kämmte den Pelzbesatz seines Mantels und versuchte in den Seiten des Buchs zu blättern. »Hätte ich zuvor gewusst, dass die Seiten nur Lügen enthalten, hätte ich mich nicht auf diesen Handel eingelassen. Aber ich halte mein Wort. Ihr Gespiele ist von der Teilnahme am Turnier entbunden.« Sigismund reichte die Bücher an Helmbrecht weiter und sagte: »Verbrenne er das!«

»Wartet!«, rief Poggio. Hastig ging er auf das Podest zu.

Sigismund sah ihn erwartungsvoll an. »Er gebietet einem König?«

Poggio versuchte, seinen Atem unter Kontrolle zu bekommen. »Diese Bücher«, sagte er, »gehören in sichere Verwahrung. Eines bringe ich dorthin, wo ich es gefunden habe – ins Bergkloster Sankt Fluvius zu Abt Emilius. Der getreue Geistliche hat kein Interesse an Eurer Politik. Er will keine Macht, nur die Texte aufbewahren.« Poggio wartete ab, ob der König ihn unterbrechen würde. Doch Sigismund schwieg. »Es wird eine Zeit kommen«, fuhr Poggio fort, »wir werden dann alle längst vergessen sein, in der sich Menschen ungefährdet diesen Worten widmen können. Für sie werden die Bücher einen unschätzbaren

Wert haben. Sie werden herausfinden können, ob die Vergangenheit wirklich existiert hat und daraus die richtigen Schlüsse ziehen. Aber auf behutsame Art. Niemand wird dann Grenzen verschieben wollen, es werden keine Throne wackeln oder Reiche fallen. Das, König Sigismund, sind wir der Vergangenheit ebenso schuldig wie der Zukunft. Ich gelobe, wenn Ihr mir die Folianten anvertraut, werde ich sie in Sicherheit bringen und von Eurer Großherzigkeit berichten. Damit künftige Generationen Euch als weisen Herrscher preisen können.«

Sigismund stützte das Kinn in die Hand und musterte Poggio und Agnes lange. Bedächtig nahm er die Krone von seinem Kopf, legte sie in seinen Schoß und betrachtete die in den Goldreif eingelegten Edelsteine. Schließlich setzte er sie wieder auf und sagte: »Ich vertraue keinem Weib und erst recht keinem Italiener.« Er gab seinen Knechten einen Wink. »Jagt diese beiden davon! Und dann werft die Folianten ins Feuer.«

»Ihr begeht einen Fehler«, rief Poggio zu Sigismund hinauf. Er trat nah an das Podest heran und klammerte sich an die Brüstung. Dahinter saß Sigismund und starrte ihn an, als sei er ein seltenes Tier. Aber der König richtete nicht noch einmal das Wort an ihn.

»Dann kämpfe ich!«, rief Poggio verzweifelt. »Ihr habt mir das Recht zugestanden, am Turnier teilzunehmen. Jetzt haltet Euer Wort!«

»Was redest du?«, zischte Agnes. »Ich habe soeben meine Ehre gegen dein Leben getauscht. Und da willst du es einfach wegwerfen?«

»Ich gehe mit dir, wohin du willst. Aber zuerst muss ich Baldassare helfen.« Poggio wollte Agnes' Hand nehmen, doch sie zog sie abrupt zurück.

»Er verschmäht die Liebe und wählt stattdessen den Tod«,

sagte Sigismund und schüttelte den Kopf. »Oswald! Schmiede er daraus ein paar Verse, uns am Abend zu unterhalten.«

Doch Oswald von Wolkenstein, der soeben noch hinter dem Sitz des Königs gestanden hatte, war verschwunden.

*

»Du kannst mir die Bücher ruhig geben«, keuchte Oswald, während er versuchte, mit Helmbrecht Schritt zu halten. »Ich verbrenne sie für dich. Du wirst doch beim Turnier verlangt. Solltest du nicht in diesem Augenblick gegen den Papst antreten?«

»Der Blitz fahre dir in deinen welken Hals!«, schnauzte Helmbrecht. Mit den Büchern unter dem Arm eilte er auf eines der Lagerfeuer zu. Zwar lag es verlassen, loderte aber noch immer gegen die Feuchtigkeit an. Baumscheiben waren um das Feuer herum aufgestellt und warteten darauf, dass sich jemand auf ihnen niederließ.

Oswald versuchte es erneut. »Wenn du nicht rechtzeitig beim Turnier erscheinst und der Papst den Kampf gewinnt, wird alle Welt auf Sigismunds Kosten Possen reißen. Willst du dafür verantwortlich sein?«

Helmbrecht schwieg. Aber daran, dass er seine Schritte beschleunigte, bemerkte Oswald, dass seine Worte ihr Ziel gefunden hatten.

Sie erreichten das Feuer. Helmbrecht holte aus und warf die Folianten in die Flammen. Funken stoben in den Himmel. Ein garstiges Knistern war zu hören. Oswald wünschte sich, nicht nur auf einem Auge blind zu sein.

»Komm!« Helmbrecht zog Oswald am Ärmel. »Das Turnier wartet. Ich hab einen Papst zu schlachten.«

Oswald riss sich los. »Geh du schon vor!«, sagte er. »Ich warte hier und stelle sicher, dass die Pergamente auch wirklich verbrennen. Du siehst ja: Das Leder wehrt sich gegen die Flammen.« Tatsächlich fand das Feuer noch keinen rechten Geschmack an den Büchern. Zwar breiteten sich Glutnester auf den Holzeinbänden aus. Aber das Leder des Pergaments widerstand der Hitze noch.

Oswald schwitzte. Fast erschien es ihm, als sei er es selbst, der dort auf dem Scheiterhaufen lag. Am liebsten wäre er in das Feuer gesprungen und hätte die Folianten aus der Asche gerissen. Doch das würde Helmbrecht gewiss verhindern.

Er weiß, dass ich die Bücher an mich bringen will, dachte Oswald. Wie könnte ich auch ruhigen Gemüts zusehen, wie die Pergamente vernichtet werden, nach all der Mühsal, die ich für ihren Erhalt auf mich genommen habe.

Der König hatte Oswald noch nicht belohnt. Die Burg seines Bruders Michael, die er so sehr begehrte, war noch nicht von Sigismunds Zunge in Oswalds Tasche gerutscht. Vermutlich hatte der König es einfach vergessen. Kronen, das wusste Wolkenstein, lasteten schwer auf den Häuptern und ließen darin kaum Raum für Gedanken, die sich nicht um die Person des Herrschers selbst drehten.

Deshalb hatte Oswald beschlossen, das Glück – und die Bücher – selbst in die Hand zu nehmen. Im Süden lag das Land der Eidgenossen. Dort würde er schon jemanden finden, der ihm ein Vermögen für die Werke zahlen würde. Nur Helmbrecht stand zwischen ihm und einem Leben im Wohlstand. Aber der Scherge des Königs wurde beim Turnier erwartet. Helmbrecht lief die Zeit davon. Oswald schmunzelte. Einmal mehr zeigte sich, welche Macht die beiden Folianten über die Menschen hatten. Und er wiederum würde bald wieder der Herr dieser Bücher sein.

»Was gibt es da zu grinsen?«, raunzte Helmbrecht. »Du kommst jetzt mit mir. Glaubst wohl, ich wüsste nicht, dass du die Bücher lieber für dich selbst hättest? Für wie dumm hältst du mich?«

Oswald zerbiss eine Antwort.

»Los!«, drängte Helmbrecht und reckte angriffslustig seinen langen Hals. »Wir müssen jetzt fort von hier.«

Erneut wollte er Oswald packen. Doch der wich aus und sprang auf die andere Seite des Feuers. Jetzt galt es, Helmbrecht so lange hinzuhalten, bis dieser keine Wahl mehr hatte und verschwinden musste.

Vom Turnierplatz her erklang die Stimme des Ausrufers. Die Worte waren nicht zu verstehen, doch ihr Klang genügte, um Helmbrecht in Aufregung zu versetzen. Mit dem Kopf voran rannte er auf Oswald zu. Doch der brachte sich mit einem weiteren Satz in Sicherheit. Wieder standen die beiden Männer auf gegenüberliegenden Seiten der Flammen.

»Willst du mich zum Narren halten?«, brüllte Helmbrecht. »Wirst selbst brennen!«

Er versuchte noch einmal, Oswalds habhaft zu werden. Wieder wich Wolkenstein aus. Ein kurzer Blick auf die Folianten zeigte ihm, dass die Ränder der Lederseiten schwarz geworden waren und sich wellten. Lange würde auch er dieses Spiel nicht mehr spielen können. Helmbrecht musste endlich verschwinden.

Noch einmal war von fern die Stimme des Ausrufers zu hören. Diesmal schien er nur einen einzigen Namen zu rufen.

»Verschwinde endlich!«, rief Oswald außer Atem. »Du weißt, dass sie auch ohne dich anfangen werden. Der Papst überlebt. Weil du zu spät kommst.«

Helmbrecht legte die Hände an den Mund und schrie: »Zu Hilfe!«

Oswald erschrak. Wenn das jemand gehört hatte, war er erledigt. In einiger Entfernung stand eine Gruppe Männer beisammen. Sie blickten in Oswalds und Helmbrechts Richtung. Warum waren die nicht beim Turnierplatz? Oswald gab sich selbst die Antwort: Weil sich der Kampf verzögerte und die Langeweile die Zuschauer verstreute.

Auch Helmbrecht hatte bemerkt, dass er gehört worden war. Während er noch einmal versuchte, Oswald zu packen, wiederholte er sein Rufen.

Die Gruppe kam näher. Durch den Rauch des Feuers konnte Oswald nicht erkennen, ob es sich um Besucher des Festes oder um Ritter des Königs handelte. Langsam wandte sich das Blatt zu Helmbrechts Gunsten. Oswald hielt den Atem an, bückte sich nach den glimmenden Folianten und riss sie aus dem Feuer. Die Hitze sengte sich durch seine Wollhandschuhe. Er versuchte, die Bücher festzuhalten. Dann musste er dem Schmerz nachgeben und sie fallen lassen. Dabei achtete er darauf, dass sie auf einer der Baumscheiben zu liegen kamen. Flämmchen tanzten über den Einband. Als Oswald sich bücken und Schlamm auf die Folianten werfen wollte, sah er gerade noch, wie sich Helmbrecht näherte. Ihm blieb nichts übrig, als die Position zu wechseln und dafür zu sorgen, dass das Feuer wieder zwischen ihm und seinem Widersacher loderte.

»Warum ruft ihr um Hilfe?«, fragte eine knarrende Stimme hinter Oswald.

Helmbrecht deutete mit ausgestrecktem Arm auf Wolkenstein. »Der da will verhindern, dass ich beim Turnier erscheinen kann. Bin ein Streiter des Königs. Haltet ihn nur fest, damit ich meiner Aufgabe nachgehen kann.«

»Helft ihm nicht!«, forderte Oswald. Doch bevor er weitere Worte hervorbringen konnte, wurde er bei den Schultern gepackt. Eine abgezehrte Gestalt schob sich in sein Blickfeld, ein Mann in Lumpen mit großen Augen in einem vom Hunger ausgezehrten Gesicht. Er trug einen Stab in der Hand.

»Stimmt es, was er sagt?«, fragte der Dürre. Dabei blickte er abwechselnd von Oswald zu Helmbrecht. Schließlich verharrten seine Augen auf dem Schergen des Königs. »Du!«, sagte er. »Du bist der aus dem Kloster Beuron.«

»Was für ein Kloster?«, rief Helmbrecht. »Seh ich aus wie ein Pfaffe? Schwing keine Reden! Hilf endlich!«

Die Hände lösten sich von Oswalds Schultern. Zwei weitere Männer schoben sich auf das Feuer zu. Der Erste deutete jetzt mit dem Stock auf Helmbrecht. Oswald erkannte mit Schrecken, dass es sich um einen Pilgerstab handelte. Diese Männer waren gemeinsam mit ihnen in der Klosterherberge gewesen.

»Du bist derjenige, der Felber erschlagen hat«, hob einer der Männer an.

»Hab niemanden erschlagen, der es nicht verdient«, gab Helmbrecht zurück.

»Während dein Kumpan sich an seiner Frau vergehen wollte«, setzte ein anderer hinzu. Und der Dritte schloss: »Wir haben ihr geschworen, Felber zu rächen, wenn sich die Gelegenheit bietet.«

Oswald zog sich einige Schritte zurück. Die Pilger beachteten ihn nicht. Sie umringten Helmbrecht von drei Seiten. Der Bedrängte zückte einen Dolch und hielt diesen mit der Spitze nach unten in der Faust. Dabei wirbelte er immer wieder herum, konnte aber nicht verhindern, dass stets einer seiner Gegner in seinem Rücken stand. Schließlich war die Gelegenheit gekommen. Einer der Angreifer schlug Helmbrecht seinen Pilgerstab auf den Kopf. Die anderen stürzten sich auf ihn. Schon wälzten sich die vier im Schlamm, der nach allen Seiten spritzte.

Oswald hastete zu der Baumscheibe, auf der noch immer die Folianten schwelten. Er warf sie in den Dreck und wälzte sie darin herum. Die Nässe löschte die Glut. Es würde schon genug zu lesen übrig bleiben, redete sich Oswald ein. Ein letzter Blick auf die Kämpfenden verriet ihm, dass einer der Pilger mit glasigen Augen davontaumelte und sich den blutenden Hals hielt. Einer der anderen hockte rittlings auf Helmbrecht und hielt seine Gliedmaßen fest, während sein Begleiter einen gewaltigen Holzscheit aus dem Feuer zog.

Helmbrecht schrie.

Oswald klemmte sich die Bücher unter den Arm und rannte davon. Die Grenze lag im Süden. Er brauchte nur dem Fluss zu folgen. Das würde ihm leichtfallen. Wie man Grenzen überschreitet, hatte er in den vergangenen Wochen schließlich gelernt.

Kapitel 31

DER HOLZSATTEL WAR viel zu groß. Vor Poggios Lenden und in seinem Rücken ragten Bretter daraus hervor. Schilden ähnlich sollten sie den Reiter vor einem Lanzenstoß ins Gedärm bewahren und zugleich verhindern, dass der Kämpfer vom Pferd geschoben wurde.

Auf der Suche nach einer sicheren Position rutschte Poggio auf dem Pferderücken herum und erspähte Agnes am Rand der Zuschauermenge. Sie hielt die Arme verschränkt und hatte die Brauen tief in die Stirn gezogen. Wie gern hätte Poggio jetzt einfach mit dem Pferd die Menge geteilt und Agnes in den Sattel gehoben, um mit ihr davonzureiten.

Aber zunächst musste er einen Weg finden, Baldassare zu helfen. Und dieser Weg führte über den Turnierplatz.

Poggio lenkte sein Pferd neben das seines Gefährten. Baldassare saß schief und schwer im Sattel. Er sah zu Poggio hinüber und sagte: »Wenn du das Lanzenreiten überstanden hast, meide den Zweikampf und gib dich geschlagen. Dieser Iltis wird dir das Gesicht vom Kopf beißen.« Er deutete auf Lämmerschling, der auf der anderen Seite des Platzes eine Lanze aus dem Ständer fischte. Sein Kumpan Helmbrecht war noch nicht aufgetaucht.

Poggio wollte etwas zu Baldassare sagen. Aber seine Kehle war wie zugeschnürt und blieb es auch nach mehrmaligem Räuspern. Stumm nickte er seinem Freund zu.

Der Ausrufer gab das Zeichen.

Widerwillig wollte Poggio den Helm überstülpen. Doch als

er in den Eisentopf hineinblickte, sah er nur Finsternis. Sollte er untergehen, so würde sein letzter Eindruck dieser Welt eine schmerzerfüllte Nacht sein, in der die Zeit stillstand. Er ließ den Helm fallen, hörte noch, wie das Metall zu Boden schepperte. Dann nahm er eine Lanze aus dem Ständer und griff nach den Zügeln.

Die Lanze lag schwer in seinem Arm. Sie war grün bemalt. Die Schabracke des Pferdes war gelb, der Harnisch trug Spuren blauer Farbe. Ebenso gut hätte Poggio sich das Kostüm eines Narren überstreifen können.

Baldassare behielt recht: Kettenhemd und Brustpanzer wogen im Sattel weniger als auf dem Boden. Trotzdem spürte Poggio die Last und mühte sich, nicht zusammenzusinken. Aufrecht musste er sitzen, damit er den Schild vor seinen Körper halten konnte.

Am anderen Ende der Kampfbahn wartete Lämmerschling auf seinem tänzelnden Pferd. Die Spitze seiner Lanze zeigte gen Himmel. Poggio versuchte, es ihm nachzumachen. Doch seine lange Holzstange wackelte im Wind, der noch einmal an Kraft zugenommen hatte. Um den Turnierplatz herum blähten sich jetzt die Zelte wie die Wangen satter Zecher. Die Zuschauer hielten ihre Mützen fest. Ein Flechtkranz kullerte über den Boden.

Noch einmal suchte Poggio nach Agnes, doch war sie jetzt nirgendwo zu sehen. Vielleicht hatte er nur von ihr geträumt. Vielleicht lag ihr Leichnam in Wirklichkeit unter den Trümmern des Bergfrieds begraben. Er sah zum Podest des Königs hinüber, wo sie gestanden hatte. Der König schaute zurück, die Brauen erstaunt erhoben.

Da erst hörte Poggio das Donnern schwerer Hufe. Lämmerschlings Schlachtross kam auf ihn zu. Das Startzeichen! Er musste es überhört haben. Poggio ließ sein Pferd antraben. Als es sich in Bewegung setzte, bemerkte er, dass er zunächst die Lanze hätte in Position bringen müssen. Jetzt benötigte er beide Hände, um die Stange wieder in die Armbeuge zu bugsieren. Dazu aber musste er den Schild senken.

Sein Pferd lief viel zu langsam. Es legte den Kopf zur Seite und drängte von der Barrikade fort. Poggio riss am Zügel, um das Tier in Reichweite des Gegners zu halten. Aber mit Lanze und Schild im Arm fehlte es ihm an Kraft.

Lämmerschling preschte heran. Auch sein Ross stemmte sich gegen den Willen des Reiters, doch der führte es mit harter Hand. Beinahe drückte er die Brust des Pferdes gegen die Barrikade. Die Lanzenspitze zielte dabei unverwandt auf Poggios Kopf.

Jetzt musste Poggio den Zügel loslassen, um den Schild zu heben. Kaum aber hatte er das Pferd freigegeben, drehte es ab und trabte in Richtung der Zuschauer davon. Er hörte Lämmerschling in seinem Rücken vorbeireiten. Der Scherge des Königs schrie vor Wut.

Die Zuschauer lachten und pfiffen. Einmal mehr kam sich Poggio vor wie ein Narr. Zwar war er unverletzt davongekommen. Aber das galt auch für Lämmerschling. Auf diese Weise würde er Baldassare nicht helfen können.

»Noch einmal!«, rief der Ausrufer des Königs. Die Gegner nahmen ihre Positionen wieder ein. Diesmal richtete Poggio den Blick fest auf die Startschnur. Er legte rechtzeitig die Lanze an und klemmte den Schild in die richtige Position. Nur auf den Helm verzichtete er nach wie vor. Der ungeschützte Kopf würde auch beim zweiten Durchgang ein verlockendes Ziel für Lämmerschling sein. Das barg Gefahr. Doch dafür wurde der Gegner berechenbar.

Erneut gab der König das Signal. Poggio ritt los. Diesmal schaffte er es, das Pferd an der Barrikade zu halten. Lämmerschling nahte. Seine Lanze fuhr in die Höhe. Poggio sah die Spitze auf sich zukommen. Erst im letzten Moment lehnte er sich zur Seite.

Lämmerschlings Stoß ging an seinem Ohr vorbei. Er spürte, wie seine Lanze etwas traf und zur Seite gerissen wurde. Der Ruck schlug ihm das Holz aus der Hand, und die Waffe fiel zu Boden.

Als sein Ross am Ende der Kampfbahn angekommen war, sah Poggio sich um. Seine Hoffnung, Lämmerschling am Boden liegen zu sehen, erfüllte sich nicht. Nach wie vor saß der Gegner im Sattel. Also würde es einen dritten Durchgang geben! Poggio seufzte, nahm die nächste Lanze vom Waffenständer und brachte sein Pferd wieder in Stellung. Diesmal fiel es ihm schon leichter, Schild, Waffe und Zügel zu koordinieren.

Da sah er auf der anderen Seite des Turnierplatzes, wie Lämmerschling vom Pferd stieg. Er zog einen Kettenhandschuh aus und untersuchte seine Finger. Er drehte und wendete die Hand. Dann gab er Zeichen in Richtung des Ausrufers.

»Das Haus Bracciolini siegt in der zweiten Runde durch einen Treffer an der Hand. Der Unterlegene erklärt sich bereit, den Kampf zu Fuß weiterzuführen.«

Poggio traute seinen Ohren nicht. Hatte er Lämmerschling tatsächlich so glücklich getroffen, dass dieser die Lanze nicht mehr halten konnte? Oder hatte sein Gegner genug von dem Geplänkel und wollte Poggio endlich im Zweikampf den Garaus machen?

Er stieg aus dem Sattel. Als er im Schlamm landete, sanken seine Füße bis zu den Knöcheln ein. Fast wäre er ausgeglitten, hielt sich aber an einem Steigbügel fest.

Mit Blicken suchte er nach Baldassare. Der Neapolitaner saß auf seinem Pferd und war umgeben von zwei Knechten, die versuchten, ihm die Lanze in die Armbeuge zu klemmen. Immer wieder entglitt die unhandliche Stange Baldassares Griff. Poggio erkannte an dem schiefen Mund seines Gefährten, dass dieser die Männer des Königs verfluchte. Dann führten die Knechte Baldassares Pferd zum einen Ende der Kampfbahn.

Das andere Ende war leer.

Man rief Helmbrechts Namen. Aber nach wie vor erschien der für Baldassare vorgesehene Gegner nicht.

Auf dem Podest verkündete der Ausrufer. »Da der Kämpfer Helmbrecht es vorzieht, sich vom Kampf fernzuhalten, werden wir jemand anderen finden müssen. Wer von euch kämpft im Namen des Königs?«

Einige der Ritter vor dem Podest regten sich, Gesichter wandten sich einander zu, man tauschte Gemurmel aus, schließlich hoben sich zögerlich einige Hände.

Sigismund erhob sich und nickte den Freiwilligen zu. »Sie wollen meine Ehre retten. Das erkenne ich an. Aber mir ist etwas Besseres eingefallen.« Er nahm die Krone vom Kopf und legte sie auf die Sitzbank. »Ich selbst werde auf das Schlachtross steigen. Ich werde es sein, der den Lügenpapst zur Strecke bringt und damit die gespaltene Christenheit eint. Bringt mir eine Rüstung!«

Poggio traute seinen Augen nicht, als er verfolgte, wie der König in Harnisch und Helm schlüpfte. Ihm selbst wurde das Pferd aus der Hand genommen und fortgeführt. Dann wies man ihm einen Platz am Rand des Geschehens zu. Der Zweikampf gegen Lämmerschling sollte erst beginnen, wenn Baldassare und Sigismund eine Lanze miteinander gebrochen hatten.

Schon saß der König im Sattel. Sein Pferd war ein prächtiger Schimmel. Seine Rüstung sah aus, als käme sie frisch aus der Schmiede. Das Eisen war blank poliert. Hätte die Sonne geschienen, hätten sich die Strahlen darin tausendfach gebrochen. Doch der matte Himmel verwandelte die eherne Pracht in graues Einerlei.

Sigismund hatte die Lanze angelegt. Sein Pferd tänzelte ungeduldig im immer stärker werdenden Wind. Die Mähne flatterte. Auf der anderen Seite war Baldassare damit beschäftigt, seine Lanze festzuhalten. Keinen einzigen Treffer würde der Neapolitaner in diesem Zustand landen können, geschweige denn aushalten. Poggio konnte nur hoffen, dass Baldassare rasch und unbeschadet vom Pferd fiel, damit er ihm im Zweikampf beistehen konnte.

»Tut eure Pflicht, ihr Herren!«, brüllte der Ausrufer.

Der König war schon vor dem Signal losgaloppiert. Baldassares Pferd hingegen ging nur einige zögernde Schritte. Sein Reiter hatte den Kopf gesenkt und blickte seinem Widersacher aus blutunterlaufenen Augen entgegen.

Als hätte ihn der Sturm herangeweht, erreichte Sigismund die Mitte der Turnierbahn, wo sich die beiden Reiter eigentlich hätten treffen sollen, und preschte darüber hinweg. Seine Lanze zielte auf Baldassares Brust. Er prallte mit voller Geschwindigkeit auf seinen Gegner. Poggio sah, wie Baldassare aus dem Sattel gefegt wurde. Sein Körper schlug schwer und schweigend wie ein Sack Mehl im Schlamm auf.

Aber nun war auch der König in Bedrängnis. Er war zu schnell auf seinen Gegner losgestürmt und konnte sein Pferd nicht mehr zügeln. Ross und Reiter krachten in die Absperrung des Turnierplatzes. Das massige Pferd fing sich. Der König aber rutschte seitlich ab und stürzte mitsamt seiner Rüstung zu Boden.

Die Zuschauer johlten. Mehrere Gefolgsleute rannten zu dem Verunglückten und beugten sich über ihn. Um Baldassare kümmerte sich einzig Poggio. Er ahnte, dass der Neapolitaner den König mit Absicht zu sich herangelockt hatte, damit der Monarch gegen die hölzerne Umgrenzung prallte. Die Rechnung war aufgegangen. Aber hatte Baldassare sein Kunststück überlebt?

Poggio beugte sich zu ihm hinunter. Baldassares Kopf war unversehrt. Aber er stöhnte und schnappte nach Luft. Anscheinend hatte Sigismunds Lanze den Brustkorb getroffen. Dort quoll zwar kein Blut hervor, doch Baldassares Kleider waren zerrissen, und die darunter liegende Haut nahm die Farbe eines alten toten Fisches an.

»Kannst du aufstehen?«, fragte Poggio.

Baldassare nickte. Mithilfe Poggios und einer der Lanzen kam er auf die Beine. Einige Schritte weiter trat Sigismund, gestützt von seinen Helfern, aus dem Unterholz hervor. Der König humpelte. Seine Rüstung war voller Schmutz.

»Lebt er noch?«, schrie Sigismund. Zorn troff ihm von der Zunge. »Noch einmal wird ihm so ein Streich nicht gelingen. Zum Zweikampf!«

Poggio ließ sich mit Baldassare zum einen Ende des Kampfplatzes dirigieren, während der König sich am anderen aufstellte. Sigismund nahm den Helm ab und besprach sich mit Lämmerschling. Poggio und Baldassare taten es ihren Gegnern gleich.

»Lenk sie beide auf mich«, schlug Baldassare keuchend vor. »Dann bekommst du vielleicht Gelegenheit, den König von hinten zu treffen. Ist Sigismund erst einmal unschädlich, werden sie den Kampf abbrechen.«

»Aber wie willst du gegen zwei auf einmal bestehen? Du kannst dich kaum auf den Beinen halten«, wandte Poggio ein.

»Hast du nicht bemerkt«, erwiderte Baldassare, »dass Sigismunds Sicht getrübt ist? Auf dem Karren hat er mich erst erkannt, als Wolkenstein ihm gesagt hat, wer ich bin. Zugegeben, mein Äußeres hat sich in den letzten Tagen gewandelt. Doch auch die Bücher hat Sigismund kaum richtig angesehen. Und seit er mir beim Lanzenreiten in die Falle gegangen ist, bin ich sicher: Mit seinen Augen steht es nicht zum Besten. Deshalb muss er im Zweikampf seinen Partner die meiste Arbeit erledigen lassen. Auf den musst du achtgeben.«

»Nach den Regeln wählt der König die Waffe für den Zweikampf«, ließ sich der Ausrufer vernehmen.

»Streitkolben«, flüsterte Baldassare.

»Streitkolben«, rief Sigismund.

Einige Zuschauer klatschten Beifall. Andere stöhnten auf. Einige Frauen verließen die Reihen und zogen ihre Kinder mit sich fort.

Ein Knecht kam auf Poggio und Baldassare zu und hielt ihnen Kriegskolben entgegen. Am Ende eines armlangen hölzernen Schafts war eine eiserne Kugel befestigt, die mit Stacheln bewehrt war. Poggio steckte die Hand durch die Lederschlaufe am unteren Ende, um die Waffe nicht zu verlieren. Am liebsten aber hätte er sie sofort von sich geschleudert.

Der Knecht tauschte Poggios hohen Reiterschild gegen eine runde Tartsche, einen Faustschild, der wenig wog, aber auch erschreckend klein war. Poggio steckte den linken Arm durch die Lederschlaufen auf der Rückseite des Schildes und probierte einige Bewegungen. Während er noch den Schwerpunkt des Streitkolbens suchte, kam – viel zu früh – das Zeichen zum Beginn.

Mit langen Schritten stapften Sigismund und Lämmerschling durch den Schlamm auf Poggio und Baldassare zu.

Kapitel 32

LÄMMERSCHLING SCHLUG ZU. Sein Streitkolben krachte gegen den winzigen Schild. Poggios Arm fühlte sich an, als sei er in eine Getreidemühle geraten. Seine Schulter schrie. Der Schmerz befahl ihm, den Schild fortzuwerfen und sein brennendes Fleisch zu massieren. Doch er widerstand. Geduckt lief Poggio vor seinem Widersacher davon und versuchte, ihn zu Baldassare zu locken. Doch schon stand der Unhold wieder vor ihm und holte erneut zum Schlag aus. Poggio ging rückwärts, da spürte er, wie ihm die Beinlinge von den Schenkeln rutschten und sich an seinen Füßen verfingen. Er hatte vergessen, Baldassares Rat zu befolgen und den Stoff vor dem Kampf herunterzurollen. Zeit zum Erschrecken blieb nicht. Poggio kippte nach hinten. Der Eisenkopf von Lämmerschlings Waffe wischte über ihn hinweg.

Seine Vergesslichkeit hatte ihn gerettet. Aber nun lag er auf dem Rücken, hilflos wie ein Amselkind, wenn sich die Katze zum Nest schleicht. Erneut ging Lämmerschling zum Angriff über.

Weiter hinten schrie Sigismund auf. Lämmerschlings Kopf ruckte herum. Das verschaffte Poggio Zeit. Zwar nur einen Augenblick, doch konnte der so wertvoll sein wie vierhundert Jahre.

Er kam auf die Füße und befreite sich von seinen Beinlingen. Das Gelächter der Zuschauer traf ihn kalt wie der Frost, der nun in seine bloßen Waden biss. Doch nun war er endlich beweglich. Als Lämmerschling wieder auf ihn losgehen wollte, lief Poggio mit langen Schritten davon. Der schwer gerüstete Lämmerschling hingegen versank im Schlamm und blieb zurück. Poggio hatte aus einem Tropfen Zeit einen Sturzbach werden lassen.

Er löste seine Hand aus der Schlaufe des Streitkolbens, hob die Waffe über den Kopf und schleuderte sie Lämmerschling mit aller Kraft entgegen. Der Kolben trudelte durch die Luft. Er hätte einen Glückstreffer landen und Lämmerschling am Kopf verletzen können. Doch der Gegner wich aus und schlug nach dem Geschoss. Dabei verhakte sich seine Waffe in der Handschlaufe der anderen. Fluchend versuchte Lämmerschling, die beiden Kolben zu entwirren.

Für kurze Zeit war der Gegner wehrlos. Poggio erkannte die Gelegenheit. Aber wie sollte er sie nutzen? Er hatte nur die Tartsche. Doch selbst wenn er ein Schwert gehabt hätte: Niemals hätte er es einem anderen Menschen in den Leib treiben können. Wie von selbst griff seine freie Hand nach seinem Werkzeugbeutel.

Welch widersinniger Gedanke! Der Sack enthielt alles, was Poggio zur Herstellung von Büchern brauchte. Wie sollte er darin etwas finden, das ihn auf dem Turnierplatz bestehen ließ? Aber hatte er nicht seine Ahle genutzt, um Agnes zu retten, und das Horn einer Kuh, um aus dem Grab zurückzukehren? Er fischte nach dem Beutel, der noch immer an seinem Gürtel hing. Der Stoff wog leicht in seiner Hand. Zu leicht. Erschreckt stellte Poggio fest, dass das Behältnis leer war. Am unteren Ende grinste ihm ein Riss entgegen. Irgendwann vor dem Kampf oder währenddessen musste die Tasche entzweigegangen sein. Verzweifelt suchte Poggio mit Blicken den Platz nach seinen Gerätschaften ab. Doch wenn sie dort irgendwo lagen, so waren sie unsichtbar. Der Schlamm hatte alles verschluckt.

Vom Podest her waren Beifall und Anfeuerungsrufe zu hören.

In Poggio gefror etwas. Nicht einmal seine treuen Werkzeuge hielten noch zu ihm. Noch einmal griff er nach dem schlaffen Beutel. Dann löste er ihn von seinem Gürtel, warf die Tartsche weg und setzte sich in Bewegung.

Fünf Schritte trennten ihn von seinem Gegner. Lämmerschling sah Poggio nahen und bemühte sich, die Waffen auseinanderzuhaken.

Poggio war heran. Lämmerschling hielt die Streitkolben mit einer Hand fest. Mit der anderen griff er nach Poggios Gesicht. Poggio erkannte, dass die Hand seines Gegners geschwollen und verfärbt war. Er griff danach und drückte sie zusammen. Lämmerschling schrie auf. Jetzt konnte Poggio ihm den Werkzeugbeutel über den Kopf stülpen. Das braune Leinen verschluckte Haar und Haupt des Gegners wie ein gefräßiges Wesen. Es gelang Poggio sogar, die Schnüre des Verschlusses unter Lämmerschlings Kinn zusammenzuziehen.

Lämmerschling wollte den Stoff von seinem Kopf zerren, doch der Beutel ging nicht über sein Kinn. Fahrig versuchte er, mit beiden Händen die Schnur zu öffnen, aber die Verletzung an seiner Hand schien ihn zu behindern. Aus dem Sack drang ein wütender Schrei.

Während Lämmerschling im Kreis rannte, glitt er aus und stürzte. Poggio sprang hinzu und schlang einen Knoten in den Verschluss – einen einfachen nur, doch sollte er genügen, Lämmerschling für eine Weile zu beschäftigen.

Diesmal lachten die Zuschauer nicht über ihn.

Jetzt war Zeit, Baldassare zu helfen. Sein Gefährte lag am Boden. Der König hatte sich über dem Verwundeten aufgebaut und drosch mit dem Streitkolben auf ihn ein. Sigismunds Rüstung und Gesicht waren von Schlamm gesprenkelt, sein Mund stand offen, und sein blondes Haar klebte ihm am Kopf.

Die Hand des Königs fuhr herab. Aber der Streitkolben traf nicht. Die Waffe klatschte neben Baldassare in den Dreck. Poggio rannte zu den Kämpfenden, rutschte aus, rannte weiter. Erneut hob Sigismund den Streitkolben, erneut schlug er daneben. Der König riss sich den Helm vom Kopf und warf ihn fort.

Baldassare schob sich von seinem Feind fort.

Da erreichte Poggio den König. Er zögerte, ihn anzugreifen. Sigismund blickte sich unsicher um. Jetzt ließ er seine Waffe sinken. »Warum ist es so dunkel?«, schrie er. »Entzündet Fackeln!«

Baldassare hatte recht: Sigismunds Augen waren krank.

Der Ausschlag am Kopf des Königs leuchtete wie ein Bratapfel. Poggio erinnerte sich an Fälle, die er in der Apotheke seines Vaters gesehen hatte. Damals galten rote Pusteln an den Schläfen als erstes Anzeichen dafür, dass jemand dunkelsichtig werden würde. Aber diese Kranken waren Bauern gewesen, einfache Leute vom Land. Dass ein solches Übel einen König befallen konnte, hätte Poggio nicht gedacht.

Er starrte Sigismund an. Das Schweineschlagen der Blinden kam ihm in den Sinn. Ihm war, als habe das Schicksal – oder Gott – die Tragödie des Königs damit angekündigt. Ausgerechnet Sigismund war es gewesen, der Blinde hatte gegeneinander antreten lassen. Vielleicht würde er bald selbst in dieser Rolle stecken. Die Zeit, das erkannte Poggio jetzt, war ein Possenreißer.

Die Zuschauer waren verstummt und starrten auf den in die Luft greifenden König. »Kämpfe doch!«, brüllte jetzt Lämmerschling, der sich endlich von dem Beutel befreit hatte.

Die Worte lösten unter den Menschen Entsetzen aus. Ein hohler Ton kam aus den Mündern, ein Laut genährt vom Schreck und von der Erkenntnis, dass die Kirchenteilung nicht das einzige Übel war, das Gott den Deutschen gesandt hatte. Nun wurden sie auch noch von einem erblindenden König regiert.

Ein Windstoß fegte über den Turnierplatz. Ein saugender Laut mischte sich unter die Ausrufe der Zuschauer. Dann brach der Sturm los.

Etwas Großes flog durch die Luft. Poggio wandte den Blick zum Himmel. Eines der Zelte hatte sich gelöst und war zum Spielball des Windes geworden. Nach kurzem Flug senkte sich die Plane und klatschte auf die Köpfe der Leute. Darunter brach Panik aus. Wer nicht unter dem Zeltstoff gefangen war, nahm die Beine in die Hand und floh. Auch die anderen Zelte widerstanden dem Sturm nicht länger. Allerorten segelten Wollbahnen und Leinentücher umher. Das Dach des königlichen Podestes riss ab und flog davon. Die daruntersitzenden Edelinge nahmen Reißaus.

Eine Handvoll Gefolgsleute zerrte den protestierenden Sigismund in Richtung der Burg davon, um ihn in Sicherheit zu bringen. Lämmerschling führte sie an. Immer wieder warf er beunruhigte Blicke zu seinem Herrn hinüber. Gewiss nicht, weil er um das Wohl des Königs besorgt war, vermutete Poggio. Mit Sigismunds Augenlicht versank auch Lämmerschlings Welt in Finsternis.

Poggio kniff die Augen gegen den Wind zusammen und suchte nach Baldassare. Aber er fand ihn nirgends. Wo sein Gefährte soeben noch gelegen hatte, war keine Spur mehr von ihm zu sehen. Erst befürchtete Poggio, der Neapolitaner sei unter die Füße der umherlaufenden Zuschauer geraten. Doch die hatten sich bereits zerstreut und sammelten ihre Habseligkeiten zusammen, um dem Sturm zu entkommen. Weder war Baldassare zwischen den verängstigten Pferden noch unter einer der Zeltbahnen zu finden, er steckte nicht unter dem Holzgerüst des Podestes und lag nicht in einem der krautigen Büsche.

Der Papst war verschwunden.

Das kann nicht sein, dachte Poggio. Kurz vor dem Kampf hatte Baldassare kaum gehen oder auf einem Pferd sitzen können. Wenn er jetzt fort war, so musste ihn jemand gestützt haben. Aber auch das war unmöglich. Sein Gefährte war schwer wie vier Fässer Wein. Niemand trug so einen Mann einfach davon – auch nicht der Wind.

Da sah er eine gekrümmte Gestalt auf einem Ochsenkarren hocken, jenem Gefährt, mit dem Oswald von Wolkenstein sie hergebracht hatte. Der Wagen rumpelte in Richtung Norden davon. Poggio lief los. Er stieß mit Festbesuchern zusammen. Ein grobschlächtiger Kerl versetzte ihm einen Rippenstoß. Er taumelte. Doch die Ochsen waren langsam. Als Poggio nah genug heran war, griff er dem Fahrer in die Zügel. Das Gefährt kam zum Stehen.

Auf dem Kutschbock saß Baldassare.

»Was tust du?«, fragte Poggio. Er wusste nicht, ob er erleichtert sein sollte, Baldassare wohlauf wiedergefunden zu haben, oder zornig, weil sein Freund sich davonstehlen wollte.

Baldassare schaute zu ihm herab. Sein Gesicht war unter einer Kruste Dreck kaum zu erkennen. Aber seine Augen funkelten in jener Art, die Poggio oft genug gesehen hatte, wenn Baldassare zu einem nächtlichen Streifzug durch die Wirtshäuser aufgebrochen war. Ein Lächeln erschien auf dem Gesicht des Neapolitaners. Die Bewegung der Mundwinkel ließ Risse in der Schlammkruste entstehen. Bröckchen rieselten von Baldassares Gesicht herunter.

»Ich verschwinde von hier«, sagte der Papst, »solange es noch geht.« Er deutete auf die Gruppe, die den König zur Burg begleitete. »Sigismund wird sie zurückschicken und nach mir suchen lassen. Besser, ich mache mich auf den Weg.«

»So warte doch!«, sagte Poggio. Er wollte sich neben Baldassare auf den Kutschbock schwingen. Aber zuvor musste er Agnes finden. »Warte nur einen Augenblick. Ich suche Agnes. Dann fahren wir los. Sie muss hier irgendwo sein.« Zu seiner Überraschung wehrte Baldassare ihn ab. Sein Griff war so kräftig wie eh und je.

»Diesmal kannst du nicht mitkommen, Bracciolini. Die Deutschen suchen mich. Ich werde mich verbergen müssen.«

»Aber du bist der Papst. Ob Sigismund das will oder nicht!«, protestierte Poggio.

»Nicht mehr lange. Das Konzil wird weitergehen. Die Kardinäle werden alle drei Päpste für abgesetzt erklären und einen neuen wählen. Ich selbst habe die römische Gesandtschaft entsprechend instruiert.«

»Du?«, fragte Poggio. »Aber warum hast du dich dann gegen deine Absetzung durch Sigismund gewehrt?«

»Er ist mir zuvorgekommen. Ich war noch nicht bereit. Zunächst wollte ich in Ehren nach Rom zurückkehren, wo ich rechtzeitig meine Pfründe in Sicherheit gebracht hätte. Im Büßerhemd die Landstraße entlanggejagt zu werden, wie Sigismund es für mich vorgesehen hatte, ist nicht nach meinem Geschmack.«

»Wir können es nur zusammen nach Italien schaffen. Wie willst du das allein bewerkstelligen? Du hast ja nicht einmal Geld.«

Da spürte Poggio eine Hand an der Schulter. »Hörst du nicht?«, rief Agnes in sein Ohr. »Ich rufe schon die ganze Zeit.«

Er wandte sich zu ihr um. Ihr Gesicht war ganz nah und von Dringlichkeit erfüllt.

Also hatte Agnes das Fest – und ihn – doch nicht im Zorn verlassen. »Agnese!«, stieß er hervor. »Die Gefahr ist vorüber. Wir werden mit Baldassare nach Italien fahren.« Er suchte mit den Fingern nach ihren Händen.

Sie war es, die zugriff. Mit fester Hand umschloss sie seine Rechte und zog daran.

»Du irrst. Die Gefahr ist keineswegs vorüber. Oswald hat die Bücher vor dem Feuer bewahrt. Ich habe gesehen, wie er sie an sich genommen hat. Er ist dort entlang.« Sie deutete in Richtung des Flusses.

Poggio stolperte einige Schritte hinter ihr her. »Warte!« Das hatte er doch gerade erst zu Baldassare gesagt. Jeder seiner Gefährten zog ihn in einen Strudel hinein. Die Zeit bewegte sich in entgegengesetzte Richtungen. »Wartet doch!«, wiederholte er.

Zur Antwort ließ Agnes ihn los und lief allein weiter. Seine Hand fühlte sich leer an. Die Empfindung breitete sich auf seinen Leib aus, ergriff Besitz von seinem Geist. Poggio kam es vor, als sei seine gesamte Vergangenheit von einer unerträglichen Leere erfüllt. Er wusste: Wenn er Agnes nicht folgte, würde auch seine Zukunft dieses Schicksal erleiden.

Noch einmal wandte er sich Baldassare zu. »Ich werde die Bücher holen und mit Agnes zurückkehren. Dann fahren wir gemeinsam nach Rom.«

»Rom«, sagte Baldassare. War das eine Bestätigung des Vorschlags?

Er konnte nicht länger warten, wenn er Agnes nicht aus den Augen verlieren wollte. Der Sturm fegte durch sein Haar, als er ihr folgte.

Kapitel 33

POGGIO LIEF MIT SCHNELLEN SCHRITTEN hinter Agnes her. »Wo willst du Oswald gesehen haben?«, rief er. Noch immer ließ der zurückliegende Kampf seine Glieder zittern. Wie gern hätte er sich ein wenig ausgeruht! Aber Agnes rannte unbeirrt weiter. Schließlich griff sie die Zügel von einem der Pferde, die sich im allgemeinen Durcheinander losgerissen hatten und nun über den Festplatz stapften. Das Tier sträubte sich nicht.

»Hinauf mit dir!«, drängte Agnes. »Oswald ist in Richtung Flussufer davon. Wenn ich an seiner Stelle wäre, würde ich versuchen, die Bücher Richtung Süden ins Land der Eidgenossen zu schaffen, um sie dort zu verkaufen.«

»Dann ist es doch schon zu spät. Die Grenze ist nah«, warf Poggio ein.

»Wenn du noch lange mit mir streitest, wird die Zeit dir recht geben.« Sie hielt ihm die Zügel hin.

Poggio stieg auf. »Das sechste Buch der *Rerum Natura* – hast du es aus der Burg retten können?«

»Darum sorge dich nicht«, antwortete Agnes. »Es liegt unter dem Podest des Königs verborgen.«

Poggio atmete auf. Sein Mund war voller Worte der Reue. Er hatte sich in Agnes getäuscht.

»Du bist …«, hob er an.

Aber Agnes hatte einen Zweig vom Boden aufgelesen und schlug dem Pferd damit kräftig auf die Flanke. Das Tier galoppierte los, als gelte es, eine Schlacht zu gewinnen.

Poggio hielt sich fest und lenkte das Pferd von der Festwiese fort in Richtung Rheinufer. Zunächst fand er sich umringt von den Schneewällen, dann ließ er sein Reittier mit einem Satz darüberspringen und galoppierte in Richtung des Flusses davon.

Der Rhein empfing ihn mit wütendem Grollen. Noch immer stürzten Eisstücke, groß wie Rinder, in den Abgrund. Dampf stieg aus dem Getöse auf und verwirbelte im Wind zu geisterhaften Schwaden.

Ein Trampelpfad führte am Ufer entlang Richtung Süden. Er war breit ausgetreten. Vermutlich waren viele Besucher des Festes von der Schweiz her auf diesem Weg gekommen. Eine einsame Gestalt lief den Weg entlang.

»Oswald!« Poggio legte die Hände an den Mund. »Bleib stehen!«

Seine Worte flogen mit dem Wind davon.

Poggio ritt weiter, langsamer diesmal. Der Pfad war schlüpfrig, und er wollte nicht Gefahr laufen, in den eiskalten Fluss zu stürzen. Allmählich holte er auf. Im Geiste dankte er Agnes. Ohne Pferd hätte er Oswalds Vorsprung niemals wettgemacht.

Als er näher herankam, wandte der Mann vor ihm den Kopf und schaute sich um. Oswald von Wolkensteins Blick traf den Poggios. Nur einen Augenblick verharrte der Tiroler Junker. Dann nahm er die Beine in die Hand und rannte los.

Poggio ließ das Pferd schneller laufen. Der Abstand zu Oswald verringerte sich. Er spürte den Wind in seinem Rücken. Einen Moment lang fühlte er sich, als könne er aus dem Sattel springen und hinter Oswald herfliegen.

Da verschwand Wolkenstein im Nebel.

Vor Poggio löste sich der Weg in den Schwaden auf. Zu seiner Rechten quoll unablässig Dampf über das Ufer. Er erkannte, dass er die Stelle passiert hatte, wo der Fluss in den Abgrund stürzte. Ohne klare Sicht war das Gelände tückisch. Poggio schwang sich aus dem Sattel und ließ das Pferd hinter sich zurück. Er zögerte, blinzelte, dann trat er in den Dunst hinein.

Feuchtigkeit legte sich auf seine Haut und gefror darauf. Poggio wedelte mit der Hand, teilte den Dampf, doch dahinter wallte nur weiterer Nebel. Noch war der Trampelpfad gut zu erkennen. Oswald würde gewiss dieser einzigen Orientierung folgen. Er musste es ihm nur nachmachen.

Nach wenigen Schritten blieb Poggio abrupt stehen. Vor seinen Füßen war der Boden verschwunden. Er stand vor dem Abgrund, in den der Fluss stürzte. Wo war Oswald? In genau diese Richtung war er doch verschwunden. Hatte er dort unten sein Ende gefunden?

Die Fersen in den verharschten Schnee gepresst, spähte Poggio in den Nebel, bis seine Augen schmerzten. Da erblickte er, nur wenige Schritte entfernt, etwas Dunkles, Formloses am Rand der Kluft. Langsam schob er sich vorwärts. Zwei hölzerne Pfosten waren in die Erde getrieben. Zunächst glaubte er, eine Wegmarkierung vor sich zu haben. Dann erkannte er, dass es die Haltestangen einer Brücke waren. Von hier aus schoben sich Bohlen in den Nebel hinaus und wurden nach kurzer Strecke von diesem verschluckt. Dorthin musste Oswald geflohen sein.

Mit einer Hand hielt sich Poggio an einem Holzpfosten fest und untersuchte die Planken. Auf ihnen lag Schnee. Ein einziges Paar Schuhe hatte sich darin abgedrückt.

Poggio schob sich auf die Brücke hinaus. Unter seinen Füßen zitterten die Bretter vom Donnern des Wasserfalls. Seine Hände fanden ein Halteseil. Es war von Eis überzogen und wirkte brüchig. Beherzt fasste er zu. Dann trat er auf den Abgrund hinaus.

Während er sich vorantastete, drängte sich Poggio eine Erinnerung auf. Der wallende Nebel, der Atem der Naturgewalt – das war es, was Abt Emilius ihm gezeigt hatte, oben auf dem

Berg. Jetzt war sich Poggio gewiss, dass der Mönch ihm nicht nur einen außergewöhnlichen Ort im Gebirge gezeigt, sondern ihm auch einen Blick in die Zukunft gewährt hatte. Der Nebel, auf den er damals von oben hinabgeblickt hatte, und der Nebel, in dem er jetzt steckte, waren eins. Erkenntnis füllte Poggios Gedanken.

Der Sturm fegte über den Abgrund hinweg. Die Brücke schwankte. Poggio hielt an. Unter der Gewalt des Windes kam Bewegung in die Nebelschwaden. Ein Teil des Dunstes verflüchtigte sich. Mit einem Mal konnte Poggio mehr von der Brücke sehen.

Oswald stand wenige Schritte vor ihm.

»Bleib, wo du bist!«, rief der Tiroler. Sein Blick war nicht auf Poggio gerichtet, sondern in die Tiefe. Anscheinend hatte Oswald sich im Schutz des Nebels sicher gefühlt, war aber nun im Angesicht des Abgrunds von Furcht übermannt worden. Mit einer Hand hielt er sich am Seil fest. Mit der anderen presste er die Folianten an seinen Leib.

»Wenn du nur einen Schritt näher kommst, lasse ich die Bücher in die Tiefe fallen«, drohte er.

Poggio ging nicht weiter. Wenn Oswald mit den Büchern entkam, wären sie zwar fort, aber immerhin würden die Texte weiter bestehen. Schleuderte Wolkenstein sie aber in den Wasserfall, waren sie für alle Zeiten und Menschen verloren.

»Ich bleibe, wo ich bin«, rief Poggio.

»Das genügt nicht«, antwortete Oswald. »Kehr um! Erst wenn ich dich nicht mehr sehe, werde ich die Brücke überqueren.«

»Nein!«, rief Poggio. »Ich bleibe hier stehen. Leg die Bücher nieder und verschwinde. Ich werde dich nicht verfolgen und niemandem verraten, wohin du gegangen bist.«

Oswald streckte seinen Arm aus. Die Bücher fielen herab und

blieben auf der Brücke liegen. Dann schob er einen der Folianten mit dem Fuß an den Rand.

»Geh mir aus den Augen, Poggio!«

Grausen packte Poggio, als er sah, wie Oswalds Fuß sich langsam nach vorn schob. Ein Buch näherte sich der Kante. Ein Teil des Einbands hing schon in der Luft.

»Warte!«, rief Poggio. »Ich kehre um.« Er drehte sich um und schritt langsam davon.

Ein Bild stieg in seiner Erinnerung auf, eine andere Brücke, Oswald, der sich verkrampft am Führungsseil festhielt. Wenige Tage war das erst her, und doch schien es ihm, als wäre seither ein ganzes Zeitalter vergangen.

Poggio wandte sich noch einmal zu Oswald um und rief: »Damals, auf dem Weg zum Bergkloster, hat die Furcht dich übermannt. Weißt du noch?«

»Willst du mich daran erinnern, dass du mich auf der Brücke gerettet hast?«, fragte Oswald. »Ich bin dir nichts schuldig.«

»Mir nicht. Aber vielleicht deinem Schicksal. Warum bist du auf der Brücke erstarrt? Aus Angst vor der Tiefe? So dachte ich damals. Aber das stimmt nicht.« Poggio schob sich wieder näher an Oswald heran.

Wolkenstein lachte gekünstelt. »Was für ein Unsinn! Die Brücke schwankte. Mir schwindelte, und ich musste mich festhalten.«

»Diese Brücke hier schwankt ebenfalls. Du aber stehst fest.« Poggio schüttelte den Kopf. »Auf dem Berg«, fuhr er fort, »lag plötzlich die Zeit in ihrer grässlichsten Gestalt vor dir. Bei deinem Blick in die Schlucht hast du sie gesehen. Mir hat sie sich später auch offenbart, oben beim Kloster. Auf jenem Berg ist Zeit nicht unsichtbar. Sie schaut dir in die Augen, und du erstarrst, du wünschst dir, dich nicht länger in ihr fortzubewegen, sondern dich festzuhalten am gegenwärtigen Augenblick. Denn sie zeigt dir den Abgrund, in den wir alle unweigerlich rutschen.«

Er war jetzt auf Armlänge an Oswald herangekommen. Noch immer berührte Wolkensteins Fußspitze die Bücher.

»Was genau hast du dort oben gesehen, Oswald?« Poggio zog die Lippen von den Zähnen zurück und entblößte ein grimmiges Grinsen.

»Nichts, was dich etwas anginge.«

»Hast du dein Ende gesehen? Oder war es die Nutzlosigkeit deines Lebens? Wenn du die Gelegenheit hättest, die Vergangenheit noch einmal zu durchleben – würdest du das wollen? Oder ist dein Leben nur eine Aneinanderreihung unbedeutender Momente? So ist es doch, gib es zu. Der wahre Grund, aus dem du so erschrocken bist, ist der, dass du fürchtest, deine Zukunft sähe ebenso leer aus wie deine Vergangenheit. Oswald! Die Zeit hat dir den Spiegel vorgehalten. Aber nicht, damit du vor lauter Angst davonläufst, sondern damit du dich besinnst. Jener Moment auf der Brücke war ein Geschenk Gottes.«

Oswald zuckte zusammen. Er wandte sich von Poggio ab und starrte zu dem Wasserfall hinauf. Unablässig stürzten Wasser und Eis hinunter und rauschten an den beiden Männern vorbei.

»Meine Zukunft«, rief Wolkenstein, »steht in diesen Büchern geschrieben. Sie ist voller Ruhm und Gold. Das sind Worte, die du niemals ausradieren wirst.« Er bückte sich nach den Folianten.

Ein Schatten schob sich an den Rand von Poggios Sichtfeld. Seine Blicke flogen zum Wasserfall hinauf, wo zwei Eisblöcke gleichzeitig über den Rand fielen. Der kleinere prallte auf den größeren und sprang von diesem ab. Auf einer weitschweifigen Flugbahn stürzte der Brocken direkt auf die Brücke zu.

Ein Schauer aus Eisstücken und Holzsplittern fegte durch die Luft. Poggio hielt sich an den Seilen fest. Als er die Augen wieder öffnete, stand er noch immer auf der Brücke, die nun in starke Schwingungen versetzt war. Über sich hörte er den Wasserfall rauschen. Die Brücke hatte gehalten.

Auf Oswalds Seite hingegen war der Übergang leer. Beide Folianten lagen noch auf dem schmalen Steg. Doch von Oswald war nichts mehr zu sehen.

Poggio ging auf die Bücher zu. Einige Bohlen waren zerschmettert. Der Eisblock hatte ein Loch in die Brücke gerissen. Zwischen den Seilen klaffte der Abgrund. Poggio beugte sich vor und lugte hinein.

Von unten blickte ihm Oswald entgegen. Der Tiroler war in das Loch gestürzt, hielt sich aber an einem Tragseil fest, das sich unter seinem Gewicht nach unten bog. Wolkensteins Hände waren um den Strick geklammert, sein Mund war zusammengepresst, und er schaute seinen Widersacher erwartungsvoll an.

»Du hast noch nie Glück mit Brücken gehabt«, sagte Poggio und legte sich flach auf die noch heilen Bretter. Dann schob er sich zu Oswald hinüber und streckte eine Hand aus. Aber er konnte die Strecke nicht überwinden.

»Komm näher heran!«, stöhnte Poggio.

Von Oswald war ein Prusten zu hören, als er sich an dem Seil entlanghangelte. Erst löste er die linke Hand und griff ein Stück weiter vorn zu. Dann folgte die andere. Dabei paddelten seine Füße in der Luft. Sein Leib schwang wie ein Winterapfel an einem dürren Zweig.

Schließlich ging es nicht weiter. Oswald war so nah wie möglich an Poggio herangekommen. Aber sein Gewicht ließ das Seil so tief durchhängen, dass Poggio ihn mit der Hand nicht erreichen konnte.

Oswald ließ mit einer Hand los und versuchte, Poggio den Arm entgegenzustrecken. Schnell gab er den Versuch auf und hielt sich wieder mit beiden Händen fest.

»Kann nicht!«, stammelte er und schnaufte.

Poggio sah sich um. Ein Hilfsmittel musste her, etwas, mit dem er seinen Arm verlängern, etwas, an dem Oswald sich festhalten konnte.

Die Brücke war leer. Nur einige Eissplitter und die Folianten lagen noch auf den Bohlen.

Die Zeit dehnte sich. Schließlich riss Poggio eines der Bücher an sich, klappte den schweren Eicheneinband auf und hielt Oswald ein Ende des Holzes entgegen.

Wolkenstein packte zu. Noch hing er mit einer Hand am Seil.

Poggio hielt sein Ende des Folianten fest umklammert. »Schwing dich daran hoch, Oswald!«, presste er hervor. »Es ist nur ein kleines Stück.«

Wolkenstein ließ los und warf seine Hand nach oben. Seine Finger verfehlten Poggios ausgestreckten Arm. Für einen Moment hing er in der Luft. Nur das Buch bewahrte ihn vor dem Abgleiten. Die genagelten Scharniere knarrten. Im Rücken des Folianten erschien ein Riss. Einzelne Seiten segelten in die Tiefe.

Dann bekam Poggio Oswalds Hand zu fassen. Das Gewicht des Tirolers drohte ihn in den Abgrund zu ziehen. Er veränderte die Position. Als er Oswald die zweite Hand hinhielt, musste er das Buch loslassen. Er sah nicht mehr, wie es in die Tiefe trudelte, sich mit den herabstürzenden Wassermassen vereinte und für immer darin verschwand. Er sah nur noch Oswalds Hand, die in seiner landete. Mit aller Kraft zog Poggio daran. Er hörte, wie Oswald neben ihm auf die Brücke kroch.

Dort blieben die beiden Männer liegen, bis die Brücke zu

pendeln aufgehört hatte. Nach und nach kam Poggio wieder zu Atem. Die Krämpfe in seinen Muskeln lösten sich schmerzhaft.

Neben ihm stieß Oswald pfeifend die Luft aus. »Das war das letzte Mal«, keuchte der Tiroler, »dass ich mit dir eine Brücke betreten habe.« Er hustete, stand schwerfällig auf und hielt Poggio eine Hand hin. Der griff zu und ließ sich von Oswald auf die Beine ziehen. Schweigend sahen die Männer sich an. Schließlich nickte Oswald und hob den verbliebenen Folianten auf.

»Du musst gestehen, dass ich einmal mehr recht behalten habe«, sagte Wolkenstein, und ein schiefes Lächeln verzerrte seine Mundwinkel. »Meine Zukunft stand in jenem Buch geschrieben.« Er zeigt auf den Abgrund. Dann drückte er Poggio den übrig gebliebenen Band gegen die Brust. »Und deine Zukunft ist hier drin verzeichnet.«

Da erlebte Poggio zum ersten und einzigen Mal in seinem Leben, wie ihm ein Einäugiger zuzwinkerte.

Poggio fand Agnes am Ende der Brücke. Den Lukrez an sich gepresst, war sie ihm vom Festplatz her gefolgt. Ein schüchterner Regen hatte eingesetzt und legte Glanz auf ihre Wangen. Ihre Augen waren groß, und ihr Blick war nachdenklich. Poggio sog ihr Bild in sich auf wie jemand, der seinen Durst löscht. Zum letzten Mal legte er den Folianten beiseite, um beide Hände frei zu haben. Als er die Arme um Agnes schlang, war plötzlich sie es, die ihn hielt, und dann war es wieder umgekehrt, und ein Schwindel ergriff von ihm Besitz.

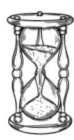

Stundenglas

D ANACH«, sagte Poggio, »begann eine schwere Zeit. Denn ich musste meine Hände ja wieder von ihr lösen, um auf das Buch achtzugeben. Aber nur, bis wir das Kloster erreichten. Danach habe ich sie nie wieder gehen lassen.«

Er nahm das Barett vom Kopf und strich sich durch das schüttere, graue Haar. Der feuchte Mond hing über den Wäldern. Die Landstraße lag wie eine silbrige Schnur vor ihm, und die Nacht zitterte in der Hitze des Sommers.

»Und dort habt ihr dann geheiratet, Mutter und du?«, fragte sein Sohn, der neben ihm ritt. Baldassare war ein Mann von zweiunddreißig Jahren und hatte selbst fünf Kinder. Lange würde es nicht dauern, bis auch diese Eltern wurden. Die Zeit war schnell wie ein Hai, und sie hatte ebenso viele Zähne.

»Ja«, sagte Poggio. »Wir brachten das Buch zum Kloster zurück. Der Einband war fast verbrannt, die Ränder der Seiten waren schlammverkrustet. Aber alle Zeilen waren noch lesbar. Abt Emilius war außer sich vor Freude. Er sagte uns, wir hätten der Zukunft einen Dienst erwiesen und wären der schönsten Belohnung würdig, die Zeit einem Menschen geben kann: einen ewigen Bund. Unseren hat er gleich dort oben in der Kapelle geschlossen. Die Mönche, mit denen Agnese so lange im Kloster zusammengelebt hatte, haben ein herrliches Fest mit uns gefeiert. Es gab Fettammern, sandiges Brot und Pferdebohnen.« Poggio schmunzelte. »Ich habe für sie ein Lippenrot hergestellt nach einem alten Rezept. Und als wir Richtung Italien davonzogen, flossen Wein und Tränen.«

»Aber dein Freund Baldassare, nach dem du mich benannt hast – was ist aus ihm geworden?«

»Baldassare«, sinnierte Poggio und kniff die Augen zusammen, um die sich ein Netz von Falten gelegt hatte. »Er war fort. Als Agnes und ich auf die Festwiese zurückkehrten, war nichts mehr von ihm zu sehen.«

»Er hätte doch in Sicherheit auf dich warten können. Die Gefahr war vorüber. Warum ist er ohne dich losgefahren?«

Poggio schloss für einen Moment die Augen. »Was glaubst du, wie viele Male ich mir diese Frage gestellt habe? Die Antwort habe ich erst spät gefunden.« Er stockte. Baldassares Gesicht tauchte vor ihm auf. In seiner Erinnerung war der Neapolitaner nicht gealtert. Unser Gedächtnis ist der einzige Jungbrunnen dieser Welt, dachte er.

»Mein Freund Baldassare hat den Platz an meiner Seite freigemacht für deine Mutter. Er wusste, dass Agnese und ich niemals ein Paar werden konnten, solange ich ihn bei seinen Abenteuern begleitete. Und davon führte er gewiss einige im Schilde. Ich weiß zwar bis heute nicht, wo er geblieben ist. Aber manch einer will ihn in Rom gesehen haben, wie er in einer fürstlichen Kutsche vorbeifuhr. Andere erzählen, er sei in Bologna zum Gespielen der Fürstin aufgestiegen. Und eine dritte Geschichte geht so, dass Baldassare in seine Heimat Neapel zurückgekehrt ist, um dort sein Leben als Pirat wieder aufzunehmen.«

»Und was glaubst du?«

»Ich glaube: Jedes Wort ist wahr.«

»Aber wie hätte er das erreichen können? Sagtest du nicht,

er sei verwundet gewesen und mittellos, als du ihn zuletzt auf jenem Ochsenkarren gesehen hast?«

»So war es auch. Aber später hörte ich, dass bei dem Sturm auf dem Turnierplatz viel Wertvolles verschwunden sein soll, darunter die Krone des deutschen Königs. Stell dir vor, Sigismund hatte sie einfach auf seinen Stuhl gelegt, als er seine Rüstung anlegte.«

»Dann hat der Papst die deutsche Krone gestohlen?«

»Nein.« Poggio sah mit großem Ernst zu seinem Sohn hinüber. »So etwas darf niemals geschehen. Der Wind hat sie mitgenommen.«

So wie die vergangenen drei Jahrzehnte, dachte Poggio. So wie Agnes. Im vergangenen Jahr war sie gestorben. Den Schmerz darüber hatte er in einer Kammer seines Herzens eingesperrt. Es war jene Kammer, die Agnes ihm dort erbaut hatte. Wenn er es ohne sie nicht mehr aushalten konnte, in den Nächten, öffnete er die Tür und ließ sich neben seinen Erinnerungen nieder. Nie aber vergaß er, rechtzeitig wieder zurückzukehren und abzusperren.

Noch brauchte er Kraft für wichtige Angelegenheiten.

Die Bücher der antiken Autoren, die er so lange gesucht hatte, waren in Umlauf gekommen. Sein Freund Niccolò hatte alles, was Poggio nach Florenz geschickt hatte, vervielfältigt und an die großen Denker Italiens weitergeleitet. Künstler, Dichter, Diplomaten hatten die Schriften der Alten gelesen. Sie staunten. Sie erkannten den Wert der Texte für die Gegenwart. Sie wurden Lehrer der Studia humaniora, viele führten ein Wanderleben, um die neuen Ideen zu verbreiten. Sie reisten von Stadt zu Stadt, hielten Vorlesungen über Lukrez und Ovid und zogen dann ruhelos weiter, in der Hoffnung, das Licht des Humanismus in so viele Köpfe wie möglich zu tragen.

Poggio hätte nicht gedacht, dass er diesen Aufbruch noch erleben würde. Aber Gott hatte ihn für seine Mühen belohnt. Und jetzt war er noch einmal über die Alpen nach Deutschland gezogen, auf eine Reise voll mit Erinnerungen. Aber dafür allein war er nicht hergekommen. Die Zukunft aller war wichtiger als die Vergangenheit eines einzelnen Mannes.

Sein Sohn riss ihn aus den Gedanken. »Siehst du die Lichter dort hinten? Das muss Mainz sein.«

Die letzte Station ihres Weges lag vor ihnen.

Sie passierten das Stadttor im Schein der aufgehenden Sonne. Poggio hatte erwartet, dass Mainz ihn an Konstanz gemahnen würde. Aber er stellte fest, dass die Stadt am Bodensee fast in den Tiefen seines Gedächtnisses versunken war.

Damals war Konstanz in Aufruhr gewesen. Das Konzil hatte Gesandtschaften aus vielen Ländern zusammengeführt. Über Mainz hingegen lag eine behagliche Ruhe. Aber das lag wohl auch daran, dass das Konzil in Konstanz die Kirchenspaltung erfolgreich beendet hatte. Nicht nur war Baldassare als Johannes XXIII. abgesetzt worden, sondern auch die anderen beiden Päpste – so wie es der Neapolitaner vor seiner Flucht festgelegt hatte. Damit war der Heilige Stuhl frei geworden für einen neuen Papst. Martin V. hatte darauf Platz genommen. Er war gewiss nicht der beste aller Päpste. Aber er blieb ohne Widersacher. Die Welt hatte sich wieder Gott zugewandt.

In den Mainzer Gassen musste Poggio sein längst vergessenes Deutsch hervorholen, um nach dem Weg zu fragen. Schließlich hielten die beiden Reiter vor einem Haus, dessen oberes Geschoss überhing und sich bedrohlich neigte. Poggio stieg vom Pferd und ließ den schweren Türklopfer dreimal gegen die Pforte krachen.

Während sie warteten, kramte Poggio in den Gepäcktaschen und zog drei Ledermappen hervor. Ränder von Pergament und Papier ragten heraus. Er strich mit den Fingern darüber, nach seiner Art, sich mit Schriftstücken bekannt zu machen. Rasch blätterte er die drei Packen durch. Da war *De Rerum Natura* des Lukrez. Darunter lag eine Abschrift des Folianten aus dem Bergkloster. Abt Emilius hatte sie ihm kurz vor seinem Tod geschickt, mit der Bitte, sie zur rechten Zeit unter die Menschen zu bringen. Und zuletzt gab es noch eine Sammlung von Liedern und Versen eines gewissen Oswald von Wolkenstein. Poggio schob alles sorgfältig in die Mappen zurück.

Ein Türflügel öffnete sich, und ein junger Mann mit einer Laterne sah sie fragend an. Er trug eine Lederschürze, die mit schwarzen Flecken übersät war.

Poggio räusperte sich. »Wohnt hier Meister Gutenberg? Wir haben ihm etwas aus Italien mitgebracht.«

Nachwort

Die vier Bücherjäger Poggio, Baldassare, Agnes und Oswald haben wirklich gelebt.

Gianfrancesco Poggio Bracciolini (1380–1459) zählte zu Beginn des 15. Jahrhunderts zu den berüchtigtsten Handschriftenjägern Italiens. Er arbeitete zunächst als Schreiber und stieg zum Sekretär der römischen Kurie auf. Poggio Bracciolini verwaltete die Papiergeschäfte von immerhin acht Päpsten und blieb damit länger auf seinem Posten als alle seine Vorgesetzten. Der Heilige Stuhl beschäftigte den gewitzten Schriftexperten nicht nur in Rom, sondern schickte ihn auch durch Europa, um Handschriften von Bedeutung ausfindig zu machen, aufzukaufen oder – wenn nötig – zu stehlen.

In zugigen Skriptorien hatten viele Texte der Antike überdauert. Im frühen Mittelalter schrieben Mönche die Werke noch ab, um sie zu erhalten, und sammelten die Preziosen in den Regalen ihrer Skriptorien. Später galten diese Schriften jedoch als heidnisch. Viele wurden abgeschabt, damit man das wertvolle Pergament für Bibelkopien nutzen konnte. Manche aber überdauerten in dunklen Winkeln der Klosterbibliotheken, wo die unchristlichen Werke an die Kette gelegt wurden, damit sie nicht verbreitet wurden. Überdies wurden die Bücher mit Flüchen versehen.

Die Texte, die Poggio erbeutete, schickte er an den Papst und in Kopie an seinen Freund Niccolò Niccoli in Florenz. Der brachte die Schriften in Umlauf, indem er sie wiederum abschrieb und an Dichter, Fürsten und Gelehrte verkaufte. Rasch verbreitete sich der Geist der Antike in Italien und wurde zu einem Grundpfeiler des Humanismus. Auf diese Weise halfen Poggio und Niccolò dabei, jene Epoche ins Leben zu rufen, die wir heute als Renaissance bezeichnen.

Der Briefwechsel zwischen Poggio und Niccolò ist erhalten. Die US-amerikanische Historikerin Phyllis Walter Goodhart Gordan veröffentliche den Gedankenaustausch 1974 in ihrem Buch »Two Renaissance Bookhunters«.

BALDASSARE COSSA (um 1370–1419) stammte aus einem verarmten Adelshaus auf der Insel Procida vor Neapel. Um an Geld zu kommen, machte er die heimischen Gewässer als Pirat unsicher. Reiche Beute und einflussreiche Fürsprecher ermöglichten es ihm, in Bologna die Rechte zu studieren. So wurde Baldassare vom Freibeuter zum Juristen. Als er bei der Entlassfeier gefragt wurde, was er als Nächstes vorhabe, soll er geantwortet haben: »Papst werden.«

Cossa trat in die Dienste von Papst Bonifaz IX., der den Neapolitaner als Erzdiakon in Bologna einsetzte. Von dort aus führte der Geistliche Krieg gegen Mailand, griff in der Schlacht selbst zu den Waffen und wurde zum Kriegshelden. Mit allen weltlichen und geistlichen Wassern geweiht, wurde er vom Papst nach Rom gerufen, wo er zum Kammerherrn des Kirchenoberhauptes aufstieg. Mit Macht ausgestattet, löste Cossa eines seiner Versprechen an die Bologneser Bevölkerung ein: Er besteuerte alle gleich, ob reich oder arm.

In den Wirren der Kirchenteilung stellte sich Baldassare auf die Seite Papst Alexanders V. und eroberte in dessen Namen Rom von einem der Gegenpäpste. Doch im Mai 1410 starb Alexander – ausgerechnet nach einem Gastmahl, zu dem ihn sein

Freund Baldassare Cossa eingeladen hatte. Das Gerücht machte die Runde, Cossa habe ihn vergiften lassen. Aber niemand wagte es, sich gegen den mächtigen Neapolitaner zu erheben. Nach Alexanders Tod wurde Baldassare selbst Papst und trug fortan den Namen Johannes XXIII. Da war er 40 Jahre alt.

In der Hoffnung, die beiden Gegenpäpste könnten abgesetzt werden, reiste Baldassare nach Konstanz und erlebte bei der dortigen Versammlung der Kirchenfürsten eine Niederlage: Wie seine Konkurrenten, so wurde auch er selbst für abgesetzt erklärt. Seine Flucht in Verkleidung ist eine Randnotiz des Konstanzer Konzils und im ersten Kapitel des Romans nachzulesen. In der Fiktion findet sie allerdings 1417 und nicht wie in Wirklichkeit 1415 statt.

Die Häscher des deutschen Königs Sigismund stöberten den Flüchtigen auf und setzten ihn gefangen. Als das abendländische Schisma mit der Ernennung Papst Martins V. beendet war, kam nach einiger Zeit auch Baldassare frei und erhielt ein hohes geistliches Amt in Florenz. Dort starb er 1419.

Der Name Johannes XXIII. wurde 1958 noch einmal vergeben. Wie Kirchenhistoriker herausgefunden hatten, war bei der Zählung im Mittelalter ein Fehler passiert und der Name Johannes XX. niemals vergeben worden. Um dieses Missgeschick auszugleichen, setzte Papst Johannes 1958 nicht die 24, sondern die 23 hinter seinen Namen.

AGNES VON MÄHREN (1360–1413) war die zweite Ehefrau des Markgrafen Jobst von Mähren. Der Markgraf wurde 1410 zum König des Heiligen Römischen Reiches gewählt, starb jedoch wenige Monate später. Vermutlich wurde er ermordet. Bei der Neuwahl erhielt Jobsts Vetter Sigismund die Krone. Ob dieser beim Tode Jobsts die Hand im Spiel hatte, ist ungeklärt.

Agnes' Schicksal im Roman lehnt sich eng an diese Begebenheiten an. Der Sitz der Familie war Burg Spielberg bei Brünn im heutigen Tschechien. Für die fiktive Geschichte ist er auf den Zollernberg verlegt worden. Dort thront heute die berühmte Burg Hohenzollern. Sie hatte einen Vorgängerbau, der bei einer Belagerung 1423 zerstört wurde. Dessen Aussehen lässt sich nicht mehr rekonstruieren. Im Roman enthält die Zollernburg deshalb die typischen Elemente einer mittelalterlichen Festungsanlage mit Palas, Bergfried, Wehrmauer, Pechnasen und Aufgang.

Oswald von Wolkenstein (um 1377–1445) gehört zu den schillerndsten Persönlichkeiten im Deutschland des späten Mittelalters. Er hat sich als Kreuzfahrer, Junker, Dichter und Minnesänger hervorgetan. Stammsitz der Familie Wolkenstein war die Trostburg in Tirol mit weitem Blick ins Eisacktal. Als jüngerer Sohn stand Oswald mittellos da und stritt mit seinem älteren Bruder Michael um das Familienerbe. Vielleicht ist es diesem Umstand zu verdanken, dass der Dichter ein unstetes Wanderleben führte und seine Welterfahrenheit in Liedern niederschrieb, von denen mehr als hundert erhalten sind.

Ein Porträtbild zeigt Oswald mit geschlossenem rechten Auge. Lange galt dieses Merkmal als Nachwirkung einer Verletzung. Eine Untersuchung des Schädels 1973 ergab jedoch, dass es sich dabei um eine Lähmung des Lidmuskels gehandelt haben muss.

Auch als Einäugiger war Oswald scharfsichtig. Er beobachtete als Gesandter des deutschen Königs Sigismund den Verlauf des Konstanzer Konzils. Dort könnte er Baldassare und Poggio begegnet sein.

Oswalds Leben füllt Bände. Dieter Kühn schrieb in den

1970er-Jahren die vergnügliche und sprachgewaltige Biografie »Ich, Wolkenstein« und setzte Oswald damit ein modernes Denkmal. Poggio hätte das Buch gewiss gefallen.

Viele Elemente der Geschichte sind der Lebenswirklichkeit des frühen 15. Jahrhunderts entnommen. So galt das Schweineschlagen, bei dem Blinde um ein Schwein kämpften, als ein beliebtes Spektakel in den Dörfern und Städten jener Tage. Die Zeichensprache im Skriptorium der Benediktiner entstammt den damaligen Klosterregeln und wurde noch im 20. Jahrhundert praktiziert. Die meisten Gebärden sind belegt, einige wenige hat der Autor hinzuerfunden.

Andere Motive sind der Fantasie entsprungen. Dazu gehört, dass König Sigismund seine Krone bei der Prozession in Konstanz und beim Turnier auf den Rheinwiesen trägt. Zwar war die Krone ein wichtiges Sinnbild mittelalterlicher Herrschaft. Zum Einsatz kam sie jedoch nur bei der Krönungszeremonie und wenn der Regent einem Maler Modell saß. Zu allen anderen Anlässen kam der König barhäuptig oder trug einen kostbaren Stirnreif.

Das Kloster Beuron liegt seit dem 11. Jahrhundert malerisch im Oberen Donautal. Seine barocke Architektur schmückt es seit dem frühen 18. Jahrhundert. Zur Zeit des Romans sah das Kloster noch schlichter aus. Hinzuerfunden ist, dass Beuron im Spätmittelalter ein Nonnenstift war.

Das Kloster Sankt Fluvius, in dem Abt Emilius den ersten Folianten versteckt hält, hat es niemals gegeben. Viele der Szenen sind jedoch an den Alltag der Benediktiner in der mittelalterlichen Wirklichkeit angelehnt. Im Sinne der Dramaturgie durften die Mönche um Abt Emilius die Regel der vorösterlichen Fastenzeit brechen. Diese hätte normalerweise geherrscht, als

Poggio und Oswald das Kloster erreichten. Mit leeren Mägen hätten sie den geheimnisvollen Folianten niemals aufgespürt.

Die erfundenen 400 Jahre Geschichte sind ihrerseits für den Roman erfunden. Allerdings gibt es eine Reihe von Autoren, die gewisse Ereignisse in der Zivilisationsgeschichte anzweifeln. Ihre Thesen stützen sich meist auf mutmaßlich falsche Kalendereinträge oder Urkunden. Bislang konnte noch kein Aspekt der Chronologiekritik von der historischen Forschung bestätigt werden. Deshalb bleibt diese Spielart der Geschichtsforschung eine Verschwörungstheorie.

Dank

Ohne die Bücherjäger der Gegenwart wäre dieser Roman ein Palimpsest: Lena Schäfer und Stefan Bauer luden Poggio und seine Gefährten in das Programm des Bastei Lübbe Verlags ein. Dr. Ulrike Brandt-Schwarze lektorierte das Manuskript und spürte auch jene Unstimmigkeiten auf, die der Autor besonders gut versteckt hatte. Kirstin Osenau gelang es einmal mehr, eine Geschichte von mehr als 400 Buchseiten Umfang in einem einzigen Titelbild einzufangen. Markus Weber illuminierte die Innenklappen mit sicherer Hand. Besonderer Dank gilt Andrea Dietrich vom AD-Autorencoaching und meiner Testleserin Susanne Schulte. Jutta Wieloch lebte monatelang mit dem Autor und seinen Figuren im Skriptorium zusammen, löschte Brände und ließ Funken sprühen.

Dramatis Personae

Bei den *kursiv* gesetzten Namen handelt es sich um historische Persönlichkeiten.

DIE HAUPTFIGUREN DES ROMANS
Gianfrancesco Poggio Bracciolini (1380–1459), italienischer Humanist und Bücherjäger
Baldassare Cossa (um 1370–1419), als Gegenpapst Johannes XXIII. genannt
Oswald von Wolkenstein (um 1377–1445), Sänger, Dichter, Komponist und Diplomat
Agnes von Oppeln (1360–1413), zweite Frau des Markgrafen Jobst von Mähren

KLOSTER SANKT FLUVIUS
Emilius, Abt des Benediktinerklosters
Bruder Osto, Mönch

KONSTANZ
Alberigo della Capra, Hauptmann der päpstlichen Garde
Sigismund von Luxemburg (1368–1437), römisch-deutscher König seit 1411
Lämmerschling, Scherge König Sigismunds
Helmbrecht, Scherge König Sigismunds
Gesche, Oswalds bevorzugte Hübschlerin

KLOSTER BEURON
Ermengard, Äbtissin
Gotelind, Novizin

BURG ZOLLERN
Friedrich I. (um 1371–1440), Markgraf von Brandenburg und
Kurfürst des Heiligen Römischen Reiches

FLORENZ
Niccolò Niccoli (1365–1437), Kaufmann und Humanist, Freund
Poggios
Coluccio Salutati (1331–1406), Kanzler von Florenz
Ugolino, König der Diebe

BOLOGNA
Zomino Zeno, Doktor der Rechte
Francesca Gozzadini (um 1385–1437), Gemahlin des Anton Ga-
leazzo I. Bentivoglio, Herr von Bologna

AREZZO
Giacomo da Pistoia, Herzog von Arezzo
Florentina da Pistoia, seine Tochter
Tolomeo, Landpächter

Glossar

BERGFRIED Zufluchtsort innerhalb einer Burg. Meist ein hoher, freistehender Turm. Dorthin zogen sich die Verteidiger zurück, wenn der Feind die Burg stürmte. Der Eingang zum Bergfried lag meist weit oben am Gebäude und war nur über eine Leiter zu erreichen, die bei Gefahr eingezogen werden konnte. Der Bergfried ragte über die anderen Gebäude hinaus und ist noch heute ein wichtiges Baumerkmal vieler Burgen.

BLIDE Eine Wurfmaschine zum Schleudern großer Steine. Im Mittelalter nach dem Prinzip der Steinschleuder konstruiert. Vorläufer der Blide war das Katapult. Die Reichweite einer Blide betrug etwa 500 Meter.

DONNERKRAUT Alter Name für Schießpulver. Seit dem 14. Jahrhundert versuchten Alchemisten in Europa, das Schießpulver zu entwickeln. In China war das Gemisch aus Salpeter, Schwefel und Holzkohle schon seit dem 8. Jahrhundert in Gebrauch, dort allerdings noch nicht zur Kriegsführung, sondern für Feuerwerke. Als »Erfinder« des Schießpulvers in Europa gelten der englische Theologe Roger Bacon und der deutsche Alchemist Bertold Schwarz, nach dem das Gemenge auch »Schwarzpulver« genannt wird. Wahrscheinlicher aber ist, dass Chinareisende das »Donnerkraut« mit nach Europa brachten. Zündete man das Gemenge, ließ sich die explosive Reaktion zum Antrieb für Geschosse nutzen. Das Zeitalter der Feuerwaffen hatte begonnen.

FOLIANT Ein Buch im sogenannten Folioformat (lat. *folio* = in einem Blatt). Dabei wird ein Papier- oder Pergamentbogen in der Mitte gefaltet, bevor er zum Buch gebunden wird. Andere Buchformate sind das Quart- und Oktavformat, bei denen ein Bogen zu vier bzw. acht Seiten gefaltet wird. Diese Bögen muss man an den Rändern aufschneiden, um die Seiten aufschlagen zu können.

GALEONE Ein Segelschifftyp. Galeonen waren als Kriegs- und Handelsschiffe auf dem Mittelmeer unterwegs. Merkmale der Galeonen waren zwei große Masten mit rechteckigen Rahsegeln sowie ein oder zwei Masten mit dreieckigen Lateinsegeln und ein über den Bug hinaus verlängertes Oberdeck, das eine Art Balkon bildete. Überdies waren sie die ersten Schiffe, deren Kanonen geschützt unter Deck standen.

HOLZTRIPPE Unterschuh aus Holz. Da in den Städten des Mittelalters der Unrat auf den Straßen lag, das Schuhwerk aber meist keine feste Sohle besaß, band man sich eine Art Holzsohle an den Fuß. Sie garantierte, dass die meist aus Leder, Filz oder Wolle bestehenden Schuhe nicht schmutzig oder nass wurden.

HÜBSCHLERIN Mittelalterliche Bezeichnung für eine Prostituierte. In den rasch wachsenden Städten des Spätmittelalters gehörte Prostitution für unverheiratete Frauen zu den wenigen Möglichkeiten, den Lebensunterhalt zu verdienen. Der Status der Prostituierten war widersprüchlich: Zwar wurden sie verachtet, galten aber dennoch als fester Teil der Gesellschaft. Der Theologe Thomas von Aquin fasste dieses Phänomen so zusammen: »Die Prostitution gehört zur Gesellschaft wie die Kloake zum Palast.« Außer in Bordellen oder auch auf der Straße arbeiteten Hübschlerinnen bisweilen in einem sogenannten Frauenhaus. Dessen Gewinne flossen in städtische und kirchliche Kassen. Vielerorts war den Hübschlerinnen eine besondere Kleidung vorgeschrieben. Sie mussten zum Beispiel eine Kapuze über dem Kopf tragen, und eine kleine Glocke sollte klingeln, wenn sie gingen. In manchen Ländern hielten sich die Prostituierten aber nicht an solche Vorschriften, sondern putzten sich heraus oder trugen die weißen Kleider der Jungfrauen.

ILLUMINIEREN Vom Lateinischen »illuminare« für »erleuchten«. Dieser Begriff beschreibt das in der Buchmalerei bis ins 19. Jahrhundert übliche Kolorieren von Texten. Vor allem die Verzierungen mittelalterlicher Handschriften erreichten einen hohen künstlerischen Grad. Zu den berühmtesten Werken der meist kirchlichen Schriften zählen das Ebo-Evangeliar und der Utrecht-Psalter aus Reims, der Codex aureus aus Sankt Emmeram in Regensburg und die Winchester-Bibel aus Canterbury.

KETTENBUCH Ein wertvolles Buch, das in einer mittelalterlichen Bibliothek an ein Lesepult gekettet war, um Diebstahl zu verhindern. Daraus entstand der lateinische Begriff *liber catenatus* für »Kettenbuch«.

METZE Schimpfwort für eine Prostituierte (s. Hübschlerin)

NIELLO Eine Handwerkstechnik des Altertums und Mittelalters. Niello kam bei der Verzierung von Metallgegenständen zum Einsatz. Grundlage war eine Oberfläche mit gravierter Zeichnung. Darauf wurde eine schwärzliche Legierung aus Metallsulfiden geschmolzen. Nun polierte man den Gegenstand, bis die dunkle Schicht abgeschliffen war. In den Rillen der Gravur aber blieb sie erhalten und bildete einen reizvollen Hell-Dunkel-Kontrast zu dem glänzenden Metall.

ONAGER Ein Katapult, das seine Geschosskraft aus gedrehten Spannseilen gewann. Kam vor allem in der Spätantike zum Einsatz.

PALAS Das zentrale Wohngebäude einer Burg oder eines Herrenhauses. Meist mit Wirtschaftsräumen im Untergeschoss und einem Saal sowie Wohnräumen im Obergeschoss. Der Palas gehörte mit dem Bergfried zu den wichtigsten Gebäuden einer mittelalterlichen Burg.

PALIMPSEST Handschrift, deren ursprünglicher Text entfernt wurde. Vor allem die robusten Pergamente ließen sich durch Abkratzen der Oberfläche säubern und mehrfach beschreiben, während der empfindlichere Papyrus beim Abwischen der Tinte Schaden nehmen konnte. Da viele lateinische Texte in Skriptorien abgeschabt wurden, suchen Forscher noch heute unter Bibelseiten nach antiken Schriften. Während Poggio sich dabei auf seine Augen, Nase und seinen Instinkt verließ, hilft heute die Fluoreszenzfotografie, Unsichtbares wieder sichtbar zu machen.

REFEKTORIUM Der Speisesaal eines Klosters.

STUDIA HUMANIORA Die Studien des klassischen Altertums, insbesondere der Texte der Antike. Verbunden damit war eine Sichtweise des Lebens, die sich am Vorbild der Griechen und Römer orientierte. Die Humanisten der Renaissance betonten die Wichtigkeit des diesseitigen Lebens und wandten sich damit gegen die strengen geistlichen Lehren des Mittelalters. Der Humanismus steht in enger Verbindung mit der Epoche der Renaissance, die sich um eine Wiederbelebung der Antike in allen Lebensbereichen bemühte und damit entscheidend zum Übergang in die Neuzeit beitrug.

STYLUS Ein spitzer Stift aus Holz, Knochen oder Metall, der seit der Antike als Schreibgerät diente, um Buchstaben und Worte in weiches Trägermaterial wie Wachs zu ritzen.

TARTSCHE Ein kleiner Schild, der nur den Oberkörper schützt, dafür aber handlich ist und große Beweglichkeit im Kampf erlaubt.

VELLUM Kostbare Art von Pergament, die aus der Haut un-
geborener Kälber gewonnen wurde. Schreiber schätzten Vel-
lum wegen seiner glatten Oberfläche und seiner hellen Farbe.
Es gehörte neben Goldlack zu den teuersten Materialien der
Buchherstellung. Aus einem Tier konnte ein Bogen (zwei
Seiten) eines Buches gewonnen werden.

ZELTER Ein Pferd, das auf den bequemen Passgang dressiert
ist (von mittelhochdeutsch *zelt* für Passgang).

Ein temporeiches historisches Abenteuer
um die schnellsten Seefahrer des Mittelmeers
und einen Schatz von ungeahntem Wert

Dirk Husemann
DIE EISPIRATEN
Historischer Roman
480 Seiten
ISBN 978-3-404-17541-3

Mittelmeer, A.D. 828. Der Wikinger Alrik und seine Mannschaft gehen einem rasanten Geschäft nach: Sie schaffen Schiffsladungen voll Eis vom Ätna an die Adria. Noch schneller als die Eispiraten ist nur ihr Ruf – und der erreicht den Dogen von Venedig. Von ihm erhalten sie den Auftrag, die Gebeine des heiligen Markus aus Alexandria herauszuschmuggeln und in die Lagunenstadt zu bringen. Doch ein Heiliger ist weit schwieriger zu beschaffen als Eis von einem Vulkan ...

Bastei Lübbe